LES FEMMES DU BOUT DU MONDE

Mélissa Da Costa, trente-trois ans, a conquis son public avec son premier roman, *Tout le bleu du ciel*. Elle s'est imposée comme une autrice incontournable. Ses six autres romans, *Les Lendemains*, *Je revenais des autres*, *Les Douleurs fantômes*, *La Faiseuse d'étoiles*, *La Doublure* et *Les Femmes du bout du monde*, sont également des best-sellers et ont captivé plus de trois millions de lecteurs.

Paru au Livre de Poche :

LA DOUBLURE
LES DOULEURS FANTÔMES
LA FAISEUSE D'ÉTOILES
JE REVENAIS DES AUTRES
LES LENDEMAINS
TOUT LE BLEU DU CIEL

MÉLISSA DA COSTA

Les Femmes du bout du monde

ROMAN

ALBIN MICHEL

ISBN : 978-2-253-24901-6 – 1re publication LGF

À toutes ces rencontres faites
pendant notre traversée du « pays du long nuage blanc » ;
à ces compagnons de route
qui ont marché à nos côtés : Kiwis, Maoris et backpackers.
À la baie de Curio et sa magie.
À cette année au bout du monde…

1

« J'irai au bout du monde. Tout au bout. Là où je n'emmerderai plus personne. Vous ne me reverrez plus ! » Cette sentence, elle l'a répétée maintes fois. Crachée avec dégoût. Hurlée. Menaçante. Désespérée. Elle l'a murmurée aussi, doucement, comme une promesse.

Le van avance, bringuebalant, dans le faible crachin de cette fin de journée. Le ciel est bas, opaque. Ni gris ni bleu.

Le paysage lui a rappelé un instant la Bretagne : la lumière basse, les falaises surplombant la mer agitée, la bruine. Mais elle n'a jamais vu autant de vallons verdoyants en Bretagne, ni autant de moutons au kilomètre carré. Surtout, elle ne s'est jamais sentie aussi isolée. Aussi exilée. Aussi fragile.

Ils ont traversé la dernière ville il y a une heure. Invercargill. Une bourgade sans âme aux rues perpendiculaires, bordée de fermes et d'exploitations agricoles. Depuis, plus rien. Une route qui serpente, des vallons et des moutons par centaines, la mer et les falaises.

« Je fais une année sabbatique ici », lui a confié le conducteur tout à l'heure en anglais, tandis qu'il la prenait en stop.

Il a la vingtaine, sent la transpiration mais ne semble pas s'en soucier le moins du monde. Il arbore un sourire insouciant et donc insupportable. À l'arrière du véhicule, les casseroles cognent contre les spatules, les portes de placards claquent dans le vide, les caisses de vêtements se promènent. Ça ne semble pas perturber le conducteur, qui continue de fredonner en anglais avec son accent reconnaissable. Un Allemand.

« *French ?* » a-t-il demandé.

Elle a secoué la tête.

« *I'm from Saint Kitts and Nevis. Small island.* »

Il a levé un sourcil, étonné. Il ne connaît pas. Il n'ose pas l'avouer. Tant mieux. C'était bien le but. Ne pas entamer de conversation sur la France, Paris, le Moulin-Rouge, les baguettes, le champagne, la Côte d'Azur… Ne pas entamer de conversation tout court. Il continue de sourire et elle de fixer la route.

Le véhicule s'engage sur un chemin de terre qui fait tressauter le plancher, couiner la carlingue. Nid-de-poule sur nid-de-poule. Un cul-de-sac comme l'indique le GPS. Au bout il n'y a rien. Ou si : la mer. Un terrain fouetté par le vent, niché au creux d'une baie. Quelques emplacements à peine délimités par une végétation sauvage. Un préfabriqué pour les quelques employés. Une pancarte : *Mutunga o te ao*, qui signifie en maori « bout du monde ».

Le bout du monde ce sont deux femmes dont les vêtements et les cheveux sont malmenés par les bourrasques. Elles se tiennent au bord du chemin caillouteux, devant la pancarte qui annonce : *Mutunga o te ao campground* avec des symboles indiquant l'interdiction des chiens, même tenus en laisse, et la présence de sanitaires. Derrière elles, un bloc en béton de la plus grande simplicité. Gris, rectangulaire.

La plus charpentée des femmes a des cheveux coupés court, au niveau des oreilles, rabattus sur l'arrière. Ils ont dû être blonds à une époque. Un blond qui rappelait la couleur des blés. Aujourd'hui ils sont cendrés, ils rappellent davantage la couleur du ciel grisâtre. Elle porte des vêtements pratiques et chauds. Pantalon de travail beige avec des poches. Bottes en caoutchouc. Sweat à capuche rouge passé. Écharpe râpeuse noire. Son visage reflète la vie au grand air : il est rugueux, hâlé, marqué. Elle a un regard vif, un peu dur. Elle doit avoir la cinquantaine bien passée mais son corps est resté tonique, svelte, sculpté par l'effort. Elle dégage quelque chose de fort, d'inébranlable.

La seconde femme du bout du monde, deux fois plus jeune que la première, lui ressemble comme deux gouttes d'eau, à quelques différences près. Elle porte les mêmes vêtements pratiques et usés : un jean effiloché aux genoux, des bottes de pluie vertes, un long pull aux grosses mailles qui lui couvre la moitié des cuisses. Mais ses cheveux sont blonds. Un blond doré, miel d'acacia. Elle les a noués en un chignon défait. De nombreuses mèches s'en échappent, battues par le vent, et elle a ce tic consistant à replacer les mèches éparses derrière ses oreilles. Elle le fait sans cesse, sans avoir l'air de s'en apercevoir. Son visage est hâlé lui aussi, ses traits réguliers. Il s'en dégage à la fois une grande simplicité et une profonde franchise. Sa mâchoire carrée lui donne un aspect robuste toutefois contrebalancé par ce grain de beauté sur la joue, à l'arête de sa narine gauche, qui vient révéler une certaine féminité latente.

Elles attendent, plantées devant le panneau en bois. Elles fixent le van blanc en piteux état qui vient de s'arrêter à quelques mètres d'elles et dont s'apprête à sortir la jeune Française qui les a contactées quelques jours auparavant. Elles ont été assez surprises. Les Français, il y en a à la pelle chaque année. Les *backpackers*, comme les appellent les locaux. Ils achètent des vans avec plus de deux cent mille kilomètres au compteur, sillonnent l'île du Sud pendant l'été, photographient, s'extasient, jurent. Puis, dès que l'automne s'installe et que les températures chutent, ils déguerpissent tous dans l'île du Nord, où le climat est plus doux, où ils trouveront une place dans les usines de conditionnement de kiwis ou de pommes pour se refaire une santé financière avant de reprendre la route. Plus grand monde alors sur l'autre île, et encore moins chez elles, à l'extrême sud, le dernier bout de terre avant le Pôle. À cette saison il ne reste que les locaux et les animaux : moutons, lions de mer, otaries, manchots. C'est la période qu'elles préfèrent. Le sentiment d'isolement y est total. Elles sont seules au monde, mère et fille face aux éléments déchaînés.

Dans l'habitacle, la jeune fille remercie son chauffeur, échange une poignée de main qui se veut amicale.

« Peut-être qu'on se reverra à Dunedin », lui dit l'Allemand.

C'est là-bas qu'il se rend. De ce qu'elle en a compris, c'est la plus grande ville alentour. S'y trouvent des commerces, une université ; il y règne une certaine effervescence. Il lui faudra encore deux heures trente pour s'y rendre… Elle lui lance un sourire forcé, ouvre la portière et sort, aussitôt malmenée par le vent.

Mère et fille sont surprises de découvrir la silhouette qui approche, ployant sous le vent et le poids d'un sac à dos de quatre-vingts litres. L'annonce précisait : « Travail physique en extérieur. » Elles s'attendaient à une femme robuste, une habituée aux épaules larges et aux mains abîmées, pas à ce petit bout de femme qui semble à deux doigts de se faire emporter par une bourrasque. Elle est mince, gracile, ses chevilles paraissent trop fines pour ses baskets blanches – la mère craint qu'elle ne les perde. Tandis qu'elle avance, ses boucles brunes forment des tourbillons autour de son visage, un visage délicat et pâle en forme de cœur. La fille songe immédiatement à « joli cœur ». Il lui semble que c'est une expression française mais elle ne sait pas ce qu'elle signifie. Elle se promet de se renseigner plus tard.

Le van redémarre, donne un joyeux coup de klaxon mais la jeune fille ne se retourne pas pour saluer son chauffeur. Elle paraît dériver en pleine tempête. Il y a quelque chose de tourmenté et d'égaré sur ses traits.

« Bonjour ! » lance la femme plus âgée en faisant un pas en avant.

Elle lui tend la main. Sa poigne est franche, énergique, celle de sa fille plus mesurée.

« Je suis Autumn », ajoute la mère.

La Française répond dans un anglais où chante son accent :

« Autumn comme la saison ?

— Oui. »

On s'attend à la voir sourire mais son visage si gracieux soit-il reste fermé, insondable.

« Voici ma fille, Milly, poursuit Autumn. Et toi tu es ?

— Flore. »

Elles essaient de le répéter à tour de rôle. *Flôre. Flour. Flare.* Elles butent sur ce *o*, modulent la voyelle, deux, trois fois, puis répètent plus lentement :

« Flore. Comme ça ?

— Comme ça. »

Autumn hoche la tête, satisfaite. Puis, comme elle n'est pas femme à faire la conversation pour le plaisir, à flâner, à se payer des mondanités, elle désigne d'un geste du menton le camping sauvage qui se dévoile derrière elle.

« Je te fais faire le tour ? »

Aucune des deux femmes ne lui propose de déposer son sac avant la visite des lieux alors Flore suit, difficilement, avec ses presque vingt kilos de bagages. Vingt kilos, le poids de sa vie d'avant. Tout ce qu'elle a réuni avant de mettre sa menace à exécution. Vingt kilos de souvenirs douloureux et de regrets qui lui rongent la moelle. « Flore, si tu pars, personne n'ira te chercher là-bas, l'a prévenue Aude.

— J'espère bien ! »

Autumn explique que le camping est situé sur une réserve naturelle, que son mari, aujourd'hui défunt, et elle l'ont laissé à l'état le plus sauvage possible, pour préserver la faune exceptionnelle des Catlins, la région la plus australe de la Nouvelle-Zélande, située à seulement cinq mille kilomètres à vol d'oiseau du pôle Sud.

« La baie qui se dessine en contrebas… tu vois ? »

Flore voit. Le terrain vallonné descend en pente douce jusqu'à une anse de sable fin battue par les vagues.

« C'est un des lieux d'habitat naturel des dauphins Hector. Ils comptent parmi les plus petits de la planète, ce sont les seuls endémiques de Nouvelle-Zélande. Les dauphins Hector sont classés en danger d'extinction par l'Union internationale pour la conservation de la nature. Dan, mon mari, s'était installé ici pour les étudier. Il était féru de science, de géologie aussi. On trouve, non loin d'ici, la Forêt pétrifiée. Une forêt fossilisée qui remonte au jurassique. Il était venu pour ça et les animaux. Le camping, c'était juste pour rendre rentables ses explorations. »

Un silence. Elles continuent de marcher parmi les hautes herbes qui ploient sous le vent.

« Maintenant Milly et moi continuons de le faire tourner toutes les deux. Le gros du travail a lieu à la haute saison – le printemps et l'été. Mais même à ce moment-là, ça reste relativement calme. Vos compatriotes et tous les autres touristes, ils préfèrent se rendre dans les fjords, sur la côte ouest. Ou alors ils s'arrêtent à Dunedin. Ils ne descendent jamais plus bas. »

Autumn se plante au milieu du vaste terrain. Elle fait un tour sur elle-même, invitant Flore à faire de même pour apprécier la vue. Surplombant la baie, le camping se compose d'allées naturelles de *flax*, le lin de Nouvelle-Zélande, dont les longues feuilles vertes jaillissant du sol forment des bouquets et offrent de nombreuses petites alcôves protégées. Pour toute infrastructure : un cabanon en rondins plus loin, ouvert sur une terrasse aménagée, et encore plus loin un bloc de sanitaires bétonné recouvert d'une peinture street art représentant un surfeur.

« On dispose de vingt emplacements motorisés et de plus de cent emplacements non motorisés », explique Autumn.

En cette journée de fin d'hiver, Flore ne compte que trois camping-cars et une courageuse tente, battue par le vent. Elle suit Autumn et Milly qui reprennent leur route en direction du cabanon en rondins.

« C'est un bâtiment que nous avons construit récemment. On y a installé une cuisine, un coin repas et une buanderie. Une seule machine fonctionne. L'autre, on la changera plus tard. Tiens, passe devant moi. »

Mais Flore s'est arrêtée brusquement. Figée. Stupéfaite. À quelques pas d'elle, allongée sur la terrasse du cabanon, entre deux tables de pique-nique, se trouve une créature imposante qu'elle n'a jamais vue que sur un écran. Elle entend le rire de Milly. Elle qui est restée muette jusqu'à présent s'exclame avec douceur :

« Ne crains rien. C'est une otarie. Elles ne sont pas agressives tant que tu les laisses tranquilles et que tu n'approches pas trop. Là elle dort. »

Nageoires écrasées au sol, tête sur le béton, la créature somnole en effet, yeux fermés.

« Tu vas t'habituer, on en voit tous les jours. Elles sont chez elles ici. »

Autumn leur fait signe de contourner l'animal en conservant une distance de sécurité, avant d'entrer dans l'espace aménagé. La cuisine est basique, fonctionnelle. Un carrelage beige. Des plaques électriques. Un double évier. Un réfrigérateur au revêtement blanc abîmé. Une longue table. Deux bancs. Au fond, deux machines à laver dont l'une porte un écriteau « Hors service ». Mais Flore regarde à peine le mobilier. Son regard reste attiré par l'otarie à l'extérieur, qui, dérangée par leur présence, se relève, s'ébroue, se déplace avec lenteur, d'une démarche pataude, quelques mètres plus loin.

Elles reprennent leur visite des lieux, mère et fille habituées à évoluer dans cet environnement naturel, Flore encore chamboulée par la rencontre inopinée avec l'animal.

« Les sanitaires. Normalement il faut payer pour les douches, indique Autumn, mais on te donnera un jeton. »

Milly, la voix moins assurée et moins forte que sa mère, explique que le bâtiment à l'entrée du camping abrite l'accueil et une supérette. En haute saison, sa mère et elle se relaient entre l'accueil et la caisse, mais en basse saison, elles n'ouvrent que sur demande des campeurs.

« On y a aussi notre appartement », ajoute-t-elle.

Et le mien ? songe Flore. L'annonce mentionnait une *accomodation*. Elle ne sait pas trop ce que ce terme anglais recouvre. Une toile de tente ? Un camping-car ?

La réponse, elle l'obtient dans la foulée, quand Autumn et sa fille l'invitent à contourner un bosquet de roseaux sauvages et qu'elle découvre un préfabriqué blanc. Un minuscule bloc comme elle en a aperçu parfois aux abords des chantiers, où les ouvriers prenaient leur café et branchaient leurs téléphones portables.

« C'est chez toi », annonce Autumn.

Est-ce que Flore est déçue ? Elle n'en sait trop rien. Non, elle s'en moque. Elle est allée bien trop loin, physiquement, émotionnellement, géographiquement, pour se soucier encore de son confort. Elle a un toit, quatre murs. Elle est loin de tout, à l'autre bout du monde, au plus près du pôle Sud. Son chez-elle surplombe une baie où nagent des dauphins, est caché au milieu de roseaux sauvages. Oui, elle y sera bien.

En guise de porte, une baie vitrée qui révèle dans ses moindres détails une cuisine-salon minuscule, fonctionnelle. Lino plastifié. Table encastrée dans le mur. Banquette. Kitchenette. Poste de télévision accroché en hauteur. Peu importe qu'on voie chez elle, elle n'a pas de voisin en face. À moins qu'une otarie ne s'aventure jusqu'ici pour piquer un somme. Autumn fait glisser la baie vitrée. Elles pénètrent à l'intérieur. Il fait doux : un minuscule radiateur a été allumé.

« L'eau chaude met un peu de temps à arriver, explique Autumn. La télévision ne fonctionne pas toujours. Quand il y a beaucoup de vent, l'antenne se dévisse. »

Délicieux, songe Flore. *Le bout du monde dans toute sa splendeur.*

Une autre porte coulissante qu'Autumn fait glisser dévoile une chambre des plus dénudées. Une fenêtre donnant sur les roseaux. Un lit double. Une armoire murale. Le tout ne fait pas plus de vingt mètres carrés. Cela suffira pour vingt kilos d'affaires. Vingt kilos d'une vie dont il ne reste pas grand-chose à sauver.

« Pour la douche et les toilettes il faudra aller à…

— Au bloc des sanitaires, très bien. »

Autumn hoche la tête. Elle fait tomber sur la table avec un bruit mat une clé reliée à une affreuse otarie en plastique jaune.

« Pour ton dîner ce soir, viens voir ce qui te plairait à la supérette, d'accord ? Toque. Milly et moi on t'ouvrira.

— Ok.

— Pour le travail, c'est quatre heures par jour. Le matin essentiellement. On démarre tôt, entre sept et huit heures. Ça te convient ?

— Ça me convient. »

Nouveau hochement de tête. Autumn en a fini. Tout est clair pour elle, elle espère que pour Flore ça l'est aussi, si tant est qu'elle supporte la vie et le boulot ici. Elles verront à l'usage. Elles sont habituées à voir défiler des *woofers*, ces jeunes entre dix-huit et vingt-quatre ans qui viennent d'Europe généralement et restent quelques jours ici, quelques semaines tout au plus. Ils offrent quatre heures de travail par jour contre le gîte et le couvert. Ils font leur expérience, profitent de la baie, du surf et reprennent leur tour de l'île. C'est courant dans le pays. On les regarde passer sans vraiment faire l'effort de les connaître.

« Bonne soirée ! » lance Autumn sur le pas de la porte.

Milly sourit. Flore agite la main dans leur direction. Puis le silence retombe. Total. À peine brisé par le ressac des vagues en contrebas.

Il est à peine dix-sept heures mais la nuit tombe déjà dans des lueurs bleu-gris. La baie s'efface progressivement. Mer et ciel se fondent l'un dans l'autre. Le sable et l'herbe se mêleront bientôt.

Flore tourne le verrou de sa porte vitrée, lâche son sac à dos, se laisse tomber sur la banquette. Elle se frotte les yeux, la nuque, se masse le front. Trente-sept heures d'avion correspondances comprises. Dont deux heures de larmes acides qui ont fini par brûler ses joues. Quatre renvois amers, courbée au-dessus de la cuvette des toilettes, en plein vol. À la fin elle ne vomissait que de la bile. L'aéroport, enfin. Les quelques pas qui lui ont dégourdi les jambes. L'anglais des Néo-Zélandais qu'elle a eu du mal à comprendre, avec ses *e* prononcés *i*. Puis un vol intérieur et ce fichu trajet en stop. Elle trouve un dernier sursaut d'énergie pour se lever, marcher en direction de la chambre, du matelas nu. Elle n'a pas demandé de draps ni de couverture. Peu importe. Allongée à même le matelas, toujours vêtue, toujours chaussée, elle tente de dormir, mais impossible. Quelles étaient les dernières paroles qu'elle lui a lancées, déjà ? « Va crever. » Oui, c'est ça : « Va crever. » Idiot qu'il est, il l'a prise au mot.

2

Elles prennent leur petit déjeuner en silence. C'est pareil tous les matins. Elles ont leurs rituels bien établis comme si elles vivaient ainsi depuis toujours, depuis les origines du monde, mère et fille au milieu de nulle part.

Autumn porte déjà sa tenue de travail : un pull à col roulé, un pantalon beige, ses bottes en caoutchouc. Milly a noué son écharpe noire, enfilé un jean élimé mais elle porte un débardeur blanc avec une fine dentelle à l'échancrure. Sa mère n'a jamais compris pourquoi elle conservait ce vestige de coquetterie caché sous une polaire chaude passée de mode. Une polaire qui vante les mérites des Catlins : « Un territoire où s'évader. » La *base-line* est accompagnée de l'image d'un manchot. La polaire trône pour le moment sur le dossier de sa chaise et Milly souffle sur son café brûlant, les épaules dénudées. Sa mère n'a jamais compris comment elle pouvait être si peu frileuse. Elle doit tenir cela de son père. Lui aussi allait plonger quelle que soit la saison. Il se promenait pieds nus les trois quarts de l'année et ne se couvrait jamais le cou.

Autumn boit un bol de chicorée comme chaque matin et trempe ses Weet-Bix dans un peu de lait demi-écrémé. Elle vante régulièrement les mérites de ces toasts de céréales au blé complet « très riches en énergie et en fibres ». Elle prétend que c'est parfait pour le travail au grand air. Elle mange en faisant claquer la cuillère contre ses dents et Milly ne tique pas, même si ce bruit l'agace au plus haut point. Elle fait mine d'être concentrée sur le flash info matinal de la radio. Un de leurs seuls liens avec le reste du monde.

Elle souffle sur son café brûlant pendant une éternité. Elle pourrait le faire un peu moins chauffer pour s'éviter cette tâche mais, en réalité, elle l'apprécie. Cela lui permet de raviver les arômes du café et de les respirer. Elle aime peut-être même davantage l'odeur du café que son goût. Les Weet-Bix, elle trouve ça fade. Elle préfère le muesli bien sucré avec du chocolat, des noix de cajou et du sirop de fructose, bien que sa mère la mette régulièrement en garde contre ce genre de produits bourrés de sucre.

Elles écoutent le flash info, donc, et elles regardent par la fenêtre les étendues vallonnées du camping, sa végétation fouettée par le vent et la baie plus bas. Quand la silhouette apparaît, elles comprennent l'une et l'autre qu'elles l'attendaient en silence, un peu inquiètes. Car elle n'est pas venue toquer hier soir pour récupérer son repas, ni pour quoi que ce soit d'autre d'ailleurs. À vingt heures, Autumn a envoyé sa fille vérifier si tout allait bien. Il y avait peut-être eu un malentendu. « Va savoir : avec ces backpackers qui parlent si mal anglais… » Alors Milly est allée à pied, avec une frontale, jusqu'au préfabriqué. Tout était éteint. Elle a fait le tour, regardé par la baie vitrée du salon. Pas un mouvement, personne. C'est en collant son nez à la vitre de la chambre qu'elle l'a vue, allongée sur le dos, les bras en croix, son imperméable encore sur elle, une cascade de boucles autour de son visage. Sa poitrine se levait et s'abaissait à un rythme régulier mais Milly est restée quelques secondes encore. Au cas où. Et puis elle n'avait jamais observé quelqu'un dormir en dehors de sa mère et de Kai. C'était quelque chose d'intime et cela lui donnait quelques picotements dans les jambes de savoir qu'elle volait ces images à une inconnue. « Elle dort, a-t-elle annoncé à sa mère en regagnant leur bloc de béton.

— Bon. »

Ce matin, la fille avance d'une démarche énergique. Elle porte encore son imperméable noir et ses baskets blanches – terriblement salissantes, quelle idée – ainsi qu'un pantalon en stretch noir très près du corps. Ses boucles ne volent pas, elles sont retenues par un élastique. Elle a le visage plus reposé que la veille. De pâle, sa peau est passée à laiteuse. Et Milly se remémore encore cette expression française, une des rares qu'elle connaisse dans la langue de Molière : « joli cœur ». Elle regardera sur son téléphone ce soir pour se rappeler ce que cela signifie…

La silhouette de Flore disparaît de leur champ de vision. Elle contourne le bâtiment, à la recherche de la porte d'entrée. Mère et fille échangent un regard. Dans quelques secondes, la main de la Française tapera contre le battant en bois. Un clignement de paupières, il n'en faut pas plus pour qu'elles se comprennent. Autumn se lève, fait racler sa chaise sur le carrelage. Milly débarrasse leur petit déjeuner, laisse bols et tasses dans l'évier, passe simplement les cuillères sous l'eau, rapidement. C'est ainsi qu'elles fonctionnent depuis des années. Elles se connaissent par cœur.

Avant, quand Dan était là, la maison n'était guère plus bruyante. Il passait ses journées dehors, jusque très tard. Il était obsédé par ses forêts pétrifiées, la faune locale et surtout ses manchots. Les manchots aux yeux jaunes. « *Megadyptes antipodes* », avait-il enseigné à Milly. Elle ne se souvient plus très bien de lui. Elle avait neuf ans quand il est parti. Elle se rappelle un visage soucieux, toujours penché sur des livres ou des cahiers de notes, partant dès l'aube, son appareil autour du cou, rentrant frigorifié à la nuit tombée. S'il avait assisté au spectacle rare de la remontée des manchots, s'il avait capturé ce moment dans son objectif avec la bonne lumière et le bon angle, il pouvait être étrangement exalté et volubile. Cela arrivait rarement.

Elle n'aurait su dire ce qui relevait de son activité professionnelle ou d'un passe-temps, tout se mêlait si subtilement que même Autumn ne savait jamais vraiment décrire le métier de son mari.

À la porte, Flore semble encore un peu égarée. Elle perd son anglais, bute sur les mots.

« Des linges…, tente-t-elle de réclamer.

— Linges ? répète Autumn.

— Linges. Serviette. Pour le lit.

— Des draps ?

— C'est ça ! »

Autumn fait un signe du menton, agite un trousseau au bout de ses doigts. Flore la suit sur quelques mètres le long du baraquement. Plus loin, une seconde porte, fermée par un store métallique. Autumn s'active. Le rideau s'ouvre avec un vacarme de tous les diables. Quelques oiseaux s'envolent, affolés. Il ne fait plus nuit mais pas encore jour non plus. C'est un entre-deux brumeux aux drôles de lueurs jaunâtres. Fantomatiques. L'air est humide, sent le sel. Elles se baissent toutes les deux pour passer sous le store. À l'intérieur, une supérette à demi vide. Sur les étagères s'étalent des conserves, des paquets de pâtes et de riz, quelques crèmes solaires, des produits d'hygiène et du sparadrap.

« Prends ce dont tu as besoin, précise Autumn. Je vais te chercher des draps. »

Flore a déjà rempli un panier quand Autumn reparaît, une pile de linge de lit entre les bras.

« On est approvisionnées une fois par semaine, lance-t-elle en désignant les rayons. Si tu penses à quelque chose, dis-le-moi pour que je puisse prévenir le fournisseur.

— D'accord. »

Flore redescend le terrain vallonné les bras chargés. Devant son bungalow, elle ouvre la porte vitrée, puis dépose ses courses et les draps sur la table. Il lui reste à peine un quart d'heure pour avaler un café, peut-être quelque chose de solide aussi. Elle remplit une casserole d'eau qu'elle pose sur la plaque électrique. De l'instantané, tant pis pour le luxe. Elle a perdu ce droit il y a longtemps. Elle devrait être en enfer probablement. Pas ici, dans ce bungalow, à regarder la brume qui se lève et la baie qui se découvre. Des centaines et des centaines de mètres de sable fin. La lumière matinale chasse totalement la nuit. Ça va mieux maintenant qu'il fait jour. Le passé, c'est sournois. Ça attend la nuit et l'obscurité pour s'infiltrer partout. La nuit est dangereuse, elle tourmente. Le jour est plus pragmatique, plus terre à terre : on s'affaire, on traîne sa carcasse pour une raison ou pour une autre, pour l'argent, pour manger, pour dormir au chaud, on travaille. Déjà avant, quand elle n'avait pas pris le large, quand elle vivait encore avec lui, c'était la nuit son ennemie. C'était la nuit qu'elle se transformait en démon. Jamais le jour.

L'eau bout. Elle fait tomber dans la casserole quelques cuillères de café soluble, fouille dans son sac de provisions. Les rayons n'étaient pas fournis, elle a pris ce qu'elle a pu. Avec un soupir résigné, elle ouvre un paquet de Weet-Bix, croque dans un biscuit et grimace. C'est sec. De la sciure agglomérée. Qui peut bien avaler ça ? Elle se promet de ne plus jamais recommencer.

Milly attend devant la brouette remplie de matériel. Son regard ne quitte pas la baie. Ou quasiment pas. Il se pose de temps en temps sur le bungalow, puis de nouveau scrute la plage de sable fin. Elle souffle sur ses mains pour les réchauffer quand elle entend claquer la porte vitrée. La fille est là, remontant la fermeture Éclair de son imperméable. *Elle a coupé ses cheveux.* C'est la première pensée qui traverse Milly en la voyant approcher. Le visage en forme de cœur lui semble différent. Plus sauvage. Moins doux. Qu'a-t-elle fait exactement ? Car les boucles sont toujours là, volant autour de ses épaules.

Elle comprend en cherchant les yeux de Flore, en les découvrant dissimulés derrière une frange longue. Fuyants. C'est ça qu'elle a fait à sept heures moins le quart : couper sa frange devant le miroir des communs ? Elle est si surprise qu'elle en oublie de répondre au « Salut ! » de la jeune fille. Elle reste plantée devant la brouette, bras ballants, jusqu'à ce que l'autre lance :

« Je te suis ! »

À présent Flore observe le dos de Milly, son pas franc. Une démarche de bon petit soldat. Elle s'attendait à voir débarquer Autumn ce matin mais c'est Milly qui s'est présentée, à quelques mètres de son bungalow. Milly qui parle si peu, qui se fond dans l'ombre de sa mère jusqu'à faire oublier sa présence. Milly qui l'a dévisagée avec insistance jusqu'à la mettre mal à l'aise. L'agressivité était là, tapie, prête à ressurgir. *Quoi ? T'as un problème ?* Elle n'est jamais très loin. Flore a tout contenu, son venin, sa haine d'elle-même. Elle s'est contentée de se rappeler à l'autre poliment et alors Milly a semblé se pétrifier avant de répondre : « Désolée. » Désolée de quoi ? Flore n'a pas su. Elle a remarqué pour sa frange, elle en est persuadée. Premier geste de son exil : cacher son regard. C'est moins difficile de s'affronter dans le miroir.

« Maman et moi on commence toujours par le nettoyage des sanitaires, indique Milly. On s'en charge avant que les campeurs se lèvent. Sols, surfaces, éviers, cuvettes, bacs de douche, on passe tout au désinfectant. On change les rouleaux de papier-toilette, d'essuie-mains. On vaporise un peu de désodorisant.

Tout le matériel se trouve chez nous. On te laissera la brouette prête devant notre porte chaque matin, tu démarreras quand tu voudras. Après les sanitaires, on s'attaque à la cuisine commune et à la buanderie. Nettoyage, rangement, tri dans le frigo. On a toujours des campeurs qui laissent des aliments. Si on n'y prend pas garde, ça finit par pourrir. »

Milly s'arrête, les poignées de la brouette dans les mains. Flore manque de lui rentrer dedans.

« Après le nettoyage, il faut ratisser le camping, vider les poubelles, remettre des sacs plastique propres, récupérer les déchets qui volent un peu partout, rapporter à l'accueil les objets trouvés. Tu vois, comme ça… »

Milly désigne au loin un masque et un tuba qui ont été abandonnés près des sanitaires, non loin d'une canette de bière.

« Ça c'est ta partie, ton travail quotidien. À côté, Maman et moi on pourra te solliciter pour le reste : les menus travaux, l'entretien du terrain, des installations électriques, quelques réparations, l'accueil des campeurs, la tenue de la supérette, la location des planches et combinaisons de plongée, leur lavage… »

Flore acquiesce. Les yeux de Milly reviennent régulièrement se poser sur la baie, la mer.

« Le nettoyage de la plage, c'est ma partie. »

Ça ne semble pas négociable.

« Je te montre ? On le fait ensemble ce matin ?

— D'accord. »

Milly ne semble pas être une grande bavarde. Elle a l'habitude de travailler, on le sent. Vite, bien, sans poser de questions. Elle a déjà terminé les douches quand Flore rince la deuxième cabine de WC. L'une est robuste et vive, l'autre hésitante et maladroite.

« Tu veux de l'aide ?

— Non, ça va. »

Alors Milly se pose sur un bord de la brouette et reste ainsi, silencieuse, imperturbable, les cheveux fouettés par le vent, le regard impénétrable. Elle ne se racle pas la gorge, ne sort pas son téléphone portable pour regarder l'heure ou pianoter Dieu sait quoi. Elle attend et elle respire, regarde la baie, replace une mèche derrière ses oreilles, comme si elle n'avait rien d'autre à faire, rien de mieux, rien d'urgent. Comme si la vie se déroulait sans elle. Est-elle jamais sortie de ce camping ? Du giron de sa mère ? Flore ne saurait le dire, mais elle en doute. Sous sa frange, elle guette, surveille l'apparition de l'impatience sur le visage de Milly, une légère agitation, un tic d'agacement. Mais l'autre reste stoïque et cela ne fait qu'accentuer sa curiosité.

C'est au moment où elles atteignent la cuisine et la buanderie que Milly lui adresse la parole sans transition aucune :

« Tu étais à Dunedin ? Tu as visité la péninsule d'Otago ? »

Flore a besoin de quelques secondes pour comprendre le sens de la question, se désengluer de ses pensées.

« Quand ?

— Avant d'arriver ici.

— Non… Ni l'un ni l'autre.

— Tu viens directement des fjords ? Te Anau, Manapouri ? Queenstown je parie.

— Non.

— De l'île du Nord alors ?

— Non plus. »

Les questions fusent, trop abruptes : Milly fait la conversation comme quelqu'un qui n'y est pas habitué.

« Non. Je… je suis arrivée directement à Invercargill depuis Christchurch.

— Depuis la France ?

— Depuis la France.

— On est ta première destination ? »

Flore note ce « on », se demande si Milly est ancrée à ce point dans ce morceau de terre, dans cette baie, pour se considérer comme faisant partie du territoire.

« Oui. C'est le premier endroit où je mets les pieds dans le pays.

— Tu vas visiter le reste ensuite ? Au printemps ?

— Je… Non… Enfin je ne sais pas… Ce n'est pas… prévu.

— Tu n'es pas en PVT comme les autres Européens ?

— En quoi ?

— En permis vacances travail. »

Flore secoue la tête, se sent légèrement étourdie par l'enchaînement de questions.

« Bien », répond Milly.

Et dans ce « Bien », Flore entend la clôture de la conversation. Comme si Milly disait : *Voilà, j'ai fait ma part, à ton tour si tu veux poursuivre.* Mais Flore ne poursuit pas et elles se mettent au travail, se passant les produits, se relayant au balai et à la serpillière, donnant un coup de chiffon sur les vitres.

La baie se découvre, la brume se lève. Deux surfeurs s'élancent déjà. Leurs planches brisent les vagues, remontent le courant. Milly leur jette des coups d'œil de plus en plus appuyés jusqu'à ce qu'un autre détail l'intrigue tout autant. Flore a retiré ses gants en latex, les a fourrés dans sa poche. Elle se lave les mains, frotte entre les doigts avec insistance pour se défaire des odeurs chimiques de détergent, des poussières et saletés logées sous ses ongles. Et alors Milly note cette infime variation de la peau à un endroit précis, ce presque rien qui la fait parler trop vite, n'importe comment :

« Tu as été mariée ? »

De l'étonnement dans sa voix. Le silence dans la cuisine. Flore se mure. Disparaît derrière sa frange. Respire à peine. Et son agressivité à fleur de peau, qu'elle peine toujours à contenir, jaillit sous forme d'un « Quoi ? ».

Devinant qu'elle fait mine de ne pas comprendre, Milly se mord l'intérieur de la joue, enchaîne très vite :

« Pour les machines à laver on ne fait pas grand-chose. On les fait tourner à vide de temps en temps avec du vinaigre blanc pour enlever le tartre. »

Elle récupère les produits d'entretien, les entasse dans la brouette. Flore sèche ses mains, se reconstitue un semblant de neutralité sur le visage.

« Je t'accompagne pour faire le tour du camping et vider les poubelles ? »

Flore secoue la tête.

« Non, ça ira.

— Bien. »

Encore ce « Bien ». Cette fois, la conversation est définitivement close. Elles le savent toutes les deux.

Le paquet de pain de mie gît, éventré, au milieu de la table en formica. Du beurre, il n'y en avait pas à la supérette. Margarine et cornichons, voilà tout ce qu'elle a trouvé pour son repas qu'elle a tout juste picoré. Son troisième café de la journée est en train de tiédir. Elle est épuisée. Totalement vidée. Cela faisait très longtemps qu'elle n'avait pas travaillé ainsi jusqu'au harassement. C'est bien. Elle n'a plus l'énergie de penser. Assise sur sa banquette, elle laisse vagabonder son regard au-dehors. Le jour, cela fait une éternité qu'elle le fuit comme une réalité trop difficile à affronter. Là-bas elle reprenait son souffle la nuit, quand le soleil avait disparu, quand les lumières artificielles, trop colorées, prenaient la relève. Tout était faux alors. Rien n'était réel. Rien ne comptait vraiment.

Elle attrape le petit couvercle de la boîte à chaussures qui trône sur la table, jette un dernier coup d'œil avant de la fermer. Pourquoi a-t-il fallu qu'elle s'encombre de ça dans son sac à dos ? Des souvenirs. Des bibelots. Des choses qu'elle n'a pas pu se résoudre à laisser derrière elle. Au milieu du bric-à-brac, l'alliance brille. Or rose. Dix-huit carats. Trente-trois diamants. « Un demi-mois de salaire », avait plaisanté Paul en serrant sa main. Il riait trop fort, il était nerveux. Il demandait sans cesse : « Elle te plaît… ?

— Oui, elle est superbe. »

Plus tard, elle s'en prendrait méchamment à cette alliance, à Paul aussi, elle cracherait : « Quoi ? Ce sont tes dix-huit malheureux carats qui devraient me retenir ? » Elle la retirerait, la lancerait à travers le salon. Elle jetterait un regard au miroir pour s'assurer qu'elle avait l'air convaincante, suffisamment méprisante. Elle se donnerait envie de vomir. Envie de se griffer, de se faire du mal. Dans le reflet, elle ne trouverait pas ses yeux, déjà cachés par une frange. Tant mieux. Plus loin, Paul, déconfit, à quatre pattes, essaierait de retrouver l'alliance. Paul qui voudrait pleurer mais ne trouverait que des horreurs à répondre à ses horreurs : « Ma mère a raison : t'es une traînée, j'ai épousé la plus grosse salope de Paris ! »

Elle rirait. Elle ne trouverait que ça à faire. « Hé, mon pote, certains à ta place seraient contents !

— Dégage ! »

Elle referme la boîte à chaussures, la repousse, amère. Puis elle vide d'une traite sa tasse de café tiède pour faire passer la nausée, le dégoût. Dans la minuscule chambre, elle fait de la place dans la penderie murale, coince la boîte en carton entre son sac à dos et une paire de chaussures de marche, la recouvre d'un plaid en laine. Voilà, elle est à sa place, au milieu de vieilleries inutiles. Après cela, elle ressent le besoin de s'aérer, de faire quelques pas. Elle ouvre la porte vitrée, jette un regard anxieux autour d'elle. Pas de phoque ou d'otarie en vue. Elle reste sur ses gardes, on ne sait jamais. En contrebas, un surfeur solitaire défie les vagues, quelques promeneurs foulent le sable. La baie s'est légèrement remplie au fil de la journée, le camping aussi. Cinq camping-cars sont arrivés, se sont installés. Elle a vu Autumn faire des allers-retours entre les emplacements et l'accueil, apporter une rallonge, des piquets, une bâche. Elle n'a pas aperçu Milly depuis le matin. Sans doute à la supérette.

Plus tard, alors qu'une tourte à la viande réchauffe doucement au fond d'une poêle, elle sort de nouveau. Elle a besoin de sentir le froid sur sa peau, sa légère brûlure. L'après-midi s'est écoulé sans qu'elle fasse rien. Elle s'est assoupie quelque temps, a bu encore plusieurs cafés, a cherché comment occuper son esprit mais n'a rien trouvé. Le silence est trop total ici. À Paris elle avait la foule et les rencontres pour détourner ses pensées, les anesthésier. Ici tout est calme, rien ne bouge hormis la végétation sauvage. La nuit est en train de tomber. Les derniers reflets dorés s'accrochent à l'horizon. Les nuages blancs se parent de gris. Une ou deux otaries se prélassent sur le sable mais à part elles, la plage est déserte. Demain, elle s'y aventurera peut-être. Demain ou dans quelques jours, quand elle trouvera le courage.

Elle plisse les yeux, pas certaine de sa vision, mais elle ne se trompe pas : une silhouette sort de l'eau. Un corps moulé dans une combinaison de plongée noire. Quelques pas sur le sable. Deux mouvements secs pour libérer les épaules du tissu. La silhouette se baisse, saisit une serviette posée sur le sable, se redresse. Elle essore ses cheveux rapidement puis s'éloigne. L'ombre mouvante s'arrête un instant devant une otarie comme si elle lui adressait quelques mots, puis elle repart, remonte la pente douce vers le terrain de camping. Flore n'a pas besoin de voir son visage pour deviner. La démarche lui semble familière. Celle du bon petit soldat. Ce soir pourtant, elle a quelque chose de différent, elle est moins vive, moins cadencée. Il y a une certaine liberté dans sa façon de se mouvoir. Milly marche sans but précis, sans tâche à accomplir, et son pas s'en trouve légèrement modifié, plus aérien. Flore fait un pas de côté, s'assure d'être toujours dissimulée derrière le bosquet. Pas envie d'être vue. Pas envie de parler. Au loin, une voix crie :

« Milly ! »

La jeune fille passe tout près. Malgré l'obscurité, Flore remarque la raideur qui saisit son corps à l'appel de sa mère. L'infime et subtil changement qui se produit et qui enraye la mécanique rend à son pas sa vigueur, lui retire sa légèreté.

« Milly ! répète Autumn. À table ! »

Milly la dépasse sans la voir, donne un coup de pied dans une pierre.

« J'arrive ! »

Elle disparaît et la nuit engloutit Flore, les abords du bungalow. Les dernières lueurs dorées ont été avalées par la mer. Sur la plage, les otaries ont disparu aussi.

3

Autumn lave à grands jets les combinaisons de plongée, elle agite le tuyau, tourne et retourne le nylon gorgé de sel. En général, elle aime avoir de l'aide pour l'essorage, c'est plus simple à deux, mais elle n'ose pas appeler Milly, pas maintenant. Sur la terrasse qui prolonge le cabanon en rondins, Milly s'échine aux côtés de Flore, tente tant bien que mal de lui expliquer les rudiments de l'entretien du bois. Les tables de pique-nique fatiguent, il faut les décaper. Mais quand Milly a tendu la cale à poncer à la jeune Française, elle a compris que l'autre n'en avait jamais tenu entre ses mains et qu'il valait mieux rester près d'elle.

Autumn émet un reniflement, remonte ses manches et se met au travail : tordre le tissu, le vider de toute son eau, le secouer puis l'accrocher au fil tendu devant le baraquement. Ils en ont vu défiler des backpackers, pas tous très débrouillards, mais celle-ci est particulièrement à l'ouest. Que faisait-elle avant ? Probablement un travail de bureau dans une grande ville… « Elle s'en sort ? » a-t-elle demandé à Milly ce matin. Et elle a bien vu comment sa fille détournait le regard avant de répondre : « Oui elle s'en sort » de cette voix fluette qu'elle prend chaque fois qu'elle ment – notamment chaque fois qu'il est question de Kai. Autumn a préféré ne pas relever. La haute saison n'a pas démarré. La Française a le temps d'apprendre.

Elle s'interrompt une seconde dans son étendage, jette un regard en direction de la terrasse du cabanon. Flore est à genoux devant un banc de pique-nique. Elle ponce en faisant voler ses boucles. Milly se tient debout à côté, tel un instructeur qui regarde son élève avec indulgence. Elle prononce quelques mots, hoche la tête. Autumn imagine que ce sont des paroles d'encouragement. Milly a toujours été une brave fille, gentille, positive. Elle tient une certaine forme de douceur de son père. Dan avait cet amour des gens lui aussi, avant que son obsession des animaux ne prenne le pas sur tout le reste, ne l'oblige à s'exiler dans les Catlins et à les exiler avec lui, à se fondre totalement dans la nature en oubliant les humains.

Dan et elle… Ils avaient beau être souvent en désaccord, ils s'entendaient sur une chose, toujours : le bien-être de Milly. C'était leur priorité. Pas de sodas, pas de jardin d'enfants avant deux ans, pas de télévision, pas de console de jeux, de l'exercice en plein air, la nature… Il semblait rassurant et rassuré quand il avait parlé de ce projet fou de s'installer à la pointe sud de l'île : « Elle aura tout ce dont elle a besoin.

— Tu es sûr ?

— C'est un paradis sur terre. » Et, de fait, Milly avait grandi plus vite encore, plus forte, plus droite.

Elle était stable sur ses appuis, robuste, jamais malade, jamais effrayée par rien. Elle abordait la vie comme un parcours d'obstacles à surmonter sans crainte. À chaque problème sa solution. Elle était vaillante, terre à terre, débrouillarde, gardait toujours la tête froide. Autumn se demandait si la compagnie d'autres jeunes ne lui manquerait pas une fois l'école terminée, mais Dan alors est parti, enterré, et elle n'a pas eu le courage de poser la question à sa fille. Elles ont poursuivi à deux, comme avant à trois. Milly ne semble pas malheureuse. De temps en temps, elle reçoit la visite de Kai et cela semble lui suffire. Il lui fait du bien sans lui donner d'envie d'évasion. Il ne lui enlèvera jamais sa fille, de cela elle est certaine, et malgré la culpabilité d'avoir de telles pensées, cette idée la soulage.

Elle accroche sa dernière pince à linge, enroule le tuyau autour du pilier et s'étire, les bras vers le ciel. Ses épaules recommencent à la faire souffrir. L'humidité de l'air n'arrange rien. *Heureusement que je ne suis pas seule pour gérer le camping,* songe-t-elle encore. *Heureusement que j'ai Milly.*

Plus loin, les deux filles semblent être en grande conversation et Autumn s'en étonne, avec un certain agacement : elles sont différentes comme le jour et la nuit, de quoi peuvent-elles bien jacter ?

De babillage il n'est pas vraiment question pourtant. Milly cause pratique :

« Après le décapage, on badigeonnera un traitement insecticide et fongicide. »

Flore ne comprend pas bien tous ces mots techniques en anglais mais elle acquiesce puis demande, suivant le cours de ses pensées :

« Il y a des bus qui passent dans le coin ?

— Des bus ? Non.

— Aucun ?

— Aucun.

— Comment tu fais quand tu veux sortir d'ici ? Pour voir des amis ?

— Je prends la voiture de ma mère. »

Un silence. Flore semble soucieuse, sourcils froncés.

« Tu veux que je te dépose quelque part ?

— Non… »

Elle reprend son ponçage. Milly s'attend à l'entendre ajouter quelque chose mais rien ne vient.

Elle n'en peut plus des tourtes à la viande. Elle mâche mécaniquement, sans plaisir. On ne trouve que ça à la supérette d'Autumn. Ça et des nouilles chinoises déshydratées. Elle fait passer la dernière bouchée avec une longue rasade d'eau, se lave les dents aussitôt dans l'évier pour faire passer le goût. La voix de Paul continue de la hanter. Une voix différente, altérée. Par les lavages gastriques ? Par le chagrin ? Elle a appelé la veille, en pensant tomber sur le répondeur. Il était dix-huit heures ici, donc six heures là-bas. Il dormirait forcément. Il était en convalescence, épuisé. Mais il a décroché et en entendant le « Flore… » tout juste soufflé, elle a perdu sa repartie, sa volonté, tout ce discours qu'elle avait longuement préparé. Elle est restée muette, attendant qu'il poursuive, espérant quelque chose, même un sanglot, mais seul un silence gluant s'épaississait. Elle a fini par bredouiller : « Je voulais… je voulais juste savoir comment tu vas… » Il y avait de la friture sur la ligne. Elle a pensé que c'était pour cela qu'il ne répondait pas. D'ordinaire il trouvait toujours quelque chose à dire, même si c'étaient des méchancetés, des accusations, des insultes. Pas cette fois. « Comment tu… comment tu te sens ? a-t-elle dû ajouter.

— Aude a dû te tenir au courant.

— Non.

— Alors elle non plus ne veut plus entendre parler de toi…

— Je voulais appeler avant mais… » Rien ne lui est venu. Il a répliqué : « Tu es partie, non ? Aude m'a dit que tu avais tout vidé…

— Il le fallait. »

Il ne l'a pas contredite. Pas cette fois.

« Est-ce que ça va ?

— Je suis vivant, c'est ce qui compte, non ? » Le ton se voulait sec mais manquait de conviction. « Tu es partie où ?

— Loin.

— Où ?

— Au bout du monde. » Elle attendait qu'il s'exclame : *Arrête tes conneries, Flore, c'est quoi encore ces histoires ?* Mais elle n'a rien entendu d'autre que cette question polie : « Tu as une adresse ?

— Non.

— Je ne vais pas débarquer. C'est juste pour te faire suivre ton courrier.

— Le courrier… » Elle s'en fichait de son courrier mais il se grattait la gorge et elle a lancé : « Envoie-le en poste restante.

— Où ?

— En Nouvelle-Zélande. Attends…

— En Nouvelle-Zélande, rien que ça… » Ignorant son ton sarcastique, elle a pianoté sur son téléphone. Elle aurait voulu insister : *Comment tu vas, dis-moi, sans mentir…*, voire : *Je suis désolée, je me hais à un point tel… tu n'as pas idée.* À la place, elle lui a indiqué le nom de la poste la plus proche. Un nom qui ne leur évoquait rien, à aucun des deux, qui faisait paraître cette conversation encore plus improbable.

Elle quitte le bungalow, fait quelques pas dehors. Une otarie est là, à quelques pas d'elle. Allongée sur le ventre, les yeux entrouverts, elle la jauge. Attaquera ? Attaquera pas ? La voix de Milly résonne tout près, la prenant par surprise :

« Ça c'est un phoque. »

Flore se retourne vivement. Milly est remontée de la plage dans sa combinaison de plongée. Ses cheveux dégoulinent dans son dos.

« Pour faire la différence, il faut regarder les oreilles. Si elles sont visibles, c'est une otarie. Les phoques, eux, n'ont pas de pavillons, juste deux trous. Tu peux aussi regarder leur démarche. L'otarie se déplace beaucoup plus facilement. Ses membres sont plus grands, ils permettent un meilleur appui au sol. L'otarie marche tandis que le phoque rampe. »

Milly sourit et une expression gênée traverse son visage.

« Désolée, je suis aussi barbante que mon père quand il s'y mettait. »

Flore ne réagit pas, ou pas assez vite. L'égarement se lit sur son visage.

« Tu m'emmènerais en ville ? dit-elle. Toi ou ta mère ?

— En ville ? répète Milly.

— Oui. Là où tu sors. Avec tes amis.

— Je… Eh bien… Dunedin est un peu loin… Dans le coin je n'ai pas grand monde…

— Et à Invercargill, il y a quelques bars, non ?

— Oui… »

Flore s'agite. Il y a un certain empressement dans sa façon de parler. Une urgence triste.

« L'une d'entre vous pourrait m'y déposer ? Ou alors je pourrais faire du stop, non ?

— Laisse-moi voir avec maman. Elle devait aller déposer des chèques dans la semaine. »

Elle lui fait signe qu'elle va au baraquement et qu'elle revient. Flore attend qu'elle s'éloigne pour reprendre son souffle. Elle a les mains qui tremblent. Ces symptômes, elle les reconnaît. La culpabilité. Le gouffre dans son ventre qui aspire tout. À Paris c'était simple de les faire taire. Pas ici, au milieu de nulle part. Il n'y a pas d'échappatoire. Elle tente de faire abstraction de la voix de Paul mais elle revient sans cesse la hanter : « Je suis vivant, c'est ce qui compte, non ? » C'est à cause de lui que tout ressurgit. Les tremblements, la nausée, l'envie d'oublier, de s'oublier.

Une brindille craque. Le phoque s'est redressé, fier sur ses pattes avant. Il tend sa truffe vers elle, curieux.

« Reste où tu es, toi, d'accord ? »

L'animal la fixe avec plus d'intensité encore. Son visage poupin, ses grands yeux noirs, ses fines moustaches… Flore est surprise de lire une certaine douceur dans ses traits. Quelque chose de presque humain.

« Non, non, ne te prends pas d'affection pour moi. Je sais comment ça finit. Très mal. Déteste-moi, comme tous les autres. Ça vaudra mieux. »

Le phoque s'ébroue, se détourne. Avec lenteur il se met en mouvement, s'éloigne. Un peu plus tard, alors que l'animal a disparu, que de gros nuages gris déferlent sur la baie et que le vent se lève, la voix de Milly crie depuis l'autre bout du camping :

« Je peux te déposer ! On y va ? »

Les gouttes s'écrasent sur le pare-brise. Ce n'est pas une simple bruine, c'est une véritable averse. Les essuie-glaces couinent. Le tableau de bord indique seize heures mais il fait déjà presque nuit à cause des nuages anthracite. Milly grimace chaque fois qu'elle doit passer une vitesse. Le boîtier est vieux, abîmé, il s'enraye régulièrement et produit des bruits inquiétants. Mais cela ne semble pas la troubler outre mesure. Et pour cause, elle a l'esprit ailleurs, tourné vers la passagère assise à côté d'elle. Derrière sa frange, deux yeux noirs insondables. Et ses lèvres… Ses lèvres peintes en rouge. Comme deux traces de sang. Pourquoi ? Que compte-t-elle faire là-bas ? A-t-elle rendez-vous avec quelqu'un ?

« Je déposerai les chèques pour maman à la banque », lance-t-elle.

Elle songe que si elle démarre la conversation, Flore la poursuivra.

« Ça prendra un peu de temps s'il y a du monde au guichet… »

Flore acquiesce en silence.

« Tu voudras que je te récupère quelque part ?

— Non. Je me débrouillerai. »

Coup d'œil interrogateur. Mais Flore scrute son reflet dans le rétroviseur, passe un doigt sur ses lèvres comme pour estomper un peu le rouge.

Les kilomètres défilent dans le silence revenu.

« Tu sais, il n'y a pas d'étudiants à Invercargill, pas vraiment de bars où boire un verre. Pour sortir il vaut mieux aller à Dunedin. »

Un haussement d'épaules. Puis dans un souffle :

« Peu importe. »

Des kilomètres et des kilomètres de route qui serpentent, sans rien d'autre que des vallons verts, des moutons et quelques vaches. De temps en temps, un croisement. Flore finit par sortir de ses pensées.

« Dunedin… Tu as étudié là-bas ?

— Oui. Deux ans.

— Quel domaine ?

— Je suis diplômée en écologie.

— Tu vas faire quelque chose de ton diplôme ? »

Milly a un mouvement d'épaules incertain. Flore se demande si elle l'a blessée. Elle comme tous les autres. Alors elle décide de la fermer. C'est mieux ainsi, rester seule à distance du monde. C'est tout ce qui lui reste pour mettre fin à la malédiction. Et si elle a besoin de se frotter à quelques humains, comme cet après-midi, autant se confronter à des gens comme elle, des démons.

Invercargill en cette journée maussade lui renvoie la même image que cinq jours plus tôt, quand elle l'a traversée en compagnie du jeune chauffeur allemand. Une ville morne, sans attrait. Des rues larges, tirées au cordeau. Des bâtiments en piteux état qui respirent la précarité. Quelques commerces.

« Où est-ce que je te dépose ? interroge Milly en avisant un café en face d'une enseigne de réparation informatique.

— Là c'est bien. »

Flore descend. Milly redémarre, regarde la Française s'éloigner dans le rétroviseur.

Le café est encastré entre un vendeur de mobiles et une chaîne de pizzas à emporter. Plus loin, dans la même rue, un constructeur automobile. Flore comprend ce que Milly a voulu dire en déclarant : « Tu sais, il n'y a pas d'étudiants à Invercargill… Pour sortir il vaut mieux aller à Dunedin. » À l'intérieur du café se trouve une faune locale qui ne respire pas la prospérité. Elle est bien loin l'époque des bars parisiens, les clients du Cosmo le vendredi soir. Les hommes d'Invercargill portent des tenues de chantier, leurs crânes sont dégarnis, leurs mains abîmées par les travaux physiques. Certains ont les dents noircies par la cigarette ou par une mauvaise hygiène. Quand Flore pousse la porte, on se retourne, on la dévisage avec curiosité, étonnement, avec un soupçon d'autre chose de lourd, de poisseux, qui provoque des sourires en coin. *Parfait*, songe-t-elle. *Le même mal qu'à Paris, le même remède.* Toutes les villes du monde ont ceci en commun : des hommes en manque de sexe. Des hommes qui n'auront aucune considération pour elle et voudront se satisfaire vite et bien.

Milly ralentit le pas à l'approche du café. L'averse s'est tarie pendant qu'elle déposait les chèques à la banque, signait les bordereaux de remise, faisait valoir la procuration rédigée par Autumn. Elle a traîné dans les rues, s'est arrêtée devant les boutiques pour s'emplir de tout ce qu'elles n'ont pas à Curio Bay : les pâtisseries où s'étalent des muffins aux myrtilles et des pavlovas appétissants, les bijouteries proposant bracelets, bagues et diamants, les échoppes de seconde main de l'Armée du salut et leurs vêtements à trois dollars. Elle a hésité, est entrée dans une friperie, a acheté deux robes sans les essayer : une petite blanche pour l'été, en lin, très fine, et une autre plus habillée, noire à pois blancs, évasée. Elle est ressortie le cœur battant, les joues rouges. Elle les dissimulera dans l'armoire de sa chambre. Si sa mère les voit, elle lui demandera ce qu'elle compte en faire, si elle pense avoir besoin de ces tenues pour travailler au camping.

L'enseigne où est entrée Flore plus tôt se trouve à sa droite. Milly fait mine de chercher quelque chose dans sa poche, jette un discret coup d'œil dans la vitrine. Tout d'abord, elle ne la voit pas. Elle ne repère que les ouvriers des usines locales. Sur Dee Street, non loin de là, l'entreprise MacAlister possède trois forges, une usine, une fonderie, un atelier de moulage et un autre d'ingénierie. La population d'Invercargill vit de l'agriculture et de l'industrie. Dans le centre-ville, ce sont surtout les opérateurs de production que l'on retrouve après leur service de douze heures. Dans le petit café, ils sont une demi-douzaine, entre quarante et cinquante ans. La télévision diffuse un match de rugby mais personne ne le regarde. Il faut quelques secondes de plus à Milly pour s'apercevoir que tous ont les yeux braqués vers le fond de la salle, vers la table où est attablée Flore entre deux types. L'un très gros, âgé, l'autre très maigre, la vingtaine. Sans doute un père et son fils. Ils portent le même uniforme de la fonderie, gris, râpeux.

Sur le trottoir, Milly se fait bousculer. Elle agrippe le petit sac plastique qui contient ses robes, ne quitte pas la vitrine du regard. Elle a le cœur qui bat très fort, hésite à entrer. Un jour elle s'est fait harceler par deux hommes comme ceux-là. Elle était à Dunedin, encore étudiante. Elle attendait une amie dans un café. Les types sont venus avec leurs sourires en coin et leurs questions indiscrètes. Elle n'a su que faire, n'a pas réussi à les tenir à distance. Ils se sont assis auprès d'elle, l'un a passé un bras autour de ses épaules. Elle a prétexté un coup de téléphone, s'est enfuie sans se retourner, entendant leurs rires résonner derrière elle. Elle n'a jamais remis les pieds dans ce bar, a espacé ses sorties, s'est plus ou moins convaincue que la ville n'était pas faite pour elle, que sa place était ailleurs. À Curio Bay.

Elle pose finalement sa main sur la poignée de la porte, prête à entrer. Elle a le cœur qui cogne de plus belle, les paumes moites. Elle ne sait pas ce qu'elle dira quand elle sera en face d'eux mais elle trouvera, pour tirer Flore de ce mauvais pas. Elle est sur le point de pousser la porte quand elle surprend un rire muet sur les lèvres rouge sang, un mouvement de la main gracile, léger, plein de tendresse et de séduction, effleurant la paume du plus jeune. Milly reste interdite quelques secondes. C'est une bourrasque de vent qui la réveille soudain, la ramène à la réalité, au trottoir sur lequel elle se trouve, à Autumn qui l'attend au camping, surveillant l'heure. Avant de s'éloigner, elle jette un dernier regard à travers la vitrine. Dans le café, la main de Flore est toujours posée sur celle du jeune homme. Elle rejette ses cheveux en arrière, d'un mouvement ample, calculé. Et Milly se souvient soudain de la définition de « joli cœur » qu'elle a cherchée quelques jours auparavant : « Expression de la langue française. Faire le joli cœur : se comporter comme un séducteur. »

4

La voix monocorde du présentateur radio lance le bulletin d'information du jeudi 26 août :

« Bonjour à tous, il est sept heures. Merci de nous rejoindre. Démarrons tout d'abord par un point météo. La tempête Pietra continue de sévir sur la Nouvelle-Calédonie pour la deuxième journée consécutive. La dépression tropicale s'est transformée hier matin en véritable cyclone. Pluies torrentielles, vents violents, chutes d'arbres, inondations, routes emportées, lignes électriques arrachées… Les autorités craignent désormais de voir l'océan envahir les terres littorales. La ville de Goro, à l'est du pays, est particulièrement touchée, même si de nombreuses victimes sont dénombrées à Nouméa. Les météorologues surveillent de près la trajectoire du cyclone, prévoyant qu'il pourrait se déplacer vers les côtes néo-zélandaises dans les jours qui viennent. »

Autumn s'interrompt, sa cuillère à la main, jette un coup d'œil prudent au ciel à travers la fenêtre. Rien à craindre pour le moment. L'aube baigne la baie de son habituelle lueur jaune pâle. Pas de nuages à l'horizon. Elle reprend la mastication de ses Weet-Bix en songeant à Dan. Ça lui arrive souvent, pour un oui ou pour un non. Il était féru de phénomènes naturels, en plus d'être passionné par la faune et la flore de son pays. Il était friand de ce genre de flashs info. Cela pouvait l'égayer pour la journée. Il préparait alors son imperméable, son pantalon et ses bottes de pluie, son appareil photo avec son objectif grand angle et son trépied, et il partait camper des nuits entières sous l'orage dans sa voiture, attendant le moment propice pour photographier la foudre, les vagues de dix mètres de haut ou les mouvements du cyclone dans le ciel. Ses prises n'étaient pas toujours réussies, loin de là, il était plus doué pour les animaux que pour les tempêtes, mais ça le rendait fébrile, heureux, vivant. Elle, elle se rongeait les sangs, priait pour lui, tentait de ne rien montrer de son angoisse à Milly. *Faites qu'il revienne…* Il revenait toujours, trempé, hagard, épuisé mais sauf. Excepté ce fameux matin de février. Milly avait neuf ans et c'était elle qui avait ouvert la porte aux policiers.

Mais rien ne sert de ressasser. Autumn ébouriffe ses cheveux, sa façon à elle de s'ébrouer, repousse son bol. Elle jette un coup d'œil à sa fille, aussi silencieuse qu'à son habitude, et lance :

« Il faudrait qu'on sécurise le camping si la tempête arrive. Tu sais, cet arbre près des sanitaires, qui est fragilisé… il faudrait peut-être qu'on le fasse tomber avant. J'irai chercher la tronçonneuse tout à l'heure. Tu m'aideras à installer le filin et la chaîne. »

Milly acquiesce mais Autumn voit bien, à l'expression de son visage, qu'elle ne l'a pas réellement écoutée. Ses yeux, ses beaux yeux brun miel, la couleur exacte de ceux de Dan, reviennent se poser en permanence sur le terrain de camping. Elle semble guetter quelque chose, soucieuse.

« Tout va bien ? demande Autumn.

— Oui.

— Tu as préparé la brouette ?

— Je vais la lui apporter.

— Pourquoi ?

— Pourquoi pas ? »

Voilà autre chose, songe Autumn. Sa fille ne s'est jamais permis ce genre de réplique. Pas même à l'âge ingrat. Autumn balaie à son tour le terrain de camping du regard, se demande si c'est la présence de la Française qui perturbe Milly, qui la rend si rebelle tout à coup. Mais Milly souffle sur son café et déclare :

« Il te faudra un tire-fort.

— Pardon ?

— Pour relier le filin et la chaîne… pour abattre l'arbre. »

Autumn reste sans voix quelques secondes. Milly recommence à souffler sur son café.

« On doit avoir ça, non ? lance sa mère quand elle retrouve la parole, avec une pointe de soulagement.

— J'irai voir. »

Le flash info se termine. Une chanson démarre. Autumn reconnaît un morceau d'Abba : « Dancing Queen ». Un de ses préférés. Elle sourit à sa fille, comme ça, sans raison. Ça ne lui arrive pas souvent. Milly hausse les sourcils, interrogative. Autumn termine son bol de chicorée, se sent plus légère.

Elle perçoit une odeur de bière. Une odeur sucrée, maltée, lourde. C'est la raison pour laquelle elle se retourne. Flore est là, Flore qui cherche ses mots, se tord les mains, prépare des excuses en anglais sans parvenir à aligner une phrase.

« Désolée. »

C'est tout ce qui lui vient. Elle porte ses vêtements de la veille. Ses boucles semblent lâches, fatiguées. Son rouge à lèvres a disparu. Elle a des petits yeux, un teint livide. Milly jette un coup d'œil à la route au loin, repère une voiture qui s'éloigne, blanche, quelconque.

« Tu es rentrée en stop ?

— Oui.

— Tu as croisé ma mère ? »

Flore secoue la tête. Milly sent le soulagement la gagner. Elle retire ses gants en plastique, les tend à la Française tout en jetant un regard vers le baraquement où Autumn doit se charger de la mise en rayon de la supérette.

« Alors ne lui dis rien. J'ai lavé les sanitaires, la buanderie et la cuisine. Il ne reste que les poubelles et le nettoyage du terrain.

— Merci. »

Flore se passe la main sur le visage comme si elle tentait d'effacer on ne sait quoi. Milly lui trouve une mine atroce.

« Ça va ? »

Elle revoit les hommes dans le café, la veille.

« Oui, ça va. »

Flore se met au travail sans attendre, attrape les sacs-poubelle, les déplie. Elle a la démarche incertaine, vacillante. Milly la suit du regard quelques secondes. Toute une nuit dehors... Où a-t-elle dormi ?

Dans les bras du jeune homme, le maigre ? Pourquoi ? Oui, pourquoi ?

Elle a le cœur au bord des lèvres. L'alcool, le dégoût. Les deux se mélangent subtilement. Comme à Paris. Son cocktail explosif. Quand elle rentrait, en pleine nuit, elle s'enfermait dans la salle de bains, vomissait avant de se passer sous l'eau. Elle essuyait les traces des hommes. Sperme, sueur. Elle réveillait Paul, bien sûr. Il n'était pas dupe. À la fin, il refusait de la toucher, même de la frôler, il la faisait dormir sur le canapé du salon, ne la regardait même plus. « Tu me dégoûtes. » Elle aussi se répugnait. La première fois qu'elle avait joué à ce jeu trouble, quand était-ce ? Ils étaient mariés depuis trois ans… La première fois c'était un jeune homme de vingt-quatre ans, beau, élégant, sortant d'une école de commerce. La première fois, elle avait conservé un peu de dignité. Elle s'était fait offrir quelques verres, avait accepté une danse, elle avait fait mine de résister. Il sentait bon le parfum Hugo Boss, il passait les mains dans son cou quand il l'embrassait. Il y avait de la tendresse dans ses gestes. Pourtant elle n'avait pas été au bout. Dans son studio d'étudiant, elle s'était défilée au moment de la pénétration. Il avait proposé de la raccompagner mais elle avait refusé. Elle avait compris qu'elle ne pourrait pas tromper Paul avec un jeune homme charmant, qu'il fallait que ce soit moche, sale, que ce soit n'importe qui, qu'on ne l'embrasse pas, ou pas avec tendresse. Elle devait avoir mal pour que ce soit juste. Et ça a été le cas la veille. John, c'était le prénom du type qui l'a sautée à l'arrière de sa voiture. Il travaillait à la fonderie d'aluminium,

« celle qui est alimentée en électricité par le barrage du lac de Manapouri », il lui a dit, comme si cela pouvait l'intéresser… Ils ont faussé compagnie au père, avec des regards entendus du vieux à son fils. John a offert à Flore une visite de la ville dans sa vieille voiture puis ils se sont arrêtés au bord de l'estuaire, au milieu des roseaux. Le cadre était joli, presque romantique. Le reste pas du tout. Parfait. Elle a eu ce qu'elle voulait. Elle a eu ce qu'elle méritait. Rien de plus, rien de moins. Et maintenant il faut qu'elle se mette au travail, qu'elle oublie cette nuit…

« Milly ! Milly, donne-moi ça ! »

Milly se retourne, surprise de voir arriver Flore à petites foulées, ses baskets s'enfonçant dans le sable. Elle replace ses boucles derrière ses oreilles, le souffle court.

« Je m'occupe de la plage. Je te dois bien ça. »

Elle n'a pas vraiment le temps de réagir, Flore s'empare déjà de son matériel : sa pince, ses gants, son sac plastique.

« Merci encore… pour ce matin…

— Non… C'est rien. »

Il y a tant de choses que Milly aimerait demander : qui c'étaient ces types ? Pourquoi avoir disparu avec eux ? Pourquoi cette idée soudaine d'aller caresser la main du premier venu dans un bar ? Mais elle ne dit rien. Flore commence à s'éloigner et Milly la suit, à quelques pas.

« Va te reposer, dit Flore.

— Tu sais, ratisser la plage chaque matin, ce n'est pas vraiment une corvée pour moi, c'est un moment de plaisir.

— Ah ?

— Se dégourdir les jambes face à l'immensité, imaginer le pôle Sud de l'autre côté du bleu… »

Flore ralentit puis s'arrête, attend que Milly la rejoigne. Et Milly sent qu'elle a capté son attention, changé quelque chose à son visage si fatigué, comme s'il était désormais traversé d'une lueur timide.

« Ouais, je comprends. »

Elles repartent plus lentement. Quelque chose s'est délié entre elles. Elles cherchent toutes deux ce qu'elles pourraient dire sans tout faire voler en éclats.

« C'est quoi ces drôles d'oiseaux ? interroge finalement Flore. On n'en a pas chez nous. »

Elle songe que c'est une bonne façon d'approcher Milly : lui parler des bêtes. Les oiseaux en question sont petits, noirs, montés sur deux pattes orange, avec un long bec droit, orange lui aussi. Ils sont vifs, piquent le sable de leur bec et avertissent leurs congénères dès qu'ils trouvent de quoi se nourrir. Un drôle de cri strident, étonnant, auquel les autres répondent en écho, déchirant sans le troubler vraiment le silence de la plage.

« Ce sont des huîtriers variables, indique Milly. *Toreapango* en maori.

— Tu parles le maori ?

— Juste quelques mots. »

Un sourire mystérieux flotte sur le visage de Milly.

« Ils font partie des oiseaux endémiques de Nouvelle-Zélande.

— Endémiques ? Je n'ai pas vraiment suivi les cours de bio… »

Un nouveau sourire, plus franc celui-là.

« Ce sont des oiseaux naturellement présents sur le territoire sans que l'homme en soit la cause, sans qu'ils aient été importés ou déplacés. Tu vois ?

— Je vois. »

Elles poursuivent leur marche. Le silence menace de s'installer de nouveau alors Milly tente timidement :

« Je ne vais pas te faire un cours sur l'histoire naturelle de la Nouvelle-Zélande… »

Elle songe à son père qui barbait tout le monde avec ses anecdotes sur les animaux.

« Pourquoi pas ? soupire Flore. On n'a pas franchement d'option plus excitante, non ? »

Elle a un regard amusé, presque joueur, qui rappelle à Milly ce qu'elle a lu sur son visage la veille dans le café.

« Alors ?

— Alors, alors…, bafouille Milly. Il faut revenir quatre-vingt-cinq millions d'années en arrière.

— Tant que ça ?

— La Nouvelle-Zélande, qui était rattachée au continent primitif du Gondwana, s'en est détachée à ce moment-là. Ne sont restés que deux îlots au milieu des flots. La faune s'est développée sur cette terre mais de manière totalement indépendante de l'Australie et des autres îles du Pacifique. Pas un seul mammifère terrestre n'y vivait. Seulement des oiseaux. Tu as peut-être déjà entendu ce surnom de notre pays : l'île aux Oiseaux ?

— Pas vraiment.

— La Nouvelle-Zélande c'était ça : des montagnes, des volcans et des oiseaux. Et les espèces d'oiseaux ont évolué sans avoir de prédateurs. Beaucoup des espèces que tu trouves ici, encore aujourd'hui, font donc leur nid au sol. Et de nombreuses sont inaptes au vol.

— Comment ça ? Il y a ici des oiseaux qui ne volent pas ?

— Oui. Notamment le kiwi.

— Le kiwi ?

— L'animal emblématique de la Nouvelle-Zélande. Il n'a pas d'ailes. Enfin il en a, mais elles sont réduites. Il n'a pas de muscles assez puissants pour les actionner.

— Allons bon, des oiseaux qui ne volent pas... Vous avez d'autres bizarreries ? »

Mais rien ne détourne Milly de ses tirades, surtout quand elles concernent les animaux.

« Il y a eu un taux d'endémisme très important, aucun homme n'était là pour troubler cet équilibre. Puis les Maoris ont débarqué en bateau depuis les îles du Pacifique, vers le XIe siècle. C'est là que la catastrophe écologique a démarré. Ils ont introduit les rats et les chiens, qui se sont attaqués aux oiseaux et ont causé les premiers dégâts irréversibles. Ils ont provoqué la disparition des moas, des autruches immenses, mais aussi de leur prédateur, l'aigle géant de Haast. C'était le préféré de papa, il nous en rebattait les oreilles à longueur de temps, il disait que c'était le plus gros rapace qui ait jamais existé sur terre. Bref, les Maoris ont foutu le bazar et les colons européens, quelques siècles plus tard, n'ont pas été en reste. Pour lutter contre la prolifération des rats – ils n'avaient aucun prédateur alors ils se multipliaient à une vitesse incroyable –, ils ont introduit les hermines, les chats, les furets et les opossums australiens. Ils ont fait disparaître des espèces entières d'oiseaux, de reptiles et d'insectes. Et maintenant les opossums surtout hantent les forêts et se nourrissent d'œufs de kiwi ou de nichées de passereaux… »

Milly reprend son souffle.

« Heureusement, on a tiré quelques leçons de nos erreurs. Aujourd'hui on mène une lutte sans merci contre ces nuisibles… Ce n'est pas gagné. Il y aurait trente millions d'opossums dans la nature, qui dévorent tout sur leur passage. On a créé des îles-refuges où l'on isole les espèces les plus fragiles une fois sûr que les prédateurs en ont été méticuleusement éradiqués. Papa a bossé sur l'une d'elles, plus jeune : l'île Tiritiri Matangi. Plus tard, il a rejoint Forest & Bird, un organisme indépendant de conservation de l'environnement. Il s'est pris de passion pour le dauphin Hector et le manchot aux yeux jaunes, et voilà comment on a atterri ici. »

Flore ne peut que noter le changement sur le visage de Milly. Elle n'est plus la même quand elle parle des animaux, de sa terre. Ses traits s'animent. Elle paraît plus jeune.

« Quel âge tu as ?

— Vingt-trois ans. »

De fait, elle est jeune. Plus jeune que Flore. Infiniment plus candide en tout cas.

« Tu as toujours vécu ici ?

— Mes parents sont arrivés quand j'avais dix mois. Alors on peut dire que oui.

— Et après tes études, tu n'as pas eu envie de partir, de voir autre chose ? »

Il lui semble que quelque chose se ferme subrepticement dans le regard de Milly. Elle élude la question :

« L'écologie, c'est au quotidien que ça se vit. Ici. Ça commence par ça : ramasser les déchets, éviter de pourrir l'océan de plastique, prendre soin des otaries et des phoques, leur offrir un refuge sûr. »

Flore acquiesce, ne veut pas la contrarier. Au loin, sur le terrain de camping en surplomb de la baie, Autumn étend du linge et les regarde avancer côte à côte, laissant de minuscules empreintes dans le sable. « Dancing Queen » toujours en tête, elle fredonne :

You can dance
You can jive
Having the time of your life
Ooh, see that girl
Watch that scene
Digging the dancing queen…

Elle songe que le sentiment maternel, c'est quelque chose de doux et d'amer à la fois. On fait tout pour garder son enfant auprès de soi, l'empêcher de s'envoler trop loin, puis un matin on le voit pépier avec un autre oisillon et on ne sait plus ce qu'on ressent : un pincement au cœur ou un trouble attendri. Les deux à la fois.

5

Une tasse de thé Earl Grey entre les mains, Autumn fait des allers-retours entre la fenêtre de la pièce à vivre et le petit poste de radio. Le dernier flash info date d'une heure déjà. Il annonçait l'arrivée dans la soirée de la tempête Pietra sur les côtes néo-zélandaises, dont les Catlins. Depuis, quelques morceaux de musique, une page de publicité et rien d'autre. Autumn guette. La radio et le ciel. Pour le moment, à part le vent qui se lève, tout est calme dans le camping. Milly et elle ont fait tomber l'arbre cet après-midi – juste à temps –, après avoir hésité pendant deux jours. Ça lui brise toujours le cœur d'abattre des arbres mais la sécurité avant tout. Dan ne pouvait s'y résoudre, c'était toujours à elle de s'y coller. C'était elle qui maniait la tronçonneuse et c'était lui qui se plongeait dans ses bouquins pour ne pas voir, ne pas assister à la mise à mort.

« Milly ? » appelle-t-elle.

Milly lève la tête de l'écran de son téléphone. Cela fait belle lurette qu'Autumn ne cherche plus à comprendre ce qu'elle y fait, à part faire défiler des photos. Des clichés de Kai ou de vagues connaissances de son époque à l'université. Parfois des photos d'illustres inconnues de la télévision qui posent en bikini sur des plages paradisiaques et mènent des vies que Milly n'aura jamais. Pourquoi se faire du mal comme ça ? Elle ne comprend pas, franchement…

« Tu as ramassé toutes les combinaisons qui séchaient ?

— Oui.

— Et les planches ?

— Je les ai rentrées.

— Bon. »

Rien de plus à faire, donc. Rien à part attendre, prier pour que la tempête passe un peu plus loin. Les quelques campeurs encore présents ce matin ont fui. À chaque annonce de tempête, ils décampent tous. Parfois quelques courageux prennent le risque de rester mais ils sont rares. Ce soir elles sont seules dans la baie. Toutes les deux, avec la Française qui ne quitte jamais son bungalow, sauf cet après-midi. Elle est partie à pied avec un sac à dos, est revenue quelques heures plus tard, discrètement. Un drôle de phénomène, celle-là.

« Tu as préparé les bougies ? »

Pas de réponse. Milly s'est replongée dans le grand défilé des photos sur son écran. Autumn lui trouve la mine contrariée, n'insiste pas. Elle repose sa tasse brûlante, se baisse pour chercher des bougies sous l'évier.

Elles sont en plein repas – une soupe de *kumara*[1] –, quand l'ampoule au plafond se met à grésiller. La nuit

1. « Patate douce » en maori.

est tombée. On ne voit plus grand-chose au-dehors, mais on entend. Le vent est devenu plus violent. Il siffle, gronde, s'engouffre partout, jusqu'au milieu de la pièce à vivre. Il passe sous les portes, vicieux. La pluie tombe à verse, s'écrase sur le toit. Si on tend suffisamment l'oreille, on peut même percevoir la colère de l'océan. Les vagues qui se déchaînent. Une fois, Milly avait treize ans, elles ont atteint dix mètres, ont avalé une partie du camping, les arbres sont tombés. Les dégâts ont été considérables. Autmun a dû fermer un mois entier, le temps de réparer tout ce qui pouvait l'être.

Elle est en train de craquer une allumette quand l'ampoule s'éteint, plongeant la pièce dans l'obscurité totale. Elle allume les bougies, Milly se dirige vers le compteur électrique avec le téléphone portable qui produit une aura bleutée. Elles ont la tête froide toutes les deux. Pas de panique. Elles sont habituées.

« Ça doit être général, conclut Milly en revenant avec son téléphone.

— On va attendre pour voir. »

Attendre pour voir, c'est ce qu'elles font de mieux. Elles reprennent leur repas à la bougie, dans un silence ponctué par les éléments en furie dehors et les raclements de leurs cuillères à l'intérieur.

« Un yaourt ?

— Un yaourt. »

Plus tard, elles font la vaisselle à la frontale qu'Autumn a dénichée dans un placard puis elle lit à la lumière de sa torche et Milly se poste à la fenêtre, songeuse.

« Toujours rien ? »

Il doit être vingt et une heures. Milly revient de la route, trempée, les cheveux emmêlés par le vent. Elle est allée voir si elle apercevait des lumières au loin.

« Rien.

— Les câbles ont dû être touchés. »

Autumn s'approche avec une serviette, l'aide à frictionner ses cheveux.

« Je devrais aller la voir », dit Milly.

Sa mère acquiesce. Elle y a bien songé, elle aussi. À vrai dire, elle s'attendait à la voir débarquer paniquée depuis un long moment. Dès la coupure de courant. Mais la Française n'est pas sortie de sa tanière. Autumn commencerait presque à s'inquiéter.

« Apporte-lui des bougies. »

Milly ressort et manque de s'étaler plusieurs fois sur le terrain de camping rendu glissant par la pluie. L'obscurité et les bourrasques qui rabattent des cheveux et sa capuche sur son visage l'empêchent d'avoir une vision correcte. *Bon sang*, songe-t-elle, *ce n'est pas un petit orage*. Le vent pousse une complainte angoissante, les arbres craquent. Si elle n'avait pas grandi là, dans cette nature sauvage et impitoyable, elle serait probablement apeurée. Elle s'attend donc à trouver Flore barricadée dans son bungalow, collée aux carreaux, les traits tirés par l'inquiétude. Au lieu de quoi elle la trouve assise sur la petite marche menant au préfabriqué, sous la pluie torrentielle et le vent dément. Elle a les cheveux dégoulinants, le visage luisant, mais elle paraît insensible au froid, au déchaînement des éléments. Elle fixe l'océan au loin, la houle, la violence. Elle semble subjuguée.

« Flore ! »

Elle lève la tête en entendant Milly, pourtant rien ne traverse son visage. Elle semble égarée, ailleurs.

« Il n'y a plus de courant. Je ne sais pas si tu…

— J'ai vu.

— Je t'apporte des bougies. Le chauffage fonctionne ? »

Flore revient doucement à elle, essuie les torrents d'eau sur son visage, se lève avec lenteur.

« On devrait rentrer », suggère timidement Milly.

Le vent s'est engouffré à l'intérieur, a fait tomber les rideaux, voler des feuilles aux quatre coins de la pièce. Flore tire la porte derrière elles. Milly fait craquer une allumette, allume une dizaine de bougies qu'elle dispose un peu partout. Le chauffage est tombé en panne lui aussi. Il fait un froid glacial, humide.

« Tu as des plaids ? interroge Milly, car l'autre semble incapable de réagir.

— Dans le placard de ma chambre. »

Quelques secondes plus tard, Milly revient avec de vieilles couvertures, en tend une à Flore, en enroule une autour de ses épaules.

« Attends, je vais t'aider. »

Elle s'agenouille aux côtés de Flore, rassemble avec elle les feuilles volantes. Des documents administratifs en français. Ici un tampon apposé à côté d'une signature. Là un en-tête qui lui paraît officiel. Plus loin des photos. Milly ne veut pas les regarder pourtant elle les voit. Des clichés manifestement pris à la dérobée. Flore dans un bar, accoudée au comptoir aux côtés d'un homme qui a la main autour de sa taille. Flore dans la rue, sortant d'un bâtiment, cheveux défaits, légèrement ébouriffés. Sur un autre... Milly détourne les yeux. Trop tard. Elle a vu. Elle a compris. Et Flore emporte le cliché, vite, très vite, mais pas suffisamment.

« Merci, c'est bon, je termine », lance-t-elle avec une certaine âpreté.

Milly se redresse, mal à l'aise. Elle porte déjà ses mains à ses épaules, faisant mine de retirer le plaid, de le rendre, de déguerpir, mais l'autre la devance :

« Pinot noir de Cromwell, ça te va ?

— Quoi ? »

Flore jette les photographies et les feuillets sur la table, comme de vulgaires déchets, se dirige vers l'évier. Milly aperçoit une bouteille de vin bien entamée, un verre vide. La porte du placard claque, Flore lui remplit un verre sans attendre sa réponse. Milly ne peut s'empêcher de repenser au dernier cliché. Il semble avoir été capté par une caméra de surveillance. Les lumières roses. Le rideau rouge. L'homme assis dans un joli fauteuil en cuir, sa chemise blanche entrouverte. Flore installée sur ses genoux, la tête sur son épaule. Il a le double de son âge... Milly se cogne à la banquette, étourdie.

« Ça va ? » interroge l'autre.

Comme si les rôles étaient inversés maintenant. Elle a repris ses esprits et c'est Milly qui titube.

« Assieds-toi. »

Milly s'exécute, maladroitement. Flore fait glisser un verre vers elle, prend place en face, jette un coup d'œil dehors.

« Je regardais la tempête. Ça a quelque chose de… d'apaisant, non ? »

Milly acquiesce timidement, ne sait que dire. À la maison, on répond souvent par des silences. Autumn sait les décrypter, Milly a appris aussi. Flore désigne les papiers, les photos d'un geste de la main qu'elle veut désinvolte.

« C'est rien… Ce sont les papiers du divorce. »

Un silence, de nouveau. La Française en profite pour vider la moitié de son verre. Milly n'a encore rien bu. Elle ne sait que faire de ses bras, de ses mains, de ses yeux.

« L'avocat de Paul a fait du bon boulot, on ne peut pas le nier. Paul c'est… mon ex-mari. »

Milly déglutit, s'efforce de tremper les lèvres dans son vin. Ça fait longtemps qu'elle n'a rien bu d'alcoolisé. Une éternité. La dernière fois c'était dans son autre vie, à Dunedin. Puis ses pensées reviennent à l'instant, à ce bungalow au milieu du déluge, à ce silence qui s'étend, grossit, s'épaissit.

« Tu sais ce qui est écrit là-dedans ? »

Milly secoue la tête.

« “Flore Sanchez, par son comportement psychologiquement violent, a mené son époux à une dépression nerveuse sévère ayant conduit à une tentative de suicide…”

— Mon père est mort une nuit comme ça », la coupe Milly.

Flore la regarde, le verre à la main, la bouche entrouverte, légèrement décontenancée.

« Tu tentes de faire diversion ?

— Non… Désolée.

— Non, c'est moi. »

Elles boivent, toutes les deux cette fois. *Quel duo de choc*, songe Flore, amère. Milly, l'espèce endémique du bout du monde, incapable de voler. Flore, la putain de nuisible. L'opossum. *Je n'ai pas intérêt à la bouffer. Pas elle.*

« Qu'est-ce qu'il s'est passé… pour ton père ?

— Il était parti faire des photos. Il adorait l'océan pendant les tempêtes, au crépuscule. Il y avait pourtant eu une alerte tsunami. Mais ça faisait trois fois en un mois et aucun tsunami n'était arrivé. Il avait fini par croire qu'on était intouchables. »

Milly se tait.

« Et ? la relance doucement Flore.

— On n'a rien retrouvé de lui. Juste sa voiture qui était garée plusieurs centaines de mètres plus loin. Il a été englouti par la vague. »

Flore termine son verre, sourcils levés.

« Merde…

— Comme tu dis. »

Pendant quelques secondes, elles restent silencieuses. Milly repense à ce petit matin de février, aux coups brutaux tapés à la porte, à sa mère encadrée de deux policiers, dont le visage perd toute couleur et qui s'effondre ; Flore aux cinquante pages de documents à vomir. *Violences psychologiques. Menaces. Emprise toxique. Divorce pour faute. Adultère.* Pourquoi ? Elle aurait signé sans discuter. Il n'y avait pas besoin d'un dossier, de photos, de preuves, de se faire la guerre encore. Elle est partie en lui laissant l'appartement, les meubles. S'il fallait payer elle paierait. Elle s'est exilée pour ça : pour payer ses erreurs, leur laisser à tous une chance de s'en sortir sans elle. Mais ça… ça c'était un coup bas. Aude, sa meilleure amie… Aude qui avait transmis les SMS, qui avait rédigé un témoignage : « Flore était devenue inarrêtable. Je peux témoigner de ses adultères à répétition, j'ai été témoin de deux d'entre eux. Je n'ai rien pu faire pour l'aider à aller mieux, elle partait à la dérive. » Un frisson violent la saisit tout entière, qu'elle peine à réprimer. Elle se redresse pour se remplir un nouveau verre. Finir cette fichue bouteille. Mais elle se lève trop vite, trop brutalement. Elle se cogne contre la banquette, se rattrape à ce qu'elle peut. Le verre de Milly bascule, le vin se renverse sur la table, sur les feuillets.

« Merde ! »

Milly bondit comme un ressort, attrape un torchon ou ce qu'elle pense l'être, se rend compte trop tard qu'elle essuie avec un pull blanc. Flore ne semble pas s'en soucier. Flore dont les yeux sont rouges, tout à coup, se tait, regard rivé au-dehors. Elle s'agrippe à la tempête, visiblement plus apaisante que ses propres tourments.

Milly va chercher une éponge, nettoie, sèche, puis elle s'occupe des papiers du divorce qu'elle intercale entre des feuilles d'essuie-tout.

« Ça devrait limiter les dégâts… »

Maintenant Flore sanglote, presque en silence. Elle a les épaules agitées de petits soubresauts et des reniflements discrets.

« Mon ami Kai me répète souvent un proverbe maori : “Tourne-toi vers le soleil, ton ombre sera derrière toi.” »

Flore serre les dents. *Allez, ne dis rien, ne la bouffe pas. Elle essaie d'être gentille.* Mais c'est dur.

« On en a un en France qui dit : "Le bonheur n'entre point dans une âme corrompue."

— Je…

— Allez, termine ton verre. Tu en reveux ? »

Milly secoue la tête. Flore hausse les épaules, termine le vin au goulot. *Tu es pitoyable, ma fille.* Elle n'a plus grand-chose à vouloir sauver ce soir. Si la vie était joueuse, si on avait le droit de négocier un peu avec le destin, elle pourrait passer un pacte : se faire engloutir par la tempête ce soir même, pourvu qu'on recrache de l'océan le père de Milly. Ainsi les choses seraient justes. Mais elles ne le sont jamais. Et Milly, cette pauvre Milly à l'âme pure et innocente, doit se farcir sa présence. Elle est trop polie pour décamper. Elle s'assurera que ses sanglots s'arrêtent avant de repartir en lui souhaitant une bonne nuit.

« Il avait quel âge ton père quand il est parti ?

— Trente-neuf ans.

— C'est bien jeune pour mourir. »

Elle n'a pas trouvé mieux pour se montrer sympa.

« Tu sais, Paul s'est raté. Tant mieux. Vingt-sept ans c'est trop jeune pour mourir aussi.

— Oui.

— Et vingt ans c'est trop jeune pour se marier. Ne fais pas cette connerie, hein ? »

Milly esquisse un faible sourire qui donne l'impression qu'elle a une crampe.

« Paul était… comment on dit en anglais… mon amour de jeunesse ?

— Oui.

— Je n'avais connu que lui. Je l'avais rencontré au lycée. Tout le monde nous a dit que c'était une connerie de vouloir se marier si jeunes. Ma famille, nos amis. Sa famille, c'était différent : chez eux c'était une vieille tradition de se marier à vingt ans, mais pas avec des filles comme moi, tu vois ? »

Un haussement d'épaules timide : Milly n'est pas certaine de voir, non.

« Il avait grandi dans le 16e arrondissement de Paris. Tu… Toi ça ne te parle pas. Ses parents avaient une nourrice à domicile pour les enfants, une résidence secondaire en Normandie, un abonnement à l'Opéra et au théâtre. Tu vois le genre ? Moi, j'étais… je débarquais de Sens. C'est une ville sans intérêt plus au sud. Bien sûr ils avaient l'esprit ouvert, bien sûr j'étais la bienvenue chez eux, mais la mère est restée muette quand on a annoncé qu'on voulait se marier. Elle avait les paupières qui clignaient nerveusement et aucun mot ne sortait. Et puis… il y a eu les mises en garde l'air de rien : “Le mariage en séparation de biens, c'est mieux, hein, Paul chéri ? Vous y avez bien réfléchi ? Pas un PACS plutôt ? Ça ne doit pas dissuader Paul de finir ses études. Il se destine au barreau, hein, Paul chéri ?” L'essentiel s'est joué dans l'intimité, derrière mon dos. Oh, ça a ressurgi avec le temps. Les insinuations de sa mère sur mes mœurs et son père qui acquiesçait. Qui sait comment on vivait là d'où je venais ? D'autant que j'étais une enfant de divorcés. Forcément ça allait mal finir. »

Elle repose son verre un peu brutalement.

« Ils ne s'y sont pas trop trompés… Bon, et toi ? »

Milly se tasse sur sa chaise.

« Quoi moi ?
— Ton père… Il n'a pas de tombe alors ?
— Si. Il a une tombe mais il n'y a rien dedans. »

Flore songe que c'est dérangeant, qu'elle n'aimerait pas. Puis, dans le silence qui suit, elle réalise qu'il n'y a plus de vin, plus rien à servir à Milly mais qu'elle ne veut pas la voir filer, se retrouver seule au milieu de la tempête.

« Ça dure combien de temps ce genre de déluge ?
— Parfois toute une nuit. Parfois quarante-huit heures.
— Tant que ça…
— Ouais. »

Flore se lève, ouvre les placards de la kitchenette.

« Tu veux du thé… froid ? »

Elle agite le paquet d'Earl Grey trouvé à la supérette.

« Il n'y a que ça chez ta mère. »

Milly sourit.

Elles se postent à la fenêtre, le thé glacé entre les mains. Dehors, au bruit du vent se sont ajoutés des craquements inquiétants, sinistres. Flore réfléchit. Que pourrait-elle trouver à dire pour rattraper ce désastre ? Elle est presque certaine que Milly a vu les photos. Son plus grand déshonneur. Savoir qu'on est une catin est une chose, qu'un autre découvre ces clichés en est une autre. L'œil froid et distant du photographe immortalisant ses saloperies. Elle serre les mains autour de sa tasse, retient son souffle le plus possible. Si elle arrête de respirer suffisamment longtemps, tombera-t-elle raide morte ou aura-t-elle un réflexe de survie ?

La voix de Milly s'élève soudain :

« Pourquoi tu as voulu te marier avec lui ? »

Elle la scrute de profil, n'ose pas vraiment l'affronter. *Douce Milly*…

« Bonne question. Je… j'étais bête, amoureuse. Il était là avec ses beaux yeux bleus, ses traits encore enfantins, ses cols de chemise qui dépassaient de ses pulls et ses mains très douces. Il parlait joliment, il y avait… quelque chose de délicat en lui, et puis… c'était la première fois que je ressentais ça, la première fois que je sortais avec un garçon pour de vrai. J'avais l'impression de mourir chaque fois qu'il me regardait dans les yeux avec intensité, l'impression de me désagréger de l'intérieur chaque fois qu'il me caressait, je vivais un supplice chaque fois qu'il oubliait de m'appeler. J'étais persuadée que je ne vivrais plus jamais ça, qu'il me faudrait mourir au moins pour vivre quelque chose d'aussi fort, d'aussi violent, d'aussi irréversible. J'étais idiote. Une idiote qui découvre l'amour et la passion, qui croit que personne avant elle ne l'a vécu et ne peut la comprendre. Alors je lui disais… »

Elle secoue la tête, pleine de mépris pour elle-même.

« Je lui disais que si on se mariait, je n'attendrais plus jamais rien de la vie, je pourrais mourir en paix. Et lui… pauvre idiot qu'il était… il m'a crue. »

Flore boit une longue gorgée de thé et reste un instant immobile.

« Et plus nos proches s'opposaient à ce mariage, plus ils tentaient de nous dissuader, plus ça nous confortait dans notre connerie. On se jouait notre drama : seuls contre tous, les amants maudits, notre amour triompherait. Ridicule… On était deux gosses un peu trop fleur bleue. Un peu trop cons, ouais. »

Elle se tourne vers Milly, la fixe avec sévérité.

« Ça t'est déjà arrivé d'être aussi stupide ? »

Milly déglutit.

« Mmh… Je ne crois pas, fait Flore sans attendre sa réponse. Tu as les pieds sur terre. Tu es solide. »

Et il lui semble que Milly acquiesce. Au loin, quelque chose de lourd tombe. Cela produit un bruit mat, aussitôt couvert par le fracas des vagues, les rugissements du vent.

« Qu'est-ce que c'était ? »

Elles scrutent toutes les deux la fenêtre mais l'obscurité engloutit tout, les empêche de discerner quoi que ce soit.

« Noces de coton, noces de cuir, noces de froment… Vous avez ça vous aussi ? reprend Flore.

— Oui. Mes parents ont fêté leurs noces de turquoise.

— Combien d'années ?

— Dix-huit ans.

— La vache ! Ils ne se sont pas écharpés ?

— Non… Papa ne parlait pas assez pour ça. Maman aurait dû se disputer toute seule. »

Milly sourit mais il ne lui semble pas que Flore ait entendu. Elle est songeuse, contrariée, sombre.

« Les miens se sont entretués à leurs noces de coquelicot – huit ans de mariage. Quant à Paul et moi, à nos noces de cire, à peine quatre ans, on avait déjà compris que la haine n'est que l'autre versant de l'amour. Et attention, Milly, comme ça, ça semble être une phrase toute faite, une expression stupide, mais il n'en est rien. La bascule est rapide, inattendue. »

Elles sont soudain interrompues par un bruit sourd. Une ombre noire qui se jette contre la vitre sans crier gare. Flore s'étrangle, recule, renverse un peu de thé. Milly, posément, déverrouille la porte, fait entrer le vent, dit :

« Je ne t'ai pas vue arriver. »

Et Flore, dont le cœur peine à retrouver sa fréquence habituelle, découvre Autumn, trempée, le visage rongé par l'inquiétude.

« Milly, enfin ! Je t'attendais… j'ai cru qu'il y avait un problème !

— Tout va bien », répond Milly sans se troubler.

Autumn soupire, entre tout à fait, jette des coups d'œil alentour. Elle note les bougies, la bouteille de vin, les deux verres, les sachets de thé. Son visage exprime une foule de pensées qu'elle taira, comme elle en a l'habitude.

« Il n'y a plus de courant ?

— Non.

— Je crois qu'un arbre est tombé plus loin.

— On a entendu quelque chose », confirme Milly.

Autumn frotte ses mains, tourne sur elle-même comme si elle faisait un état des lieux.

« Tu n'as besoin de rien pour la nuit ? demande-t-elle à la Française.

— J'ai des couvertures chaudes.

— Bien. »

Un silence tendu s'installe. Flore se demande si elle devrait proposer un thé froid à Autumn mais celle-ci s'apprête déjà à repartir. La main sur la poignée de la porte, elle s'adresse à sa fille :

« Ne traîne pas, Milly. On va devoir se lever de bonne heure pour évaluer les dégâts. Si on a besoin de renfort, il faudra appeler dès l'aube. Entendu ?

— Entendu. »

Le vent, à l'extérieur, ne leur paraît pas plus glacial qu'Autumn. Les deux filles la regardent disparaître sans dire un mot. Flore finit par lâcher :

« Elle est toujours comme ça ?

— Comme ça comment ? »

Elle cherche ses mots, prudemment.

« Pas commode. »

Milly sourit. Elle ressemble à une petite fille. Elle est attendrissante et Flore, légèrement troublée, ne trouve rien à répliquer. Pas même : *Te laisse pas faire, hein ?*

« Elle a peur de me voir grandir », déclare Milly avec un haussement d'épaules.

Puis, comme le silence se prolonge :

« Avant elle avait peur de me voir grandir sans mon père. Maintenant elle a peur de me voir grandir tout court. »

Elle repose sa tasse sur la table. Flore comprend qu'elle va partir. Dans une poignée de secondes, elle ouvrira la porte et disparaîtra dans l'obscurité. Elle se retrouvera seule avec son fichu dossier, la trahison d'Aude, les photos qui lui donnent envie de gerber, de se jeter à la mer.

« Tu ne veux pas un autre thé froid ?

— Non ça va.

— Alors avant que tu t'en ailles… »

Flore disparaît dans la chambre. Puis elle réapparaît avec un stylo. Un simple et banal stylo bleu. Elle s'installe devant sa table, récupère les feuillets tachés de vin.

« Je n'aurai plus le courage de le faire quand tu seras partie… »

Sur cette phrase en suspens, Milly la regarde parapher, déglutir, parapher encore, chasser une pensée d'un clignement de paupières nerveux, signer enfin. Elle a une drôle de voix, comme si une pierre obstruait sa gorge, quand elle parle enfin :

« Si ça ne t'embête pas… je n'y arriverai pas, moi… Tu pourras envoyer ça en recommandé ? L'adresse est là. »

Elle la lui indique au dos de l'enveloppe kraft qui contenait les documents. Un cabinet d'avocats à Paris.

« Je te revaudrai ça, d'accord ?

— Ne t'en fais pas.

— Si. Tout ce que tu voudras. »

Milly hausse les épaules, saisit le tas de papiers officiels. Les photos sont absentes. Elles sont restées sur la table, sous le coude de Flore qui semble vouloir les écraser.

« Merci, Milly.

— Je t'en prie.

— Fais attention aux arbres en rentrant… »

Milly enroule soigneusement les papiers dans une couverture qu'elle serre contre sa poitrine pour les protéger de la pluie. Puis elle fait coulisser la porte vitrée. Flore voudrait lui lancer en riant : *Reste, on emmerde ta mère. Reste pour la nuit, je prendrai la banquette.* En riant et en priant en même temps parce qu'elle a les larmes qui montent de nouveau, maintenant qu'elle s'apprête à se retrouver seule.

« Bonne nuit ! fait simplement Milly.

— Bonne nuit. »

La porte vitrée se referme. Plus de Milly. Plus de papiers du divorce. Seulement la tempête qui rugit. La tempête et les photographies. Flore saisit la boîte d'allumettes que Milly a laissée, en craque une. Elle ne quitte pas le papier glacé du regard. Elle contemple son corps qui brûle, son visage qui fond, ses cheveux qui se gondolent, noircissent et cette étreinte hideuse avec cet homme trop vieux qui lui donne des haut-le-cœur même ainsi, ravagée par les flammes. *Qu'es-tu devenue, Flore Sanchez ?*

6

Flore n'a pas fermé l'œil de la nuit. Le vent lui évoquait de longs hurlements sinistres. Des appels à l'aide désespérés. Les vagues semblaient envoyer des messages de Dan : *Laissez-moi rentrer à la maison, laissez-moi retrouver Milly, elle a besoin de moi. À ma place prenez l'autre, cette dépravée, cette marie couche-toi là.* Paul l'appelait comme ça à la fin, quand il voulait se montrer charmant. Le reste du temps, c'était plus salé… Les photos, bien que brûlées, réduites à un tas de cendres, la narguaient. Et puis elle avait la vessie pleine et aucune envie de se risquer dans la tempête pour se rendre aux sanitaires. Quand elle se décide à se lever, il est sept heures. Les premières lueurs timides de l'aube dévoilent la baie. La mer, encore très agitée, n'est plus menaçante. La plage, en revanche, est méconnaissable. Les étendues de sable fin doré ont été remplacées par un cimetière de bois mort, de branches, de troncs, de déchets divers charriés par les vagues. Les huîtriers sont là, pépiant, cherchant désespérément un peu d'espace pour s'adonner à leur pêche.

Flore s'emmitoufle, quitte le bungalow prudemment. L'état de la plage l'a préparée au reste, mais pas suffisamment… Elle s'aperçoit tout de suite que de nombreux arbres ont ployé et gisent, tronc éventré, branches à l'agonie, au sol. Les couvercles des poubelles en fer ont volé, certaines ont été traînées sur plusieurs dizaines de mètres. Les sacs, coincés dans les buissons, ont semé leurs détritus. Elle se dirige vers le bloc sanitaire avec de plus en plus d'appréhension. Et elle a raison… La porte du bloc, à force de claquer dans le vent, s'est effondrée, sortie de ses gonds. Quelques carreaux se sont cassés sous l'impact. Plus loin, le cabanon en rondins lui réserve un spectacle plus triste encore : la porte vitrée s'est brisée, cible d'un projectile volant. Sans doute une branche épaisse. Deux tables de pique-nique ont vu leurs bancs s'envoler et se fracasser plus loin. Et les barrières en bois, les palissades entourant la plage et délimitant certaines allées du camping sont toutes couchées, irrécupérables. Et puis partout traînent des objets venus d'on ne sait où, de tout le voisinage sans doute : bâches en plastique, tuiles, bouts de câble, morceaux de ferraille, même un rétroviseur…

Flore s'immobilise, la main plaquée contre la bouche, glacée. Tant de violence. Un tel déchaînement. Elle songe à Milly et à Autumn qui soignent ce coin de terre avec tant d'attention, tant d'acharnement, ces longues heures passées à construire, à réparer, à entretenir. Elle imagine leur effroi, leur abattement. Elle n'ose pas aller frapper à leur porte. Elle se dit qu'elles apparaîtront bien assez tôt, la mine défaite. Puis elle entend des voix, trois, peut-être quatre, qui proviennent de l'autre côté de leur baraquement en béton. Elle hésite, s'approche, contourne le bâtiment, constate que le store de la supérette est ouvert, qu'une brouette pleine d'outils est déjà prête.

Autumn et Milly sont là, en tenue de travail, prêtes à démarrer, prêtes à en découdre sans s'apitoyer. Un jeune homme est avec elles, ainsi qu'un homme plus âgé. Ils ont le teint cuivré et les cheveux noirs. Sans doute des voisins. Personne ne voit Flore, sauf Milly qui s'éloigne du groupe pour aller à sa rencontre.

« Bon Dieu, souffle Flore. Je suis désolée, c'est terrible… »

Milly a les traits tirés. Elle n'a pas dû dormir beaucoup non plus.

« On est habituées », fait-elle, l'air impénétrable.

Flore cherche quelque chose à répondre. Mais Milly lui saisit le bras et lui fait tourner les talons presque de force.

« Va te mettre à l'abri. C'est un vrai champ de mines. Des câbles sont tombés un peu partout.

— Est-ce que je peux… donner un coup de main ?

— Non. Rentre au bungalow. La compagnie d'électricité va arriver dans la journée. Tant que cette histoire de câbles n'est pas réglée… »

Flore jette un dernier coup d'œil derrière elle. Autumn et les deux hommes ont disparu à l'intérieur de la supérette.

« Ne t'en fais pas, ajoute Milly. Je n'oublierai pas ton enveloppe.

— Ce n'est pas… Je…

— À plus tard ! »

Elle se fait littéralement chasser mais elle est trop hagarde pour réagir.

Autumn n'a pas le temps de s'apitoyer, non. Il faut agir, vite. Plus on laisse les choses s'embourber, pire c'est. Les déchets s'amoncellent, les objets volants, parfois coupants, tranchants, dangereux, continuent leur course, causent d'autres dégâts, finissent dans la mer, blessent les poissons, les otaries, les phoques. Milly le sait aussi, elles n'en sont pas à leur première tempête. Toute la matinée, des gens vont et viennent : les rares voisins pour prêter main-forte ou se plaindre, les pompiers.

« Circulez, y a rien à voir ! » s'emporte Autumn.

Elle sait comme ils sont : ils sont encombrants, ils veulent sécuriser la zone, tendre des cordons, ils gênent plus qu'autre chose… Leur voisin Anaru rappelle la compagnie d'électricité toutes les demi-heures. Plus loin, dans la rue, un poteau électrique s'est effondré, l'autre est branlant, prêt à suivre à la prochaine bourrasque. Les câbles sont tombés sur les toits des maisons. On a évacué les habitants en urgence. Autumn connaît très bien le danger avec les câbles à moyenne tension : ils n'ont pas de gaine isolante. Quiconque s'en approche à moins de trois mètres, même sans rien toucher, risque l'électrisation ou l'électrocution. Il se produit un arc électrique fatal entre les fils et le corps et c'est fini.

« Qu'est-ce qu'ils fichent, bon sang ? »

Anaru secoue la tête, dépité. Le téléphone en attente à son oreille, il fait les cent pas.

« Où sont les enfants ? demande-t-il à Autumn.

— Ils sont allés s'occuper des arbres, je crois. »

Autumn fouille dans sa poche, trouve les clés du quad. Il est temps de faire le tour du terrain et des environs, voir s'il n'y a rien de plus urgent à gérer. Un animal pris au piège d'une chute d'arbre, un véhicule embourbé, les installations électriques du camping déterrées…

Ça dure ainsi des heures : les allées et venues d'Autumn, de Milly, des deux hommes, tantôt à pied, tantôt sur le quad, criant, poussant la brouette, charriant des branches plus grosses qu'eux, se lançant des signes de la main, parlementant au téléphone. La pluie se remet à tomber, pourtant ça ne les arrête pas. Ils effectuent un travail de fourmi, se protégeant à peine du vent. En fin de matinée, un agent d'entretien envoyé par le comté vient grossir le groupe. Il se fait chasser par Autumn :

« On est bien trop nombreux ! On va se marcher dessus ! »

Flore les observe à travers la porte vitrée de son bungalow. Elle se sent glacée dans le préfabriqué humide et parfaitement inutile, désemparée. Ses jambes la démangent.

En début d'après-midi, la pluie se calme et elle met un pied dehors. Elle aperçoit au loin, garés devant le bâtiment d'Autumn et Milly, trois fourgons de la compagnie d'électricité. Des hommes en tenue noire, casque de chantier blanc sur la tête, munis d'une immense échelle. La baie est à marée basse. Aucun signe d'animaux ce matin. Ils ont dû fuir, se mettre à l'abri. Seuls les huîtriers et quelques goélands sillonnent les cieux, se posent quelques instants sur le sable avant de repartir. Flore s'habille chaudement, enfile son imperméable, attache ses cheveux. Ses baskets blanches n'ont plus grand-chose de blanc, peu importe. Si le camping est un champ de mines, s'il est trop dangereux pour elle, elle s'occupera de la plage. Déblayer le sable, ramasser le bois mort, les branches, les algues, regrouper les détritus. Rendre la baie aux animaux.

Elle se met au travail, perd la notion du temps. Les mains rougies, gonflées, brûlées par le froid, le visage insensibilisé, la goutte au nez, les cheveux trempés par la pluie, les orteils endoloris, tout cela lui paraît salutaire. Pire : mérité. *Trime, ma vieille, allez trime, rends au centuple.* Elle s'essouffle, s'étourdit, s'affame, s'enrhume. Pourtant ce n'est pas assez, ce ne sera jamais assez. Le jour décline. Elle n'a pas un regard pour le camping en surplomb. Elle ne regarde que l'horizon, le soleil qui se couche derrière les nuages et le pôle Sud que l'on imagine « de l'autre côté du bleu », comme l'a si bien dit Milly.

Sur le terrain en hauteur, Autumn et Milly restent silencieuses de longues secondes, interdites. Elles ont le dos fourbu, les paumes pleines d'ampoules, les épaules en compote. Elles ont faim, froid, envie d'une soupe brûlante, d'un bain chaud. Mais l'électricité n'est pas revenue, ne le sera pas avant demain, peut-être après-demain. Le travail sur le terrain n'est pas fini, loin de là. Il leur faudra encore quelques jours. Les installations électriques destinées aux camping-cars ont grillé. Il faudra tout remplacer. Elles pourraient céder au découragement un instant, mais elles ne le font pas. Parce qu'un spectacle curieux se joue devant leurs yeux, un de ceux qui remettent du baume au cœur, redonnent un peu d'énergie dans la tourmente, comme une étincelle au milieu des gravats. C'est Autumn qui finit par parler, incrédule :

« C'est elle qui a fait tout ça ? »

Elles suivent du regard la silhouette noire qui va et vient, transporte, jette, s'essuie le front, repart, se baisse, ramasse inlassablement.

« Il faut croire. »

Au milieu de la baie, suffisamment loin du rivage pour éviter les vagues les plus perfides, Flore fait grossir un amoncellement de branches, d'arbres cassés, de bois mort. Bientôt le tas sera plus haut qu'elle. Bientôt il fera totalement nuit.

« Eh bien », murmure Autumn.

Et Milly n'a pas besoin de plus pour comprendre ce que ressent sa mère. De la stupéfaction. De la gratitude. Un élan de douceur qui vient fissurer un instant sa carapace rigide.

« Va chercher un briquet, dit-elle à sa fille. Et des feuilles. »

Autumn a rejoint Flore. Elles portent à deux les plus gros morceaux. Des troncs charriés par le courant. Elles soulèvent, rapatrient, jettent et repartent en silence.

« Ça ira pour aujourd'hui ! » lance Autumn quand sa fille apparaît, briquet et vieux journaux à la main.

Flore ne regarde pas Milly et Milly ne regarde pas Flore. Elles fixent toutes la plage, dont seule une parcelle est redevenue praticable. Il faudra encore de longues heures. De longs jours peut-être. Si le temps est clément, la météo de leur côté… Le briquet claque. Milly dépose les vieux journaux au milieu du bûcher, protège la flamme, souffle, attise le feu. Elle sait faire. Ça et des milliards d'autres choses. Elle est incroyable. À cet instant, c'est une pensée que partagent Flore et Autumn, sans le savoir.

« Bon. »

Milly se laisse tomber sur le sable, éreintée. Elle replie ses genoux contre sa poitrine, enroule ses bras autour. Autumn hésite mais la lassitude la gagne à son tour. Elle s'assied en tailleur, souffle. Un long soupir qui se passe de mots. Flore est la dernière à prendre place, un peu en retrait de la mère et sa fille. Les lèvres bleues, les mains agitées de tremblements, frigorifiée jusqu'à la moelle.

Ce soir, elles sont absolument identiques. Le même feu se reflète dans leurs yeux. La même pensée traverse leur esprit : *Demain sera un autre jour.* Elles regardent les flammes danser, écoutent le bois crépiter. Autumn se redresse.

« Je vais faire réchauffer la soupe de *kumara* sur notre vieux réchaud de camping. »

Et cela leur semble être une bénédiction.

Elles se partagent la soupe de *kumara* agrémentée d'une bonne dose de crème à la table de la salle à manger, à la lueur des bougies. Elles trempent des tranches de pain de mie dans le breuvage chaud, dévorent comme si elles n'avaient rien avalé depuis des jours. Elles ne disent rien, jettent des coups d'œil de temps en temps à la baie, au loin, dans la nuit, à la lueur rougeoyante du bûcher. Les batteries des téléphones portables sont à plat, l'autoradio est silencieux, hors service. Il n'y a plus qu'elles, isolées du monde.

Elles sont en train de saucer leurs bols quand on toque à la porte. Autumn se lève dans un raclement de chaise, va ouvrir. Flore reconnaît la voix. L'homme qui était là ce matin, avec son fils. Le voisin. Elle dépose son bol dans l'évier, récupère son imperméable. Elle est éreintée, n'a qu'une envie :

s'écrouler dans son lit. Elle s'apprête à filer, à saluer les deux femmes, quand Milly la retient par le bras.

« Laisse-moi te chauffer une bouillotte pour la nuit, d'accord ?

— D'accord. »

Autumn a disparu avec le voisin. La maison est silencieuse. Elles se plantent devant le réchaud à gaz, regardent l'eau frémir puis bouillir à grosses bulles. Milly remplit la bouillotte à l'ancienne avec des gestes précautionneux, l'enroule dans une serviette-éponge avant de la tendre à Flore pour éviter qu'elle ne se brûle.

« Glisse-la sous ta couverture, ça devrait te maintenir au chaud toute la nuit.

— Merci, Milly. »

Elles restent un instant figées, l'une en face de l'autre, sans trop savoir comment se saluer. Puis Milly sourit, tout simplement, avec une de ses mèches qui s'échappe de son chignon et vient chatouiller son menton.

« Bonne nuit, dit-elle.

— Bonne nuit à toi.

— Merci pour la plage…

— Tu parles. »

Flore claque la porte derrière elle, se presse, la bouillotte serrée contre elle. Arrivée devant son bungalow, elle se tourne quelques secondes face à la baie. Les dernières braises rougeoient encore dans le bûcher. Il faudra recommencer demain. Des heures et des heures à charrier, à jeter, à charrier encore contre le vent, la pluie, avec les paumes irritées, le dos moulu, le corps raide mais l'esprit vide. Et ça a quelque chose de rassurant, d'apaisant même.

7

Une semaine déjà qu'elles déblaient, entassent, brûlent, remplacent les vitres cassées par du carton, relancent la compagnie d'électricité, appellent les assurances, nettoient, réorganisent, rejettent les réservations, font le trajet elles-mêmes jusqu'à Invercargill pour se réapprovisionner. Les camions ne passent plus. La faute aux poteaux tombés, aux troncs sur la chaussée, aux câbles meurtriers encore piégés dans les branchages…

Autumn gère les réclamations, les appels à répétition, le ravitaillement. Elle est leur lien avec l'extérieur. Milly prend en charge le camping, ses infrastructures, les réparations qu'elle peut assurer, le rafistolage. Flore continue de ramasser les déchets sur la plage. Elles ne se sont pas concertées, à aucun moment. Elles ont pris leur rôle ainsi, le plus naturellement du monde, et cela fonctionne. Aucune ne gêne les autres, aucune ne se plaint. Elles ne tergiversent pas, elles font, tout simplement.

Anaru, qui venait chaque matin, a fini par espacer ses visites. Les ouvriers de la compagnie d'électricité terminent peu à peu les travaux. Les animaux reviennent, doucement, craintivement, puis ils reprennent leurs habitudes comme si la tempête Pietra n'était jamais passée.

En fin de semaine, l'électricité est rétablie. Flore ne rebranche pas son téléphone portable, non. Elle se jette sous la douche, dans le bloc sanitaire parcouru de courants d'air glacés. La porte n'a pas encore été remplacée. Peu importe. Elle avale l'eau brûlante, la recrache en jets euphoriques, s'enivre de gel douche vanillé. Lorsqu'elle ressort, sa peau est fripée, rouge et brûlante. Elle regagne son préfabriqué en se séchant les cheveux dans une serviette-éponge, réfléchissant au repas qu'elle va pouvoir se concocter maintenant que le courant est revenu, maintenant qu'elle n'a plus à partager une soupe ou un sachet de nouilles déshydratées à la table de ses hôtesses.

Devant son bungalow, elle découvre Milly, assise sur la petite marche en béton. Milly qui fait tourner un morceau de papier entre ses mains, le plie, le déplie, le lisse. Elle se lève d'un bond en l'apercevant, lui tend le coupon.

« L'avis de dépôt de ton recommandé. »

Flore s'en empare, le froisse, songe qu'elle ne devrait pas, qu'elle devrait le conserver au cas où – les déboires administratifs, on ne sait jamais… Mais c'est plus fort qu'elle. Elle en fait une bouillie dans son poing pendant qu'en face d'elle Milly hésite, se balance d'un pied sur l'autre, se racle la gorge.

« Tu te souviens, tu m'as dit un jour… »

Flore attend. Rien ne vient. Milly semble tourmentée par quelque chose.

« Je t'ai dit… ?

— Que tu me revaudrais ça. »

Tiens, songe Flore, intriguée. *Qu'est-ce qu'elle va me demander ? Quel genre de secrets cache Milly ?*

« J'ai dit ça, en effet.

— Eh bien il y a ce truc ce week-end.

— Quel truc ?

— Je ne pensais pas qu'ils maintiendraient avec la tempête et ses dégâts mais… apparemment la cérémonie est maintenue et le temps s'annonce correct.

— Une cérémonie ?

— De mariage. Mon ami Kai se marie.

— Oh. »

Elle a du mal à masquer sa répugnance. Vraiment, un mariage ? Milly n'a-t-elle rien trouvé de pire à lui demander, à elle qui fait face au divorce le plus laid de l'histoire de l'humanité ?

« Maman devait m'accompagner mais avec la tempête, les constats à établir, les problèmes avec les assurances et le camping qu'on doit rouvrir à tout prix…

— Un mariage, tu es sûre que tu veux que je vienne ?

— Je… j'aimerais…

— Tu n'as personne d'autre pour t'y accompagner ? »

Elle se rend compte trop tard qu'elle a blessé Milly. Quelque chose sur son visage se referme. *Qui d'autre ?* répliquerait-elle si elle n'était pas si polie. *Qui dans cette zone de non-vie ?*

« Bon, alors… s'il le faut… »

Milly déglutit, tente de se montrer enthousiaste :

« Ça peut être intéressant, tu sais…

— Intéressant ?

— C'est un mariage dans la pure tradition maorie. Kai et sa fiancée, Amaia, sont de la même communauté. La cérémonie sera célébrée en plein air, face à la mer. Ce sera… un moment à part. »

Quelques muscles se figent sur le visage de Milly, lui donnent un rictus nerveux.

« Bon… d'accord. Mais… je ne sais pas si j'ai quelque chose à me mettre !

— Fais simple, on sera en extérieur, par dix degrés ! »

Ces mots reviennent à l'esprit de Flore en voyant Milly débarquer en ce début d'après-midi du samedi vêtue d'une robe purement estivale : « Fais simple, on sera en extérieur, par dix degrés ! » Milly les épaules nues, le cou découvert, dans une robe tutu noire à pois blancs. La robe à trois dollars achetée à l'Armée du salut, à Invercargill. Une robe qui jure superbement avec ses chaussures : d'affreux mocassins à talons larges, en cuir bleu marine à surpiqûres blanches et boucles en métal doré. Des chaussures ayant probablement appartenu à Autumn à une époque où elles étaient considérées comme du dernier cri ou au moins mettables. Elles jurent tellement que Flore ne voit que cela, ne peut en détacher son regard.

« Ça n'est pas… ça ne va pas ? » interroge Milly.

Flore fronce le nez.

« La robe est superbe.

— Mais les chaussures… »

Milly sait, elle a deviné bien sûr.

« Je peux te prêter mes baskets blanches si tu veux. Tu serais plus à l'aise dans des chaussures plates.

— D'accord. »

Milly s'installe sur la banquette de la cuisine, se baisse pour retirer les escarpins d'un autre temps.

« Je les ai piqués à ma mère. »

Tu m'étonnes… Flore part fouiller dans son placard, revient avec la paire de baskets blanches tachées, qu'elle doit lessiver.

« Tu vas mettre quoi, toi ? interroge Milly.

— Ne t'en fais pas, j'ai de vieilles ballerines… »

Elle remplit une bassine d'eau, saupoudre quelques pincées de poudre à laver, attrape une éponge. Elles ont une heure devant elles, heureusement.

« Tu m'avais dit simple. Je n'ai mis qu'un jean et un chemisier. Même pas le plus beau.

— C'est très bien », lui assure Milly.

Tout en frottant au-dessus de la bassine, Flore lui jette des coups d'œil à la dérobée. C'est la première fois qu'elle la voit ainsi, sans ses vêtements de travail, les cheveux lâchés couvrant ses épaules. Ils sont lisses, légers. Elle porte deux perles aux oreilles. Elle a mis une légère touche de rose poudré sur ses lèvres et une couche de mascara. *Eh bien*… Flore n'a pas fait tant d'efforts. Un jean brut. Un chemisier rayé écru et brun. Une tresse pour dégager son visage, empêcher les boucles de venir la chatouiller. Et elle s'est coupé les ongles, sa petite touche de coquetterie. Il fut un temps où elle se serait maquillée, peut-être même mis du vernis. Mais c'était avant…

« Ce Kai, c'est un très bon ami ?

— Pourquoi ?

— Parce que tu as mis le paquet. »

Milly ne sourit pas, n'est pas d'humeur à plaisanter. Flore la sent étrangement tendue.

« On est liés depuis tout petits. On était les deux seuls gamins du voisinage. On a découvert la baie ensemble. On connaît chacun de ses recoins et de ses trésors par cœur.

— Et sa fiancée, c'est ton amie aussi ?

— Non. Elle vit du côté d'Edendale. C'est là-bas qu'il va s'installer une fois le mariage célébré.

— C'est loin ?

— À une heure d'ici. »

Ainsi c'est ce qui attriste Milly. Elle s'apprête à perdre son ami d'enfance. Son seul ami à des kilomètres à la ronde.

« Bien sûr il reviendra pour rendre visite à sa famille, mais ça ne sera plus pareil.

— Je comprends. »

Dans le silence revenu, Flore décrasse ses baskets, leur redonne leur blanc et Milly se mordille la lèvre inférieure.

« Comment ils se sont connus ? interroge Flore pour lui changer les idées.

— Les Maoris sont très peu nombreux dans l'île du Sud. Ils se sont tous établis dans l'île du Nord, essentiellement dans la région d'East Cape, et ils y sont restés. Alors dans une région comme les Catlins où on compte les familles maories sur le doigt d'une main, ils se connaissent tous. »

Milly se lève et Flore comprend, à ce simple mouvement d'impatience, qu'elle en a assez de discuter. Elle la surprend qui observe son reflet dans la porte vitrée, jauge son profil, le mouvement évasé du tissu.

« Tu aimes les robes ?

— Quoi ? »

Milly se détourne brutalement de son reflet, accroche ses mains l'une à l'autre derrière son dos.

« On n'est pas chez ta mère ici, dit Flore.

— Quoi ? répète Milly.

— Tu peux t'admirer ou être coquette. »

Milly hausse les épaules comme si elle ne voyait absolument pas de quoi elle parle. Mais Flore sait très bien qu'elle l'a comprise.

Elle lui sert un thé. Un Earl Grey. Elle songe que ça la détendra. Puis elle sèche les baskets blanches au sèche-cheveux. Un phoque – elle a repéré l'absence de pavillons d'oreilles – a élu domicile à quelques mètres du bungalow et les observe, intrigué.

« Est-ce qu'on est censées apporter un cadeau ou quelque chose de ce genre ? interroge-t-elle tout en enfilant ses ballerines noires.

— Ils sont déjà emballés dans la voiture de maman.

— Vous n'offrez pas une enveloppe ? Tu sais... un vulgaire chèque. Ou un billet.

— Non. Pas à Kai. Ce n'est pas ainsi chez eux.

— Qu'est-ce que tu as acheté alors ?

— Un authentique jeu d'échecs maori pour lui. Les pièces sont en résine. On y jouait souvent pendant les longs hivers des Catlins.

— Et à elle ?

— Un *heru*. C'est un peigne à cheveux traditionnel, en bois, décoré d'une coquille d'ormeau de Nouvelle-Zélande. J'ai choisi le symbole du *keru* qui signifie le commencement, une nouvelle vie, l'harmonie et la croissance.

— Ce sont de beaux cadeaux. »

Milly se noie dans son thé. Elle est à fleur de peau aujourd'hui et rien de ce que Flore dira ne pourra rien y changer.

Autumn les regarde traverser le terrain de camping et se diriger vers la voiture. C'est une jolie journée de fin d'hiver. Dans peu de temps, le printemps sera là et avec lui les retraités au volant de leurs camping-cars, les backpackers dans leurs vans en piteux état, les lupins sauvages au violet vif inimitable, les genêts se déployant en collines entières couleur jaune soleil et les baleines peut-être, si elles ont de la chance. Les fameuses baleines franches australes. Dan louait le bateau d'un ami et ils les traquaient tous les trois. La première fois qu'Autumn a eu la chance d'en voir, elle a hurlé. Un animal marin de quinze mètres de long, tout près de leur embarcation, ça avait de quoi surprendre.

Si la saison préférée d'Autumn est l'hiver, pour son calme, son silence, son isolement, elle aime aussi le printemps, même s'il marque la fin de leur solitude. Elle n'apprécierait pas tant la trêve hivernale si elle durait indéfiniment. Elle s'approche encore un peu de la fenêtre jusqu'à voir une fine buée s'y déposer. Milly avance comme un fantôme, pâle, étrangement absente. Quelle est cette robe qu'elle porte ? Elle ne l'a jamais vue. Sans doute une fantaisie prêtée par Flore. Autumn retient un tic agacé, s'irrite elle-même. À vrai dire, ce qui la contrarie réellement, ce n'est pas tant ce morceau de tissu que l'idée de Milly assistant à la cérémonie. Elle pensait qu'en se décommandant elle-même sa fille y renoncerait aussi, resterait au camping avec elle. Quel genre de marché a-t-elle passé avec la Française ? Sinon, qu'est-ce que Flore irait faire au mariage de Kai ?

Il y a beaucoup de choses qui lui échappent et plus Milly grandit, pire c'est.

Elles roulent sur quelques kilomètres au milieu des vallons puis s'arrêtent au bord d'un champ où une pancarte peinte à la main annonce « Mariage ». Une vingtaine de véhicules sont déjà garés là. Un couple sort d'une voiture. La femme porte un cadeau, elle a la peau brune et… Flore a besoin de plisser les yeux pour s'en assurer… oui, elle a le menton orné d'un tatouage maori. Son mari a revêtu un costume avec cravate, lui aussi est tatoué mais au niveau de la nuque : un drôle de soleil. Plus loin, on entend des rires, de l'animation. Milly hésite, les deux mains sur le volant, et Flore espère secrètement qu'elle décidera de rebrousser chemin. Elle ne se sent pas très à l'aise ici. Elle préférerait être n'importe où plutôt qu'à un mariage. Même dans la voiture de ce John qui fourrageait dans sa culotte comme s'il cherchait son briquet au fond de ses poches. Mais Milly prend une inspiration et ouvre sa portière. *Dommage…*

Le champ verdoyant remonte sur quelques dizaines de mètres avant de descendre en pente douce et de révéler une vue exceptionnelle. Une arche en bambous entremêlés de feuilles de lierre et de fleurs blanches a été montée, faisant face à une trentaine de fauteuils en osier décorés très sobrement d'un nœud blanc sur chaque dossier. Une allée centrale a été dessinée par un petit chemin de galets blancs. Derrière, le vide, la falaise blanche battue par la mer, un panorama à couper le souffle sur la baie, l'immensité. Les invités discutent çà et là en petits groupes, vêtus de costumes deux pièces ou de robes élégantes mais certains portent, au-dessus de leur tenue de fête, une sorte de cape constituée de plumes. Il y a des enfants aussi, qui se pourchassent en criant, se cachent derrière des adultes. Flore repère les mariés plus loin, aux côtés d'un homme en toge noire et avec la même cape de plumes. Le prêtre sans doute. La mariée est jeune, terriblement jeune, et Flore ne peut s'empêcher de se revoir sept ans en arrière, dans une robe blanche identique, environ au même âge. Amaia a les cheveux noirs noués en un chignon bas et flou piqué d'une fleur. Le marié, Kai, porte un costume noir simple, presque banal. Flore ne voit que son dos mais elle constate qu'il n'a pas la nuque tatouée et qu'il porte les cheveux coupés ras. Puis il se retourne et elle est surprise de reconnaître le garçon venu l'autre jour avec son père, Anaru, pour aider Autumn et Milly à faire face aux dégâts de la tempête Pietra.

« C'est le fils du voisin ? chuchote-t-elle tandis qu'il s'avance vers elles.

— C'est Kai », répond simplement Milly.

Quelques secondes plus tard, il est devant elles et Milly s'emmêle les pinceaux, s'apprête à l'embrasser puis s'interrompt, lui tend les cadeaux.

« Plus tard les présents », dit-il.

Il a un sourire doux et un joli visage : une peau cuivrée, un nez légèrement épaté, des yeux noirs en amande délicatement étirés. *Il est jeune lui aussi*, songe Flore, *et il paraît aussi maladroit que Milly.*

« C'est gentil d'être venue.

— Je te présente Flore, elle travaille chez nous en ce moment. »

Kai la salue, avec ce je-ne-sais-quoi de lumineux dans les yeux.

« Et ta mère ?

— Avec la tempête, elle a beaucoup à faire…

— Je comprends. »

Il se produit un mouvement de foule derrière eux. Quelqu'un appelle Kai. Il leur adresse un signe du menton.

« On se voit plus tard ? »

Et les premiers invités prennent place dans les fauteuils. Milly, dont le visage reflète un léger hébétement, désigne à Flore la dernière rangée.

« C'est commun ce genre de mariage en pleine nature ? demande Flore pour tenter de la détendre.

— Oui. Mes parents se sont mariés au bord du lac Pukaki. »

Elle l'interroge du regard. Milly explique :

« Un des plus beaux endroits sur cette terre.

— Les Catlins ne sont pas le plus bel endroit sur cette terre ? »

Sa plaisanterie tombe à l'eau. Milly est en proie à l'émotion aujourd'hui. Alors Flore reprend malgré elle sa plongée dans le passé. À part la jeunesse de Kai et Amaia, ce mariage simple, intimiste, naturel n'a rien à voir avec le sien… Solange, la mère de Paul, avait tenu à ce que la cérémonie ait lieu à la mairie du 16e arrondissement. Quitte à devoir marier son fils avec cette jeune fille qui ne faisait pas vraiment l'unanimité, il fallait au moins sauver les apparences. Une belle pièce haute de plafond, au parquet lustré, avec des moulures et des lustres en cristal, chaque case était cochée. Elle avait voulu avoir son mot à dire sur la robe de Flore ainsi que sur sa coiffure. « Pas trop bohème, la robe », s'inquiétait-elle. Elle lui avait fait changer son chignon haut de danseuse pour un chignon banane plus sage, plus classique. Ça avait été le premier affront, pas le dernier. Quand Flore repense à cette journée tellement fantasmée, qu'elle avait souhaitée festive, joyeuse, colorée, il ne lui reste qu'une sensation de dépersonnalisation. Rien ne lui ressemblait. Ni la cérémonie à la mairie, ni la réception organisée par Solange, ni le repas. Elle s'était sentie au bon endroit au moment de l'échange des vœux, oui, *ça*, ça avait été beau et sincère. Elle avait été émue aussi en découvrant ses parents assis l'un à côté de l'autre, oubliant leur séparation et leur rancœur pour un temps. Ils faisaient front, conduisant leur fille à l'autel malgré leur réticence. *Bien trop jeune pour ça*, se disaient-ils, *bien trop naïve*. Elle avait tant d'autres expériences à vivre : les voyages, les années étudiantes, les amourettes de vacances ou celles d'un soir, les déceptions qui font couler les larmes mais font grandir, les joies des nouvelles rencontres. Tout cela formait la jeunesse. Elle était encore si candide… Et puis ils pensaient que la salle des fêtes de Sens aurait été plus accueillante, on y aurait accroché des ballons orange, sa couleur préférée, et des tournesols, des coquelicots, des bignones, des fleurs qui évoquaient la vie, qui donnaient envie de s'étreindre.

Ils songeaient qu'elle n'avait pas sa place dans ce joli bâtiment parisien, dans cette famille si austère, elle pouvait le lire dans leurs yeux. *Mais c'est lui, je le sais*. Elle se le répétait, son corps entier le criait. Elle n'avait aucun doute. Elle avait plongé son regard dans les iris bleus de Paul et tout avait été oublié : le chignon banane, la robe trop droite, le bouquet de fleurs blanches.

Un coup de coude de Milly la ramène au présent. L'ensemble des invités s'est levé face au prêtre. Flore les imite un peu à retardement.

« *Kia ora* », résonne la voix grave de l'officiant.

Les mariés se tiennent de chaque côté de lui : Kai à sa gauche, Amaia à sa droite. Ils ne peuvent s'en empêcher : ils scrutent la foule mine de rien, attrapent un regard, s'agrippent à un sourire. Comme Flore sept ans en arrière, le cœur battant, les paumes moites, qui ne fixait que ses parents.

Elle se tourne vers Milly, légèrement décontenancée, en entendant la série de mots qui suivent et qui ne lui évoquent rien. Un clignement de paupières de Milly lui confirme que l'ouverture de la cérémonie se fait en maori. Il doit s'agir d'une prière car des incantations sont reprises par l'assemblée en chœur. Puis la voix se tait et la foule s'assied. Au changement d'énergie dans l'air, à la gravité soudaine des visages, Flore comprend que la cérémonie a pris un tournant, que le sacré s'est invité. Kai fait un pas en avant. Un jeune homme aux cheveux attachés en catogan se déplace jusqu'à lui, lui remet un tissu soigneusement plié. Kai se tourne vers sa fiancée.

« Amaia Te Wiata… »

Un léger frisson semble parcourir l'assemblée.

« Je me tiens aujourd'hui devant toi, face à nos familles, dans la pure tradition de nos ancêtres, pour sceller nos vies, lier nos noms, faire de nos foyers une seule et même grande maison. »

Une pause. Sa pomme d'Adam monte puis redescend.

« Aujourd'hui je fais de toi ma femme et je m'engage à t'aimer, à te protéger, à te soutenir dans la joie et la tristesse chaque jour du reste de ma vie. »

Kai déplie le tissu qu'il tient entre ses mains – une cape en fourrure – et s'avance vers sa fiancée pour la lui passer délicatement autour des épaules.

« Ce *korowai* t'entourera comme mon amour pour le reste de ta vie. »

Amaia prend une légère inspiration, redresse le menton et s'adresse à son futur époux à son tour. Sa voix est moins forte, moins assurée :

« Kai Pewhairangi, je me tiens devant toi, fière et honorée de devenir ta femme, de lier mon nom au tien. Je m'engage à t'apporter bonheur, prospérité et de nombreux héritiers. Nos terres sont désormais les tiennes. Nos racines ne font qu'une. »

Elle cherche fébrilement le jeune homme au catogan du regard et semble reprendre son souffle quand elle le voit arriver, une autre cape en fourrure entre les mains.

« Mon amour t'entoure pour le reste de ta vie », déclare-t-elle.

Elle dépose le korowai sur les épaules de Kai et ils restent ainsi, face à face, à se regarder avec une intensité qui trouble Flore, Milly et toute l'assemblée.

Puis leurs visages s'inclinent l'un vers l'autre, leurs fronts se joignent, leurs nez se touchent. Flore croit entendre Milly renifler, se tourne vers elle. Milly chuchote, fébrile :

« C'est le *hongi*, le mélange des souffles. Il se produit trois fois. Le premier mélange permet de saluer la personne, le deuxième de reconnaître la personne et d'honorer ses ancêtres, le troisième d'honorer la vie. »

Et, en effet, les visages se séparent puis se joignent de nouveau, avec plus d'intensité. Leurs pupilles ne se lâchent pas. Milly reste fixée sur les mariés, sur le troisième hongi, le mélange des souffles qui honore la vie. Quand il se termine, aucun bruit ne retentit dans l'assemblée, pas un applaudissement, pas le crépitement d'un flash, pas une toux. Seul le silence peut honorer l'intensité d'un tel moment. Au mariage de Flore, sa mère avait reniflé trop fort, s'était attiré le regard irrité de Solange.

Les mariés reprennent leur place, chacun d'un côté du prêtre, au moment où une femme remonte l'allée centrale dans une longue robe rouge vif. Elle aussi porte le korowai, la cape traditionnelle. Elle se tient face à l'assemblée, paumes vers le ciel, ferme les yeux et pendant quelques secondes les vagues qui s'écrasent contre la falaise semblent être sa respiration. Puis sa voix s'élève. Puissante et grave, féminine et masculine, chaude et rocailleuse à la fois. Une voix qui entonne un chant d'amour solennel, impérieux, magistral, que l'on ne chante qu'en maori :

« *Pokarere ana…* »

Et les mariés écoutent ce chant, menton haut, visage empreint d'une solennité qu'on n'a pas à leur âge. Ils évoquent à Flore deux guerriers, des guerriers magnifiques, et elle oublie pour quelques instants son propre mariage, ses souvenirs amers.

Quand la voix aux mille reflets s'éteint, le silence se joint au ressac de la mer, au cri des oiseaux. Une minute, peut-être plus, figée dans cette drôle d'éternité. C'est la voix du prêtre qui vient briser cet instant de grâce :

« Je vais désormais sceller votre union par la prière traditionnelle. »

L'assemblée se redresse comme un seul homme, prend une inspiration, entrouvre les lèvres pour mêler sa prière à celle du prêtre :

« Que le calme se répande, que la surface de l'océan scintille comme le jade et que les éclats de l'été dansent le long de votre chemin pour toujours. »

Une nouvelle pause. *Ils ont l'art*, songe Flore qui se sent étrangement fébrile. Le jeune homme au catogan revient. Il tient une boîte entre les mains. Les alliances, pense-t-elle. Mais c'est un pendentif en jade retenu par une cordelette noire que Kai extrait de l'écrin.

« Amaia, je te prie d'accepter ce *taonga*[1] en témoignage de mon amour. Le *pikorua*[2] symbolise nos vies se rassemblant pour l'éternité. »

Dans un froissement de tissu, Amaia incline la tête en avant en signe d'acceptation. Kai passe le

1. « Trésor » en maori.
2. « Spirale » en maori.

pendentif autour de son cou et elle s'empare de la boîte dont elle extrait un collier identique.

« Je suis heureuse de t'offrir ce taonga à mon tour. J'ai choisi le symbole de *hei tiki*[1] pour la chance, la sagesse et la fertilité. »

Elle pare le cou de son mari du pendentif et Flore s'aperçoit alors seulement que l'alliance a été passée dans la cordelette, aux côtés de l'amulette, qu'ils la portent tous les deux autour du cou.

Puis il y a d'autres bénédictions du prêtre, des souhaits de longue vie, de prospérité. Flore n'écoute plus vraiment. Elle est repartie sept ans en arrière, au cours d'une cérémonie qui avait été bien différente. Quelques articles de loi lâchés du bout des lèvres, quelques toux polies, le crépitement d'un ou deux flashs, des applaudissements contenus. Leurs mots avaient été doux pourtant. Des mots d'enfants. Ils parlaient avec leur cœur. « Paul Decaux, mon Polie, mon amour, mon beau, mon fort, mon cœur… » La Flore de vingt-sept ans grimace, amère. Non, c'était atroce. Comment avaient-ils pu les laisser dire ça ? « Je me tiens devant nos proches aujourd'hui pour sceller notre union, t'assurer de mon amour éternel. Je t'offre mon cœur, mon âme et ma confiance à tout jamais. Pour toi, je serai une épouse loyale, tendre, joyeuse, fidèle et sincère tous les jours de ma vie. »

Amen. Le coude de Milly s'enfonce dans ses côtes.

« Tu viens ? »

---

1. Pendentif (*hei* en maori) qui figure un être humain (*tiki*) en position de repos : il a les jambes repliées sous lui et ses bras s'appuient sur ses cuisses.

Flore regarde autour d'elle, découvre qu'une file s'est formée. Une file silencieuse qui s'avance vers les mariés, cadeaux à la main. Et elle observe, subjuguée, le manège qui se déroule devant ses yeux : les présents déposés sous l'arche et ce hongi que chaque invité partage avec Amaia puis Kai ; dans l'intimité d'un souffle, quelques mots sont chuchotés, les yeux se répondent, on se remercie, on prononce des vœux de bonheur.

« Il va falloir y aller nous aussi, chuchote Milly.

— Où ?

— Porter notre cadeau… et partager un hongi. »

En marge de l'arche, les familles de Kai et d'Amai vont à la rencontre l'une de l'autre. Les hommes, les femmes, les jeunes, les anciens se postent les uns en face des autres, se penchent, mélangent leurs souffles, front contre front, nez contre nez. Flore a du mal à les quitter des yeux mais Milly la pousse en avant.

« Allez, viens. »

Elle semble pressée tout à coup.

Son front contre celui d'Amaia, Flore se remémore les salutations ayant suivi sa propre cérémonie de mariage. Leurs familles ne s'étaient pas embrassées ainsi, n'avaient rien mélangé, rien partagé. Elles s'étaient jaugées, méfiantes, saluées cordialement, quelques bises contenues, quelques poignées de main cordiales.

Elle se détache du front d'Amaia, s'approche de Kai, bouscule Milly qui paraît ne plus bien savoir où elle est. Kai a le front moite et chaud. Flore ose à peine le fixer dans les yeux. Témoigner une telle tendresse à un inconnu, ça la met mal à l'aise. Qu'avait prononcé Paul comme vœux ? Quels mots ? Quelles promesses qu'il n'aurait pas tenues ? Elle ne se souvient plus. C'est le comble. Étrangement, même si elle peut encore réciter par cœur ses vœux, elle n'a aucun souvenir de ceux de Paul. Probablement parce qu'elle était noyée dans ses yeux à ce moment-là, dissoute dans son amour stupide.

Milly lui prend le coude.

« Tu viens ? »

Dieu qu'elle est pressée. Kai lui sourit et se tourne vers l'invité suivant. La foule se dirige vers les voitures.

« C'était beau… »

Milly acquiesce, insère la clé dans le contact, doit s'y reprendre à deux fois.

« Où on va maintenant ?

— À la fête.

— C'est-à-dire ?

— Chez Anaru.

— Qu'est-ce qu'il y aura ? Un repas ?

— Un repas, des chants traditionnels, des danses, peut-être un *haka*.

— Ça a l'air chouette… »

Sa voix manque de conviction. Milly jette un coup d'œil à son reflet dans le rétroviseur, essuie le rose poudré de ses lèvres d'un geste sec de la paume.

« Pourquoi tu fais ça ? demande Flore.

— Ça ne me va pas.

— Tu crois ça ?

— Et la robe non plus. »

Flore veut protester mais sa voix est noyée par le bruit des moteurs des voitures qui démarrent toutes en même temps. Et puis elle est trop lasse. Terriblement lasse.

Anaru et sa famille habitent un bâtiment qui ressemble à un corps de ferme. Les véhicules s'alignent les uns à la suite des autres devant une grange. Sous un large préau, une longue table a été dressée, débordant de plats. Un buffet. *Parfait*, songe Flore. *C'est rapide, ça dispense de se mêler aux autres, de se montrer polie, avenante.* Elle n'en a pas le courage. Des éclats de voix retentissent. Derrière elles, Kai et Amai viennent de s'extraire d'une voiture. Un groupe entame un chant, quelques invités suivent. Il se produit bientôt un brouhaha auquel se mêlent quelques tambours. Kai sourit, lumineux. Amaia s'agrippe à sa main, perdue, gênée d'être au centre des regards. Les yeux plissés, Milly parcourt la foule avec attention.

« Tu cherches quelqu'un ? Tu les connais, tous ces gens ?

— Non. Juste Kai… Et Anaru. »

Puis, plus brusquement :

« On ne traînera pas… Maman a besoin d'aide au camping. »

Ça a tout l'air d'un mensonge : Milly semble mortifiée, incapable de se mêler à un groupe, de se sentir à l'aise au milieu d'une foule, entre les rires et la musique. Mais Flore s'en moque, elle n'a pas envie de s'attarder non plus.

« Le buffet est ouvert ! crie une voix derrière eux.

— Tu veux quelque chose ? » demande Flore en se tournant vers Milly.

Cette dernière secoue la tête mais Flore y va quand même, leur rapporte deux verres de bière, lui en tend un.

« Non, je…

— Bon Dieu, Milly, tu viens de marier ton meilleur ami ! Bois un coup et souris ! »

Alors Milly ne discute pas. Elle trempe ses lèvres dans son verre et le termine d'une traite sans même grimacer.

« Voilà quand tu veux ! »

Mais elle ne sourit pas. Pas du tout.

Elles rentrent à pied au camping. Impossible de sortir la voiture d'Autumn, qui s'est retrouvée bloquée par une dizaine d'autres véhicules. Elles ont préféré faire une sortie discrète, ne pas déranger les fêtards. Après quelques mots de remerciement à Kai, un sourire à Amaia, elles repartent dans la nuit qui tombe et le froid humide et salé des Catlins qui les enveloppe. Les cailloux roulent sous leurs pieds. Et les mots de Flore tombent, crus :

« Tu rencontreras d'autres Kai si tu quittes les Catlins et ta mère un jour. »

Des mots que Milly encaisse comme une gifle. Pendant quelques mètres, elles poursuivent sans un mot.

« Il n'y a pas d'autre Kai.

— Tu sais ce que je veux dire. Le monde est grand. Il y a des gens formidables un peu partout. Enfin j'imagine…

— Je suis déjà partie. J'ai étudié à Dunedin.

— Et tu es rentrée…

— Je suis bien ici. Il y a tout ce que j'aime. »

Milly a un petit air buté.

« Parfois on part pour mieux revenir. Le mouvement, le renouveau, c'est la vie.

— C'est pour ça que tu es là ?

— Quoi ?

— Tu es partie pour mieux revenir ? »

Flore secoue la tête, si fort qu'elle en a mal à la nuque.

« Non. Moi c'est totalement différent.

— Pourquoi ?

— Moi j'ai trop vécu. J'ai laissé trop d'empreintes.

— Et ?

— Kai n'a pas de mère ? »

Milly se trouve décontenancée par le brusque changement de sujet.

« Non. Elle est décédée quand il était enfant. Il n'en a pas de souvenirs. Il a été élevé par son père, comme moi je l'ai été par ma mère. »

Alors Flore comprend ce drôle de lien qui s'est tissé entre eux. Anaru et Autumn forts et droits, travaillant avec acharnement pour maintenir leur foyer dans cette nature sauvage, pour élever leurs enfants tant bien que mal, se donnant un coup de main, s'entraidant. Kai et Milly, enfants de la baie, parcourant pieds nus la plage, rêvant… de quoi ? Des manchots aux yeux jaunes ? Des ours polaires de l'autre côté de l'océan Austral ? D'un ailleurs, un jour ? Peut-être avaient-ils cet espoir secret de voir leurs parents s'unir ? De fonder enfin une vraie famille ?

« Tu sais, déclare Flore alors que le baraquement d'Autumn apparaît, petite lumière faiblarde dans la nuit, je crois qu'il reviendra te voir. C'est chez lui ici. »

Milly ne répond pas. Flore la sent étrangement fébrile, incapable de parler. Quand elle le fait enfin, ce n'est pas d'elle qu'elle parle :

« Kai était le benjamin de la fratrie. Anaru sera seul ici. Et ma mère aussi si je pars. »

Quelques pas en silence.

« On ne peut pas laisser ses parents vieillir seuls. »

La porte s'ouvre brutalement sur Autumn alors qu'elles passent la barrière du camping. La lumière de l'entrée forme un rectangle sur l'herbe. Flore se tend, irritée d'avance. *Pourvu qu'elle ne crie pas sur Milly, qu'elle ne lui reproche pas de rentrer tard. Pas ce soir.* Mais la voix d'Autumn est neutre quand elle s'adresse à elles :

« Venez vous mettre au chaud ! »

Elles quittent leurs chaussures dans l'entrée. Autumn leur tend des pantoufles, deux vieux gilets élimés. À l'intérieur il flotte une douce odeur épicée. Sur la cuisinière, une casserole sifflote, émet une légère vapeur qui étourdit. Sur la table, trois tasses.

« Je vous ai préparé du cidre chaud aux épices. »

Milly s'assied, étrangement lasse, comme si elle avait dansé des heures. Pourtant elle n'a pas les joues roses ou les pupilles brillantes. Elle est pâle, éteinte.

« Vous avez mangé ? demande Autumn.

— Oui, on a grignoté. Il y avait un buffet.

— Anaru était satisfait de la fête ?

— Je crois. »

Autumn revient avec la casserole fumante, remplit soigneusement les tasses du breuvage doré. Milly hume, n'y touche pas, pas encore. Flore trempe ses lèvres, se brûle, savoure quand même. C'est sucré, pétillant, doux et pimenté à la fois.

« Qu'est-ce qu'il y a là-dedans ? interroge-t-elle.

— Du cidre brut, une pomme, un soupçon de cannelle, un autre de noix de muscade et une goutte de rhum. »

Autumn prend place en face d'elles et, pour la première fois, Flore lui trouve un visage maternel, débarrassé de sa rudesse. Elle jette des coups d'œil à Milly qui reste immobile.

« Eh bien, tu ne bois pas ? »

Et même dans sa façon de la houspiller, il y a une certaine douceur.

Pendant quelques instants, elles demeurent ainsi, toutes les trois autour de la table, en silence, à savourer le breuvage qui réchauffe, qui enveloppe, le corps, le cœur, l'âme. Puis Autumn se lance :

« C'était un beau mariage ? »

Milly acquiesce, muette. Alors Flore se sent le devoir de se charger de la conversation, poliment :

« Milly m'a dit que vous vous étiez mariés face au lac… »

Elle cherche le nom, l'a oublié.

« Pukaki, complète Autumn. Au printemps. Le lac était entouré de lupins sauvages. Du bleu et du violet tout autour… Les sommets blancs au fond… »

Elle plonge au fond de sa tasse. Pas de sourire ému, pas d'album photo qu'elle proposerait de feuilleter. Autumn parée de sa carapace. Et Milly toujours aussi peu loquace.

« C'était une cérémonie dans le genre de celle de Kai et d'Amaia ? poursuit Flore.

— C'est-à-dire ?

— L'échange des... taonga... le rituel des korowai...

— Non, tranche Autumn un peu brutalement. Tout cela leur appartient. Les ancêtres de Dan étaient irlandais, comme les miens. Nous avons eu une cérémonie dans la plus pure tradition catholique. Eux et nous, je veux dire le peuple d'Anaru et le nôtre, sommes... comment te dire ça ? Nous vivons dans une entente cordiale mais nous sommes et resterons deux communautés différentes. »

Milly est toujours absorbée par le fond de sa tasse. Flore interroge Autumn du regard.

« Même si nous sommes bien loin des tensions et des guerres des premiers contacts entre colons et Maoris, même si la couronne britannique tente de conserver et perpétuer leurs traditions, il n'en reste pas moins que... nous continuons à vivre côte à côte, tu vois ? Pas véritablement ensemble. »

Flore n'est pas certaine de saisir.

« Tu as vu beaucoup de Kiwis là-bas ? poursuit Autumn.

— De kiwis ? Les oiseaux ? »

Cette fois Milly sourit, puis s'esclaffe.

« Non, réplique Autumn. Les Kiwis, les Blancs.

— Les Blancs ?

— C'est le nom qu'on donne aux Néo-Zélandais d'origine européenne comme nous, les Kiwis, explique sa fille.

— Le pays est séparé ainsi, enchaîne Autumn. Les Kiwis et les Maoris. La scission est discrète mais elle existe… Alors, tu as vu beaucoup de Kiwis aujourd'hui à la cérémonie ?

— Non. »

À vrai dire, maintenant qu'elle y repense, Milly et elle étaient les seules.

« Voilà, conclut Autumn avant de terminer sa tasse d'une traite. L'endogamie reste très forte. Anaru et moi, bien que nous nous estimions et nous respections, garderons toujours ce… cette… barrière entre nous, tu vois ? »

Le silence retombe et Flore songe qu'entre la famille de Paul et elle, c'était la même chose : il était toujours resté cette barrière infranchissable, ce langage différent, cette incompréhension réciproque.

« Je vous ressers ? »

Les filles acquiescent. Autumn remplit de nouveau leurs tasses et Milly se sent le courage d'une confession, peut-être portée par un début d'ivresse :

« Amaia, la femme de Kai… en réalité, Kai la connaît à peine. »

Flore tousse, recrache un peu du breuvage brûlant.

« C'est un mariage arrangé ? s'étonne-t-elle.

— Pas tout à fait, Kai prétend que non en tout cas, mais… ça y ressemble. »

Flore revoit le visage timide et fragile d'Amaia, sa façon de s'agripper à la main de Kai face à la foule, et pourtant ce profond respect qu'on sentait entre eux. Autumn se racle la gorge. Peut-être pour faire diversion, peut-être pour offrir une confession à son tour, elle lance :

« Dan était le premier homme que j'aie connu. Et le seul. »

Et alors Flore songe que c'est le moment, que les vapeurs d'alcool les enveloppent et les rendent plus intimes qu'elles ne l'ont jamais été.

« Paul était aussi le premier homme que j'aie connu. »

Autumn s'étonne, sourcils levés.

« Tu as été…

— Je suis en train de divorcer. »

Autumn se lève brusquement, faisant gémir sa chaise, va ouvrir un placard au-dessus de l'évier. Elle en revient avec une bouteille de vieux rhum qu'elle débouche.

« Allez, une larme pour les veuves, les divorcées et les esseulées. »

Elle leur en verse une bonne rasade. Ce n'est pas une larme, c'est un torrent.

« Avec ça, on dormira bien. Buvez, c'est pas le tout… demain il y a du travail. »

Oui, du travail. S'esquinter les mains, le dos, les jambes, savoir pourquoi on a mal. Tomber d'épuisement. Et recommencer le jour suivant. Jusqu'au printemps.

8

La gueule de bois, Flore connaît. S'écœurer dans les bras d'hommes, oui, mais il fallait qu'elle soit ivre, qu'elle ne soit pas vraiment là. Parfois, elle s'amusait à suspendre le cours d'une étreinte, d'un de ces ébats sordides, et alors elle se posait en spectatrice. Elle songeait : *Regarde Paul, regarde comme il se régale, toi qui n'as pas su, toi qui regardais le mur.* À elle elle ne s'adressait pas. Elle se méprisait trop pour se parler. C'était Paul qu'elle cherchait à toucher, à faire payer.

Mais ce matin, la gueule de bois lui paraît douce, comme une douleur rassurante. Il n'y a aucune image de la nuit pour la hanter. Juste le souvenir de ce cidre chaud partagé avec Autumn et Milly. Un souvenir léger. Elle est rentrée sous la bruine, la démarche incertaine, un sourire flottant sur le visage.

Elle se fait chauffer son café et s'assied sur la petite marche du bungalow pour le boire. D'ici, elle a une vue sur toute la baie. La lumière n'est pas la même que d'habitude. Il ne s'agit pas des lueurs de l'aube. Il est plus tard. Huit heures. Peut-être même neuf. Pourtant, ni Milly ni Autumn ne sont venues la réveiller. D'ordinaire, elle pourrait apercevoir Milly en train de ramasser les déchets sur la plage ou piquer une tête avant de se remettre au travail. Mais Milly n'est pas sur la plage. La tasse fumante toujours à la main, Flore remonte le terrain en direction du baraquement. Pas de brouette préparée devant le store. Tous les volets sont fermés. Elle toque à la porte. Une fois, deux fois, trois. Elle attend mais aucune réponse. Elle songe que l'une des deux femmes est peut-être allée récupérer la voiture d'Autumn chez Anaru. Mais l'autre ? Elle en est là, perplexe, redescendant le terrain en pente douce vers la baie et son bungalow. Elle se dirige vers le bloc sanitaire pour soulager sa vessie, pose sa tasse de café sur le petit muret devant. Elle s'apprête à entrer quand elle entend des bruissements, comme des chuchotis ou le son de branchages qu'on déplace, qu'on écrase un peu. Un phoque ? Une otarie ? Elle contourne le bâtiment avec prudence, veille à ne pas faire de bruit, à ne pas effrayer l'animal, mais elle s'arrête brutalement. Derrière les hauts bosquets de végétation, dans une alcôve naturelle offrant un peu d'intimité, ce sont deux humains qui malmènent les feuilles et les branchages, lient leurs visages. Et ce n'est pas un hongi qu'ils partagent. Kai porte le pendentif offert par sa toute jeune femme la veille, Milly sa combinaison de plongée. Il arbore encore sa chemise de mariage, celle qu'il portait sous sa veste de costume, légèrement froissée, comme s'il l'avait juste enfilée au saut du lit. Elle a les cheveux qui dégoulinent dans son dos. Ils s'embrassent et ils pleurent en même temps. C'est un curieux spectacle.

Stupéfaite, Flore récupère son café, oublie son envie pressante, repart vite vers le bungalow. « *Il n'y a pas d'autre Kai.* » *Tu m'étonnes ! Qu'est-ce qu'elle a loupé encore ? Et Autumn, est-elle au courant ?*

Pas envie de se lever ce matin. La migraine, le goût amer dans la bouche, les relents de cannelle, de cidre, de rhum surtout. Et puis elle sait. Elle a entendu Milly se lever, chercher sa combinaison dans la réserve où elle séchait, quitter la maison. Elle s'est laissé une demi-heure encore dans la chaleur des draps puis elle est sortie du lit. Il ne fait pas bon boire à mon âge, a-t-elle songé. Il était sept heures, une bonne heure, encore largement le temps de se mettre au travail. L'inventaire de la supérette, c'était la période idéale pour le faire, avant que les voyageurs n'affluent de nouveau. Et s'occuper des comptes aussi. Elle entrait dans la pièce à vivre, ouvrait le premier volet quand elle l'a vu. Kai dans un jean brut avec sa chemise de la veille. La chemise blanche dans laquelle il avait prononcé ses vœux, échangé les alliances, promis l'éternité. Il marchait vite, tête baissée, la nuque pivotant à droite, à gauche, s'assurant qu'il était seul. Pas vu pas pris. Avant aussi il avait cette allure pressée quand il venait retrouver Milly, mais pas pour les mêmes raisons. Maintenant il est marié. Il n'a plus le droit d'être là, de l'étreindre comme il le fait. Autumn a toujours su que cela arriverait un jour. Comme elle l'a confié à Flore la veille, il est des choses anciennes qu'on ne change pas. Kai était promis à autre chose, à perpétuer la tradition, à agrandir la communauté. Pas à Milly, même si c'est la meilleure nageuse de la baie, la plus érudite des jeunes femmes du coin, la plus grande connaisseuse de la faune et sa meilleure protectrice. Même si elle est brave, travailleuse et silencieuse, ce qui est une sacrée qualité pour Autumn.

Alors en ce matin si sombre, Autumn a regardé Kai passer, pressé, coupable mais obstiné, et elle a refermé les volets sans faire de bruit. Elle est retournée se coucher. Draps sous le menton, douleur dans la poitrine. Son épaule l'élançait aussi. *Voilà,* songeait-elle. *Il vient lui dire au revoir, il va partir et Milly restera.* C'était ce qu'elle souhaitait, ce pour quoi elle avait prié. Garder sa fille près d'elle. Mais tout à coup, elle ne sait plus si elle a bien fait, si elle n'aurait pas dû souhaiter autre chose. Le bonheur de Milly avant tout, avant le sien.

Mais il est trop tard et, de toute façon, qu'est-ce que les prières d'une femme vieillissante auraient bien pu changer à des siècles de traditions culturelles ?

S'adressant mentalement à Kai, elle le supplie : *Fais vite. Achève-la rapidement, proprement, ne la fais pas souffrir inutilement.*

Autumn est toujours dans son lit quand elle entend des coups à la porte. Des coups qui insistent. La Française à coup sûr. La Française qui se demande ce qui se passe, qui les cherche, Milly et elle. Elle reconnaît sa voix qui appelle :

« Il y a quelqu'un ? »

Puis le silence revient. Autumn compte jusqu'à dix. Elle le faisait à l'époque, quand Dan venait de partir et qu'elle ne trouvait plus le courage de se lever chaque matin. Il y avait Milly bien sûr, mais elle était déjà autonome, elle préparait seule son petit déjeuner, et puis Anaru était là, Anaru la récupérait au bord de la route pour la conduire à l'école, à des kilomètres de là, et en revenant il déposait quelques courses sur le pas de la porte : du café, du lait, quelques légumes. Anaru a été son pilier mais aucun des deux ne se l'est jamais dit, n'a jamais évoqué les courses ou le thé chaud déposés en début d'après-midi. En échange, Autumn invitait Kai à goûter, lui donnait les anciennes combinaisons de plongée de Dan, ses chaussures, ses pulls en laine.

À l'époque où la vie était trop dure à endosser, Autumn comptait jusqu'à dix. À dix elle se levait, coûte que coûte. Et c'est ce qu'elle fait ce matin. Elle se redresse, se glisse dans ses pantoufles, quitte sa chambre, se dirige vers la cuisine. D'abord un bol de chicorée puis… Elle laisse son regard vagabonder, se poser sur la panière à fruits, les pommes jaunes. Des pommes d'amour, voilà ce qu'elle va faire. La gourmandise de Milly. Elle n'en a pas fait depuis des années, depuis que Milly porte des soutiens-gorge. Et pourquoi n'en a-t-elle plus fait ? Elle se souvient encore de la recette. L'eau, le sucre et le glucose dans une casserole. Le caramel qui frémit. Le beurre qu'on ajoute et le colorant rouge. Elle récite la suite dans sa tête : *piquer les pommes avec des piques en bois, les plonger dans le caramel, les déposer sur du papier cuisson.* Elle a une excellente mémoire. Elle n'oublie rien. Rien de ce qui concerne Dan ou Milly.

Milly fixe l'horizon, le point où mer et ciel sont indissociables. Dans sa paume, elle serre le taonga que Kai vient de lui glisser. *Regarde la mer, pas l'homme.* L'homme est mouvant, instable, terriblement influençable, décevant. La mer, non. La mer est là, immuable et infinie. La mer est une promesse d'éternité.

« Pourquoi la queue de baleine ? » interroge-t-elle sans quitter l'horizon des yeux.

Elle évoque le pendentif entre ses doigts. Kai sourit, elle le devine plus qu'elle ne le voit.

« Qu'est-ce que j'aurais pu te choisir d'autre, hein ? Tu es la fille de l'océan… Toi et personne d'autre.

— Tu dis n'importe quoi.

— *Wera*, la queue de baleine en maori, elle symbolise la force, l'intelligence et l'harmonie avec les mers et les océans. C'est tout toi, Milly. »

Comme elle ne répond rien, comme elle reste droite et fière face à l'immensité, il demande :

« Je te l'accroche ?

— Non. Tu pars quand ?

— Ce soir. Dès qu'on aura terminé d'aider papa à tout ranger.

— Tu vas vraiment le laisser ici ?

— C'est lui qui refuse de me suivre à Edendale, de s'installer dans la famille d'Amaia. »

Elle secoue la tête, agacée, triste.

« Ce n'est pas chez lui là-bas. Il a besoin de l'océan, il est comme maman et moi, comme toi avant. Sa terre c'est ici. C'est la baie.

— Ne me fais pas de reproches, Milly… C'est déjà assez dur de le quitter. »

Il a l'air peiné ainsi, les épaules basses.

« Il n'y a rien à Edendale. Rien d'autre que de fichus champs de tulipes. Ici… »

Elle ne termine pas sa phrase.

« Vous veillerez sur lui, Autumn et toi ? s'inquiète Kai. Vous passerez le voir de temps en temps ? »

Elle répond par un tic agacé. Il sait qu'elle le fera.

« Tu louperas le retour des baleines australes.

— Je vivrai d'autres choses.

— Des choses aussi intenses ? Aussi uniques ?

— Je n'en sais rien, Milly. Et tant que je resterai ici je ne saurai rien de ce que je rate ailleurs…

— Tu parles comme l'autre.

— Qui ?

— La Française. »

Kai l'interroge du regard mais elle ne le voit pas. Elle a les yeux emplis de larmes, de nouveau, comme pendant leur baiser. Elle se lève, très vite.

« Va-t'en, Kai.

— Maintenant ?

— Tu dois aider Anaru à ranger et à nettoyer… Et puis ta femme…

— Elle n'y est pour rien, tu sais.

— C'était un beau mariage. Encore toutes mes félicitations. Je te souhaite beaucoup de bonheur et… plein de beaux enfants. Ils cueilleront tous des tulipes. Ce sera formidable. »

Kai sourit et se mord la lèvre en même temps. Il ne sait plus trop ce qu'il convient de faire.

« Je te souhaite un bon emménagement.

— Milly ! Où tu vas ? »

Car elle est en train de fuir.

« Je retourne nager.

— Milly, attends… »

Elle s'arrête, se tourne vers lui et il est désemparé. Il aimerait l'embrasser comme tout à l'heure mais ce n'est plus le moment. Elle le repousserait.

« Fais attention à ton pendentif quand tu nages… Tu devrais l'accrocher… »

Elle ne répond pas. Elle fait volte-face et disparaît.

Au moment où elle se glisse dans l'eau, avec l'aisance qu'elle a toujours eue dans cet élément, un proverbe maori soufflé un jour par Kai lui revient en mémoire : « Il n'est pas bon de s'appuyer sur un homme, car c'est un soutien mouvant. » Il vient de le lui prouver.

Fichues histoires d'amour. Voilà la cause de tous les maux, rumine Flore en rangeant et dérangeant ses placards. Elle jette ses vêtements pêle-mêle, cherche à s'activer, à repousser le moment où elle devra allumer son téléphone portable parce qu'il le faut bien. Elle ne peut pas laisser ses parents s'inquiéter ainsi plus longtemps. Elle doit donner quelques explications. Trouver les mots, rassurants si possible. Et puis, chaque fois qu'elle va à la porte vitrée, qu'elle fixe son regard sur la baie, elle constate que le point noir est toujours là, dérivant entre les vagues. Milly continue de nager. Et si Milly continue de nager, c'est que le chagrin est encore vif, la douleur acérée. Elle ne rejoindra la plage que quand elle aura épuisé ses larmes. Et cela, la vision de ce point noir, Flore ne peut le supporter. Cela ne fait qu'amplifier sa colère. *Fichues histoires d'amour.*

Les larmes de Milly, ce sont les mêmes que celles de Paul, aussi salées, aussi amères, aussi injustes. Des larmes de promesses et d'espoirs déçus, de confiance fracassée, d'amour-propre écrasé salement. Elle a fait mal à Paul autant que Kai a fait souffrir

Milly. Plus encore. Puisque Paul a avalé une boîte de somnifères un vendredi soir, au lieu de rejoindre ses amis au bar de l'angle de la rue. Il a voulu mourir pour qu'elle arrête de le torturer une bonne fois pour toutes. Fallait-il en arriver là ? N'y avait-il pas d'autre moyen ? Aude avait bien tenté d'intervenir, s'était énervée une fois ou deux, avait menacé de tout raconter de ses infidélités, croyant que cela suffirait à la calmer. « Mais raconter à qui ? rétorquait Flore. Qui est-ce que tu crois que ça intéresse ? Paul est au courant ! La "salope de Paris", c'est comme ça qu'il m'appelle ! »

Aude la fixait comme on fixe un monstre : avec de la peur, du dégoût, de l'incompréhension. Où était passée la jeune fille éperdument amoureuse, un brin naïve, gaie, vivante, qui enroulait ses bras autour du cou de Paul, saisissait sa meilleure amie par le coude ?

Paul dépérissait. Solange la fusillait du regard en permanence, ne lui adressait plus la parole, encourageait son fils à divorcer, martelait en boucle : « Je le savais… » Flore n'en ignorait rien. *Qu'il me quitte.* Elle l'espérait secrètement, ne parvenait pas à le faire, elle. *Tu m'as voulue, hein ? Tu m'as voulue si fort, rappelle-toi… Eh bien subis-moi.* C'était à ça que ressemblaient ses pensées folles.

À présent le tas sur son lit ressemble à un patchwork de tissus et de couleurs. Elle s'assied, épuisée, lasse, allume son téléphone. Des notifications de messages vocaux s'affichent, d'autres de réseaux sociaux, des SMS. Aucun de Paul. Il a envoyé un courrier de son avocat. Il a entamé la procédure de divorce. Il n'écrit plus. N'écrira plus jamais. De tous les SMS reçus, elle ouvre celui d'Aude. Juste le sien. Elle se sent prête à en découdre, à lui faire une réponse assassine, à provoquer les coups et à les prendre en pleine face. À cause du point noir dans la mer, de la bêtise et de la méchanceté des êtres humains, elle la première. Mais elle se trouve figée, démunie, quand elle lit : « Je t'aime… Je devais le faire pour Paul… » Elle supprime le message, toutes les notifications. Les e-mails promotionnels. Les rappels de rendez-vous. Tout. Elle rédige juste un SMS pour ses parents, court, rapide, avant d'éteindre de nouveau son téléphone : « Je vais bien. Je vous embrasse. Votre fille qui vous aime. »

Puis elle se lève, range son portable dans le placard de la chambre. Depuis l'autre pièce, elle jette un coup d'œil dehors, par la baie vitrée, découvre que Milly a disparu. Emportée par les vagues ? Rentrée au baraquement ? Elle plisse les yeux, tente d'apercevoir la serviette de plage verte jetée en boule dans le sable. Disparue aussi. Dieu merci, Milly a rejoint la terre ferme.

Milly est rentrée, a foncé à la salle de bains pour prendre une douche brûlante. Autumn n'a pas pu aligner deux mots. Maintenant sa fille flotte dans des vêtements amples : un vieux jean pattes d'éléphant qui ne se fait plus depuis quelques dizaines d'années et un pull ayant appartenu à Dan, ni orange ni marron, un affreux mélange des deux. C'est comme si elle prenait un malin plaisir à s'enlaidir, elle qui aime d'ordinaire être coquette.

« Tu vas enfin te poser ? » interroge Autumn debout près du plan de travail.

Elle lui désigne une chaise, le café en train de bouillir.

« Je n'ai pas faim. »

Milly reste debout, frictionnant encore et encore ses cheveux dans la serviette-éponge. Son visage est neutre, éteint, il ne reflète rien et Autumn songe que quelques larmes auraient été préférables, elle aurait pu la prendre dans ses bras, lui proposer un lait chaud avec du miel. Mais Milly se tient devant elle en adulte qui n'a pas besoin d'apitoiement ni d'affection.

« Mange un peu… Quand tu nages comme ça des heures, tu t'épuises. »

Un silence pesant lui répond.

« Je t'ai préparé des pommes d'amour. Tu en raffolais, tu te souviens ? »

Milly hausse les épaules, indifférente. Elle regarde par la fenêtre, cherche la silhouette de Flore censée s'activer près du bloc sanitaire ou de la buanderie.

« Personne ne travaille aujourd'hui ?

— Tu ne veux pas une pomme d'amour ?

— J'ai passé l'âge. »

Autumn encaisse, déglutit, cache ses mains dans son dos. Elles ont tendance à trembler quand elle est touchée ainsi, en plein cœur.

« Où est Flore ?

— Je… je ne me suis pas levée. J'ai… j'avais la tête lourde… J'ai oublié de lui préparer le matériel. Elle a dû venir toquer mais je dormais si profondément… Elle doit nous attendre, probablement. »

Milly se laisse tomber sur une chaise, attrape le bol de café brûlant que sa mère lui tend.

« Repose-toi ce matin, déclare Autumn. Je vais porter la brouette à Flore. On se débrouillera sans toi.

— Bien. »

Et dans ce « Bien », Autumn entend une abdication. Il l'a cassée. Sa toute-petite. Et aucune pomme d'amour ne pourra rien y faire.

Ce dimanche-là, à peine le travail confié à Flore, Autumn déserte le camping pour se rendre à la messe de onze heures. Elle passe d'abord chez Anaru récupérer sa voiture, ne croise personne et ne se manifeste pas. Elle dépose simplement une pomme d'amour enveloppée de papier d'alu sur le paillasson, ainsi qu'une fiole de cidre chaud aux épices et un Post-it jaune qui indique « À réchauffer à feu doux ».

Puis elle roule jusqu'à l'église presbytérienne de Wyndham, à près d'une heure de la baie. Cela fait une éternité qu'elle n'y a pas mis les pieds. Elle a la foi balbutiante, irrégulière. Mais aujourd'hui elle s'y rend. Pour Milly, pour soulager sa culpabilité et son égoïsme de mère, pour ne pas nourrir trop de haine envers Kai. Au volant, elle songe qu'elle glissera aussi quelques mots pour Anaru dans ses prières et qu'elle s'excusera auprès de Dan d'avoir failli, de n'avoir jamais les bons mots pour Milly. Lui non plus n'était pas très doué mais à deux, c'était toujours plus simple. Et puis, à cette époque, Milly aimait encore les pommes d'amour.

La nuit tombe encore tôt en cette fin d'hiver. Particulièrement les jours comme celui-là, gris, sombres.

Ça a été un jour bien étrange. Flore n'a croisé qu'Autumn qui lui a paru absente, ailleurs. Elle lui a indiqué que Milly était de repos. Alors Flore a erré sur le camping puis sur la plage, poussant sa brouette à outils. Les volets du baraquement sont restés clos. La voiture d'Autumn est réapparue au milieu de l'après-midi et le temps a continué de s'écouler tristement.

Dans sa chambre, les mêmes vêtements épars traînent encore sur son lit. Elle est en train de surveiller la cuisson de deux œufs au plat quand on toque à la porte vitrée. Milly se tient là, dans des vêtements trop grands, ses cheveux retenus tout emmêlés dans un semblant de chignon. À la main, elle tient un sachet en papier qu'elle tend à Flore.

« Qu'est-ce que… ? »

Puis elle comprend, au poids, qu'il s'agit d'une bouteille. Elle la sort du paquet, la dépose sur la table.

« Tu as volé ça à la supérette ? »

Milly se laisse déjà tomber sur la banquette, répond d'un vague haussement d'épaules. Flore remarque un pendentif à son cou qu'elle ne lui a jamais vu, d'un beau vert profond.

« C'est du jade ? »

Milly fait disparaître le collier sous son pull couleur rouille. *Bon sang,* songe Flore en sortant deux verres de ses placards, *ce pull c'est presque pire que les escarpins à boucles dorées.* Puis elle repense au tas de vêtements sur son lit et désigne à Milly sa chambre.

« J'ai fait du tri aujourd'hui. J'ai quelques robes qui pourraient te plaire. Prends celles que tu veux. »

Milly hésite. Elle ignore que Flore les a délibérément entassées là pour elle. À cause de la vision du point noir dans la mer. Elle cherchait quelque chose, n'importe quoi, pour réparer ça, le gâchis causé par Kai, le gâchis perpétré par elle-même à l'autre bout de la planète. La rédemption emprunte parfois des chemins étranges, comme une pile de robes.

« Vas-y », insiste Flore en s'acharnant sur le bouchon du pinot noir.

Alors Milly disparaît dans la chambre et le bouchon de liège s'émiette. Quelques fragments tombent dans le vin, s'y mêlent. Flore ouvre ses tiroirs, cherche une passoire, un tamis, quelque chose pour filtrer.

« Tu ne les mets plus ? demande Milly de l'autre côté de la cloison.

— Non.

— Aucune ?

— Fais-toi plaisir. Elles me sortent par les yeux. Et puis elles t'iront mieux qu'à moi. »

On n'entend plus rien pendant quelques secondes. Flore imagine Milly légèrement ébahie, passant les mains sur les tissus, caressant les étoffes.

« C'est que… je n'ai pas l'habitude de porter toutes ces couleurs… La verte par exemple…

— Essaie-la, je te dirai. »

Le silence de nouveau. Flore fait passer le vin dans le tamis, récupère le breuvage dans un pichet puis le verse dans deux verres.

« Milly ?

— Oui ?

— Ton vin, tu l'as trouvé où ?

— Dans la réserve de la supérette.

— Il était encore vendable ?

— Je ne sais pas. Maman devait se charger de l'inventaire sous peu… Pourquoi ? »

Parce qu'il a une odeur de vinaigre rance. Mais Flore se tait. Pour cause : Milly vient d'apparaître sur le seuil de la chambre dans une robe vert amande. Une élégante robe de patineuse avec des manches courtes volantées et un joli col en V que Flore avait portée pour un repas dans la famille de Paul – sans doute les fiançailles d'une cousine. Elle reste quelques instants silencieuse et Milly s'inquiète, mal à l'aise, dansant d'un pied sur l'autre.

« C'est trop… court ?

— Non.

— Trop vert ?

— Non, c'est parfait !

— Tu es sûre de ne pas vouloir la garder ?

— Non ! Surtout pas ! Elle me rappelle de mauvais souvenirs !

— Ah…

— D'avec Paul », précise-t-elle.

Puis elle tend à Milly son verre de vin et celle-ci se glisse sur la banquette, dans sa belle robe verte élégante et ses grosses chaussettes en laine. C'est un contraste amusant, attendrissant même.

« On va laisser aérer un peu le vin, dit Flore. Je crois que… il me semble un peu passé. »

Milly acquiesce. Elles sont assises face à face maintenant, Flore joue avec le pied de son verre.

« Tu peux prendre les autres robes aussi. Tu diras à ta mère que je te les donne. Que je fais du tri à cause de mon divorce. Elle ne trouvera rien à redire à ça, non ?

— Sans doute pas. »

Milly désigne le sachet en papier.

« J'ai apporté autre chose. Regarde. »

Flore découvre au fond du sac deux pommes d'amour.

« Tu as fait ça ?

— Non, c'est ma mère. Elle n'en avait pas fait depuis des années… »

Milly en attrape une, se renfonce dans la banquette et la croque. Milly dans sa robe de cocktail, avec ses chaussettes en laine, dévorant une pomme d'amour comme si elle n'avait rien avalé de la journée – ce qui est précisément le cas.

« À l'amour ! » déclare Flore avec cynisme en levant son verre.

Elle trempe les lèvres avec prudence dans son vin avant de le recracher brusquement.

« Bon sang, il est parfaitement immonde ! »

Elle voit le visage de Milly se décomposer alors elle ajoute très vite :

« Il a dû tourner dans la réserve. C'est pas grave, on va boire autre chose. »

Seulement, dans ses placards, elle ne trouve rien d'autre que du Earl Grey et un paquet de café.

« Thé ou café ? demande-t-elle à Milly.

— Café. »

Elle met un peu d'eau à chauffer, y verse quatre cuillères d'instantané, remue. Derrière elle, Milly interrompt la mastication de sa pomme d'amour pour lâcher lourdement :

« Je n'aime pas le vin de toute façon. »

Flore se retourne, surprise, s'apprête à demander pourquoi alors la bouteille ce soir, pourquoi les verres avalés l'autre soir… Mais elle ne dit rien. Parfois on fait ce genre de choses : on veut faire plaisir, on veut se sentir accepté, aimé, ou au contraire sali. On fait des choses qui vont contre soi-même.

« Mauvaise journée ? » demande-t-elle simplement.

Et Milly répond :

« Oui. On peut dire ça. Et toi ?

— Pas terrible non plus. »

Elle sourit.

« Tu sais ce qu'il nous faudrait ?

— Non.

— Le cidre d'Autumn. Avec une larme de rhum. »

Puis le silence, de nouveau. Flore va chercher le café, remplit deux tasses, et elles restent l'une en face de l'autre avec la fumée qui forme comme un rideau entre elles.

« Tu nages souvent pendant des heures comme ce matin ?

— J'attends les dauphins. Ils désertent la baie durant l'hiver, ils reviennent l'été avec leurs petits.

— L'été est loin…

— Je sais mais je nage quand même. Et je les attends.

— Ces dauphins qui reviennent, tu veux dire que ce sont les mêmes chaque année ?

— Oui. Ils connaissent la baie et ils me connaissent. D'année en année ils se sont habitués à ma présence. Au début ils approchaient de la plage comme bon leur semblait, à n'importe quelle heure de la journée, et puis ils ont appris mes habitudes. Ils me retrouvent toujours le matin entre six et sept heures.

— C'est vrai ?

— Ils le faisaient avec mon père aussi. »

Milly triture son pendentif. La queue de baleine.

« Tu devrais venir avec moi un matin quand ils seront revenus.

— Sans façon.

— Tu n'aimes pas les dauphins ? Ils sont formidables, pourtant. Beaucoup plus proches de nous qu'on ne le pense. Ils vivent en petites communautés et passent un tiers de leur temps à sociabiliser. Ils ont développé un langage des plus complexes, il existerait même des dialectes différents parmi leur population et les dernières études suggèrent que deux dauphins fortement liés socialement sont capables de s'appeler en imitant la signature vocale l'un de l'autre. Tu sais ce que ça signifie ?

— Non.

— Ça veut dire qu'ils utilisent des sortes de prénoms ! Papa avait… papa avait cette idée folle qu'un jour on fabriquerait un traducteur capable d'interpréter le langage des dauphins. Il disait que ce serait une formidable façon de contribuer à leur préservation et de mieux cohabiter. »

Elle se tait, s'aperçoit qu'elle s'est emballée.

« Tu devrais venir, répète-t-elle quand même avant de plonger dans sa tasse de café.

— Je ne suis pas sûre.

— Une heure avec eux c'est plus efficace que le cidre de maman ou n'importe quel pinot noir.

— Ce n'est pas… Je ne suis pas comme toi. Je ne suis pas une bonne nageuse. Et puis je suis froussarde. Je suis terrorisée par les vagues.

— Si tu viens avec moi, tu n'auras rien à craindre. »

Et Flore ne sait que dire car Milly a les yeux pleins de cette intensité sincère. Elle attrape sa pomme d'amour et se met à la mordiller pour se donner une contenance. Puis elle demande :

« Tu as mangé quelque chose aujourd'hui à part la pomme ? Tu as sans doute faim ? »

Et comme Milly ne réplique pas, elle se lève.

« Je vais te préparer quelque chose. »

Chez elle, Autumn ignore la télévision qui diffuse une émission musicale. Elle fixe dans la nuit le point lumineux : la fenêtre du bungalow de Flore. C'est là-bas que Milly est allée se réfugier. Elle ne lui a pas adressé un mot de l'après-midi mais elle a couru dans les jupons de Flore. Que font-elles ? De quoi parlent-elles ? Elle se sent vieille et fatiguée. À vrai dire elle ne sait plus si elle est agacée ou rassurée de savoir Milly avec la Française. Kai parti, il faut bien qu'elle trouve une autre épaule sur laquelle s'appuyer, non ? Elle ne va pas finir aussi seule et amère que sa mère. Et puis la Française a du vécu. Les chagrins d'amour, elle connaît. Un divorce à affronter ce n'est pas rien. Autumn tente de se persuader que sa fille est entre de bonnes mains. Elle retourne s'asseoir dans le canapé face à l'écran de télévision mais elle coupe le son. Elle n'est pas d'humeur à chantonner.

Flore partage en deux sa drôle de mixture – un semblant de quiche lorraine à la poêle, sans pâte brisée : des œufs, de la crème, des lardons et un peu d'emmental – et la fait glisser dans les assiettes.

« Alors ? »

Milly s'est déjà jetée dessus. Elle mange comme si sa vie en dépendait.

« C'est… délicieux. »

Flore replonge ses lèvres dans son vin avec l'espoir qu'une fois aéré, le breuvage soit devenu buvable. C'est peine perdue, il est aussi amer que la première fois. Puis elle se fait cueillir par une question de Milly :

« Tu travaillais dans quoi, en France ?

— Rien d'intéressant. Pourquoi ?

— Tu parles bien anglais…

— J'étais dans le marketing. La pratique de l'anglais, c'est bien la seule chose que j'aie retirée de ce métier… »

La bouche pleine, Milly lève la tête, la fixe.

« Pourquoi tu faisais ça si tu n'aimais pas ?

— Parce que c'était un métier honorable. Parce que la mère de Paul avait quelques contacts dans le milieu et qu'elle avait peur que je salisse l'honneur de la famille en devenant caissière ou secrétaire.

— Ce n'était pas une femme bien.

— Non. Mais tu sais, d'après une étude de l'Académie des sciences du Royaume-Uni que j'ai trouvée un jour dans un magazine, chaque homme a tendance à se choisir une compagne qui ressemble à sa mère, alors…

— Tu penses donc que tu n'es pas une femme bien ? »

La spontanéité de Milly la surprend une fois de plus.

« Je… j'en suis persuadée.

— Tu dis ça pour les hommes… les hommes des photos ? »

Cette fois, Flore se trouve totalement désarçonnée.

« De quoi tu parles ?

— Ces hommes étaient… tes… amants ?

— Milly, bon sang ! Je te demande pourquoi tu couches avec Kai ? »

Milly pique un fard, baisse les yeux sur son assiette mais ne se démonte pas :

« Kai et moi nous sommes comme deux bateaux, deux bateaux qui appartiennent à la même baie. Nous avons été bercés par les mêmes clapotis, caressés par les mêmes vents, aveuglés par les mêmes couchers de soleil. »

Et Flore se trouve plus démunie encore. Elle termine son assiette à grands coups de fourchette et va la poser avec fracas dans l'évier.

« Et ces hommes ? demande la voix de Milly dans son dos. Tu les… aimais ?

— Non. Je les haïssais. Je les méprisais même. »

Elle fait couler l'eau, attrape l'éponge. Frotter, faire mousser, rincer. Mais ce que sous-entendait la question posée par Milly reste là, enfle dans le silence. L'assiette repose dans l'égouttoir quand Flore se décide enfin à y répondre :

« Je couchais avec eux pour faire payer Paul.

— Pourquoi ?

— On devrait aller dormir. Tu as terminé ? »

Milly acquiesce. Comme un tourbillon Flore débarrasse la table, s'active, tente de faire oublier cette discussion.

« Prends un sac sous l'évier, mets les robes à l'intérieur. »

Puis Milly repart dans la nuit, son petit sac se balançant au bout de son bras. Flore l'observe s'éloigner le cœur lourd. Elle aimerait dire quelque chose pour alléger cette fin de soirée, se creuse la tête. Finalement elle lance, sur le ton de la plaisanterie :

« Un jour, si tu m'apportes un pinot noir buvable, je pourrai peut-être te raconter l'histoire des hommes, de Paul… »

Milly ralentit dans l'obscurité. Elle s'arrête un instant mais ne se retourne pas. Elle répond tranquillement :

« Un jour tu viendras nager avec moi. »

Flore sourit. Milly aussi sourit. Puis elle reprend sa route, bravant le froid glacial dans son élégante robe de cocktail, insensible à la bruine.

Une fois couchée, alors qu'elle peine à s'endormir, les yeux fixés au plafond, Flore repense aux paroles de Milly : « Kai et moi nous sommes comme deux bateaux, deux bateaux qui appartiennent à la même baie. » Et lui reviennent en tête quelques paroles d'une chanson de Mannick :

Je connais des bateaux étrangement pareils
Quand ils ont partagé des années de soleil…

9

En cette fin septembre, le camping résonne de bruits : le moteur de la tondeuse, celui du coupe-bordure, le bourdonnement du quad, les ordres lancés à travers le vent, les chargements et déchargements des camions devant la supérette. C'est toujours ainsi au début du printemps : il faut préparer le camping au retour des voyageurs, s'atteler aux travaux d'entretien qui n'ont que trop attendu – déblayer les gouttières, nettoyer les toitures, tondre, tailler, retirer les tiges meurtries, les rameaux grillés par le froid et l'humidité… La tâche est encore plus conséquente cette année après la tempête Pietra. Il faut remplacer les vitres brisées, remonter les clôtures, ressouder les tables et bancs de camping, remplacer la porte des sanitaires, vérifier les installations électriques…

Autumn supervise, Milly prend des initiatives, Flore exécute sans rechigner.

Autumn appelle les assurances, accueille les visiteurs, gère les réservations, tient la supérette et la location de matériel de surf, surveille d'un œil attentif les deux autres. Milly conduit le tracteur-tondeuse, manie le sécateur, explique les gestes à Flore, tente de lui apprendre. Cette dernière essaie tant bien que mal de faire fonctionner le coupe-bordure, fait preuve d'une volonté touchante, finit toujours par se blesser et pousser des jurons.

Elles se lèvent avec les premières lueurs, sont déjà sur le terrain à sept heures, s'activent jusqu'à midi et y retournent l'après-midi sans se poser de questions. Le contrat de Flore ne stipule qu'une demi-journée de travail quotidienne, pourtant elle en redemande, s'épuise, se vide la tête, s'abîme les mains.

La seule distraction en ce bourgeonnement du printemps leur vient des otaries qui s'apprêtent à entrer en période de reproduction. Un matin elles assistent à un duel particulièrement féroce entre deux mâles, derrière le bloc sanitaire.

« Qu'est-ce qu'ils font ? interroge Flore, qui reste prudemment à distance.

— Ils commencent à se mesurer, à démontrer leur supériorité. Pour s'adonner à la copulation, ils choisiront un coin plus tranquille dans les rochers, loin des hommes et des prédateurs.

— Les plus gros, ce sont les mâles ?

— Oui, ils peuvent peser jusqu'à quatre cent cinquante kilos. Les femelles font la moitié de leur poids.

— Pauvres d'elles... »

Mais Milly ne l'a pas vraiment entendue.

« On a de la chance de les avoir avec nous.

— Qui ? Les mâles copulateurs ?

— Les otaries que les Maoris appellent *whakahao*. C'est une des espèces les plus menacées au monde. Elles recommencent seulement à se reproduire dans les Catlins après cent cinquante ans de reproduction exclusivement sur des îles éloignées. Il n'en reste plus beaucoup. On estime que la population continentale atteindra mille individus d'ici 2044. »

Milly est si grave quand elle parle des animaux de la baie. Une légère ride barre son front.

« Au printemps, ils vont copuler et les femelles vont donner naissance à leurs petits. Je connais un endroit où elles adorent venir s'amuser avec eux. On ira, on se fera discrètes. »

Milly remet son casque antibruit, se dirige vers le tracteur-tondeuse. Quelques secondes plus tard, le moteur ronronne de nouveau, mettant fin au duel entre mâles.

Le printemps amène une lumière plus vive, de nouvelles odeurs plus herbales. Le printemps chasse Kai, éloigne Paul, Aude et le passé en général. Il remplit la tête de tâches à effectuer et de découvertes à faire. Elles ne parlent plus des hommes, seulement des animaux et du rythme de la nature. Autum passe un coup de vernis sur la pancarte *Mutunga o te ao*, troque ses pulls en polaire contre des chemises de travail cent pour cent coton à manches longues. Milly coupe ses cheveux, à peine, juste les pointes. Flore continue de supprimer les notifications de son téléphone. Et le temps file ainsi.

Un soir, Milly toque à la porte du bungalow, un trousseau de clés à la main. Ses jambes nues dépassent d'un long manteau d'homme beige. Aux pieds, des chaussures de marche.

« Tu veux sortir ? demande-t-elle à Flore.

— Sortir ? Où… en ville ? »

Flore en doute, au vu de la tenue de Milly.

« Non, sur la plage de boue volcanique. »

Elle agite les clés, désigne la baie inondée de lueurs orangées.

« Il faut faire vite. Le soleil sera couché dans une vingtaine de minutes. »

Elle entraîne Flore vers un quad stationné plus loin. Un casque est passé à chaque poignée.

« Qu'est-ce qu'on va faire sur la plage de boue volcanique ?

— Ce que mon père faisait chaque soir de l'année. Enfile ton casque. »

Le terrain de camping a commencé à se remplir avec le retour des beaux jours – quelques camping-cars et une dizaine de tentes. Milly les désigne tandis que Flore hésite encore, le casque entre les mains.

« Il faut y aller avant l'arrivée des touristes. Ce ne sera plus pareil après. Tu veux de l'aide pour l'enfiler ?

— Non. »

Milly fait claquer l'attache, grimpe à califourchon sur l'engin. Le manteau se soulève, dévoile un tissu rose pâle que Flore reconnaît. Elle sourit en imaginant sa jolie robe *baby doll* sous la veste rêche.

« Alors ? » s'impatiente Milly.

Flore met un temps infini à attacher son casque, elle dégage sa nuque soigneusement, place ses cheveux sur une épaule, joue avec la lanière, jette des regards aux roues. Alors Milly, l'air de rien, déclare :

« Il ne va pas à plus de soixante kilomètres-heure. Mais si jamais… tu peux t'accrocher à moi, c'est OK. »

Flore lève les yeux au ciel, l'air de dire : *N'importe quoi, je n'ai pas peur.* Mais au premier soubresaut, elle s'accroche à la taille de Milly, qui sourit.

Cela fait bien longtemps qu'elle ne s'est pas sentie si légère. Presque insouciante. Les fantômes planent encore, bien sûr, mais ce soir elle se sent loin, presque apaisée. Le quad tressaute, évite les nids-de-poule, rebondit sur des talus, traverse des étendues vallonnées à flanc de falaise, fait s'envoler les mouettes, remplit le silence. Le vent s'engouffre partout : dans son imperméable, dans sa nuque, dans les cris que sa bouche grande ouverte retient. Elle se cramponne à la taille de Milly, qui dégage un parfum discret de camomille, celui de son shampoing. Et ses yeux ne lâchent pas la mer en contrebas, battant les falaises. Pour la première fois depuis longtemps, deux ans, trois peut-être, elle retrouve ces sensations oubliées. Une certaine lourdeur du corps, l'impression d'être repue, apaisée, presque somnolente, associée à une légèreté de l'esprit, une grande clarté. Comment nommer cela ? Elle ne sait plus. On désapprend vite le bonheur quand on a chuté en enfer. Elle se sentait ainsi autrefois, dans les bras de Paul, dans les sourires d'Aude. Elle s'en souvient maintenant.

« Ça va ? demande Milly en lui jetant un coup d'œil dans le rétroviseur.

— C'est beau », répond-elle.

Le soleil se couche. C'est comme un tableau mouvant. L'artiste mélange ses couleurs, barbouille, estompe, dilue son bleu dans un saumon chaud.

« Tu sais quel est le nom maori de la Nouvelle-Zélande ? crie Milly pour couvrir le bruit du moteur.

— Non.

— *Aotearoa*. Ça signifie le “pays du long nuage blanc”. »

Et, de fait, un immense nuage mordoré semble planer au-dessus de la baie en ce moment même.

« La légende veut que les premiers Maoris soient arrivés en pirogue depuis la Polynésie. La première image qu'ils ont eue de la Nouvelle-Zélande était un long nuage blanc qui enveloppait l'île. Ils l'ont donc baptisée ainsi. C'est joli, non ?

— Très joli… »

Quelques secondes plus tard, Milly demande :

« Tu aimes les légendes ?

— Oui.

— Il y en a une qui explique la naissance des îles de la Nouvelle-Zélande. Anaru nous la racontait régulièrement quand Kai et moi étions petits. Maui, qui est un demi-dieu dans les croyances maories, était parti pêcher avec son frère. En plein océan, il a jeté son hameçon magique le long de son canoë. Au bout d'un moment, il a senti une grosse prise, il a tiré mais c'était lourd, extrêmement lourd, alors il a appelé son frère à l'aide. Ils ont peiné, y ont mis toutes leurs forces et ont fini par sortir de l'eau, non sans mal, Te Ika-a-Maui, qui signifie le “poisson de Maui”. La légende veut que le poisson géant sorti de l'eau soit l'île du Nord de la Nouvelle-Zélande. »

Milly sourit, les yeux brillants, poursuit :

« Après l'avoir sorti des flots, Maui a bondi sur ce poisson géant et a tenté de le tuer à l'aide d'une arme.

Les coups donnés au poisson seraient à l'origine des nombreuses chaînes montagneuses actuelles de l'île du Nord. L'île du Sud, quant à elle, serait le canoë dans lequel se trouvait Maui. Elle a été renommée Te Waka-a-Maui, qui signifie précisément le "canoë de Maui". Quant à l'île Stuart, la minuscule île qui se trouve au sud, elle serait l'"ancre du bateau de Maui" : Te Puna-a-Maui. »

Flore regarde les yeux de Milly dans le rétroviseur. Elle imagine qu'elle avait exactement les mêmes quand Anaru les faisait asseoir sur le sable de la baie pour leur conter ses récits, Kai près d'elle, buvant les paroles de son père avec un plaisir identique.

« Kai prétendait que c'était impossible, que si l'île du Nord était un poisson et l'île du Sud un canoë, elles dériveraient en permanence, vogueraient sous d'autres cieux. Seule l'île Stuart, l'ancre, resterait à sa place.

— Et que répondait Anaru ?

— Il disait : "Comment sais-tu qu'on ne vogue pas en permanence ?" Kai a mis quelques mois à trouver un contre-argument. Il a décrété que si nous voguions en permanence, il aurait le mal de mer et ce n'était pas le cas. »

Le moteur décroît, elles s'engagent sur un minuscule sentier au milieu des roseaux, qui descend doucement vers la baie.

« Mais ça encore, reprend Milly, Anaru l'a contourné. Ça ne tenait pas la route.

— Pourquoi ?

— Parce que comme les Maoris sont un peuple de navigateurs et de pêcheurs arrivés en pirogue, ils ne connaissent pas le mal de mer. Et donc, disait Anaru, rien ne prouvait que nous ne naviguions pas en permanence sur le canoë de Maui. »

Le quad ralentit encore jusqu'à s'arrêter. Milly coupe le moteur, retire son casque. Elles sont arrivées sur un petit parking surmonté de la pancarte « Curio Bay : site de la Forêt pétrifiée ». Çà et là, des écriteaux présentent des illustrations de manchots et des informations sur leur mode de vie, de reproduction, les comportements à adopter en leur présence. À droite, un sentier s'enfonce à travers une végétation sauvage.

« C'est ici que ton père venait observer les fameux manchots ?

— Les manchots aux yeux jaunes, oui. »

Milly lui fait signe de la suivre, l'entraîne en direction du petit sentier.

« On ne touche pas à la végétation. C'est là, dans les fourrés, que les manchots font leur nid. Après avoir chassé toute la journée en mer, ils rentrent chaque soir dormir sur la terre ferme, dans leur nid. Ils remontent la plage chaque jour à l'heure où le soleil se couche et, si on se fait suffisamment discret, on peut les surprendre. Mais ils sont extrêmement peureux, ce qui ne facilite pas la tâche. »

Elles se trouvent très vite entourées d'une nature touffue. Leurs pas font crisser les cailloux. Au-dessus d'elles, le ciel se fait plus sombre. Milly ne cesse de lever les yeux et de se rembrunir.

« On va arriver trop tard… »

Mais Flore se fiche de voir ou non des manchots aux yeux jaunes rentrant au bercail après leur pêche.

Ce qui compte à cet instant précis, c'est de marcher aux côtés de Milly, entourée des odeurs de végétation, avec le vent qui s'engouffre dans leurs cheveux et cette sensation d'apaisement.

« J'aurais dû avoir le mal de mer, moi », déclare soudain Milly.

Et Flore met quelques secondes à comprendre qu'elle revient à ce qu'elle racontait sur le quad.

« C'est ce que j'ai dit à Anaru un jour, assez fièrement. Mais il a déclaré que c'était faux, que j'étais comme eux.

— C'est-à-dire ? »

Milly sourit.

« Une fille de la mer… Même si mes ancêtres n'avaient pas traversé l'océan en pirogue, Anaru considérait que j'étais comme eux. Il avait… je crois qu'il avait un profond respect pour papa et maman aussi. Parce qu'ils se dévouaient aux animaux de la baie. Ça c'est quelque chose qui compte pour eux.

— Eux ? Les Maoris ?

— Oui. Ils ont un rapport fusionnel avec la nature… Pour eux, nous sommes tous liés : les hommes, les animaux, les végétaux, le soleil, la lune, le climat… Nous faisons tous partie d'une seule et même grande famille. Les hommes sont les enfants de la terre et du ciel et les cousins de chaque être vivant. Je crois que mon père avait un peu la même vision de la vie, tout en ayant d'autres croyances. Il aurait mis sa vie en danger pour soigner une otarie blessée. Maman disait qu'il était dingue, qu'il n'avait pas le sens des priorités. Je crois qu'ils ne se sont jamais totalement compris. Pourtant ils s'aimaient quand même… Comment c'est possible ? »

Elle s'interrompt, se mordille la lèvre.

« Je te bassine avec mon père, désolée.

— Ne t'excuse pas…

— En réalité je n'ai presque aucun souvenir de lui. Tout ce que je raconte, je le tiens de maman. Pendant des années, elle n'a été capable de parler que de lui… Elle radotait en permanence comme si elle avait peur que je l'oublie. »

Flore cherche quelque chose à répondre mais le chemin s'ouvre soudain devant elles, la vue se dégage et se dessine alors une petite plage enclavée, à l'abri du reste de la baie. Pas de sable fin ici. La plage est faite d'une roche gris-noir. La marée est basse, l'eau s'est retirée en formant des bassins dans des cavités rocheuses. Elles sont seules et elles s'arrêtent quelques secondes, encore à couvert des arbres.

« L'heure dorée est passée, déclare Milly, déçue.

— Qu'est-ce que c'est, l'heure dorée ?

— Celle qui précède le crépuscule, celle que mon père affectionnait parce qu'elle offrait des couleurs incroyables au ciel, des teintes allant du jaune doré au rose. Il aimait photographier les manchots à cette heure si particulière. S'il la ratait et qu'il voulait absolument faire des photos, il devait patienter quelques minutes de plus, attendre que l'astre s'efface complètement et que s'installe l'heure bleue, entre jour et nuit, celle où le soleil est couché mais la nuit pas encore tombée. À ce moment précis, le ciel présente un bleu parfait, plus pur et plus foncé que celui du jour. Il était trop tard pour les manchots mais il parvenait à photographier des huîtriers. »

Milly fait quelques pas sur la roche, entraînant Flore d'un signe du menton.

« Maman me racontait ça et me disait que c'était à l'heure bleue que le parfum des fleurs était à son paroxysme. Elle m'envoyait la guetter chaque soir et elle en profitait pour pleurer au-dessus de la cuisinière en faisant croire que c'était la faute des oignons. »

Comme souvent avec la jeune fille, Flore est prise de court, incapable de répondre. Milly s'excuse de nouveau :

« Je ne fais que parler.

— Ça ne me dérange pas.

— C'est que... Kai avait toujours quelque chose à m'enseigner, il remplissait le silence en permanence, et maintenant... »

Elle ne termine pas sa phrase, change de sujet :

« Je crois qu'il est trop tard pour les manchots mais on ne sait jamais... On peut peut-être s'asseoir.

— D'accord. »

Alors elle remonte la plage de quelques pas, saute par-dessus une flaque, désigne à Flore un rocher plat sur lequel elles s'installent.

Milly tient fermement les pans de son manteau contre elle comme si elle craignait que le vent ne dévoile la petite robe rose. Flore fixe l'horizon, les dernières giclées d'or offertes par l'astre en train de se faire engloutir. Il y a le ressac des vagues qui chante et ces bourrasques légères qui picotent la peau, le cri des huîtriers variables et ces drôles de symboles dans la roche.

« Qu'est-ce que c'est ? » demande-t-elle.

Elle désigne un trait net, droit, précis comme s'il avait été creusé à l'aide d'un outil.

« C'est un tronc d'arbre.

— Pardon ?

— On est assises sur une ancienne forêt pétrifiée qui date d'environ cent quatre-vingts millions d'années. Les troncs, les souches, tout a été enterré sous les coulées de boue volcanique. »

Milly reporte son regard à l'horizon, guette. L'heure bleue ? Un manchot aux yeux jaunes ? Au loin, les huîtriers piquent du bec dans les flaques.

Plus tard, il devient certain qu'elles ne verront pas de manchots. Le ciel se teinte de cet azur si pur. L'heure bleue, suspendue, s'installe. Elles ne bougent pas, fixent le spectacle. Milly fait tourner son pendentif de jade entre ses doigts. Flore frissonne.

« Tiens. »

Milly rompt l'immobilité, retire son manteau, le tend à Flore.

« Non, garde-le…

— Je n'ai jamais froid. »

Le regard de nouveau posé sur la mer, Milly lui évoque soudain Autumn, une Autumn plus douce, moins meurtrie. Elle n'a que vingt-trois ans, pourtant elle a des yeux qui évoquent mille vies, des pommettes hautes et des épaules qui ne ploient pas. Ce soir, est-ce la beauté du lieu, la lueur du crépuscule ou autre chose, Milly lui inspire une force immense.

Elle lui rappelle les femmes dans l'assemblée, l'autre jour pendant la cérémonie, dignes et solennelles.

« Milly ? »

Elle répond, sans quitter l'horizon des yeux :

« Oui ?

— Tu aurais pu recevoir le korowai de Kai, lui passer le taonga autour du cou, promettre de l'honorer pour l'éternité et dire toutes ces choses à propos de vos racines qui ne font qu'une…

— Quoi ? » murmure Milly.

Et Flore ne sait plus vraiment ce qu'elle a dit ni pourquoi elle l'a dit. L'heure bleue. Son clair-obscur. La forêt pétrifiée. Milly dans sa robe rose fixant l'horizon. L'impression de force qui l'auréole. Les effluves de camomille qui s'exhalent avec plus d'intensité à cette heure entre chien et loup.

« Tu méritais… tu aurais dû… Je veux dire… c'était *ta* place… »

Elle s'emmêle, se tait. Milly laisse passer quelques secondes puis elle déplie ses jambes, fait mine de se lever.

« On ne verra pas de manchots aujourd'hui… On rentre ? »

Elles repartent, prudentes, sautant d'un rocher à l'autre, évitant les flaques. *Ma place*, songe Milly, *elle est ici… Dans la baie.*

Peu après le quad vient briser le silence de la nuit. L'air est devenu froid. Flore s'emmitoufle dans le manteau, enfonce son menton dans le col. Elle y décèle des odeurs chaudes de feu de bois. Quel feu ? Quelle veillée ? Quelle histoire s'est imprégnée dans le tissu ? Elle se demande si Milly respire ses robes aussi, si elle y trouve des parfums, le sien, celui de Paul, ceux d'autres hommes, quels récits elle s'invente…

Puis Flore s'aperçoit qu'elles viennent de dépasser la maison d'Autumn sans ralentir.

« Où tu vas ?

— Je vais juste lui dire bonjour. Tu peux rester sur le quad. »

Et Flore comprend. Avant d'apercevoir le corps de ferme, avant de voir l'ampoule nue sous le large préau et la silhouette d'Anaru penchée sur un morceau de bois.

« Je reviens. »

Les pas de Milly font crisser le gravier. Elle avance d'un pas vif droit sur Anaru, qui ne paraît pas l'entendre. Quand elle s'accroupit devant lui, il semble sortir d'un songe éveillé, se redresse. Flore n'entend pas leur conversation mais elle voit les yeux d'Anaru qui s'éclairent, ses doigts qui viennent frôler le pendentif de Milly, le poids qui paraît s'abattre sur ses épaules un instant. Puis ils échangent quelques mots, lèvent les yeux vers le ciel. Les doigts d'Anaru, crochus, abîmés par le temps, montrent quelque chose. L'instant d'après, ils sont debout l'un face à l'autre. Anaru pose une grosse main sur l'épaule de Milly, se penche vers elle. Leurs fronts se pressent l'un contre l'autre. Après quoi Milly repart comme elle est venue, du même pas vif. Elle enfile son casque, monte au volant, met le contact.

« On rentre », dit-elle.

Puis, une fois que le moteur couvre presque entièrement sa voix :

« Je peux dormir avec toi cette nuit ? »

« Tu sais… Ce n'est pas facile de cuisiner avec ce que vous avez ici… À part vos tourtes à la viande, vos *kumara* et vos sachets de pain de mie à tous les goûts… »

Flore s'active devant son minuscule plan de travail, tente de préparer un semblant de mayonnaise pour leurs œufs mimosa. Milly déclare :

« Maman cuisinait un peu autrefois… pour les grandes occasions. Des fish and chips pour les veillées d'été. De l'agneau rôti pour les anniversaires. Et puis… »

Et puis la disparition de Dan. Et puis le camping à gérer seule. Et puis l'envie qui s'est envolée. Milly reste debout face à la porte vitrée, face à la baie, ailleurs. Flore ne quitte pas son manteau, a du mal à se réchauffer. Au loin, la lumière tremblote chez Autumn mais ni l'une ni l'autre n'y songe très longuement.

« Ce sera bientôt prêt. »

Flore laisse reposer sa mayonnaise, s'adosse au plan de travail, jette un coup d'œil à Milly. Tout à l'heure, sur la plage de boue volcanique, elle lui évoquait un roc. Maintenant elle lui paraît frêle. Les mèches désordonnées échappées de son chignon, son regard égaré fixé sur la mer, sa requête noyée sous le bruit du moteur : « Je peux dormir avec toi cette nuit ? » Flore ne peut pas s'empêcher d'avoir envie de la protéger du reste du monde. Parce qu'elle sait, elle, combien il peut être cruel, sans pitié.

« Qu'est-ce qu'Anaru t'a montré ? »

Milly se détourne enfin de la baie, revient à elle.

« Pardon ?

— Dans le ciel… »

Un faible sourire traverse ses yeux.

« Il m'a dit qu'un bon vent allait arriver, suivi d'un temps clément.

— Il a lu ça dans le ciel ?

— Dans les nuages : ils étaient jaunes en fin de journée. »

Flore aimerait l'interroger pour en savoir plus mais ne le fait pas. Milly se glisse derrière la banquette, s'y laisse tomber avec un léger soupir. Alors Flore éteint les plaques de cuisson, récupère avec mille précautions les œufs, dresse deux assiettes en essayant de soigner la présentation. Paul cuisinait ainsi. Avec délicatesse. Milly s'enferme dans le silence et Flore crée un petit dôme de mayonnaise, le saupoudre d'un peu de piment de Cayenne. Parfois ce sont bien peu de chose, d'infimes détails qui remettent du baume au cœur.

Une fois qu'elles sont attablées, Milly, en saisissant sa fourchette, demande brusquement :

« Paul était violent avec toi ? »

Ce qui laisse Flore interdite.

« Quoi ? Non ! Où tu es allée chercher ça ? »

Un haussement d'épaules. Milly plonge son œuf dans la mayonnaise, détruit le dôme.

« Paul était si peu violent que la première fois que… que j'ai… qu'il a compris que… »

Flore s'arrête. Un goût acide au fond de la bouche. De la bile. Elle a du mal à desserrer les mâchoires, à poursuivre.

« Il se retenait pour ne pas pleurer et il m'a demandé *s'il avait fait quelque chose de mal* ! J'avais un gosse en face de moi avec ses grands yeux pleins de larmes. Le dégoût de soi, Milly, je te souhaite de ne pas avoir à le connaître… »

Milly ne se trouble pas. Une seule chose compte à ses yeux à cet instant précis :

« Il avait fait quelque chose de mal ?

— Pardon ?

— Paul. »

Son regard est redevenu le même que plus tôt, face à la mer, droit et imperturbable. Flore se tasse sur elle-même.

« Est-ce qu'il avait fait quelque chose de mal et qu'il ne le savait pas ? »

Les doigts de Flore se cramponnent à la table. Ses jointures blanchissent. *Bon sang*, songe-t-elle. *Cette fille… comment fait-elle ? Lit-elle dans les yeux comme Anaru lit dans les nuages ?* Elle a besoin de déglutir avant de répondre :

« Quelque chose dans ce goût-là. »

Alors Milly hoche la tête lentement.

« Je vois. »

Elle recommence à manger sans se presser. Elle émiette l'œuf, crée des tourbillons dans sa mayonnaise tandis que Flore peine à reprendre son souffle.

« Maman aussi a fait quelque chose de mal autrefois mais elle ne le savait pas…

— Autumn ? Qu'est-ce qu'elle a fait ?

— Elle m'a fait penser que je n'étais pas suffisante.

— Pas suffisante… ?

— Pour vivre, pour s'accrocher… Pendant longtemps, j'ai été persuadée qu'elle aurait préféré que ce soit moi dans la vague géante, moi plutôt que lui. »

Un silence se déploie, enveloppe tout. Flore n'ose plus bouger. Quand Milly reprend son repas, elle s'autorise à respirer de nouveau.

« Tu sais, je crois que c'était une idée fausse… Tu es ce qu'Autumn a de plus précieux…

— Oui. Bien sûr. Je l'ai compris plus tard. Quand je suis partie à l'université. »

Elle n'ajoute rien. Dehors la nuit a tout englouti, a fait disparaître la baie. Elles n'ont pas vu de manchots aux yeux jaunes ce soir, elles n'ont pas capturé les lueurs de l'heure dorée sur la plage, mais elles ont cueilli quelque chose d'infiniment plus fragile, d'infiniment plus rare : quelques confidences autour d'un œuf mimosa.

« Je peux prendre la banquette.

— Il y a à peine de quoi s'allonger…

— Ça m'ira.

— Tu sais, Milly, je crois que le lit est assez grand pour deux. Viens, je vais te prêter un pyjama. »

Milly est gênée, pourtant elle se laisse entraîner dans la chambre. Elles enfilent des pantalons molletonnés et des tee-shirts décorés de lunes et d'étoiles, se lavent les dents au-dessus de l'évier.

« Ta mère va s'inquiéter, non ? »

Milly hausse les épaules, se glisse dans le lit. Au loin, la lumière s'est évanouie, Autumn a dû rejoindre sa chambre, elle lit peut-être à la lueur d'une lampe de chevet. Milly détache ses cheveux, les laisse s'étaler sur l'oreiller comme des tiges de blé.

« Je peux éteindre ? » demande Flore.

Milly acquiesce. Dans l'obscurité, elles n'osent plus bouger, de peur de se frôler.

« Je serai partie tôt, lâche Milly au bout de quelques secondes. Pour nager…

— D'accord.

— Kai m'accompagnait parfois. Si tu veux venir…

— Bon Dieu non ! Je resterai sous la couette en mesurant la chance que j'ai ! »

Elle croit deviner que Milly sourit.

« On retournera voir les manchots…

— D'accord.

— On tâchera de ne pas les rater cette fois.

— On les verra.

— Oui si tu ne pars pas trop tôt… »

Un silence. Flore se redresse sur un coude.

« Pourquoi je partirais trop tôt ?

— Tout le monde quitte la baie un jour ou l'autre. L'ennui finit par ronger tous ceux qui sont passés ici. Plus vite qu'on ne le croit.

— Pas moi.

— Tu dis ça maintenant…

— Tu partiras avant moi, Milly. Tu verras…

— Jamais.

— On parie ? »

Milly est surprise mais joue le jeu, sans y croire une seconde.

« On parie. »

La tête de Flore retombe sur l'oreiller.

« Si je pars d'ici avant toi, alors je m'engage à aller nager en pleine mer avec toi… même un jour de fort courant. Et toi, si tu pars avant moi… alors… disons que tu t'engages à me cuisiner un truc mangeable… et à me dégoter un pinot noir buvable. Ok ?

— Ok. »

Flore tend sa main dans l'obscurité, rencontre celle de Milly qui la serre pour sceller leur marché.

« Bien, maintenant je crois qu'on peut dormir sereines.

— Je ne serais pas si sereine à ta place, rétorque Milly. Tu n'as passé qu'un mois et demi ici…

— Évite les tourtes à la viande.

— Pardon ?

— Pour ton repas d'adieu. Elles me sortent par les yeux. De l'agneau rôti… pourquoi pas… »

Elles sourient toutes les deux dans l'obscurité.

10

Milly m'en veut. Elle m'en veut forcément. De quoi ? De lui avoir fait des pommes d'amour comme si elle était une gamine ? De ma dureté ? De mon fichu caractère de bonhomme ? Voilà ce qui tourne en boucle dans la tête d'Autumn depuis quelques jours tandis qu'elle s'adonne à l'inventaire de la supérette qui n'a que trop attendu.

Milly est tout près, devant le baraquement, attribuant les combinaisons de plongée et les planches de surf aux backpackers en mal de sensations arrivant par grappes entières, bruyants, massacrant l'anglais sans complexe.

« Taille L ? On n'en a plus. Prenez un XL.

— Cool. C'est cool. »

Autumn lève les yeux au ciel. *C'est « cool ».* Elle parie qu'ils fument de la drogue, qu'ils carburent à la vodka ou à un de ces alcools imbuvables. Elle a interdit les veillées sur la plage mais rien ne les arrête. Ils s'installent à même le sable et rient jusque tard dans la nuit. Milly nettoie les vestiges de leurs soirées au matin, avec sa pince et ses sacs-poubelle. Qu'en pense-t-elle ? Pas grand-chose visiblement, elle nettoie sans se plaindre, les observe d'un œil insondable.

« Bonne journée, lance Milly dehors. Et n'oubliez pas : n'approchez pas les otaries ou les phoques, respectez une distance d'une dizaine de mètres. C'est très important. S'ils se sentent menacés… »

La voix de Milly se fait plus faible, dépitée, car les jeunes ont déjà filé :

« Ils pourraient charger… »

Autumn a du mal à ne pas faire claquer sa langue, agacée. Toujours pareil : la belle saison est là et les irrespectueux aussi. C'est encore pire l'été. Il faut les mettre en garde contre les dauphins Hector car tous veulent toucher leurs ailerons. Autumn est lasse de répéter en boucle : « Ne les approchez pas. Laissez-les venir s'ils le souhaitent. Ce sont des animaux curieux. S'ils en ont envie, ils viendront vous saluer et jouer dans les vagues avec vous. »

Milly est encore jeune, pleine de force et d'espoirs. Elle tente d'expliquer, ne s'irrite pas. Tout cela est fini pour Autumn. Elle préfère laisser sa fille se frotter à ces jeunes cons. C'est mieux pour tout le monde.

Elle passe la tête en dessous du rideau métallique.

« Tout va bien, Milly ?

— Oui, oui », répond-elle.

Rien d'autre. Elle annote quelque chose sur son calepin de réservations puis suçote le stylo, déjà ailleurs.

Bon sang, qu'est-ce que j'ai fait ? s'interroge de nouveau Autumn. Il y a forcément quelque chose. Pourquoi sa fille passe tout son temps dehors, ne rentre qu'à la nuit tombée, prend ses repas chez la Française ? Pourquoi va-t-elle jusqu'à passer la nuit là-bas ? La nuit… Autumn en a encore des épines dans la gorge. C'était il y a quelques soirs. Il était vingt-deux heures et elle attendait toujours Milly. La poêlée de petits légumes qu'elle avait dégelée continuait de chauffer à feu doux. Tout avait ramolli. Les cubes de pommes de terre étaient devenus de la purée, les carottes de la gélatine poreuse, les petits pois une masse spongieuse. Elle a fini par couper le feu et allumer la télévision en attendant. « Je vais montrer les manchots à Flore », avait déclaré Milly. Il était bien trop tard pour voir un quelconque manchot. Et d'ailleurs Autumn avait entendu le quad revenir. Elles étaient rentrées, elle le savait. Que fichaient-elles alors ? À la page de publicité, Autumn s'est levée, a éteint la télé et est sortie. Les filles étaient-elles encore dans la baie, en train de jacasser d'on ne sait quoi ? Mais la lumière dans le bungalow de la Française lui a mis la puce à l'oreille. Elle s'est approchée dans l'idée de frapper puis a entendu la voix de Dan dans sa tête : « Fiche-lui un peu la paix. Laisse-la vivre. » Déjà petite, Milly était comme ça : indépendante. Et Autumn avait du mal à la laisser vaquer à ses occupations. Il fallait toujours qu'elle reste derrière elle, pas loin, à la garder à l'œil. Dan ne pouvait pas comprendre. Il ne l'avait pas portée. Il ne l'avait pas nourrie au sein toutes les nuits pendant plus de cent jours. Que savait-il de sa fille ?

Autumn était à quelques pas du bungalow quand la lumière s'est soudain éteinte, comme si elles avaient senti sa présence, avaient décidé de se terrer. Autumn n'a pu s'en empêcher : avancer de quelques pas encore, se glisser derrière les fourrés. La fenêtre de la chambre se découpait dans la pénombre. Bien entendu elle ne voyait rien. Ni sa fille ni la Française. Mais les voix portaient à travers la fine cloison en préfabriqué. C'était sa Milly qui parlait : « Tout le monde quitte la baie un jour ou l'autre. L'ennui finit par ronger tous ceux qui sont passés ici. Plus vite qu'on ne le croit. » Autumn s'est tendue, une douleur au creux de la poitrine. Milly parlait-elle pour elle ? Envisageait-elle de partir ? Puis la voix de Flore a lancé : « Pas moi.

— Tu dis ça maintenant…

— Tu partiras avant moi, Milly. Tu verras…

— Jamais.

— On parie ? »

Alors la douleur s'est étendue à tout son corps. Autumn s'est retenue au préfabriqué. À travers la cloison, les filles plaisantaient. Il était question de cuisiner un repas, de pinot noir, de conclure un marché. Milly avait une voix qu'elle ne lui connaissait pas : une voix qu'elle devait réserver à ses amis, à des discussions entre jeunes, légère, une voix décomplexée, aux accents rieurs.

Autumn a eu besoin de longues minutes pour se remettre en marche en direction du baraquement. Chaque pas lui a coûté un effort surhumain. *Voilà,* songeait-elle. *Voilà que la Française lui plante de mauvaises graines dans la tête. Ma Milly va partir.*

Et depuis elle traîne son cafard. Le temps n'aide pas. Humide. Pluvieux. Des nuages bas. Cela réveille ses autres douleurs : l'arthrose de ses épaules et celle, plus récente, de ses hanches. Ce temps bruineux ne dérange pas les jeunes, eux qui continuent d'affluer, de surfer, de crier trop fort. Autumn se tait et serre les dents.

Le groupe l'a vite repérée. À son accent haché, typiquement français. À son imperméable Quechua – il n'y a que les Français qui portent du Quechua ici. À ses petites baskets blanches, fines – elle n'a pas pu se résoudre à porter d'affreuses chaussures de travail même si elle doit chaque soir raviver le blanc de la toile.

Le groupe de backpackers français a donc repéré Flore. Même si elle s'obstine à rester discrète. Elle s'occupe des tâches les plus solitaires, les plus ingrates : récurer les sanitaires, déboucher les tuyaux, vider les poubelles, mais surtout pas de la location de combinaisons ou de la caisse de la supérette. Elle préfère éviter la présence des jeunes. Elle sait comment ils sont en groupe : ils essaient de frimer, d'attirer les regards, ils jouent les gros durs. Dans la bande il y en a un pire que les autres. Des cheveux châtains faussement décoiffés, un tatouage sur le torse qui représente le globe terrestre et comporte toutes les étapes de son voyage autour du monde. Il se promène toute la journée avec sa combinaison de plongée baissée au niveau de la taille et fume beaucoup trop. Il l'agace. Il est l'opposé de Paul. Paul était raffiné, subtil et poli. Ce type est bruyant, prétentieux, lourdingue.

« *French ?* Hé, toi là-bas, *French ?* T'es d'où ? De Paris ? » Voilà comment il l'a interpellée la veille, alors qu'elle faisait sécher son linge devant la buanderie.

« *Saint Kitts and Nevis. Small island.*

— Ouais c'est ça. » Il la fixait, large sourire amusé, pas dupe un instant. « T'es d'où ? Paris ? » a-t-il insisté.

Elle a acquiescé en silence, butée.

« Qu'est-ce que tu fais là ?

— Je bosse.

— Avec Charles et Laura Ingalls ? »

Elle lui a lancé un regard noir mais le garçon n'était visiblement pas doué pour percevoir les subtilités du non-verbal. « Il paraît qu'elles vivent dans le baraquement là-bas… Toute l'année ! Elles ont le chauffage ? Tu y es déjà allée ? Elles vivent dans la même pièce ? »

Il se marrait, stupide et méchant, et Flore a continué à étendre le linge, de plus en plus irritée.

« Tu vas rester ici longtemps ?

— Oui.

— Combien de temps ? »

Silence.

« Bon. Nous, on reste ici une semaine, pas plus. Le coin est sympa mais, honnêtement, on en a vite fait le tour. On fait une soirée sur la plage cette nuit, tu veux venir ? Mes potes sont cool tu verras. Je m'appelle Quentin. Si jamais… »

Elle lui a adressé un sourire forcé, froid, mais encore une fois il n'a pas semblé saisir le sens de ce sourire.

« À plus tard ! » Et il lui a lancé un clin d'œil avant de disparaître, le pas traînant, très satisfait de lui.

Aujourd'hui, elle leur a échappé. Aujourd'hui elle est restée terrée dans son bungalow, elle a allumé son téléphone et découvert les messages bouleversés de sa mère : « Appelle-moi, ne nous laisse pas comme ça, sans nouvelles », « Chérie, ne fais pas de bêtises, on t'aime fort », « Papa est mort de trouille, moi aussi. Peux-tu rappeler ? », « On vient d'avoir Paul. On ne peut pas croire ce qu'il raconte. Tu n'es pas en Nouvelle-Zélande ? Et le reste... ? » Aux SMS s'ajoutaient une trentaine d'appels manqués, de messages vocaux. Alors elle a pris son courage à deux mains. Elle a rappelé. Mais elle ne veut plus y penser. Elle veut oublier...

La nuit est tombée sur la baie. Milly est partie à Invercargill acheter des bidons d'essence pour le quad et d'autres choses. Elle n'est pas rentrée. Flore tourne en rond. En bas se trouve le groupe de backpackers. Elle ne les voit pas mais elle les imagine. De temps en temps, un rire parvient jusqu'à elle et elle aperçoit le rougeoiement d'un briquet, d'une flamme.

Autumn n'a jamais été très douée en cuisine. Dan n'y trouvait rien à redire et Milly non plus. Ils se sont toujours débrouillés ainsi. Mais les soirs où elle est toute seule, Autumn a encore moins envie de sortir ses casseroles, ses spatules. Elle perd l'appétit.

Milly est partie pour Invercargill avec une liste de courses longue comme le bras. Elle ne rentrera pas de sitôt. Et puis Autumn sait très bien qu'elle croisera à peine sa fille, un vrai courant d'air en ce moment. Elle prendra une douche rapide, ira s'enfermer dans sa chambre le temps de se changer et disparaîtra dans le bungalow de la Française. Alors à quoi bon ? Autumn pioche dans un sachet de chips au vinaigre, salit la table, souffle sur les miettes qui vont voler plus loin. Puis, alors que l'horloge indique vingt et une heures, elle se lève soudain, comme mue par un ressort, enfile une polaire, se rend dans la réserve.

Elle récupère un outil, au hasard, un pas trop lourd, puis elle claque la porte derrière elle. Elle sort dans la nuit fraîche et sans étoiles.

Il est là, légèrement courbé au-dessus de sa bêche. Ses pieds sont éclairés à l'aide d'une frontale. Il est tantôt lent dans ses gestes, tantôt rapide, suivant le cours de ses pensées.

« *Kia ora !* » lance Autumn en approchant.

Ils se sont toujours salués ainsi, en maori. Ils y tiennent l'un et l'autre. Cela fait des années et ce n'est pas près de changer.

« *Kia ora !* » répond Anaru.

Il s'accoude à sa bêche en attendant qu'elle le rejoigne.

« Tu jardines ?

— Je n'ai pas pu m'en occuper dans la journée. Avec cette pluie qui n'arrêtait pas de tomber… »

Anaru a un potager immense. Longtemps il a cultivé et vendu des légumes à travers l'île du Sud, puis son activité s'est essoufflée. Il a fait perdurer son carré quelques années encore pour nourrir ses trois fils. Ensuite ils sont partis un à un et Anaru a petit à petit diminué la surface exploitée. Aujourd'hui il n'a plus que quelques rangées d'asperges, d'ail, d'échalotes, de pois, de haricots et un peu de fèves. *C'est le jardin qui s'occupe de lui plutôt que l'inverse*, songe Autumn en le voyant pieds nus dans la terre à la nuit tombée. *Et toi ? Qui s'occupe de toi ?*

« Je te rapporte un outil, lance-t-elle abruptement.

— Ah ? Fais voir. »

Anaru a une peau brune marquée de petits sillons, des yeux étirés, une bouche large et généreuse, un regard rieur comme son fils. Ses cheveux noirs sont parsemés de taches argentées. Il se penche sur l'outil et secoue la tête.

« Ce n'est pas à moi.

— Non ? J'ai pourtant cru…

— Non. »

Il reprend sa bêche et recommence à retourner la terre.

« Les nuages étaient sombres et ascendants aujourd'hui. Si je n'aère pas la terre ce soir et que je ne bâche pas, c'est fichu. Le gros temps arrive. »

Autumn ne répond pas. Elle a un profond respect pour Anaru, bien sûr, mais pour ce qui est de la météo, elle préfère laisser cela aux scientifiques. Lire dans les nuages ou dans les feuilles de thé, pour elle c'est du pareil au même.

« Tu veux de l'aide pour bâcher ?

— Pourquoi pas. »

Alors ils s'activent tous les deux autour de la bâche, luttant contre la brise, posant de grosses pierres pour la maintenir en place.

« Tu veux boire quelque chose avant de repartir ? » lance enfin Anaru.

Ils feignent d'ignorer que c'est précisément le but de cette visite.

Milly pousse la porte du baraquement, dépose ses sacs de courses pleins à craquer dans l'entrée.

« Je suis là ! »

La pièce à vivre est plongée dans le noir. Pas de télévision qui produirait un doux ronron et une lueur bleutée. Elle allume. Quelques miettes sur la table et un paquet de chips froissé.

« M'man ? »

Elle s'engage dans le couloir minuscule qui donne accès à leurs deux chambres. Personne. Le même silence, la même pénombre. La polaire d'Autumn a disparu du portemanteau. Elle est sans doute allée faire le tour du camping, réprimander un jeune en train de jeter une canette dans les hautes herbes. Elle les a pris en grippe. Chaque année qui passe, c'est pire. Elle ne supporte plus leurs fêtes, leurs voix, leurs rires. Comme si elle en voulait au monde entier de savoir encore s'amuser quand elle n'en est plus capable.

Milly se sert un verre d'eau au lavabo. Elle est épuisée par ce trajet à Invercargill, ces heures perdues dans les magasins, elle qui rêvait d'aller surprendre les manchots rentrant de la mer. Cela fait plusieurs jours qu'elles repoussent leur expédition, à cause du travail au camping, du nombre croissant de voyageurs à accueillir, de la pluie, du ciel gris, opaque, qui empêche de cerner la descente du soleil. Chaque soir, Milly réagit trop tard. Elle court chercher Flore, ne la trouve pas toujours, finit par la localiser sous la douche. « Les manchots ! » crie-t-elle en tambourinant. Flore lance un juron en français : « Merde ! », que Milly n'a pas encore réussi à traduire, et quand elle sort de la cabine de douche, ses cheveux trempés plaqués en arrière, sa peau fumant encore des vapeurs d'eau brûlante, auréolée d'une odeur de vanille, sucrée et entêtante, elle demande : « Il est trop tard ? » Et, évidemment, le temps qu'elle passe un imperméable sur ses vêtements enfilés rapidement, le temps qu'elles rejoignent le quad, il est effectivement trop tard.

Ce soir, Milly a cru qu'elles pourraient y aller. La pluie qui tombait n'était pas trop forte mais il a fallu qu'elle aille faire ces courses dont la liste n'en finissait pas et se retrouve bloquée en caisse à cause d'un code-barres qui ne passait pas. Elle maudit sa mère.

Milly abandonne le baraquement en laissant les sacs de courses là où ils sont. Autumn n'aura qu'à s'en charger, elle a assez donné. Elle est épuisée mais surtout affamée. Flore aura cuisiné, comme d'habitude. Elle l'espère du moins. Quelque chose de bon, de simple et de savoureux, avec ce qu'elle aura trouvé à la supérette. Elle a un véritable don pour ça. La veille elle a concocté un hachis parmentier à base de *kumara*. « Presque un plat local », a-t-elle plaisanté. Après le dîner, elles allument la télévision pour créer un fond sonore, elles commentent parfois les images. La Coupe du monde de rugby a démarré. Il y a des matchs diffusés chaque soir. Milly insiste pour les regarder. Elle n'est pas particulièrement passionnée de sport mais elle sait que Kai ne ratera pas une étape du championnat. Quand elle suit un match, elle ne peut s'empêcher de l'imaginer devant un écran similaire quelque part à Edendale. Est-ce qu'il suit la compétition aux côtés de son beau-père, de ses beaux-frères, d'Amaia ? Est-ce qu'ils font le haka devant leur poste ? Elle n'a assisté qu'une fois au haka. Elle en a encore des frissons.

Ce jour-là, Kai et elle étaient dans la baie, ils se séchaient après avoir nagé au milieu des dauphins

Hector. Il y avait un groupe de jeunes Européens plus loin sur la plage qui encourageaient l'un des leurs à s'approcher plus près d'un dauphin, à attraper un aileron. Milly bouillait intérieurement mais jamais elle n'aurait eu le courage d'intervenir. Kai s'est dirigé vers eux et elle a tenté de le retenir, sans succès. Il s'est planté devant eux et, sans prévenir, il s'est mis à entamer le chant guerrier, pieds nus dans le sable. Au départ les backpackers ont ri, échangé des regards moqueurs, quoiqu'un peu interrogateurs. Mais les rires se sont vite évanouis et les sourires figés. Kai tapait du pied, battait des bras, poussait des cris terrifiants. Mais ça n'était pas le plus fascinant : ce qui a subjugué Milly, ce qui l'a troublée pendant des jours et des jours rien qu'en y repensant, c'était le visage de Kai, traversé par des expressions guerrières héritées de siècles de tradition, les yeux révulsés, la langue sortie, les traits qui grondaient, mettaient en garde, faisaient reculer pas à pas les jeunes idiots. Ils ont ramassé leurs serviettes sans un mot, rassemblé leurs affaires, filé en silence, incertains, légèrement abasourdis. Leurs murmures faussement amusés disaient : « Qui c'est ce type ? Qu'est-ce qu'il nous veut ? » mais leurs traits exprimaient la peur. Et ce jour-là Milly, qui n'avait que seize ans, a décidé qu'elle épouserait Kai coûte que coûte. Elle a quitté sa chambre la nuit même, escaladant la fenêtre. Elle s'est introduite dans la maison d'Anaru comme chez elle – personne ne ferme jamais à clé ici. Elle s'est glissée dans la chambre de Kai et elle lui a fait promettre de l'épouser. Kai a promis. Ils ont fait l'amour pour la première fois cette nuit-là, dans son lit d'enfant trop petit. Ça a été douloureux mais Milly l'a vécu comme un passage obligé, un rituel aussi beau et fort que le haka sur la plage.

Sur le chemin, les cris sur la plage parviennent plus nettement encore aux oreilles de Milly. La cuisine du bungalow est éclairée. Milly tente de humer, de capter une odeur, un indice. Croque-monsieur ? Fondue de poireaux ? Steak à cheval ? Mais elle ne sent rien et quand elle se plante face à la porte vitrée, prête à toquer, elle constate que le bungalow est vide. Flore a laissé la porte entrouverte, une boîte d'œufs sur le plan de travail, son téléphone en charge sur la banquette. Comme si elle était partie pour quelques instants seulement. À la douche, aux toilettes ? Milly s'assied sur la petite marche de l'entrée pour l'attendre. En bas, sur la plage, des rires fusent, des voix scandent, encouragent. Un jeu d'alcool probablement. Milly ne perçoit pas les propos des jeunes fêtards. Elle sait juste qu'ils sont heureux, légèrement ivres sans doute, qu'ils se font certainement passer des bouteilles ou des joints, alanguis sur le sable. Et puis elle entend un des garçons crier quelque chose et elle se tend car elle est certaine d'avoir bien saisi :

« Flore ! Flore ! »

Suivent d'autres phrases prononcées en français. Milly se raidit, aux aguets. C'est insensé : qu'est-ce que Flore ferait là-bas avec eux ? Elle n'a pas eu vraiment l'air d'apprécier leur présence ces derniers jours, elle s'est plutôt appliquée à fuir leur compagnie. Mais c'est bien la voix de Flore qui lui parvient maintenant, plus faible, plus étouffée, en anglais, comme si elle se mélangeait les pinceaux entre les deux langues ou comme si elle mettait le gars au défi de comprendre et de répliquer dans cette langue :

« Lâche-moi la grappe, ok ? Deux secondes. »

Puis des rires fusent, moqueurs. Un des garçons lance quelque chose qui ressemble pour Milly à « Aoutche, Quentin ! ». Et le dénommé Quentin, loin de se démonter réplique à tue-tête, en anglais lui aussi :

« Embrasse-moi et après je te lâche la grappe ! »

D'autres rires gras. Puis une série de phrases en français que Milly ne comprend pas mais qui lui semblent toutes stupides car ce type l'agace prodigieusement. À sa voix elle l'a reconnu : c'est celui qui parle le plus fort, qui se fait le plus remarquer au camping. À présent le volume des conversations diminue dans la baie. Milly ne perçoit plus rien hormis un faible bourdonnement. Elle se demande ce qui se passe, comment Flore a réagi, si en ce moment même elle est en train d'embrasser cet idiot et, à cette seule idée, Milly sent l'agacement la gagner.

Elle se lève, envoie rouler une pierre. Elle a faim, elle est irritée, elle espère qu'Autumn sera rentrée. Où peut-elle bien être, elle aussi ?

Anaru dépose dans une théière en fonte quelques feuilles d'hibiscus qu'il fait sécher depuis plusieurs semaines dans un coin de son salon, puis il verse l'eau bouillante. Il a des mouvements lents et précis, appliqués. Malgré les années, malgré ses doigts abîmés par le travail, il a des gestes encore pleins de grâce et le regarder préparer une infusion relève presque de la thérapie. C'est en tout cas ce que pense Autumn, assise sous le préau, dans un fauteuil en osier. Elle se sent tout à coup détendue, presque légère.

« Comment va Kai ? » demande-t-elle tandis qu'Anaru s'assied dans son fauteuil en face d'elle avec un soupir.

Il prend le temps de faire tourner la théière doucement pour que les feuilles libèrent leurs arômes dans l'eau plus rapidement.

« Il va bien. Aux dernières nouvelles il a trouvé du travail en ville. Dans une usine de traitement du lait.

— Il travaille à la chaîne ?

— Oui. Une semaine de jour, une semaine de nuit.

— En intérieur tout le temps, hein ? »

Autumn a son regard désapprobateur.

« Tu lui as dit qu'il faisait une erreur ? Qu'il aurait mieux fait de rester ici ? »

Anaru garde la tête baissée sur ses mains qui remuent la théière. Il prononce quelques mots en maori comme on réciterait un poème :

« *Kua hua te marama.* »

Puis il relève la tête et rencontre le regard interrogateur d'Autumn.

« La lune est pleine, traduit-il.

— C'est un proverbe de chez vous ?

— Oui. Il signifie qu'un cycle a été accompli, que les choses sont arrivées à leur terme. »

Autumn conserve le silence car elle n'est pas certaine de bien comprendre.

« On ne fait pas des enfants pour les garder au nid. On fait des enfants pour qu'ils s'envolent. C'est la fin logique du cycle de la vie. Kai a pris son envol. Tu sais comme moi qu'il n'y avait pas de boulot pour lui ici.

— Je l'aurais pris dans mon camping. Je lui aurais offert un travail.

— Avec quel argent tu l'aurais rémunéré ?

— On se serait débrouillées. J'aurais agrandi la supérette, créé un café. Milly aurait trouvé quelque chose, elle est futée. »

Anaru secoue la tête avec calme, résignation.

« L'usine c'est pas pour lui, s'obstine Autumn. Il est comme Milly. Ce sont des enfants de la baie. Ils ont la nature dans le sang. Ils sont faits pour autre chose. Le grand air. »

Anaru produit un « Tsst tsst » désabusé.

« Nous autres, on finit souvent comme ça si on veut rejoindre la ville. À l'usine ou à l'agence pour l'emploi. »

Et Autumn ne sait plus vraiment quoi répondre car elle sait qu'il n'a pas tort. Ici c'est différent, ici ils sont sur leur bout de terre, un bout du monde, un territoire préservé, mais en ville c'est une autre paire de manches. Avant que Dan et elle n'arrivent ici, ils y ont vécu aussi. Les populations maories étaient des plus précaires, occupaient les postes dont personne ne voulait : agents d'entretien, balayeurs, manutentionnaires… Malgré le traité de Waitangi de 1840 et la reconnaissance des indigènes maoris en tant que citoyens britanniques, malgré les engagements de Londres à respecter les droits des Maoris sur leurs terres ancestrales, malgré des siècles et des siècles de politique sociale et d'inclusion, les faits restent tels qu'Anaru les a présentés. Tristes et déplorables.

Anaru ne laisse pas la morosité s'installer. Il retire le petit couvercle en fonte de la théière et remplit leurs deux tasses du breuvage fumant. Il constate en offrant son visage à la brise :

« Le vent se lève. Tu vois, les nuages ne se trompent jamais. »

Pendant quelques instants, ils boivent en silence, chacun plongé dans ses pensées qui sont à peu près les mêmes : des pensées qui concernent leur progéniture devenue adulte.

« Comment tu t'en sors ? finit par demander Autumn à sa façon, abruptement.

— Ça va. Je suis en forme. J'ai mes poules, mon jardin. »

Ses épaules lourdes disent le contraire.

« Milly va partir elle aussi. Je le sens.

— Pourquoi tu dis ça ?

— La Française… elle est en train de me la transformer.

— Elle a besoin de personne, Milly, pour savoir qui elle est et ce qu'elle veut. Pas même de Kai. Alors surtout pas d'une Française. »

Autumn n'en est pas certaine. Elle la voit encore comme un oisillon parfois.

« Ils sont forts, faut pas s'en faire pour eux. Il faut qu'ils vivent ce qu'ils ont à vivre. »

Un silence. Ils ont l'air de deux vieux avec leurs épaules si basses. Pourtant ils ont à peine cent vingt ans à eux deux. Il faut croire que ça fait vieillir, la solitude. C'est ce que se dit Autumn.

« Et nous…, reprend Anaru, nous, eh bien… »

Il soupire. Son regard se fait plus lointain.

« Faut pas qu'on se laisse prendre par la bête noire.

— Non.

— À nos âges, si on se laisse attraper… »

Il ne termine pas sa phrase mais Autumn a parfaitement compris.

Elle a perdu la notion du temps, les perceptions de son corps, sa sensibilité. Tout s'est engourdi. Il n'y a plus que du coton, l'obscurité, la musique, les voix, les rires, le sable qui s'infiltre partout. Une étrange sensation d'absence. C'est ce dont elle avait envie ce soir : se remplir des autres, d'alcool, de fumée. Se remplir à tout prix pour meubler le silence, repousser coûte que coûte les voix de ses parents au téléphone qui l'ont pénétrée comme des lames de rasoir, fines, perfides, assassines. Le timbre étouffé par l'émotion de sa mère. Ses accents tantôt incrédules, tantôt indignés : « Il n'a pas le droit de raconter des horreurs pareilles ! » Son père plus calme, plus radical aussi : « On va répliquer ! »

Milly ne revenait pas, le bungalow était désespérément vide. Elle avait besoin d'oublier. Un besoin vital, tout-puissant. Elle les entendait en bas, insouciants, bruyants, insensibles à tout. Alors elle est descendue dans la baie, elle s'est approchée avec la tentation à chaque pas de faire demi-tour, mais Quentin l'a vue. Comme s'il l'attendait. Ses yeux l'ont captée malgré l'obscurité, en une fraction de seconde. « Alors, on se fait attendre ? » Il avait un large sourire, une bière à la main, un joint coincé entre les lèvres, les cheveux plus décoiffés que jamais.

« Viens. » Il lui a désigné une place dans le groupe assis en cercle et elle l'a rejoint. Pas pour lui : il l'agaçait déjà. Pour se saouler d'eux, du bruit de leurs conversations, de leur euphorie artificielle. Elle a pris la bière qu'on lui tendait, a répondu aux questions :

« Flore. Vingt-sept ans. De Paris », « Le marketing », « Je ne sais pas, je verrai » sans vraiment les entendre. Puis elle a vidé trois bières, peut-être quatre, a accepté tous les joints qui passaient.

Maintenant elle est dans un état second, ailleurs. Quentin lui frôle le genou sans arrêt et réclame ouvertement des baisers à la moindre occasion, trop ivre pour se rendre compte qu'il est lourdingue. Il fut un temps où elle aurait cédé, par lassitude, par facilité, pour se faire du mal, mais pas ce soir. Elle n'en a aucune envie. Il lui semble même qu'elle n'en aura plus jamais envie, qu'aucun homme ne lui inspirera jamais rien d'autre que de la colère, ravivant son dégoût d'elle-même. Tous ces derniers mois, les mots de Paul l'ont traversée sans la meurtrir trop profondément : « Tu les suces ? Tu leur fais quoi ? Tu sais ce que t'es ? Une pute. T'es sale... Tu me fais gerber ! Quand je te regarde, là maintenant, avec ton maquillage de traînée et tes cheveux qui puent l'homme, j'ai envie de te frapper, j'ai envie de te défigurer. Tu sais, je pourrais même te tuer. Si je ne t'aimais pas encore un peu, juste un peu, je te tuerais. » Ils pleuraient tous les deux dans la cuisine. Paul crachait des obscénités mais la regardait, implorant. Ses yeux la suppliaient d'arrêter, de redevenir celle d'avant, celle qu'il chérissait, celle qu'il cherchait encore désespérément au fond de ses prunelles. Et elle l'aurait voulu de toutes ses forces. Mais il l'avait assassinée, celle d'avant. Sans le savoir. Et elle ne trouvait pas les mots pour le lui dire. Elle haussait les épaules, faussement désinvolte. Il hurlait : « Pourquoi tu me fais ça ? Qu'est-ce que tu cherches ? » Puis, la voyant partir dans la salle de bains : « C'est ça, va te laver ! Je ne pourrai plus jamais te toucher ! » Les mots de Paul l'égratignaient mais pas davantage que les mains des autres hommes sur sa peau. En revanche ceux de sa mère, ceux de son père dans le combiné tout à l'heure, ils l'ont mise à terre. Des mots innocents, pleins de tendresse, d'incrédulité, de confiance aveugle. Ils l'ont définitivement achevée.

Quentin passe un bras autour de ses épaules, négligemment, en faisant mine de s'étirer. *Bon sang, quel âge il a ?*

« Tu as froid ? demande-t-il.

— Non. »

C'est vrai. L'alcool la réchauffe. Il dit d'autres choses, elle n'entend pas tout, capte quelques bribes :

« On va remonter vers Christchurch. On s'arrêtera à Oamaru, Timaru. Ça pourrait être sympa.

— Hein ?

— J'ai une tente pour deux comme je t'ai dit. Alors si ça correspond à tes plans…

— Mes plans ?

— Tu veux aller où après ?

— Nulle part.

— Comment ça, nulle part ? »

Sa voix se fait plus lointaine jusqu'à disparaître, noyée par le débit haletant de sa mère : « Oh, ma chérie, ma chérie, qu'est-ce que tu as fait ? Où tu es ? Pourquoi tu as fait tant de mystères ? Papa est là, papa est venu quelque temps à la maison pour… On était morts de trouille ! Comment tu vas ? Parle bon sang ! » Parler, oui, c'était la chose à faire, mais elle avait une pierre au fond de la gorge. Elle n'a pu que dire : « Je vais bien.

— Où tu es ? Papa a appelé Paul. Sans relâche. Il a fini par répondre. Il dit… » Des chuchotements dans le combiné. Son père a pris la parole : « Ne t'en fais pas, on ne va pas le laisser faire ! On va répliquer ! Tu n'as rien signé, hein ? » Puis sa mère, couinant par-dessus la voix de son père : « Tu es *où* ? Paul dit…

— Je suis là où il dit.

— En Nouvelle-Zélande ? Mais c'est insensé ! » Un silence. Elle leur a laissé le temps d'encaisser, de se dire : *Ok, ça c'est vrai, mais le reste…* ? Laisser le temps au doute de s'insinuer. « Paul a perdu la tête, chérie. Complètement perdu la tête. Tu sais, je crois que sa mère, Solange, je ne l'ai jamais sentie d'ailleurs, je crois qu'elle lui a bourré le mou ! Il nous a débité… des… des *choses*…

— Un tissu de conneries ! l'a interrompue son père. Tu n'as rien signé, hein ? » Et sa mère haletait dans le combiné : « Comment on a idée de dire des choses pareilles à des parents ? Prétendre que leur fille est une… une *poule*, une *cocotte*, la salir, la traîner dans la boue comme ça ! Comment Paul a pu nous faire ça ? On l'a toujours aimé comme notre fils. Et à toi, comment il a pu te faire ça ? Comment il a pu inventer de telles horreurs ?

— Il ne faut rien signer, martelait son père.

— Ne t'en fais pas, ma chérie. Personne ne croira ça. Personne !

— On va répliquer !

— Ils font ça pour l'argent probablement. Divorce pour faute, ça va leur rapporter, non ? Ils n'en ont pas assez, du fric ? » Flore avait des vertiges de plus en plus forts, l'impression d'étouffer, de sombrer en eaux troubles tandis que sa mère continuait : « Il faut que tu rentres, ma puce. À la maison. Avec nous. Tu ne dois pas te laisser abattre par cette famille de malheur ! J'ai toujours su qu'ils étaient mauvais, qu'ils te prendraient en grippe. Toi qui étais si jeune, si honnête, si loin de leur univers…

— Qu'ils aillent se faire voir ! renchérissait son père.

— Quoi que vous ayez pu avoir comme différend, on trouvera une solution, on prendra un avocat. Nous on sait, on te connaît… Tu n'as rien à te reprocher, tu es tout ce qu'il y a de plus respectable. Ils peuvent aller se faire voir avec leurs insinuations…

— Leurs conneries de bourges !

— Ils ont été si loin, chérie… Prétendre que tu l'avais poussé au suicide, que tu… que tu entretenais des liaisons à tout-va, que tu avais des amants cachés partout, à chaque coin de rue, que tu étais mauvaise, toxique, malsaine, infidèle, volage… Comment ils ont pu ?… » Et il y avait tellement d'acharnement, tellement d'amour inconditionnel, aveugle, face aux accusations, tellement d'innocence dans le regard qu'ils posaient sur elle. Comment leur faire ça ? Comment briser leur cœur de parents ? Avouer qu'elle était précisément ce monstre qu'ils décrivaient :

« mauvaise, toxique, malsaine, infidèle, volage ». Et pire encore : celle qu'on baisait dans une voiture ou dans l'arrière-salle d'une boîte de nuit, celle qui avait détruit Paul au plus profond de lui… Elle n'a pas pu. Elle a esquivé, répondu à côté, prétendu qu'elle avait besoin de quelque temps pour réfléchir, pour souffler. Surtout, elle a écourté la discussion en prétextant n'importe quoi, a promis de rappeler, dit qu'elle les aimait, coupé la communication. Elle a frôlé le malaise vagal, manqué de s'ouvrir le front contre la table en voulant se relever trop vite. Bien sûr, ils finiraient par savoir. Ils auraient le dossier du divorce sous les yeux un jour ou l'autre, peut-être même les témoignages, les photos. Mais elle ne serait pas celle qui leur apprendrait, qui briserait leur cœur si naïf.

Autumn ne parvient pas à s'endormir ce soir-là. Elle tourne dans son lit. Pourtant Milly est là, dans sa chambre de l'autre côté du couloir, sombre et maussade. Elle ignore la raison de sa présence ce soir. Une dispute avec Flore ? Milly est à la maison, tout près, cela devrait la rassurer, mais le sommeil ne vient pas, ses pensées la ramènent à Anaru sous le préau, le visage flouté par les vapeurs de sa tisane à l'hibiscus, disant : « Faut pas qu'on se laisse prendre par la bête noire… À nos âges, si on se laisse attraper… »

La bête noire l'a eue deux fois par le passé : après la mort de Dan, puis au départ de Milly pour l'université. La bête noire s'infiltre, insidieuse, en silence, elle entre par une mauvaise pensée et elle obscurcit tout. Quand elle est là-dedans, on ne peut plus l'en déloger, pas sans y laisser un bout de soi. Elle sape le moral, retire l'espoir, puise toute l'énergie, rend apathique, gris, retire les couleurs au monde. Elle transforme les rires en cauchemars, les lendemains en désespoir lancinant.

C'est la bête noire qui retenait Autumn au lit, lui remplissait la tête, le ventre. Plus besoin de manger, plus envie. Elle l'a vaincue une première fois, après Dan. Parce que la bête, en engourdissant Autumn, était en train de lui prendre Milly, de lui retirer son sourire et ça, ce n'était pas tolérable. Pas sa petite. Alors elle l'a foutue dehors, à bout de forces, de souffle, elle a sorti la tête de l'eau. Mais la seconde fois… La seconde fois elle a failli y rester. Parce que Milly était loin, indépendante, vivant sa vie à Dunedin. Parce qu'elle oubliait d'appeler un jour sur deux. Parce qu'un bout de terre sans Dan, sans Milly, c'était un bout de terre sans rien. Heureusement, Anaru et Kai étaient là, venaient la saluer, rapporter un outil, avertir de la pluie qui arrivait ou se plaindre d'une coupure d'électricité. Et puis Milly est revenue. Les cheveux plus longs. Le visage plus fin. Différente, grandie, plus distante, plus silencieuse aussi. Elle était devenue adulte loin d'elle. Mais elle était de retour, elle a repris sa chambre d'enfant et ses habitudes dans la maison, son travail dans la baie. Et c'était comme si ces deux ans n'avaient pas existé. Fabuleux.

« On ne fait pas des enfants pour les garder au nid. On fait des enfants pour qu'ils s'envolent. C'est la fin logique du cycle de la vie. » Autumn ne parvient pas à dormir parce qu'elle sait qu'Anaru a raison. La bête noire c'est son problème à elle, pas celui de Milly.

Si Anaru peut y arriver, pourquoi pas elle ? Elle en a vu d'autres. Elle se lève, se dirige pieds nus vers la pièce à vivre. Elle a soif. Elle se remplit un grand verre d'eau qu'elle boit d'une traite. Ça va mieux. Son cœur retrouve un rythme plus régulier. Alors qu'elle repose le verre dans l'évier, elle prend enfin conscience des voix venant de la baie, au loin. Des rires, des cris, les chants. Qu'est-ce qu'ils font encore à cette heure-là ? L'horloge indique trois heures. Elle perçoit un rougeoiement dans l'obscurité, fait claquer sa langue avec agacement. *Ils dépassent les bornes. S'ils font un feu…* Elle se dirige vers l'entrée d'un pas lourd, décidé. Elle attrape sa polaire, chausse des sabots.

« Qu'est-ce que tu fais ? »

La voix de sa fille la fait sursauter.

« Bon sang, Milly ! »

Elle remarque seulement maintenant sa silhouette avachie dans un fauteuil, dans l'obscurité totale.

« Qu'est-ce que tu fais là ? » réplique Autumn.

Sa fille est penchée sur son téléphone portable. Elle retourne l'écran mais Autumn a eu le temps de voir. Le visage de Kai, souriant, se tenant devant un écran de télévision, arborant sur ses deux joues les couleurs du drapeau de la Nouvelle-Zélande et la fougère emblématique. Encore leurs fichus réseaux sociaux. De son temps, songe Autumn, les choses étaient moins cruelles. Quand on se faisait larguer, on n'avait pas cet outil de torture permettant d'espionner l'être aimé, de le voir heureux loin de soi.

« Éteins-moi ça. Tu devrais dormir. »

Mais Milly reste impassible.

« Où tu vas comme ça ? lance-t-elle à sa mère.
— À la baie. Demander à ces idiots de la boucler.
— Laisse.
— Quoi ? »
Milly déplie son corps du canapé, se lève.
« Je vais aller les voir. Leur dire de baisser d'un ton. »
Autumn se retrouve désemparée dans l'entrée, sa polaire à demi enfilée.
« T'es sûre ?
— Oui. »
Milly sort dans la nuit venteuse sans rien enfiler sur ce tee-shirt trop grand qu'elle porte et Autumn n'a même pas le réflexe de lui dire de se couvrir.

C'est Quentin qui l'aperçoit en premier. Encore lui. Il doit avoir une vision de lynx. Il se met à ricaner, s'étouffant à demi avec la fumée de son joint. Il pousse du coude son voisin de gauche.
« Regardez qui voilà. »
À sa gauche est allongée Flore. Elle a tenté de regarder les étoiles un instant mais le ciel est couvert, chargé de nuages. Puis le vent s'est levé, froid, vif. Elle a accepté la veste de Quentin, s'est enroulée dedans et s'est assoupie à même le sable sans s'en apercevoir. Ce sont les chuchotements soudains, les rires étouffés qui la font revenir à elle lentement.
« Elle vient couper du bois ?
— Qui ?
— Laura Ingalls, à dix mètres devant toi.
— Qu'est-ce qu'elle fout là ?
— Où est sa hache ?

— Et ses deux tresses, elles sont où ?

— T'es con ! »

Flore se redresse, transie, l'esprit vaseux. D'abord, elle ne se souvient pas de ce qu'elle fait ici, puis elle sent la main de Quentin sur sa nuque.

« Ça va, la belle endormie ? »

Elle le fixe sans le voir et comprend que quelque chose ne va pas à cause des murmures moqueurs, des gloussements. Laura Ingalls. La hache. Les regards qui convergent tous vers un point. Elle tourne la tête elle aussi, découvre une silhouette qui approche. Milly. Milly dans un jean passé avec un tee-shirt trop large ayant sans doute appartenu à Dan. Milly et son chignon défait, ses mèches échappées, soulevées par le vent. Alors Flore a la sensation que les choses reprennent leur place, que la lourdeur peut disparaître, que cette journée peut rester un mauvais souvenir vite oublié, qu'elle peut prendre Milly par la main et l'emmener dormir au bungalow. Lui faire à dîner peut-être. A-t-elle mangé ce soir ? Quelle heure peut-il être ? Que voulait-elle lui cuisiner déjà ? Des œufs, elle avait des œufs à faire cuire rapidement. Elle voulait faire monter des blancs en neige. La meringue, c'est ça ! Elle voulait lui cuisiner une meringue chaude et croustillante, tendre à l'intérieur.

Les chuchotements autour d'elle se taisent. Milly est devant le groupe maintenant, mal à l'aise mais droite.

« Excusez-moi, bonsoir.

— Bonsoir ! scande un garçon aux cheveux longs, visiblement amusé. Tu t'appelles ?

— Ma mère m'envoie vous demander de faire moins de bruit. »

Un silence puis une fille au nez percé éclate de rire, cachée derrière sa paume.

« On dérange qui ? Les otaries ? »

Les autres l'imitent, ivres, mesquins, stupides. Flore se lève. Très vite. Le manteau de Quentin tombe au sol. Et Milly semble perdre un peu contenance en apercevant Flore, tout près d'elle, parmi le groupe, Flore, que Quentin retient par la main.

« C'est juste…, reprend-elle, moins assurée. Si vous pouviez baisser un peu le ton. »

Un type s'apprête à répliquer mais Flore le devance, sèche, en français :

« Faites ce qu'elle dit. Baissez d'un ton, c'est tout. Et allez vous coucher. Vous avez tous bien assez bu. »

Ça proteste, ça s'exclame dans le groupe :

« Hé ! Tu te prends pour qui ?

— Non mais l'autre ! »

Mais Flore leur tourne le dos. Elle attrape Milly par le bras, pressée de s'éloigner de la plage.

« Viens, Milly, ils vont se taire. Nous, on va dormir. »

Elle est épuisée, sonnée, agacée, tout cela à la fois. Derrière elles, ça ricane. Flore capte quelques blagues lancées en français à propos de Walnut Grove, de Charles et Laura Ingalls encore, d'Almanzo Wilder et Mme Oleson. Elle presse le bras de Milly plus fort encore.

« Oh ! crie Quentin. Où tu vas ? »

Il crie si fort que tous les autres se taisent, que Milly et Flore s'arrêtent.

« Me coucher, réplique Flore, légèrement dédaigneuse.

— Où ?

— Qu'est-ce que ça peut te faire ?

— Tu vas te coucher avec *elle* ?

— Pourquoi ? Tu avais envie d'un plan à trois ? »

Dans le groupe, les rires et les sifflements fusent. Quentin n'apprécie pas vraiment d'être tourné en ridicule devant ses amis. Haussant encore la voix, il reprend :

« Pourquoi tu ne dormirais pas plutôt avec moi ?

— Qu'est-ce qu'il dit ? chuchote Milly, à qui la conversation en français échappe.

— Rien. »

Mais il est impossible de s'éloigner maintenant. Quentin insiste, de plus en plus agressif, et le groupe est au comble de l'excitation. Ils sont tous debout, leurs regards allant de Flore à Quentin comme s'ils assistaient à un combat de boxe.

« Ah c'est ça, j'ai compris… T'es lesbienne en fait ? Laura Ingalls et toi vous vous…

— Ouais ?

— Vous vous broutez le…

— Pauvre type. »

Ça enfle dans le groupe : l'euphorie, l'excitation. La main de Flore est en train de broyer le bras de Milly. La haine, celle qui l'enflammait face à Paul, celle qui lui faisait mépriser les hommes, est là, prête à exploser.

« Qu'est-ce qu'elle a de plus ? insiste-t-il. Des talents particuliers pour te faire grimper aux rideaux ? Explique-moi, je peux me former…

— Qu'est-ce qu'elle a de plus que toi ? Tu veux savoir ? » aboie Flore.

Et Quentin ne sait plus, tout à coup, s'il veut une réponse.

« Pour commencer, elle n'ouvre pas sa gueule à tout bout de champ ! Elle ne se balade pas torse nu du matin au soir pour exhiber ses pectoraux et son tatouage ridicule ! Elle coupe du bois, ouais, et elle fait ça très bien parce que c'est quelqu'un d'admirable, Milly. Elle coupe des arbres, elle répare des clôtures, elle entretient presque seule tout ce putain de terrain de camping que toi et tes copains vous traitez comme une décharge ! Et tu sais quoi ? Elle nage, Milly. Tous les matins. Elle nage jusqu'à la bouée jaune et plus loin encore. Elle n'a peur de rien ni de personne. Tu veux gagner ta place dans mon lit ? Alors vas-y, enlève tes fringues et jette-toi à l'eau. Nage jusqu'à la bouée. Si tu réussis, alors d'accord, je te ferai jouir. »

D'abord, rien d'autre ne lui répond qu'un silence interloqué. Puis un chuchotement s'élève, doucement, suivi d'un rire étouffé. Un coude tape dans les côtes. Des visages se tournent les uns vers les autres, se sourient. Quelqu'un lance :

« Alors, Quentin ? Qu'est-ce que tu attends ? »

Les murmures enflent jusqu'à former un bourdonnement diffus. Milly demande encore :

« Qu'est-ce qu'il se passe ? »

Car la ferveur est en train de saisir tout le monde. La fille au piercing prend les paris, bruyamment. Le regard de Quentin brûle Flore. Il lui rappelle celui de Paul quand elle le poussait à bout. *Tiens, tiens*, songe-t-elle. *Tu fais moins le malin, hein ?*

« Flore ? insiste Milly.

— Je te venge, ne t'en fais pas.

— Comment ça ? »

Quentin retire ses vêtements sous les exclamations de ses amis, lance ses baskets au loin. Ses yeux sont noirs de fureur.

« Pourquoi il se déshabille ? s'inquiète Milly.

— Il va se faire un bain de minuit. »

Quentin se dirige vers l'eau, obstiné, vexé. Les autres le suivent en sautillant, en s'agrippant par le cou, en tapant des mains.

« Arrête, dis-lui de ne pas faire ça, intervient Milly.

— Laisse-le, ça lui fera passer sa connerie.

— Flore, c'est dangereux. »

Ils l'auraient remarqué s'ils avaient été moins saouls, tous... Anaru avait raison : le gros temps est là, le vent s'est levé, les vagues ont grossi, le courant s'est animé, formant des tourbillons inquiétants.

« C'est un mauvais vent ! » crie Milly.

Elle s'adresse à Flore, au groupe, elle ne sait plus. Personne ne l'écoute.

« Hé ! crie-t-elle plus fort. Non, il ne faut pas ! Le temps n'est pas bon ! »

Quentin, de l'eau jusqu'à la taille, lui lance un regard plein de mépris.

« Retourne chez toi, ok ?

— Allez vas-y, mec ! » lance quelqu'un.

On allume les lampes torches des téléphones pour l'éclairer. Il plonge tout entier dans le courant maintenant, part en crawl, sûr de lui.

« Le courant n'est pas favorable, s'obstine Milly. En plus il a bu. Il n'a plus tous ses réflexes…

— Il faut qu'il paie », dit Flore en lui serrant toujours le bras trop fort.

L'excitation dure quelques secondes encore. Les encouragements, les téléphones qui filment, les regards pleins de plaisir sadique lancés à Flore qui semblent dire : *Tu vas voir, tu vas finir à la casserole cette nuit.* Seule Milly reste pâle, inquiète.

Puis, une vague plus forte que les autres les surprend, vient leur mouiller les jambes. Ils reculent, amusés, mais la suivante, plus puissante, monte plus haut encore.

« Attends, il est où ? »

Les yeux cherchent dans les remous. La tête de Quentin était là il y a un instant et maintenant elle a disparu. Elle reparaît. Les bras reprennent leurs mouvements de crawl mais les vagues semblent l'engloutir de nouveau.

« Il s'en sort ? » demande une voix incertaine.

Les lampes des téléphones peinent à repérer Quentin maintenant qu'il s'éloigne. Bientôt, on ne le discernera plus. Ou juste comme un point noir dans toute cette masse mouvante. Comment savoir alors si tout va bien pour lui ?

C'est Milly qui les fait tous sursauter en hurlant :

« Stop, reviens ici ! Tout de suite ! »

Et tous autant qu'ils sont, bêtes et ivres, ils ne songent pas à la contredire car la tête de Quentin refait de moins en moins surface. Et ses bras s'agitent en une danse de plus en plus désordonnée.

« Il sait nager au moins ? lance-t-elle au groupe.
— Oui. Normalement oui…
— Je veux dire : *vraiment* bien nager ? »

Aucune voix ne lui répond. Dans la nuit noire, dans une mer en train de se déchaîner, non, Quentin ne sait pas parfaitement nager. Milly secoue la tête, puis fait glisser la fermeture Éclair de son jean.

« Milly ! » crie Flore.

Mais Milly poursuit, retire son tee-shirt.

« Qu'est-ce que tu… ? Milly, attends ! »

Elle est maintenant en brassière de sport et culotte en coton.

« Il se noie. »

Voilà les seuls mots qu'elle prononce.

« N'y va pas, Milly. C'est dangereux. »

La voix de Flore s'étrangle. Sa trachée se referme, l'empêchant de reprendre son souffle. Elle voudrait crier d'autres choses, supplier Milly de rester, d'appeler les secours à la place, ou au moins de prendre une planche avant de se jeter à l'eau. Pour un peu, elle lui dirait même de le laisser se noyer, tant pis, mais de ne surtout pas y aller. Elle aimerait ajouter qu'elle n'avait pas réalisé : le vent, la mer mauvaise, le danger. Elle voulait lui faire payer mais pas ce prix. Une petite leçon, elle voulait juste lui donner une petite leçon : qu'il s'épuise, abandonne, revienne bredouille.

« Milly, non, il va revenir.
— Il ne reviendra pas. »

Son ton est sans appel. Elle retire le pendentif de son cou. *Wera*, la queue de baleine. Elle le tend à Flore.

« Garde-le-moi, d'accord ? »

Puis elle fonce dans les vagues. Sur la plage, il ne reste qu'un groupe silencieux, mortifié, balayé par des vents violents.

Un bourdonnement dans les oreilles, voilà tout ce qu'elle entend. Plus le vent, plus les vagues, plus les sons étranglés produits par les amis de Quentin. Elle s'est laissée tomber sur le sable, tremblante. Elle serre le pendentif de Milly entre ses doigts, le presse contre ses lèvres, prononce des prières silencieuses : *Dieu, par pitié, épargnez-moi encore, une seconde fois.* La tête de Milly a disparu dans l'obscurité, dans les flots, comme celle de Quentin. *Vous avez sauvé Paul et j'ai tenu ma promesse, j'ai disparu. Sauvez Milly et je ferai ce qu'il faut pour ne plus la mettre en danger, pour ne plus jamais mettre en danger les gens que j'aime.* Mais Dieu s'en moque probablement. En tout cas, s'il existait réellement, faisait les choses justes et équitables, il l'aurait tuée, elle, la vermine, le parasite, le cancer de ce monde, celle qui pourrit tout, qui détruit tous ceux qui l'approchent.

Elle dépérit sur le sable, comme ce jour où elle était à l'arrière de cette ambulance qui emmenait Paul à l'hôpital. La même épouvante. La même haine de soi.

Mais bientôt une main se pose sur son épaule, une voix résonne à son oreille :

« Ils reviennent ! »

Alors elle se lève, sonnée, sans oser y croire. Le reste du groupe avance dans l'eau, tend les bras, crie. Milly est là. Milly, trempée, le souffle court, tirant Quentin. Certains se précipitent, aident Milly à parcourir les derniers mètres, soutiennent Quentin. On le dépose sur le sol, on soulève sa nuque, on le penche en avant, on lui tape dans le dos. Milly tousse. Un des garçons va lui chercher un manteau, le passe autour de ses épaules. Et Flore reste figée. Morte de l'intérieur. Sa faute, encore. Partir. Disparaître.

Une vague d'agitation la ramène à la vie. Au milieu du groupe Quentin éructe violemment, crache, halète. La fille au piercing bondit, son téléphone à l'oreille.

« Je préviens les secours. »

Quelqu'un s'agenouille devant Milly, lui pose une question. Elle secoue la tête.

« Tu es sûre ? insiste l'autre.

— Je vais bien. »

On assied Quentin, quelqu'un suggère de le remonter sur le terrain de camping, au plus près de la route. Ils s'y mettent à deux pour le relever, le porter. Personne ne remarque qu'au loin la lueur d'une lampe torche s'agite : Autumn approche, alertée par les cris, l'absence de Milly.

Il se produit un moment d'étrange irréalité. Quand Flore revient à elle, la plage est vide. Ne restent plus que Milly, dégoulinante, glacée, enroulée dans un manteau, et le vent mugissant. Flore s'avance telle une somnambule, égarée, livide. Elle ne prononce pas un mot. Elle ne saurait que dire. Elle tend le pendentif qu'elle a tenu serré au creux de sa main et Milly s'en saisit. Elles gardent le silence un instant. Puis

Milly relève la tête vers Flore et murmure, d'une voix étonnamment faible :

« On va dormir maintenant ? »

Au bungalow, Milly grelotte au bord du lit, enroulée dans une large serviette. Ses lèvres sont bleues, ses dents claquent. Elle a retiré ses sous-vêtements trempés et a enfilé les vêtements que lui a donnés Flore : un pantalon molletonné, un pull en laine, des chaussettes hautes. Elle est désormais occupée à frictionner ses cheveux qui dégoulinent dans son dos. Elle frotte, ébouriffe, souffle.

À la porte de la chambre, Flore l'observe, encore pâle, encore ailleurs, dans ce terrible instant où elle a cru la perdre. Derrière elle, de l'eau bout dans une casserole pour un thé, un café, n'importe quoi qui pourra la réchauffer.

« Tu veux que je te l'accroche ? » demande-t-elle finalement pour briser le silence.

Elle désigne le pendentif de Kai que Milly a déposé sur la couverture du lit, tout près d'elle.

« D'accord. »

Flore s'avance, Milly dégage ses cheveux de sa nuque. Le pendentif retombe dans son cou. Elle le saisit entre ses doigts, le garde ainsi. Elles ne disent rien, ne savent pas par quoi commencer. Puis Flore se lance :

« C'est ma faute.

— Si cet idiot s'est jeté à l'eau ?

— Oui. Je l'ai mis au défi de le faire.

— Pourquoi ?

— Pour lui donner une leçon. Il était si prétentieux, si arrogant, je… j'aurais pu le tuer. Je passe mon temps à faire ça, à mettre les autres en danger. Tu ne devrais pas rester trop longtemps auprès de moi, Milly. »

Milly demeure impassible, silencieuse, faisant tourner le pendentif entre ses doigts.

« J'ai presque tué Paul. Il s'en est fallu de peu. Et ce Quentin, si tu n'avais pas été là…

— Tu l'as embrassé ? »

La question la prend au dépourvu, si bien qu'elle semble hésiter.

« Non…

— Tant mieux parce qu'il n'en vaut pas la peine. Il s'agrippait à moi comme une fillette. »

Elles sourient un bref instant, avant que Milly ne demande :

« Il s'en prenait à moi ? Ils se moquaient de moi, tous, non ?

— Ils étaient saouls et bêtes.

— Qu'est-ce qu'ils disaient ?

— Ça n'a pas d'importance. »

Et Flore recule, comme si elle se remémorait soudain ce qui a de l'importance, ce qu'il convient de faire et de dire.

« Écoute, Milly, je vais partir. Je vais quitter la baie, le camping. Trouver un autre point de chute. C'est mieux. »

Milly se retourne brusquement, avec l'air d'avoir reçu une gifle en plein visage, mais à ce moment précis des coups sont tapés à la porte. Flore se raidit, craint un instant que ce ne soit Quentin ou un ses amis venu lui régler son compte, mais elle découvre le visage d'Autumn. Un visage pâle aux yeux exorbités.

« Milly est là ? Le garçon a été pris en charge par les secours. Ses amis disent qu'elle s'est jetée à l'eau pour le récupérer… Elle est là ? Elle va bien ? »

Alors Milly paraît dans les vêtements de Flore, les lèvres bleues, les cheveux mouillés.

« Bon Dieu, Milly… »

Autumn plaque une main contre sa bouche. Milly la prend par le bras, l'entraîne dehors. Flore les regarde s'éloigner, étranges silhouettes qui s'agrippent l'une à l'autre, chuchotent. Autumn interroge, Milly rassure. L'une vacille d'émotion, l'autre reste stable comme un roc. À les observer ainsi, on ne sait plus qui est la mère ou la fille, laquelle des deux porte l'autre.

Une terrible fatigue étreint Flore. Elle arrête la plaque électrique, verse l'eau dans deux grandes tasses avec les sachets d'Earl Grey. En attendant Milly, elle va s'allonger dans son lit, remonte la couverture sous son menton. Elle ferme les yeux, se remémore la promesse faite à Dieu. Milly protestera peut-être mais elle doit tenir parole…

Quand Milly revient, les thés sont froids et trop infusés. La lumière de la hotte est allumée mais le reste du bungalow est plongé dans la pénombre. Dans la chambre, elle découvre Flore endormie, ses boucles éparpillées autour de son visage. Elle a des traits paisibles, pas comme tout à l'heure sur la plage, quand elle est sortie de l'eau. Flore lui est alors apparue pareille à un fantôme. Muette. Désincarnée. Et plus tard, quand elle a lancé cette sentence : « Je vais partir », elle avait le visage tout chiffonné aussi. Mais maintenant qu'elle dort, ses traits se sont relâchés. Elle paraît insouciante, presque heureuse. Milly demeure quelques instants ainsi, à l'observer. Elle songe : *Joli cœur endormi.* Puis elle chuchote dans sa tête tout ce qu'elle n'a pas su dire plus tôt : que ce n'est pas sa faute si ce type s'est jeté à l'eau, c'était un crétin, il aurait dû ravaler sa fierté et rester sur le rivage ; que ses amis ne valaient pas mieux, ils n'auraient pas dû l'encourager, c'est leur faute également ; et puis qu'elle-même n'a pas réussi à s'imposer face à eux, comme d'habitude, que c'est donc un peu sa faute aussi, parce que si elle avait haussé le ton, peut-être que le garçon aurait renoncé à plonger dans les flots et alors Flore n'aurait pas annoncé qu'elle voulait partir. Milly a les jambes flageolantes rien qu'en envisageant son départ, le cœur qui se serre. Elle se laisse tomber sur le lit, retire ses chaussettes, s'allonge tout près de Flore. Elle continue de l'observer, de sonder ses pensées, ses songes.

Tout à l'heure, elle n'a pas compris ce qui se disait en français sur la plage, mais elle a saisi l'essentiel : Flore prenait sa défense face au garçon et à sa bande. Et cette idée-là la réchauffe de l'intérieur comme un petit feu. Ce n'était pas comme le haka, c'était infiniment moins majestueux, certes, mais pour Milly c'était tout aussi important : Flore s'est interposée, a marqué son territoire, les a fait fuir. Et bon sang, c'est vrai, ce type aurait pu mourir, mais pas à cause de Flore, non, à cause de sa fierté mal placée, de son ego, de sa stupidité. *Je lui dirai tout ça demain*, songe Milly.

Mais Flore bat maintenant des cils, fronce les sourcils comme si elle allait se réveiller et Milly en perd déjà ses mots. Flore ouvre les yeux, difficilement, semble revenir de loin, la fixe, surprise de la découvrir si près, à quelques centimètres d'elle. Elle se redresse sur un coude.

« Désolée, je me suis endormie… J'ai… je t'ai fait un thé. »

Mais Milly ne bouge pas, reste ainsi allongée dans le lit étroit et Flore, étouffant un bâillement, se rallonge elle aussi.

« Tu as raison, ce n'est plus l'heure. »

Elles s'observent, baignées par le faible halo de la hotte au loin.

« Pourquoi tu veux partir ? demande Milly sans détour.

— C'est comme ça. Il le faut.

— Mais pourquoi ?

— Je t'ai mise en danger ce soir. C'est ce que je fais toujours tôt ou tard, même quand je ne le veux pas. Je fais du mal autour de moi.

— Pas nécessairement.

— Tu aurais pu te noyer.

— Tu oublies que je suis une fille de la mer. Je ne peux pas me noyer. »

Milly, taquine, sourit, et c'est si rare, c'est si bon que Flore ne peut s'empêcher de l'imiter, oubliant un peu de sa lourdeur.

« J'ai fait une promesse à Dieu : que je partirais s'il te sortait de là.

— C'est ça ton argument ?

— Milly…

— Tu ne peux pas partir. Si tu quittes la baie avant moi, tu vas perdre ton pari. Tu te souviens de notre marché ? Tu t'es engagée à venir nager en pleine mer avec moi. Même par mauvais temps. Comme ce soir. »

Flore se lève, fuit, un peu lasse.

« Où tu vas ?

— Éteindre la lumière. »

Elle disparaît dans la pièce voisine. L'obscurité les engloutit. Dehors, la pluie s'est mise à tomber, produisant des plocs réguliers et apaisants sur le toit du bungalow. Milly devine son ombre qui revient, se glisse sous la couverture. Alors, sans prévenir, parce qu'elle a le cœur gros comme une pierre, elle vient se blottir contre Flore comme un petit chaton cherchant la chaleur. Elle se colle le long de son corps, enfouit son visage dans son cou, respire l'odeur vanillée de ses boucles.

« S'il te plaît, Flore… ne pars pas. »

Et Flore est si surprise, saisie par une telle émotion qu'elle reste figée, des larmes plein la gorge. Et cette chanson encore :

Je connais des bateaux qui s'en vont deux par deux
Affronter le gros temps quand l'orage est sur eux
Je connais des bateaux qui s'égratignent un peu
Sur les routes océanes où les mènent leurs jeux…

11

Cette nuit-là, Flore fait des cauchemars où Paul plonge dans la mer en furie pour gagner un pari et tenter de la retenir. La mère de Flore crie que le vent est mauvais et elle se jette dans les flots pour tenter de le ramener sur la rive. Ils se noient tous les deux, leurs corps gonflés sont ramenés par la marée, alors Flore doit signer leurs actes de décès et le renvoyer en recommandé mais son père hurle de ne surtout rien signer. Pourtant, au cœur même de la tourmente, de ces images d'horreur, de ces gémissements étouffés, il y a ce poids chaud au creux d'elle. Milly ne la quitte pas, ne la lâche pas et au matin, c'est l'absence de sa chaleur, de sa présence qui la réveille. Il fait encore nuit mais une lueur froide, argentée, s'infiltre dans la chambre. L'heure bleue. Celle qui magnifie tout, qui purifie tout. Dans ce halo cotonneux, assise au bout du lit, Milly attache ses cheveux avec des gestes lents.

« Où tu vas ? »

La voix de Flore la cueille au moment où elle s'apprête à se lever. Elle se retourne et la découvre sur un coude, le visage encore alourdi de sommeil, ses boucles entremêlées.

« Je vais nager. »

La pluie s'est arrêtée. Le vent aussi. Un profond silence baigne toute la baie. Dans une heure les oiseaux se mettront à piailler mais pour le moment la vie dort encore.

« Emmène-moi voir les manchots », dit Flore.

Et son regard brille soudain, comme si à cet instant précis sa vie en dépendait.

« Maintenant ?

— S'ils passent la nuit dans les fourrés, ils repartent en mer au matin, non ?

— Oui…

— On peut les surprendre à ce moment-là. »

Milly dévisage Flore, semble réfléchir.

« Je vais préparer le quad. Je reviens te chercher. »

Sa silhouette disparaît. Flore laisse retomber sa tête sur l'oreiller. Elle s'emmitoufle dans la couverture et savoure, pour quelques secondes supplémentaires, la chaleur qu'elle a laissée dans les draps.

C'est la première fois qu'elle voit la baie si belle, si majestueuse et mystérieuse. Si pure et simple. Pas de nuages charriés par le vent, pas de bruine, pas de gris mêlé à l'azur, pas de tourbillons dans l'eau. Juste un paysage brut tout en contrastes de bleu et noir. Tout paraît figé, immobile. Tout paraît calme.

Milly fonce car il ne faut pas manquer l'instant fragile où les manchots quitteront leur nid, traverseront la plage de lave et rejoindront la mer. Le moteur ronronne. Et Flore retrouve à l'identique tout ce qui l'avait animée lors de leur première virée en quad : le vent qui s'engouffre partout, le ballottement, l'apaisement surtout, l'esprit qui s'envole et le corps qui s'ancre. Est-ce la vitesse, le paysage, la perspective de ce moment à part, la présence de Milly, elle ne saurait le dire. Elle s'en moque. Elle inspire l'air à pleins poumons jusqu'à en avoir mal. Après les événements de la nuit, c'est comme une petite renaissance.

« Tu as cauchemardé, crie Milly par-dessus le vent.

— Oui. Mais c'est fini. »

Alors elles se sourient dans le rétroviseur et Flore comprend qu'elle ne partira pas. Elle s'arrangera autrement avec Dieu, avec ses démons. Elle tâchera de toutes ses forces de devenir quelqu'un d'autre mais elle ne quittera pas la baie.

Le moteur coupé, elles traversent le parking, se faufilent, silencieuses, sur le petit sentier entouré de végétation. Elles débouchent sur la plage, s'aventurent sur la coulée de boue volcanique. Milly désigne un recoin où on ne les verra pas, où elles ne gêneront pas. Elles s'assoient au moment où le bleu commence à s'éclaircir et elles se préparent à attendre. Mais il faut croire qu'elles sont arrivées pile à temps. Milly tend le doigt sans un mot. Parce qu'elle a l'œil, elle est capable de repérer le moindre tressaillement dans les fourrés, le moindre mouvement dans le paysage. Elle désigne un point dans la végétation et Flore découvre une petite silhouette noire, immobile, qui guette, bientôt rejointe par une deuxième.

« Ne bouge pas », murmure Milly.

Mais elle ne songerait jamais à bouger. Il y a quelque chose d'imposant à contempler ces deux manchots dans leur habitat naturel qui se croient seuls au monde et avancent maintenant de leur drôle de démarche dodelinante. L'un est légèrement courbé en avant, l'autre bien droit. Arrivés devant une flaque d'eau, ils s'arrêtent. Le manchot courbé se grandit soudain, écarte ses nageoires bien largement et les secoue. Puis il plonge en avant. L'instant d'après, il barbote dans la petite mare, ressurgit pour mieux s'y jeter de nouveau. Et son congénère – mâle, femelle, Flore s'amuse à imaginer qu'il s'agit de la femelle, plus prudente – reste sur le bord, monte la garde. De temps en temps, il déploie ses nageoires avec langueur et étire sa tête vers le ciel.

« Les autres arrivent », chuchote Milly.

En effet, des fourrés surgissent deux autres manchots. Ils progressent d'abord en file indienne puis se séparent. L'un marche plus vite, fonce droit vers l'eau. Ses pattes produisent des *clap-clap* sur la roche mouillée. L'autre se gratte les plumes avec le bec : le torse, le dos, il se contorsionne, n'oublie rien. Plus loin, les deux manchots de la flaque d'eau se font face. Le torse bombé, le bec grand ouvert, ils échangent des vocalises. Flore n'a jamais rien entendu de tel. C'est comme un bruit de trompette.

« Tu n'en verras nulle part ailleurs, chuchote Milly. Ce sont les plus rares au monde. On ne les trouve qu'ici, en Nouvelle-Zélande. Tu vois, ils sont tous par deux… Ils vivent en couple, contrairement à d'autres espèces de manchots qui vivent en communauté. Chaque couple se construit un nid isolé, à l'abri du regard des autres. En fait, si deux couples étaient visibles l'un de l'autre, la reproduction serait impossible pour les deux couples. C'est fou, non ? »

Et Flore songe à Paul et elle : s'ils avaient vécu isolés, cachés du reste du monde, seuls dans leur nid, les choses auraient-elles pu fonctionner ?

« Chaque printemps, entre mi-septembre et mi-octobre, ils donnent naissance à deux petits. Les parents couvent les œufs à tour de rôle. Malheureusement les deux poussins survivront chez seulement soixante pour cent des couples. Ils mettront entre deux et trois ans pour arriver à l'âge de la maturité… C'est une bataille loin d'être gagnée.

— La survie des petits ?

— Celle de toute l'espèce. Ils sont classés en voie d'extinction.

— Oh. »

Pourtant, malgré la gravité qu'on sent poindre chez Milly, elles ne peuvent refréner cette joie enfantine, cet émerveillement muet. Parce qu'ils sont maintenant six, puis huit. Et elles ne savent plus où regarder. D'où sont-ils sortis ? Comment se sont-ils donné le mot ? Ils progressent, la démarche maladroite, le corps raide, ils ne se laissent pas distraire. L'eau les appelle. La pêche. La survie. À chaque rocher qui se dresse sur leur passage, ils sautent, les pieds joints, poursuivent. Les premiers arrivés à la mer barbotent dans l'écume, plongent allègrement, ressurgissent, secouent leurs nageoires, leur queue. Ils ne sont plus si pressés tout à coup. L'heure dorée s'installe et ils se prélassent tandis que les derniers retardataires sortent des fourrés. La lumière se levant, Flore peut enfin les distinguer plus en détail. Elle repère le fin bandeau jaune ornant leur tête, allant d'un œil à l'autre, et la bande de plumes jaune pâle qui s'étend jusque sur la crête de leur crâne.

« *Hoihos*, murmure Milly. C'est ainsi que les Maoris les appellent, "faiseurs de bruit". »

Et pendant qu'elle parle, ce sont un puis deux puis trois manchots qui s'éloignent à la nage.

Quand l'astre brise la ligne d'horizon, il n'en reste plus aucun. La mer scintille, illuminée par un soleil qui ignore ce qu'il a manqué : l'instant éphémère où la vie s'est ébrouée. Milly se tourne vers Flore.

« Comment tu as su qu'ils seraient là ? »

Un sourire énigmatique lui répond.

« Je n'en savais rien. Je l'ai juste espéré très fort. »

Elle a un air que Milly ne lui a jamais vu. Plus d'amertume, plus d'ironie, plus de mise à distance. Elle sourit avec le cœur, avec un éclat au fond des yeux et de jolies lueurs orangées qui dansent sur son visage.

Le parking est toujours désert quand elles rejoignent le quad. Dans une heure, il sera plein, les touristes seront là à s'agiter avec leurs appareils photo, leurs téléphones portables. Mais pour le moment elles sont seules. Elles remettent leur casque, s'installent sur le quad. Flore se cramponne à Milly. Elles repartent, longent la falaise qui surplombe la baie, Flore crie dans le vent :

« Il n'y a rien à faire ? »

Milly ralentit.

« Pardon ?

— Pour les hoihos… ils sont voués à disparaître sans qu'on puisse rien y faire ? »

Milly hausse les épaules.

« Qu'est-ce qui les décime ? Les prédateurs ?

— Non. C'est l'homme.

— Alors il faut fermer l'accès à la plage. L'interdire au public.

— C'est l'homme sur la mer le problème. »

Cette fois, Milly s'est presque arrêtée.

« C'est à cause de la pêche industrielle. Ils lancent leurs filets et ils raflent tout ce qu'ils peuvent. Ils prennent au piège des dauphins, des manchots et d'autres espèces en voie de disparition.

— Alors on ne peut rien y faire ? »

Nouveau haussement d'épaules. Toute l'impuissance de Milly face au reste du monde, à sa cruauté.

« Ici ils sont protégés au moins… »

Le quad reprend de la vitesse. Flore fixe la mer avec un peu de la mélancolie de Milly dans les yeux.

« Tu m'as habituée à des histoires plus belles… »

Autumn regarde le groupe de jeunes replier son campement. Les tentes ont été démontées à l'aube, les voitures chargées. Pas de rires, pas de cris ce matin, pas de surf. Ils passent devant le baraquement, la saluent d'un geste de la main. Ils n'en mènent pas large.

« Merci encore. »

Elle ne sait pas ce qui s'est passé exactement la veille. Milly est restée évasive : un pari stupide, nager jusqu'à la bouée, le gros temps. Elle a repêché le garçon, qui avait avalé beaucoup d'eau. Il a été pris en charge par les secours. Autumn a regardé le camion disparaître en se demandant bon sang de bonsoir où était Milly, pourquoi elle n'était pas parmi le groupe, pourquoi elle ne rentrait pas au baraquement se réchauffer. Puis elle a su, car Flore manquait également à l'appel. Milly était bien là-bas, dans *son* bungalow, dans *sa* chambre, emmitouflée dans *ses* vêtements. Sa Milly, trempée, les lèvres bleues, qui a fait comme si rien de grave n'avait eu lieu. Qui a expédié la conversation à coups de haussements d'épaules désinvoltes. « C'était qu'un backpacker stupide ! » Mais Autumn a senti que ce n'était pas tout. Parce que Flore était livide quand elle lui a ouvert, parce que, après avoir entraîné sa mère dehors pour lui parler, Milly ne cessait de jeter des coups d'œil au bungalow comme si elle était pressée d'y retourner, de terminer quelque chose. Et cela a brisé le cœur d'Autumn, peut-être autant que de la voir transie de froid, réchappée des flots. *Milly, tu n'as vraiment plus besoin de moi, hein ?*

Autumn installe les planches et les combinaisons devant le baraquement, pose la grande pancarte qui indique les prix de location. Elle n'attend qu'une chose : entendre le moteur du quad, savoir qu'elles sont revenues de Dieu sait où.

Elles sont bientôt arrivées au camping. Dans quelques secondes, elles franchiront le panneau de bois et Autumn arrivera vers elles, dira quelques mots, l'air de rien, mais elles sauront qu'elles n'auront d'autre choix que de se mettre au travail. Toute la magie de la matinée se sera envolée. Alors Milly fait ralentir le quad, tente de prolonger encore l'instant.

« Tu veux une histoire plus belle ?

— Oui », répond Flore.

Elles abandonnent le véhicule, s'installent dans les hautes herbes, là où commencent à apparaître les lupins mauves et d'autres fleurs sauvages. Elles font face à la baie scintillante. C'est une journée magnifique. Et si elles ne rentraient pas ? Elles ne le formulent pas mais elles y songent toutes les deux.

« Voici comment ça commence… À l'origine du monde, il n'y avait que l'obscurité immense.

— Attends, ton histoire, qu'est-ce que c'est ?

— L'origine du monde selon les Maoris. C'est sur un bout de terre semblable que Kai me l'a racontée. Un matin semblable. »

Kai fixait la mer droit devant avec intensité, comme Milly ce matin.

« À l'origine du monde étaient le néant et l'obscurité… Puis sont apparus la Mère Terre, Papatuanuku, et le Père Ciel, Ranginui, qui étaient mari et femme. Ils s'aimaient follement. C'est d'une étreinte et d'un long baiser que naquirent plusieurs enfants parmi lesquels : Tumatauenga, Tawhirimatea, TaneMahuta, Tangaroa, RongoMatame et Haumiatiketike. Mais leurs étreintes empêchaient la lumière de passer, et leurs enfants grandissaient dans l'obscurité. »

Elle se tourne vers Flore, s'étonne de la trouver si attentive.

« Les enfants ne pouvaient pas pousser dans ces conditions. Alors Tumatauenga, le dieu des Guerres, conseilla à ses frères et sœurs de tuer leurs parents. Mais TaneMahuta, le dieu des Forêts et des Oiseaux, était plus sage, plus réfléchi. Il proposa plutôt de les séparer pour que la Mère Terre puisse continuer à nourrir ses descendants. Tous se mirent d'accord, excepté Tawhirimatea, le dieu des Vents et des Tempêtes, car il craignait de perdre son royaume si ses parents rompaient.

— Qu'est-ce qu'il a fait ?

— Rien. Il s'est tu. Il a espéré secrètement que ses frères échoueraient dans leur entreprise de désunir leurs parents. Et en effet, après de nombreux essais infructueux, la fratrie comprit que la tâche serait ardue. TaneMahuta, le sage dieu des Forêts et des Oiseaux, essaya à son tour. Il poussa doucement à l'aide de ses pieds et de ses bras et il réussit à séparer son père et sa mère. La lumière entra dans le monde. Mais cette séparation fit saigner Papatuanuku et Ranginui. Ce fut la première fois que du sang coula sur le monde et cela donna l'ocre – la terre. »

Flore sourit, arrache une pâquerette, joue quelques instants avec. Milly se trouble en la voyant glisser la fleur derrière son oreille, entre deux boucles de cheveux bruns. Est-ce ainsi qu'elle apparaissait à Kai en l'écoutant conter les mythes maoris ? Est-ce ce genre de tendresse qu'elle lui inspirait ?

« Et ensuite ? s'impatiente Flore.

— Ranginui, le Père Ciel, comme tu l'imagines, devint inconsolable. Il se mit à pleurer désespérément son épouse Papatuanuku et ses larmes… ses larmes formèrent les rivières, les mers et les océans de la planète. Et ces nuages, ces beaux nuages que tu vois, et la brume qui enveloppe la baie chaque matin, ce sont les soupirs de Papatuanuku. »

Milly se délecte de ce sourire ravi sur le visage de Flore.

« C'est une belle histoire, non ?

— Très belle.

— Kai… il m'a fait aimer la nature plus fort encore. Derrière chaque pierre, chaque montagne, chaque lac, il y avait un mythe, l'histoire d'un dieu, d'un amour déçu… »

Une ombre passe sur le visage de Milly, que Flore tente de faire disparaître en disant :

« C'est ton tour maintenant, c'est à toi de me faire aimer la vie plus fort !

— Tu crois ?

— Oui. »

Et Flore de songer : *Comment ai-je pu envisager de la laisser ici ?*

Au loin elles perçoivent une silhouette qui scrute, la main en visière. Elles devinent : Autumn. Elle a probablement entendu le moteur, vient voir ce qu'elles fichent. Milly se lève, tend sa main à Flore, qui la saisit.

« Je te raconterai la suite un autre jour, d'accord ?

— D'accord. »

À Autumn qui les attend de pied ferme en bord de sentier, les mains sur les hanches, elles lancent des coucous animés.

« Où vous étiez ?

— On a vu les manchots, dit Milly. On ne les a pas ratés ! On les a surpris au saut du lit ! »

Le quad la dépasse. Elle ne trouve rien à répondre. Elle remonte le sentier avec lenteur. Elle songe que ça fait longtemps qu'elle n'est pas allée voir les manchots aux yeux jaunes. Que ça fait longtemps aussi qu'elle n'a pas vu Milly sourire ainsi.

12

Le beurre fond dans la poêle. Une délicieuse odeur a envahi la pièce à vivre. Flore fait tourner la louche dans le saladier, regarde sa pâte parfaite, lisse et onctueuse former des cercles dans le récipient. Une bulle se forme à la surface. Et ce beurre qui caramélise doucement… C'est Milly qui a eu l'idée de cette soirée. Les crêpes c'est Flore.

Dans un coin de la pièce, Autumn est agenouillée devant le poste de télévision. Elle procède à des réglages.

« Il faut prier pour que le vent nous laisse tranquilles. »

L'antenne sur le toit n'est pas solide et les câbles électriques sont mis à rude épreuve régulièrement. Flore commence à s'y habituer. Comme si elle avait toujours vécu dans ces conditions.

« Le son est suffisamment fort ? Vous entendez ? » lance Autumn en se relevant.

Milly ne répond pas. Elle n'a sans doute rien entendu depuis la salle de bains au fond du couloir. Flore confirme :

« J'entends.

— Bon… Où est Milly ? Qu'est-ce qu'elle fiche ? C'est elle qui veut voir le match et elle va rater l'hymne national. »

Le match ne commencera pas avant un quart d'heure. Pour le moment, la télévision diffuse le journal d'information qui sera suivi par une page de publicité. Rien ne presse mais Autumn est ainsi. Elle ne peut s'empêcher de râler un peu. Paraître heureuse et légère lui semble suspect, presque insultant. Du moins, c'est ce qu'elle pensait après la disparition de Dan et puis elle a pris le pli. Elle a gardé cette habitude d'être taciturne.

Flore verse une nouvelle louche dans la poêle, regarde la pâte s'étaler, former une belle galette bien lisse.

« Oh mon Dieu, ça sent déjà si bon ! » lance Milly en se présentant dans la pièce.

Elle a son téléphone portable dans une main et les quatre étoiles rouges du drapeau néo-zélandais sur la joue gauche.

« Qu'est-ce que c'est que ça ? » fait mine de s'offusquer Autumn.

Milly l'ignore, vient se poster devant Flore, renifle la poêle.

« Le cidre chaud est prêt ? demande-t-elle à sa mère.

— Depuis cet après-midi.

— On peut le goûter en attendant les crêpes ? »

Autumn lève les yeux au ciel, acquiesce bien sûr car Milly lui fait penser à une adolescente pleine de légèreté ce soir et elle aime mieux ça.

Alors elles se remplissent des verres de cidre chaud aux épices, que Flore boit en surveillant ses crêpes,

Milly en jetant des coups d'œil distraits à son téléphone portable, Autumn dans son fauteuil, déjà prête, devant la télévision.

« Je te fais les étoiles ? demande Milly en reposant son téléphone et en se tournant vers Flore. Ou la fougère de la Nouvelle-Zélande ?

— Va pour la fougère. C'est bien parce que ça te fait plaisir.

— Quoi, tu ne nous soutiens pas ? On ne joue pas contre la France. Tu peux nous soutenir au moins ce soir. »

Autumn les écoute se chamailler, pense à Dan et elle qui se cherchaient toujours des poux, termine son verre d'une traite.

Les crêpes s'empilent, chaudes, fumantes. Devant la cuisinière, Milly improvise un atelier maquillage. Elle trempe le pinceau dans la peinture à l'eau d'une ancienne boîte d'aquarelle, en recouvre avec application la pointe puis retient son souffle quand elle applique le rouge sur la peau de Flore. Cette dernière frissonne.

« Ne bouge pas.

— Ça chatouille. »

Flore ne se souvient plus qui joue ce soir contre l'équipe des All Blacks. L'Angleterre ou peut-être l'Afrique du Sud. Un match à enjeu d'après Milly. Le championnat touche à sa fin, si Flore a bien compris. Une victoire ce soir serait une garantie de figurer en finale. Milly a lancé l'idée ce matin, en revenant de la plage, son sac plastique à la main : « Tu viens regarder le match à la maison ce soir ? Ton écran de télévision est trop petit. » Puis elle a ajouté, plus bas : « Je crois que maman sera contente. » Flore a compris qu'il s'agissait surtout de s'asseoir toutes les trois ensemble, de se laisser porter par la ferveur du match, de faire semblant de suivre l'action et de crier d'une seule voix au moment adéquat. « Ok mais à une seule condition : qu'Autumn nous prépare son cidre chaud ! a-t-elle répondu.

— Ça ne devrait pas poser de problème.

— Je vous ferai des crêpes. »

Et ce soir, on dirait bien que Milly a réussi son coup : Autumn fixe l'écran de la télévision où défilent les publicités avec un sourire flou sur le visage, Milly a les yeux qui brillent et Flore une sensation chaude au creux de la poitrine.

« Ça va démarrer, répète Autumn pour la énième fois.

— C'est la dernière crêpe ! » indique Flore.

Dans le reflet de la vitre, Flore fixe la fougère sur sa joue, la frôle du bout du doigt. Cela n'échappe pas à Milly même si l'écran de son téléphone l'accapare drôlement.

« C'est une fougère argentée. Tu savais que les Maoris utilisaient les fougères argentées pour retrouver leur chemin en forêt les nuits de pleine lune ?

— Non.

— Ils inclinaient les feuilles du côté argenté pour que la lune s'y reflète. C'est une jolie histoire, non ?

— Bien trop jolie pour être vraie. Tu les inventes pour moi, c'est ça ? »

Milly secoue la tête, malicieuse.

« Je les tiens de Kai.

— Alors peut-être qu'il les inventait pour te séduire. »

C'est une plaisanterie, une bête plaisanterie, mais Milly semble réfléchir quelques instants à cette éventualité.

« Le générique ! » crie Autumn depuis le canapé.

Milly aide Flore à disposer les crêpes, les verres, le pichet de cidre fumant sur un plateau. Elles y ajoutent des dés de fromage – le seul que Flore ait pu trouver ici, un cheddar insipide –, des copeaux de jambon cru, un pot de crème, quelques champignons et des confitures de myrtilles et d'oranges. Elles déposent le plateau sur un accoudoir, Autumn se décale pour leur faire de la place sur le vieux canapé mais Milly s'assied sur le sol, sur le carrelage froid, et Flore l'imite sans se poser de question.

Milly a les yeux rivés sur l'écran. Flore semble avoir oublié qu'elles étaient censées assister à un match, elle est tout entière à la confection des assiettes. Elle replie les galettes avec application, dépose au sommet quelques tranches de champignon comme un vrai chef français.

« Un peu de crème dessus, Autumn ?

— D'accord. »

Et Autumn reçoit son assiette qui lui paraît très appétissante, puis attrape le verre qu'on lui tend, bien fumant. Au sol, Milly s'avachit, cale son dos contre les jambes de sa mère, y pèse de tout son poids. Autumn commence à manger. À toutes petites bouchées. Elle a besoin de se délecter. Les étoiles sur les joues de Milly et celles dans ses yeux, son satané portable avec les photos de Kai enfin oublié, laissé négligemment près de la cuisinière, le regard plein de tendresse de Flore posé sur sa fille… Elle n'en revient pas, Autumn, que les choses puissent être aussi douces et simples de nouveau. Comme avant, quand ils étaient tous les trois. Avec ce brin de folie en plus… Dan était aussi sauvage et taiseux que ses manchots aux yeux jaunes. Il était peu enclin à la légèreté. Alors que les filles ensemble, ce soir, bon sang, c'est un rayon de soleil dans la nuit.

« Pourquoi ils font ça ?

— Pourquoi ils déplacent le jeu vers la ligne de ballon mort ?

— Oui…

— Mais parce que les Springboks ont fait une faute. »

Flore tente de comprendre quelque chose au jeu. Laborieusement.

« Ils ne font pas une mêlée ordonnée ? »

Milly rit. Autumn se demande si les filles ne sont pas légèrement pompettes. À la mi-temps, elle est allée refaire un peu de cidre chaud tandis que les filles s'en donnaient à cœur joie pour tartiner les crêpes de confiture et les saupoudrer de noix de coco râpée. Une idée de Flore… Résultat des courses : elles ont toutes l'esprit un peu embué et le sourire facile.

« Maman, je désespère d'apprendre la moindre règle de rugby à une Française !

— Hé ! s'exclame Flore en se redressant. Je porte la fougère argentée ! Je suis des vôtres ! »

Autumn secoue la tête, amusée. Elle songe : *Bien sûr qu'elle est des nôtres.*

« Allez, il reste vingt minutes, déclare-t-elle. Tout n'est pas perdu. Elle peut peut-être intégrer une règle ou deux. Au moins la différence entre un essai et une transformation. »

Les filles se retournent, surprises de l'entendre plaisanter. Autumn hausse les épaules, reporte son attention sur l'écran.

« Je termine la dernière crêpe pour la peine ! » bougonne Flore.

Elle a chaud quand elle quitte le baraquement. Chaud dedans, chaud dehors, dans son cœur, dans sa tête. Elle est ivre mais d'une jolie ivresse. Pas celle qui assomme, qui anesthésie, qui endort, qui fait envisager n'importe quoi. L'autre, celle qui donne l'impression de flotter, de danser au-dessus du monde. Une ivresse qui sent bon le cidre aux épices, les crêpes au beurre, la chaleur de la pièce à vivre et la victoire des All Blacks. Elles ne se sont rien dit mais Flore a compris que Milly resterait dormir chez elle ce soir. Pour terminer comme il se devait cette jolie soirée, ne pas laisser Autumn s'endormir le cœur lourd.

Ça ne dérange pas Flore, au contraire. Elle foule l'herbe, respire à pleins poumons l'air iodé, regarde le ciel… ce ciel infiniment plus étoilé que celui de Paris, infiniment plus dégagé, avec la Voie lactée et des constellations qu'elle ne connaît pas. Pas encore. Bientôt Milly les lui apprendra comme tout le reste.

Arrivée au bungalow, elle ne rentre pas, elle s'assied sur la petite marche. Elle a cette idée derrière la tête, une idée qu'elle laissera s'envoler si elle n'agit pas maintenant, portée par sa douce euphorie. Elle ignore quelle heure il est exactement – pas loin de minuit –, quelle heure il doit être en France – pas loin de midi sans doute. Elle ne réfléchit pas plus que ça, elle le fait. Déverrouiller son téléphone, ignorer les appels manqués et les messages, les e-mails. Elle sélectionne un prénom et elle appuie sur la petite touche « appel », en retenant sa respiration.

Elle doit être dans une brasserie parisienne ou dans une ruelle passante, car avant qu'elle ne parle Flore a le temps de saisir le brouhaha de conversations, des talons qui battent le pavé, des couverts qui s'entrechoquent. Puis sa voix blanche :

« Allô ? Flore ? C'est bien toi ? »

Fauchée pendant sa pause déjeuner. Prise au dépourvu. Qui se trouve en face d'elle ? Qui assiste à sa stupeur ? Des collègues ? Un nouveau petit ami ? Paul ? Non, pas Paul. Ils ne se verraient pas sans elle. Ils ne l'ont jamais fait. Oui mais Aude a témoigné contre elle. Et Flore a disparu…

« Flore, c'est toi ? Parle bon sang ! Flore… je suis désolée, tellement désolée ! Je sais que ça ressemblait à une trahison mais je ne l'ai pas fait pour te faire du mal… jamais… C'était pour Paul… Je ne… je voulais faire en sorte qu'il aille mieux… Et ce témoignage dans le dossier c'était capital… »

Elle s'interrompt. Il y a des sanglots dans sa voix qu'elle retient encore. Par pudeur. *Elle doit être avec des collègues*, tranche Flore. *Ça ne le ferait pas de se mettre à pleurer au-dessus de son assiette.*

« Tu es là ? Tu m'entends ? Pourquoi tu ne dis rien ? »

Il y a de l'angoisse aussi dans sa voix, de la crainte. Mais quand Flore finit par répondre, elle n'a pas le ton qu'Aude s'attendait à entendre. Pas d'amertume, pas de colère. Une voix claire, douce, très proche de celle qu'elle avait avant :

« Je suis là. Comment tu… comment tu vas ? »

Et Aude a besoin de quelques secondes pour se reprendre, se lever de table peut-être, s'isoler, se passer la main sur le front.

« Tu es où ? Tu es rentrée en France ? Tu es à Paris ? C'est pour ça que tu m'appelles ? Tu veux qu'on se voie ? Tu veux qu'on… On peut se retrouver au café en bas de chez moi ce soir.

— Non.

— Pardon ?

— Je suis toujours là-bas…

— Au bout du monde ?

— Oui. »

Un silence où s'immisce un reniflement. Flore entortille ses boucles au bout de ses doigts. Grâce à l'ivresse elle se sent légère, à la fois loin de tout cela et étrangement proche d'Aude. Si elle s'était trouvée près d'elle, elle aurait posé la tête sur son épaule, l'aurait entourée de ses bras.

« Flore, tu es toujours là ?

— Oui. »

Elle cherche quelque chose à ajouter, n'importe quoi, et tout ce qui lui vient c'est :

« Comment va Paul ? »

Au fond c'est de cela qu'il s'agit. Paul. Rien d'autre. Pas de ce fichu dossier de divorce, de ces témoignages, ces SMS…

« Il… il va mieux.

— Il s'en sortira ?

— Bien sûr qu'il s'en sortira ! Il avait besoin de… de *ça* pour se relever.

— De quoi ?

— De te détester. Mais c'est normal. Ça va lui passer.

— Non.

— Quoi, non ?

— Ça ne doit pas lui passer. »

Elle a la voix plus dure. Elle sent qu'Aude perd ses moyens.

« Flore, qu'est-ce que tu dis ?

— Je ne sais pas.

— Tu… est-ce que ça va ? Tu es sûre que tu vas bien ?…

— Oui.

— Tu me sembles bizarre. Ta voix… Tu n'es même pas insolente ou… ou en colère.

— Je vais bien, je t'assure. C'est… c'est une autre vie ici. Tout est différent.

— Ça veut dire quoi ?

— Que je me sens bien, c'est tout. »

Elle lève les yeux vers la voûte céleste, se laisse envahir par un léger vertige. *Ça veut dire que je m'oublie dans le travail, que je prépare des crêpes pour Milly et Autumn, que je m'efforce d'oublier auprès d'elles le monstre que j'ai été, que s'il y a quelque chose à rattraper quelque part c'est ici, dans cette baie.*

« Il a repris le travail ?

— Paul ? Oui. Il est retourné au cabinet il y a deux semaines. Il est à temps partiel pour le moment.

— Et ses médicaments ?

— Il en prend toujours mais il est suivi par un psychiatre. Il va s'en sortir, ne t'en fais pas pour lui. Le divorce… c'était important pour lui, pour aller de l'avant.

— Il arrive à vivre seul dans l'appartement ?

— Non, il l'a quitté pour s'installer chez ses parents.

— Et les meubles ?

— Je ne sais pas… Je suppose que… je suppose qu'il les a vendus ou… ou stockés dans un garde-meubles. »

Flore déglutit. Ce ne sont que des broutilles, des banalités. Elle ne parvient pas à sortir l'essentiel, ce qui la torture sans cesse : *Est-ce que je ne l'ai pas totalement brisé ? Est-ce qu'il sera de nouveau heureux un jour ?*

« Je ne crois pas qu'il ait envie de te parler pour le moment mais… je peux lui dire que tu as appelé et que tu as demandé de ses nouvelles…

— Non », réplique-t-elle, si durement qu'Aude n'ose rien ajouter.

Puis elle lâche plus doucement :

« Il a droit à la paix maintenant.

— C'était juste une proposition.

— Je sais. »

Et alors, au silence tendu dans le combiné, Flore comprend qu'Aude s'apprête à l'achever malgré elle. Un sanglot d'abord, étranglé. Puis sa voix qui se brise :

« Écoute, Flore, je… j'ai essayé de vous aider… j'ai essayé de toutes mes forces. J'ai cherché à comprendre. Je voulais trouver des explications, des excuses à ton comportement. Il y en avait forcément, non ?

— Arrête.

— Tu étais tellement distante. Tellement furieuse en permanence…

— Arrête, je t'ai dit. Je n'appelais pas pour ça. »

Mais Aude poursuit, incapable de l'entendre, incapable d'endiguer son flot de paroles :

« Ça m'a minée d'essayer de comprendre. Toi qui l'aimais tellement… toi qui voulais fonder une famille avec lui. J'ai tout fait, tout ce qu'il était possible pour comprendre. Mais tu étais si peu toi-même… Tu étais tellement changée… J'ai toujours pensé que c'était à cause de sa mère.

— Aude, tais-toi.

— C'est une sangsue, je le sais. Elle s'est accaparé ta vie, c'est ce qu'il s'est passé ? »

Un nouveau vertige saisit Flore. À un autre moment de son existence, elle se serait levée d'un bond, les mains tremblantes, le cœur battant, du venin dans la bouche. Elle aurait dit des choses terribles pour maintenir Aude à distance. Mais pas ce soir. Elle a encore le goût du cidre chaud et du beurre dans la bouche, la fougère argentée de Milly sur la joue. C'était une belle soirée, ça doit le rester. Aude continue dans le combiné mais Flore ne l'entend plus. Elle se lève, se dirige vers la baie. Elle a envie de fouler le sable frais. Besoin d'un contact doux et rassurant sous ses pieds.

« Aude. »

Le débit s'interrompt soudain.

« Quoi ?

— Je ne t'en veux pas.

— Qu'est-ce que… ?

— J'ai compris pourquoi tu l'avais fait. Je ne t'en veux pas d'avoir témoigné contre moi.

— Flore, qu'est-ce que… ?

— Plus tard je te rappellerai. Plus tard, d'accord ?

— Flore…

— Je t'aime. »

Aude dit quelque chose mais Flore a raccroché.

Milly efface ses étoiles devant le miroir de la salle de bains. Elle songe à Kai qui n'a pas posté de photos sur les réseaux sociaux ce soir. Aurait-il raté le match ? Non, certainement pas. Peut-être l'a-t-il vu en ville dans un pub et alors il a laissé de côté son téléphone. Les bars l'ont toujours laissé admiratif, leur ambiance, leurs codes. Quand elle est partie faire ses études à Dunedin pendant deux ans, chaque fois qu'elle rentrait, il ne cessait de l'interroger sur la vie là-bas : l'université, les associations étudiantes, la ville et ses commerces, ses fêtes, ses bars, la musique qu'on y passait, ce qui s'y disait et faisait. « Je n'y vais que rarement », répondait-elle. Elle songeait que c'était l'inconnu qui l'attirait, rien d'autre, qu'il ne se racontait rien de plus intéressant dans les pubs que sous le préau d'Anaru, qu'on n'y parlait presque pas d'ailleurs. « Pourquoi tu ne viendrais pas avec moi un jour ? » avait-elle lancé. Il avait répliqué : « J'aime mieux être avec toi dans la baie. » Elle s'était demandé s'il n'avait pas la trouille de se retrouver comme un imbécile jamais sorti de son bout du monde face à ses amis de la ville, s'il redoutait de croiser le regard d'un garçon sur Milly qui lui ferait alors imaginer mille et une choses de sa vie lorsqu'elle était loin. Mais probablement que Kai disait vrai : la ville et ses pubs étaient un fantasme, rien d'autre. Et un fantasme ne se réalise pas. Milly elle-même n'était qu'un fantasme : il ne l'aurait jamais épousée. Les cotons imbibés de rouge tombent dans le lavabo et Milly lave son visage à grande eau.

Ce soir-là, tandis que Milly pense à Kai, Autumn, en se glissant dans ses draps, songe à la livraison de produits frais qui arrivera à sept heures tapantes demain matin, à la réserve d'essence qu'il faudra reconstituer pour le quad et la tondeuse, au tambour de la machine à laver qui sera enfin remplacé dans la buanderie après trois mois d'attente et au dos de sa fille lové contre ses jambes ce soir.

Sur la plage, malgré tous ses efforts pour ne pas penser, Flore se souvient de Solange. De ses doigts qui trituraient ses cheveux ce grand jour de rentrée.

« C'est une place sérieuse. Élisabeth, la cousine de Dorothée, a eu l'amabilité de te prendre à l'essai. On ne peut pas tout faire foirer. »

Paul, derrière son large bureau, caché derrière ses ouvrages de droit, avait levé la tête.

« Dorothée ? Qui c'est ?

— Une belle-sœur de l'associé de papa.

— Alors c'est la cousine d'une vulgaire belle-sœur de l'associé de papa qu'il ne faut pas décevoir ? »

Flore avait esquissé un sourire qu'elle s'était efforcée de masquer à Solange. Elle aimait quand Paul était insolent comme ça.

« Chéri, dans la vie, il faut toujours veiller à montrer la meilleure image de soi-même. Même à de sombres inconnus. Tu ne devrais pas en rire. Bientôt tu seras avocat au barreau et chacune de tes fréquentations sera scrutée, chacune pourra t'apporter quelque chose ou te desservir. »

Elle avait planté une épingle dans les cheveux de Flore un peu brusquement, lui arrachant un petit gémissement de douleur.

« Qu'est-ce que tu lui fais ? s'était vaguement intéressé Paul, qui avait du mal à se concentrer sur ses bouquins.

— Une coiffure convenable. Bien sûr ce serait plus simple avec des cheveux disciplinés et lisses.

— Moi j'aime bien ses boucles », avait contré Paul.

Flore lui avait souri, reconnaissante, amusée aussi. Tout cela n'était qu'un jeu. Ils étaient encore deux adolescents frivoles qu'on tentait de faire jouer aux adultes. Avocat ? Chargée de marketing ? Très peu pour eux. Ils se roulaient dans les draps en riant comme des gosses, découvraient à peine leurs corps avec innocence, s'offraient des peluches et se laissaient des petits mots sur des Post-it qu'ils cachaient dans leurs poches respectives. Ils étaient légers encore. Ils n'auraient pas dû. Ils auraient peut-être dû comprendre qu'on les forçait à grandir trop vite, trop tôt. Ils auraient dû s'imposer, dire non, ne pas sourire bêtement aux remarques de Solange.

« Concentre-toi sur tes cours, chéri, avait lancé Solange. On ne prépare pas le barreau en bavassant à tout-va. Flore, viens là. »

Elle avait suivi Solange dans le couloir austère tandis que dans son dos, Paul grimaçait. Dans la chambre maritale de Solange et Edmond, un tailleur avait été soigneusement posé sur la courtepointe. Un des tailleurs de Solange : gris, sinistre, vieillot. Flore avait tenté d'y échapper :

« J'ai un pantalon noir et des ballerines. Je crois que ça pourrait aller. »

Mais Solange n'avait rien répondu, avait soulevé le tailleur, l'avait épousseté.

« Enfile-le. »

Flore ne prenait jamais la peine de la contredire. De toute façon Solange l'ignorait superbement, reprenant un pli, la faisant tourner sur elle-même. Flore se souvient encore très bien de son état d'esprit ce matin-là alors qu'elle s'apprêtait à aller à son premier jour d'un travail qu'elle n'avait pas choisi, dans une tenue qu'on lui avait imposée avec ce chignon qui lui faisait trente ans. Elle se sentait hésitante, pas à la hauteur, ridicule mais surtout dépossédée. Comme le jour de son mariage.

« Je suis sûre que Paul va aimer, avait déclaré Solange, satisfaite. Viens. »

Elle s'était laissé traîner dans le couloir avec la certitude que Paul rirait, ferait mine de vomir, lâcherait une réflexion bien sentie qui remettrait en cause l'autorité de sa mère et permettrait à Flore de se débarrasser de cette tenue. Mais Paul était resté songeur, la tête penchée sur le côté.

« Elle a une autre allure, hein ? »

Et cette remarque dans la bouche de Solange ressemblait à une insulte.

« Oui, avait acquiescé Paul. Elle fait plus adulte.

— C'était précisément le but, avait répliqué Solange. Vous n'êtes plus à l'école, tous les deux, c'est fini cette époque. »

Se tournant vers Flore :

« Désormais tu es la femme d'un futur avocat. Tu te dois de démarrer une carrière dans le marketing, d'afficher un beau mariage.

— Maman, le barreau ce n'est pas encore fait…

— Tsst. »

Elle avait ignoré son fils de la même manière que sa belle-fille plus tôt.

« Pas de maquillage, c'est mieux ainsi. Tu ne voudrais pas être vulgaire, hein ? »

Elle avait tendu une sacoche en cuir à Flore avant de consulter sa montre.

« Je t'attends dans le hall. Ne traîne pas. »

Solange tenait à l'accompagner pour son premier jour, à saluer elle-même Élisabeth. Flore avait la nausée, les mains moites. Elle avait cherché quelque chose dans le regard de Paul.

« Tu aimes vraiment ? »

Elle se sentait déguisée comme un clown malheureux dans ce tailleur trop grand pour elle.

« Tu es élégante.

— Sûr ?

— Tu fais très Mme Decaux.

— Tu te moques ?

— Mais non. »

Il s'était penché par-dessus son bureau pour l'embrasser.

« Tu fais très dame. J'aime bien. »

Et ça n'avait plus tellement d'importance qu'on l'ait déguisée en une autre puisque Paul aimait.

« T'es belle. »

Elle avait souri bêtement.

« À ce soir… Bon courage ! »

Elle avait eu du mal à se décoller de ses lèvres. Elle était terrifiée. Alors qu'Aude se préparait pour sa semaine d'intégration à l'école d'infirmières, empilant maillot de bain, tongs, chapeau et mauvaises bières dans un sac à dos, elle, elle partait accoutrée en adulte rejoindre l'équipe de la très chic agence de marketing Webmarketeam.

« Tu n'es pas obligée de garder ce boulot. S'il ne te plaît pas, on t'en trouvera un autre », avait murmuré Paul comme un encouragement.

Il ne lui avait pas plu, non, loin de là. Là-bas aussi elle devait prétendre être quelqu'un d'autre : riche, éduquée, diplômée, parfaitement anglophone, à la pointe des dernières tendances. Elle avait détesté dès le premier jour, ravalé ses larmes dans la minuscule cuisine de l'entreprise où toutes ses collègues, perchées sur leurs escarpins, commandaient des sushis en triturant leurs smartphones de leurs ongles manucurés. Pourtant, elle avait appris l'anglais en cours du soir pendant que Paul était le nez dans ses codes juridiques, elle avait décrypté les rudiments du marketing sur les réseaux sociaux et les blogs qu'elle trouvait, changé sa garde-robe, adopté les codes et les expressions du petit monde de Webmarketeam. Elle l'avait fait parce que Paul en avait encore pour quatre ans d'études, que tant qu'il ne gagnerait pas sa vie ils ne quitteraient pas l'appartement de ses parents – Solange y veillerait – et que leur seule issue était ce travail, ce revenu.

« Maman, tu ne choisis jamais les vêtements de Paul, toi… »

Elle se souvient très bien de cet après-midi. Elle était revenue pour quelques jours chez ses parents. Paul était en examens. Elle étouffait chez Solange et Edmond.

« Pourquoi je ferais une chose pareille ? avait demandé sa mère tout en battant des œufs dans un saladier.

— Je ne sais pas. »

Elle ne voyait pas très bien comment formuler son malaise. Solange, qui entrait dans leur chambre sans frapper, s'offusquait quand le verrou était tiré :

« Vous vous croyez à l'hôtel tous les deux ? Vous voulez une pancarte "Ne pas déranger" ? "Service en chambre" ? » Paul soupirait, disait mollement : « Enfin, maman… » Solange déposait des robes sur le lit, indiquait : « C'est pour la cousinade de la famille Decaux », « C'est pour le déjeuner de dimanche ». Flore serrait les poings. Paul disait : « Pourquoi tu boudes ? Elles sont belles, essaie-les. » Elle en passait une, Paul caressait ses seins à travers le tissu, empoignait ses fesses, avait son regard d'enfant admiratif devant la femme qu'elle devenait et elle oubliait pour quelque temps sa colère. Même Aude s'y mettait : « Mais tu as de la chance ! je rêverais d'avoir une belle-mère aussi attentionnée ! » Alors Flore se disait qu'elle avait probablement raison, qu'elle avait de la chance, oui. « Regarde où tu vis ! insistait Aude. Un quatre-vingt-dix mètres carrés en plein Paris ! Sans payer un radis ! Tu as une femme de ménage qui te lave ton linge, te fait ta chambre ! Tu veux échanger avec moi ? Tu veux mon studio de douze mètres carrés ?

— Arrête, c'est pas ça ! » Aude la poussait, taquine : « Ta situation de femme riche te monte à la tête, madame Decaux ! » Et il fallait bien admettre qu'Aude n'avait pas tort sur tout mais qu'elle ne saisissait pas tout non plus.

Ce jour-là, Flore avait tenté d'expliquer :

« Solange… je crois que… je crois qu'elle va un peu loin. »

Et sa mère continuait de battre ses œufs, appliquée.

« Qu'est-ce qu'elle fait ?

— Eh bien… elle est sans-gêne quoi. »

Ce n'était pas vraiment ça. Comment trouver les bons mots ? La langue de sa mère avait claqué.

« On ne se marie pas à vingt ans, voilà !

— C'est pas ça ! C'est pas Paul ! Paul est parfait ! C'est Solange…

— Quand on épouse un homme, on épouse sa famille.

— N'importe quoi ! »

Pourtant elle savait que sa mère avait raison. Solange s'évertuait à tout diriger dans leur vie, à les garder sous sa coupe aussi longtemps que possible en sabotant chacune de leurs visites d'appartements.

« Sous les combles, il fera une chaleur terrible ! », « Le loyer est exorbitant, vous ne vous en sortirez pas ». Paul la fixait, craintif. « Tu crois ? » Et le fait qu'il pose cette question les perdait définitivement. « Vous en visiterez d'autres, assenait Solange, vous n'êtes pas si pressés. » Alors ils repartaient les épaules basses. Flore avait de plus en plus de mal à masquer sa déception.

« Ça ira mieux quand vous aurez votre propre appartement », avait lancé sa mère devant son saladier.

Elle tentait de se montrer rassurante. Flore n'avait rien répondu.

Paul semblait se satisfaire mieux qu'elle de la situation. Il étudiait tant qu'il appréciait de n'avoir rien d'autre à gérer. Et puis, quoi qu'il fasse, il était parfait. Il n'essuyait pas les remarques de Solange quand il sortait avec des amis. Au contraire :

« Il a besoin de s'aérer, il étudie si dur ! »

Un soir, Flore était rentrée à minuit d'une sortie avec Aude. Solange, toujours réveillée dans sa robe de chambre comme si elle l'attendait, lui avait balancé :

« Voilà une drôle de façon de faire perdurer un mariage… »

Ce soir-là, Flore avait posé une main brûlante sur le torse de Paul dans le lit.

« Si on ne part pas d'ici très vite, je te quitte. »

Ça l'avait laissé ahuri.

« Tu plaisantes ?

— Non.

— Bon sang, Flore, je suis en pleins partiels ! Ce n'est pas le moment. »

Mais elle avait tenu bon. Ils avaient visité le premier appartement venu, l'avaient pris sans réfléchir.

« L'isolation est catastrophique ! Regardez les moisissures aux fenêtres ! » s'était indignée Solange en le parcourant, alternant exclamations choquées et murmures désespérés. Avant de conclure : « C'est ce qui arrive quand on cède à ses caprices : on fait de mauvais choix. »

Et Flore n'avait pas su si elle parlait de l'appartement ou de la décision de Paul de l'épouser. Mais Paul serrait sa main dans la sienne. Que pouvait Solange contre ça ? Contre leur amour indéfectible ?

Sur la plage de la baie de Curio, Flore se laisse tomber sur le sable frais. L'ivresse s'est évaporée. Ne reste qu'une tristesse diffuse. Elle repense aux mots d'Aude tout à l'heure : « Ça m'a minée d'essayer de comprendre… J'ai tout fait, tout ce qu'il était possible pour comprendre… » Aude qui enviait sa vie, son couple, son aisance matérielle, sa garde-robe. Aude qui trimait à l'hôpital public pour un SMIC, vivait toujours dans son studio, ne rencontrait jamais le bon garçon. Ça l'avait aveuglée. « Enfin, Flore, comment tu peux tout gâcher comme ça ? lui avait-elle dit un jour. Tout ce que la vie t'a donné ! Pour des types inconnus, pour soigner ton amour-propre, ton ego, pour quoi ? *Pourquoi tu fais ça ?* »

N'avait-elle rien vu, vraiment ?

Dans son lit, Milly a laissé Kai de côté. Elle fixe le plafond dans le noir. Elle a presque froid dans les draps. D'habitude il y a Flore et les notes de vanille qui flottent tout autour d'elle. Quand elle est près de Flore, Milly se sent comme un homme et une femme à la fois. C'est une impression étrange qui la rend forte, bien assez forte pour protéger Flore, la porter dans les vagues, lui apprendre à nager, lui faire voir la nature autrement, comme Kai l'a fait avec elle. Quand Flore glisse une pâquerette dans ses cheveux, Milly se sent comme le premier homme sur terre découvrant la première femme. *Demain j'irai la regarder dormir avant de nager. Juste quelques secondes. Elle n'en saura rien.*

Elle s'endort sur cette pensée, tandis qu'Autumn ronfle allègrement.

13

C'est à l'heure bleue que Milly se réveille. Elle ne ferme jamais les volets de façon à toujours être réveillée par les premières lueurs. Elle attrape sa combinaison de plongée à peine sèche de la veille, l'enfile, attache ses cheveux grossièrement et quitte la maison. Les températures remontent. Dans une poignée de semaines, l'été sera là et avec lui les dauphins. Il reste encore tellement à faire : emmener Flore voir les bébés otaries, traquer les baleines franches australes, s'enivrer des lupins… Milly fait glisser la porte du bungalow sans faire de bruit. À l'intérieur, c'est à peine si on perçoit la respiration de Flore. D'habitude, le plan de travail et la table sont rangés ; ne reste qu'une tasse dans l'évier contenant un vieux sachet de thé ou une cuillère. Mais ce matin, Milly est surprise par le bazar régnant sur la table. Une boîte à chaussures a été retournée. Un tas d'objets traînent pêle-mêle : un cadre photo, un chéquier, un porte-clés tour Eiffel, une alliance, une rose séchée, un ticket d'entrée de boîte de nuit, un carnet de notes, des polaroids, un bout de tissu noir en dentelle auquel est agrafé un Post-it. Milly se penche malgré elle, scrute plus en détail ces objets. De quoi s'agit-il ? D'une boîte pleine de souvenirs ? Le Post-it sur le porte-jarretelles dit : « Tu as voulu me laisser un souvenir de toi ? ;) B. » Il a été froissé. Par Flore ? Par Paul qui serait tombé dessus ? Pourquoi Flore l'aurait-elle gardé ? Milly aurait mille et une questions à poser aux photos. Les polaroids lui révèlent Flore et Paul sous toutes les coutures le jour de leur mariage. On n'y voit pas grand-chose. La qualité est mauvaise. Deux silhouettes qui s'agrippent l'une à l'autre. Une robe blanche. Un costume noir. Devant la mairie. À côté d'une pièce montée. Une autre prise à leur insu, où ils sont tous les deux à la table d'honneur, encadrés de leurs familles, se chuchotant à l'oreille, souriants. Ici Flore et deux filles de son âge. Là… Milly s'interrompt. Elle a cru entendre un froissement de draps. Elle retient son souffle un instant, fixe la porte de la chambre mais rien ne se passe. Quand elle reporte son regard sur le bric-à-brac, c'est le cadre qui attire son attention. Un cadre simple, sobre, argenté, posé face contre la table. Avec mille précautions, Milly s'en saisit et découvre le cliché. D'abord elle reconnaît Paul, ce même garçon que sur les polaroids de mariage, fin, élégant, brun, des yeux clairs. Il porte la robe noire d'avocat, un parchemin dans les mains. Mais la fille… la fille ne lui évoque rien. Ou alors…

« Milly ? Qu'est-ce que tu fais ici ? »

Elle étouffe un cri. Flore est là, dans l'entrebâillement de la porte, avec une robe de chambre qui dévoile son épaule droite et ses boucles en bataille. Flore qui a les yeux gonflés comme si elle avait pleuré toute la nuit.

« Pardon », dit Milly.

Elle reste figée, mortifiée, le cadre entre les mains. Elle s'attend à voir les yeux de Flore s'assombrir, ses traits se figer, mais cette dernière fait quelques pas avant de se laisser tomber sur la banquette avec lassitude.

« Je l'ai volé dans le bureau de Paul.

— Qu… quoi ?

— Le cadre. Il l'avait sur son bureau, dans son cabinet.

— Tu l'as volé ? répète Milly car elle ne voit pas quoi dire d'autre.

— Oui. Je ne supportais pas ce cliché de nous. »

Flore tend la main et Milly, un peu lente à réagir, lui donne le cadre.

« Je me trouve si laide et triste. Non ? »

Milly déglutit car tout ce qu'elle pourrait dire c'est : *Je ne t'avais pas reconnue.* La jeune fille sur la photo a dix bons kilos de plus que la Flore actuelle, elle a un visage gonflé, elle porte une robe longue noire qui ne dévoile même pas ses chevilles, ses cheveux ont été lissés au fer et attachés dans son cou. *C'est dommage,* songe Milly. *Elle est belle avec ses boucles qui dansent autour de son visage.* Elle ne sourit pas, elle fixe l'objectif, son bras passé sous celui de Paul qui, lui, semble heureux et fier. Non, vraiment on ne la reconnaît pas.

« C'était le jour de sa prestation de serment.

— C'était quand ?

— Dans une autre vie.

— C'est-à-dire ?

— Avant que je me fasse sauter à tout-va. Quand j'étais encore respectable. »

Milly ne dit rien. Elle fixe la table, les épaules basses.

« Il était heureux. C'était la consécration. Six ans d'études. Il était à l'aube de sa vie. Le meilleur allait venir. »

Flore frotte la photo du bout de l'ongle comme pour en retirer des saletés.

« Mais regarde-moi. Regarde-moi bien, Milly. Je paraissais dix ans de plus. Je me traînais dans son ombre. Je n'étais rien d'autre que la femme de Paul… plus rien d'autre. »

Elle repose le cadre un peu brutalement, dégoûtée.

« C'est la photo qu'il avait choisie pour son bureau. Celle qu'on arbore fièrement devant ses clients, ses associés. Pour lui, le cliché du bonheur c'était ça. Ce jour-là. J'étais morte à côté de lui mais il ne s'en rendait pas compte. Ça mérite bien de se faire pousser les cornes, non ? »

Elle est ironique de nouveau, comme au début, quand elle a débarqué dans la baie, et Milly ne sait que répondre.

« C'est celle que tu aurais choisie, toi ? lance Flore.

— Quoi ?

— Cette photo de moi.

— Non ! »

Et Milly, réfléchissant, cherche quelque chose de joli à dire.

« Moi je t'aurais prise en photo le matin sur la plage de boue volcanique. »

Le visage de Flore change. Comme si un éclat de lumière le traversait enfin.

« Tu sais, ce matin où on a vu les manchots, ajoute Milly. Quand tu as dit que tu avais espéré de toutes tes forces qu'ils seraient là. Je t'aurais photographiée à cet instant-là. C'est cette image que j'aurais mise sur mon bureau.

— Tu n'as pas de bureau. »

Mais Milly sent bien que Flore est touchée car il y a comme des larmes au coin de ses yeux gonflés.

« Allez, on range ça ! »

Elle rassemble les objets, les jette tous les uns sur les autres.

« C'est une boîte à souvenirs ? demande Milly. Si cette photo te rend triste, tu n'aurais pas dû la mettre dedans. »

Flore sourit, un étrange sourire, amer, désabusé.

« Ce n'est pas une boîte à souvenirs, c'est la boîte de la honte. Tout ce que j'ai fait de mal. Tout ce que je dois me faire pardonner. »

Milly secoue la tête mais n'a pas le temps de répliquer.

« J'ai fait de nombreuses conneries, Milly. Avoir épousé un homme trop jeune. L'avoir aimé trop fort. L'avoir détruit. M'être offerte à n'importe qui. Et ça… »

Flore attrape le porte-jarretelles du bout des doigts comme s'il lui répugnait. Le Post-it se balance.

« Ça c'est sans doute le pire. Cet homme avait cinquante ans et je me sentais si sale quand il me touchait… Mais j'y retournais chaque semaine. Il le fallait. J'étais avec lui quand Paul a fait sa tentative de suicide. »

Milly est livide mais elle ne fuit pas, elle ne détourne pas le regard.

« Pourquoi tu dis qu'il le fallait ? »

Flore ne répond pas, termine d'empiler les objets, referme le couvercle. Elle s'apprête à se lever pour aller ranger la boîte dans sa chambre quand Milly l'interrompt d'un geste.

« Non. J'ai une meilleure idée.

— Quoi ?

— On va l'apporter à Slope Point.

— Qu'est-ce que c'est ?

— Le bout du monde.

— Le bout du monde c'est ici.

— Non, pas tout à fait. Tu verras. »

Milly a quelque chose de fiévreux dans le regard.

« Je vais chercher le quad, d'accord ? »

Flore ouvre la bouche mais Milly est déjà partie et elle s'aperçoit alors qu'elle a filé avec sa boîte à chaussures. Sa boîte de la honte.

Le quad fonce sur le chemin goudronné, évite les quelques nids-de-poule. Flore s'accroche à la taille de Milly. Elles n'ont jamais pris cette route. Elles n'ont jamais roulé aussi vite. Sous son bras elle a la boîte qui pourrait s'ouvrir à tout moment et laisser s'échapper tous ses crimes. Est-ce que ce serait grave ? Est-ce qu'elle supplierait Milly de s'arrêter pour récupérer chacun de ces objets ? Non, sans doute pas. Ne serait-elle pas soulagée de savoir qu'ils sont perdus, à la merci du vent, de la pluie, à jamais oubliés ? Elle pourrait l'ouvrir elle-même, la pencher légèrement, et les souvenirs s'envoleraient un à un, mais elle n'ose pas lâcher Milly. À cause de la vitesse. À cause de la chaleur que dégage Milly, de son contact qui apaise un peu ses tourments.

« Ces hommes…, lance Milly, ces hommes à qui tu t'es offerte…

— Eh bien ?

— Je croyais que tu les fréquentais pour faire souffrir Paul.

— Oui. C'était le cas.

— Non. C'est faux.

— Pardon ? »

Dans le rétroviseur, les yeux de Milly se posent sur elle une seconde.

« C'est faux, répète-t-elle. C'est toi que tu voulais faire souffrir. »

Flore réplique quelque chose qui se perd dans le vent, quelque chose qui ressemble à oui et non en même temps.

Bientôt la route goudronnée s'arrête. Seul un sentier balisé poursuit vers l'océan. Le quad y tressaute, bondit, rugit. Et la végétation devient surprenante. Une végétation de fin du monde. Les seuls arbres qui peuplent encore cette terre sont de la couleur de la cendre : gris-blanc. Ils sont secs, pétrifiés, étonnamment penchés à l'horizontale comme s'ils étaient morts en voulant toucher le sol et s'étaient momifiés ainsi. Des moutons dorment en groupes sous les branches basses, comme si ce paysage n'avait rien d'anormal.

« Qu'est-ce que c'est que ça ? s'exclame Flore.

— Ce sont les fameux arbres tordus de Slope Point.

— Qu'est-ce qu'il leur est arrivé ?

— Ils se sont adaptés.

— C'est-à-dire ?

— Les conditions météo sont terribles ici. Les vents violents. Il n'y a plus qu'une cinquantaine de personnes qui vivent encore aux environs. Les arbres ont grandi balayés par les bourrasques de l'océan Austral et pour survivre ils se sont couchés et orientés vers le nord de façon à offrir une moindre résistance.

— C'est dingue ! »

Toutes les deux fixent ce drôle de spectacle post-apocalyptique et elles songent, chacune en son for intérieur, que les arbres et les hommes c'est du pareil au même : ils poussent en fonction des bourrasques, ils s'inclinent, courbent l'échine, sacrifient un peu d'eux-mêmes pour résister aux vents violents, mais l'essentiel c'est qu'ils tiennent encore debout.

« On dirait qu'ils sont morts, fait remarquer Flore.

— Non, ils ne sont pas morts. Ils servent d'abri aux moutons. Sans eux les moutons ne survivraient pas ici. »

Alors Flore pose sa joue contre l'épaule de Milly, sourit. Elle s'adresse aux arbres, au vent, au ciel : *D'accord… D'accord, c'est ce qu'il me semblait… S'il y a quelque chose à rattraper quelque part, c'est ici, dans cette baie. C'est auprès de Milly. Lui servir d'abri comme les arbres tordus aux moutons.*

Au bout du sentier le moteur décroît, signe qu'elles sont arrivées. Devant elles ne se trouvent que le vide, les falaises battues par le vent violent et un minuscule phare blanc alimenté à l'énergie solaire. Milly retire son casque, récupère les clés.

« C'est là ? » demande Flore, l'air de dire : *C'est tout ?*

Car cette côte est semblable à celle de Curio Bay, à toutes les côtes du monde.

« Cette fois tu es au bout du bout. C'est le point le plus au sud de la Nouvelle-Zélande. Tu ne peux pas aller plus loin. Après c'est l'océan et le pôle Sud. »

Le visage de Milly est battu par les bourrasques et ses mèches de la couleur du blé volent en tous sens. *Comment a-t-elle deviné*, se demande Flore, *que c'est exactement ce dont j'avais besoin ?* Mais Milly devine tout, lit dans les âmes comme personne. Elle est comme Anaru. Un peu magique.

« Viens ! »

Milly, insensible au vent terrible, avance courbée en deux. Elle porte toujours sa combinaison de plongée, a les pieds nus. Et Flore a gardé sa robe de chambre grise. Elle n'a même pas songé à prendre un gilet. Elle est frigorifiée mais elle suit Milly. Elles forment un drôle de duo, ainsi vêtues, à l'aube, à la pointe sud du monde, avec cette boîte à chaussures sous le bras.

« Voici la preuve ! » déclare Milly fièrement.

Elle se tient devant un écriteau jaune qui pointe l'océan et indique « Pôle Sud : 4 803 km ».

« Il n'y a pas âme qui vive à des kilomètres alentour, ajoute-t-elle. Si tu jettes ta boîte à l'océan, rien ne la ramènera jamais. »

Milly la fixe intensément. Flore grelotte et acquiesce tout à la fois. Elle prend la main de Milly, se laisse entraîner vers la falaise, à l'endroit où le vent est le plus puissant, les repousse vers les terres.

Elles sont en équilibre précaire, à l'extrême pointe. Flore songe que si le vent tournait brutalement, elles chuteraient dans le vide, se fracasseraient contre les rochers. Mais Milly tient toujours sa main. Milly est une fille de la mer, battue par les bourrasques depuis toujours. Elle est solide. Plus solide que quiconque. Flore lâche sa main une seconde, le temps d'ouvrir le couvercle. Elle est saisie d'un vertige mais se reprend.

« Prends l'alliance, lance-t-elle à Milly.

— Quoi ?

— Récupère l'alliance. Passe-la dans ton collier.

— Pourquoi ?

— Tu pourras la faire expertiser quand on ira en ville et la revendre.

— Pourquoi ? répète Milly.

— Ça payera des réparations au camping. On agrandira le stock de combinaisons de plongée – vous en manquez tout le temps. On changera l'antenne télé qui ne tient plus debout. On refera la peinture à l'entrée des sanitaires.

— Non. »

Flore fouille dans la boîte, récupère elle-même l'anneau, le plante d'autorité dans la main de Milly.

« Ou alors tu pourras te payer une voiture à toi, une expédition ailleurs, dans l'île du Nord, en Australie, où tu voudras. Tu pourras t'offrir le luxe de quitter la baie. »

Milly secoue la tête, obstinée.

« Je ne veux pas quitter la baie. »

Flore renverse la boîte au-dessus du vide. Tout dégringole en tourbillonnant – la rose séchée, les polaroids, le porte-clés, le porte-jarretelles, le cadre… –

et disparaît happé par le vent, fracassé contre les rochers, englouti par les flots déchaînés. Flore respire à grandes goulées. Milly serre l'anneau dans sa main.

« C'est fait, murmure Flore.

— Je ne peux pas quitter la baie », dit Milly à peine plus fort.

Alors Flore s'assied à même le sol. Elle a les jambes tremblantes, froid et chaud en même temps. Elles restent immobiles, regardant l'océan charrier au loin toutes les hontes, tous les souvenirs cuisants.

Plus tard, Flore se met à fredonner en français et Milly demande :

« Qu'est-ce que c'est cette chanson ?

— Elle parle de toi.

— Elle dit quoi ? »

Flore ferme les yeux, se concentre pour traduire correctement, avec justesse et poésie :

Je connais des bateaux qui restent dans le port
De peur que les courants les entraînent trop fort
Je connais des bateaux qui rouillent dans le port
À ne jamais risquer une voile au-dehors…

Milly déglutit, détourne le regard. Dans le vent qui mugit, Flore poursuit :

Je connais des bateaux qui oublient de partir
Ils ont peur de la mer à force de vieillir
Et les vagues, jamais, ne les ont séparés
Leur voyage est fini avant de commencer

« Tu parles de ma mère et moi ? »

Milly a les mâchoires serrées. Flore pose la tête sur son épaule pour tenter de l'adoucir.

« Vous devriez jeter Dan dans l'océan.

— *Quoi ?*

— Vous devriez jeter Dan dans l'océan comme j'ai jeté Paul et tous les autres hommes.

— Qu'est-ce que tu racontes ? »

Flore se cale encore plus profondément dans le cou de Milly.

« Vous pouvez être heureuses même s'il n'est plus là. Vous pouvez jurer, pester contre le camping qui vous donne tant de travail, donner des coups de pied dans ces fichues clôtures qui ne résistent jamais au vent mais les entretenir quand même, sentir les fleurs ensemble à l'heure bleue, boire du cidre plus souvent, rire sans raison, chanter à voix haute, fermer le terrain un jour ou deux pour faire une grasse matinée ou aller voir les fjords. Vous n'êtes jamais allées voir les fjords.

— Non.

— Cet idiot de Quentin est allé voir les fjords, lui. Tous ces backpackers stupides sont allés voir les fjords. Pourquoi vous n'allez jamais voir les fjords ?

— Je ne sais pas. »

Et Flore se remet à fredonner en français.

« C'est toujours ta chanson ?

— Oui.

— Elle dit quoi maintenant ?

— Elle parle de Paul et moi.

— Traduis-moi.

Je connais des bateaux tellement enchaînés
Qu'ils en ont désappris comment se regarder…

Milly n'est pas certaine de comprendre mais peu importe. Le jour se lève sur la mer. L'heure dorée fait scintiller l'infini, mouchette les vagues de paillettes orangées.

« Si j'avais un bateau, je t'emmènerais voir les baleines franches, déclare-t-elle gravement. C'est la saison. Les scientifiques ont réussi à enregistrer les chants de milliers de baleines partout dans le monde mais pas ceux des baleines franches australes. Elles fredonnent à voix basse. Comme toi. »

Milly sourit. Flore se tourne vers elle, sérieuse.

« Si j'avais un bateau, je t'emmènerais voir les fjords. »

Et Milly est troublée, presque autant que si Flore avait glissé une pâquerette dans ses cheveux. Si elle avait eu son téléphone avec elle, elle aurait pu la prendre en photo à cet instant précis. Face au lever du soleil du bout du monde, devant l'océan Austral, avec ses boucles malmenées par le vent et ses lèvres bleues qui tremblent, dans sa robe de chambre trop fine qui dévoile ses épaules. Frêle et égarée, forte et féroce, perdue et ancrée, heureuse et torturée, tout cela à la fois.

« Mais nous n'avons pas de bateau, lâche Milly dans un souffle.

— Ce n'est pas grave. Tu as un quad et tu m'as emmenée au bout du monde. »

Flore repousse les cheveux qui lui barrent le visage et Milly à ce moment se sent homme et femme à la fois, terre et ciel, Papatuanuku et Ranginui. Entière et comblée. Si elle était un homme, un homme avec des mains d'homme, un sexe d'homme, elle embrasserait probablement Flore en prenant son visage entre ses paumes, elle la ramènerait à la baie et, dans le secret du bungalow, elle s'enivrerait de son parfum vanillé, laisserait ses mains découvrir ses terres inconnues, sous sa chemise de nuit, là où les hommes n'ont fait que souiller, saccager… Mais elle rougit, se mord la langue très fort, se dit qu'elle devient folle, qu'on n'a pas idée d'avoir des pensées pareilles. Elle a le goût du sang dans la bouche maintenant et les mots de Flore, nichée dans son cou, résonnent encore dans sa tête : « Si j'avais un bateau, je t'emmènerais voir les fjords. »

14

C'est la finale de la Coupe du monde de rugby qui incite Milly à faire cette folle proposition à Flore : quitter la baie pour se rendre à Dunedin, soit deux heures trente de route, et s'attabler dans un pub avec deux amis d'université pour soutenir ensemble les All Blacks. D'Autumn ou de Flore, on ne saurait dire qui est la plus étonnée. Autum ne fait pas de commentaires mais elle songe : *Je ne savais pas que Milly avait gardé des liens avec ses amis de l'époque… en dehors d'Internet…*

Flore marque un arrêt, le temps d'effacer sa surprise.

« D'accord. »

Les All Blacks affrontent le XV de la Rose, l'équipe anglaise, pour ce dernier match et même en vivant loin de tout, dans la baie, Flore ne peut ignorer que tout le pays est en effervescence. En témoignent les couples de retraités arrivant à bord de leurs camping-cars affichant fièrement la fougère des All Blacks ou ces flashs info pleins de frénésie qu'elle surprend le matin en récupérant la brouette d'outils devant le baraquement. Elle comprend qu'à événement exceptionnel décision exceptionnelle et que Milly a toutes les raisons du monde de vouloir quitter les Catlins le temps d'une soirée.

Le vendredi soir, Autumn les observe qui remontent le terrain de camping d'un même pas. Milly et son chignon défait, un maillot de l'équipe des All Blacks passé sur une robe qu'elle ne lui a jamais vue, d'un joli tissu chatoyant saumon. Flore avec un jean, ses éternelles baskets blanches et une marinière qui la font ressembler à une parfaite Française. Milly porte un sac qui contient probablement des sandwichs : elles arriveront pile pour le match et n'auront pas le temps de commander un fish and chips.

Autumn resserre son chandail autour de ses épaules. Il fait doux mais la solitude lui a toujours donné l'impression d'un courant d'air glacé. Elle se détourne de la fenêtre, observe sa pièce à vivre plongée dans l'obscurité. Elle devrait ouvrir les volets en grand. Pourquoi ne le fait-elle jamais ? C'est une habitude qu'elle a gardée de cette époque où la lumière l'agressait, lui donnait des migraines. La bête noire préférait rester tapie dans l'ombre. Elle ouvre les volets donc, époussette le téléviseur. Regardera-t-elle la finale ce soir ? À quoi bon ? Les matchs sont faits pour rassembler les gens autour d'une même liesse. Qui regarderait un match seule ? Alors quoi ? Lire un bouquin ? Un polar ? Elle en soupire d'avance, lasse. Elle revient se poster devant la fenêtre, admire la vue sur son terrain de camping. De la baie lui parviennent les cris des surfeurs. Le ciel est bleu, encore clair, il est à peine dix-sept heures mais la lune est déjà visible. Un disque blanc, parfait, qui monte de la mer. Alors Autumn songe à Anaru, tête baissée sur ses mains qui remuaient la théière et disant : *Kua hua te marama*, « La lune est pleine ». La fin d'un cycle.

Milly conduit, un œil sur la route, un autre sur le paysage. C'est une des plus belles routes de l'île qu'elles empruntent en cette fin de journée, une *scenic road* qui longe la côte et offre des panoramas incroyables sur la mer et les falaises, qui serpente entre les vallées verdoyantes et révèle des lacs auxquels s'abreuvent quelques moutons. Flore s'est mise à son aise. Renversée sur son siège, elle a retiré ses baskets et posé ses pieds sur le tableau de bord. Et cette seule image de son amie indolente, de ses orteils qui s'ébrouent librement, de ses boucles qui tourbillonnent au vent donne à Milly d'intenses bouffées de bonheur. *C'est ça quitter le port, risquer une voile au-dehors ?* se demande-t-elle. *Prendre le risque de faire des choses nouvelles ?*

« Comment s'appellent tes copains qu'on rejoint ? demande Flore en se tournant vers elle.

— Nils et Christie.

— Ils vivent à Dunedin ?

— Christie vit et travaille à Dunedin. Elle est dans le tourisme. Nils, je n'ai jamais trop compris ce qu'il faisait. Il va, il vient. Il est plutôt baroudeur. À vrai dire, je ne les ai pas revus depuis l'université.

— Ah bon ? Pourquoi ?

— Je ne sais pas. On s'écrivait de temps en temps… »

La vérité c'est qu'elle n'y a jamais songé. L'université terminée, cette parenthèse de sa vie s'est refermée. Elle a regagné le terrain de camping, sa baie, Kai, Autumn. Tout s'est réimbriqué aussi naturellement que si elle n'était jamais partie.

« À l'époque où je faisais mes études, je prenais cette route deux fois par mois », lance Milly.

Elle fixe la côte, ces falaises qu'elle a si souvent vues défiler sans jamais s'en lasser.

« Un autocar me récupérait à la sortie du campus le vendredi soir à seize heures tapantes. J'arrivais dans la baie pour le dîner. Maman m'attendait. Elle semblait m'avoir attendue pendant deux semaines. »

Flore est surprise d'entendre cette lourdeur dans sa voix.

« Le dimanche, l'autocar me récupérait à la sortie de Waikawa juste après le déjeuner. C'était Kai qui m'y conduisait. Maman n'en avait jamais le courage. On savait tous qu'elle préférait rester seule pour pleurer en faisant la vaisselle. »

Un haussement d'épaules désinvolte pour chasser l'amertume.

« Elle commençait à être triste dès le petit déjeuner du dimanche. Elle avait le regard dans le vide, la phrase courte. En réalité, je n'ai jamais su si c'était une bonne chose que je rentre ou si c'était pire. Tant d'attente pour une seule journée de bonheur… Je crois que c'était pire mais Kai prétendait que non.

— Parce qu'il voulait te voir, non ?

— Oui mais en même temps il s'inquiétait pour elle. Elle se laissait aller quand je n'étais pas là. Elle s'occupait du camping mais pas d'elle.

— C'est pour ça que tu es rentrée après tes études ? Pour ta mère ?

— Qu'est-ce que j'aurais fait ailleurs ? »

Flore est bien consciente que Milly esquive la question.

« Et Kai ?

— Quoi, Kai ?

— Tu es rentrée pour lui aussi ?

— À l'époque, ses frères vivaient encore là. C'était la période faste de l'exploitation. Ils avaient bien assez à faire, semaine et week-ends. Kai m'aurait laissée partir. Il aurait compris que je prenne le large. »

Un silence s'installe. Milly active les essuie-glaces par erreur, comme si elle voulait chasser le sujet, et Flore n'insiste pas. Elle ouvre le sac contenant les sandwichs que Milly leur a confectionnés. Des petits triangles soigneusement empaquetés dans de l'aluminium.

« Qu'est-ce que tu nous as fait de bon ? »

Et à la moue de Milly, amusée et embêtée à la fois, Flore craint le pire.

« Du Vegemite ? Un mélange typique de chez vous ?

— Oui. Pain de mie, beurre de cacahuète et mayonnaise.

— C'est pire que ce que je pensais. »

Milly rit de bon cœur de son effarement et cela la fait rajeunir.

« Je ne t'épouserai jamais ! lance Flore. Tu es une bien trop piètre cuisinière ! »

Milly garde le silence un instant, les yeux sur la route. Sérieuse, si sérieuse.

« Moi je le pourrais », lâche-t-elle finalement.

Et Flore ne sait plus si elles plaisantent encore. Milly est si soucieuse.

« M'épouser serait une idée atroce. Demande à Paul. Non, tu pourrais te contenter de dévorer mes plats et de me faire l'amour. Tout homme sensé ferait ça. »

Flore la scrute. Milly sourit, le regard toujours sur la route, imperturbable. *Bien sûr qu'elle plaisantait. Non ?*

Autumn, ses chaussures de travail aux pieds, se tient sur le perron, indécise. Entre ses mains, un kit de papier de verre qu'elle a trouvé dans la réserve et qu'elle s'est persuadée n'avoir jamais acheté. C'est la règle implicite pour débarquer là-bas : avoir une bonne raison. Elle glisse le kit dans la poche de son chandail. Elle dira à Anaru : *Tiens, c'est à toi je crois.* Elle songe que c'est stupide. Pourquoi agir ainsi ? L'autre jour, les filles n'ont rien invoqué de spécial pour improviser cette soirée. Elles ont tout préparé, des crêpes au maquillage, le sourire aux lèvres, et ça n'a dérangé personne. Qu'y a-t-il de mal à vouloir rechercher de la compagnie ? Flore et Milly le font sans cesse, le plus naturellement du monde. Elles se tournent autour comme une abeille autour d'un pissenlit éclatant et ça leur réussit. Elles ressemblent à deux beaux soleils. *Et toi ?* songe Autumn. *Toi tu es un vieux tronc d'arbre desséché.* Dan aurait fini pareil. À force de passer sa vie avec les manchots, les phoques et les dauphins, à force de ne plus parler que de ses photos, de ses notes, de ses bouquins, à force de chercher la solitude, il serait devenu une vieille pierre. *Il ne faut pas que Milly devienne comme ça.* Cette phrase s'impose, provoque un vif pincement dans la poitrine d'Autumn. Elle se crispe. Une attaque cardiaque ? Elle pose sa main sur son cœur, à travers son chandail, le sent battre calmement, tranquillement. C'est un cœur solide, à l'épreuve du travail au grand air. Il vivra vieux, assurément. Alors quoi ? Pourquoi cette douleur ? La phrase revient, insidieusement, différemment : *Ne laisse pas Milly finir comme toi.* Elle a cette brève vision de sa fille sur le pas du baraquement dans trente ans. Une Milly aux cheveux grisonnants, dans sa tenue de travail, l'air dur, sévère, resserrant son chandail triste autour d'elle, cherchant un prétexte pour rendre visite au voisin. Quel voisin d'ailleurs ? Anaru sera probablement mort. Ou alors il aura rejoint un de ses fils, trop vieux et dépendant pour gérer le corps de ferme. Ni Kai ni ses frères ne remettront les pieds dans la baie. À quoi bon, il n'y a pas d'emplois. Pas d'avenir. Le corps de ferme sera laissé à l'abandon donc, les alentours désertés. Chez qui ira sonner Milly pour demander de l'aide un soir de tempête, chercher quelques minutes de compagnie un soir de tristesse, croiser un regard humain, recevoir un sourire ? Comment survivra-t-elle à sa solitude après la mort de sa mère ?

Le pincement au cœur d'Autumn se transforme en une détresse diffuse qui lui donne envie de rentrer, de se terrer chez elle dans le noir, sous une couverture chaude. Mais le souvenir de ce soir de match est encore bien vif, le rire des filles assises à même le sol, les peintures sur leurs joues, la légère ivresse provoquée par le cidre chaud et la joie d'être ensemble. C'est ça qu'elle veut garder, saisir, faire perdurer encore un peu. Alors elle laisse tomber sur le palier son papier de verre, resserre son chandail autour d'elle et elle part sur la route d'un pas décidé.

C'est à la lumière dorée du soleil couchant que les filles arrivent. Dunedin leur paraît presque irréelle. Flore a l'impression d'avoir traversé de nouveau le globe, d'être de retour en Europe, en Écosse plus exactement. La ville n'a rien à voir avec ce qu'elle a vu de la Nouvelle-Zélande jusqu'à présent : entre les villes à l'américaine aux bâtiments préfabriqués, bas, carrés, aux ruelles quadrillées et la nature sauvage, les terres désertées, c'est un monde à part. Dunedin se présente, majestueuse, avec ses bâtiments victoriens et édouardiens, son imposante cathédrale Saint-Paul, sa First Church, une église presbytérienne de plus de cinquante-six mètres de hauteur, sa place centrale, véritable intersection des principales artères de la ville, lieu de rassemblement avec ses jardins, ses fontaines, sa statue du poète écossais Robert Burns, ses cafés et restaurants. Elles traversent Stuart Street, une rue bordée de maisons victoriennes de plus d'un siècle d'existence.

« Elles sont maintenant habitées par des confréries d'étudiants », indique Milly.

Elles tournent dans les ruelles, cherchent où se garer. Flore se laisse envahir par l'agitation : les groupes sur les trottoirs, les étudiants du monde entier qui s'interpellent, rient, arborent le tee-shirt des All Blacks, se dirigent vers le centre d'un pas guilleret.

« Ça devait te changer de la baie, c'est sûr », constate Flore.

Milly hausse les épaules.

« C'était une autre vie.

— Tu vivais où ? Par ici ?

— Non, sur le campus. »

Milly est concentrée au volant – peut-être n'a-t-elle pas envie de s'étendre sur cette période de sa vie. Elles finissent par trouver une place dans une ruelle particulièrement pentue. Elles ne sont pas trop de deux pour manœuvrer en créneau puis elles sortent de la voiture au moment où, au loin, une église sonne neuf heures moins le quart. Milly consulte son téléphone portable.

« Christie et Nils sont déjà arrivés. Ils ont pris une table. Viens. »

Elles arrivent essoufflées devant le pub quelques minutes plus tard. Flore a le tournis de toute cette agitation. Milly ne dit rien mais elle est nostalgique de ses premiers temps ici, quand elle découvrait tout, ébahie, quand elle s'extasiait devant chaque café, s'asseyait sur la place centrale sous la statue juste pour s'étourdir du mouvement de la ville, quand elle pensait que cette vie-là n'aurait pas de fin ou pas de sitôt. C'était une belle époque. Elle était insouciante, légère. C'était avant les coups de téléphone de Kai qui la faisaient retourner dans la baie auprès d'une Autumn taciturne. Une fois ou deux elle avait caressé l'idée d'éteindre son téléphone portable pour ne plus laisser la baie l'appeler à elle, pour être une étudiante normale qui s'amusait sans penser à rien d'autre. Une fois ou deux seulement. Comme on caresse un fantasme. Elle ne l'a jamais fait.

À peine la porte du pub poussée, elles se font happer par les voix qui, toutes à l'unisson, entonnent l'hymne de la Nouvelle-Zélande. L'établissement est comble. Un écran géant a été déroulé sur le mur du fond. La plupart des clients se sont levés, la main sur le cœur. Milly parcourt la salle, repère ses amis, entraîne Flore derrière elle. Nils et Christie se trouvent à une table juste devant l'écran. Nils est debout. C'est un garçon blond-roux au visage poupin mangé de taches de rousseur. Il porte une casquette à l'envers et un large tee-shirt des All Blacks. Christie est assise, jambes croisées, une chope de bière à la main. Elle a un visage qui évoque des origines asiatiques, de longs cheveux noirs très raides et une perle sur le nez. Milly leur tapote l'épaule juste au moment où l'hymne se termine, noyé par les applaudissements du stade repris dans le pub. Christie se lève d'un bond, l'attire dans ses bras. Nils s'écrie :

« Milly Stevens, enfin ! »

Il lui donne une accolade à son tour. Flore attend en retrait que Milly fasse les présentations :

« Voici Flore, mon amie française. Elle travaille dans la baie avec nous. »

Ils ont des sourires francs et chaleureux tous les deux, la prennent dans leurs bras comme s'ils la connaissaient depuis longtemps. Christie s'extasie de la savoir française.

« De Paris ? demande-t-elle.

— Oui, de Paris. »

Ses yeux brillent, elle s'apprête à poser d'autres questions mais le sifflet retentit, coup d'envoi du match, et Nils déclare :

« Commandez vite à boire, ça démarre ! Deux pintes ?

— Deux pintes. »

Il hèle un serveur.

Ni lui ni Milly ne semblent disposés à rater la moindre seconde de jeu.

Autumn a les mains qui tremblent un peu quand elle porte le plateau vers le canapé. Elle n'a pas vraiment l'habitude de faire ça : convier des gens chez elle, quand bien même il s'agit d'une vieille connaissance de plus de vingt ans. Anaru ne semble guère plus à l'aise qu'elle : assis bien droit contre le dossier du canapé, une main posée sur l'accoudoir, il n'ose guère bouger. Il fixe l'écran sans ciller, tandis que l'hymne retentit.

« Je te sers ? demande Autumn en déposant le plateau sur le second accoudoir. C'est une infusion que j'ai faite avec les feuilles d'hibiscus que tu m'as données il y a quelques semaines. Je les ai gardées dans une boîte en fer, comme tu m'avais dit. »

Anaru acquiesce et elle remplit leurs tasses.

« Si tu veux grignoter, il y a des chips. »

Puis elle prend place à l'autre bout du divan, maladroite. Cette invitation, ça a été toute une affaire. Débarquer chez Anaru, toquer à la porte car le préau et le potager étaient vides. Attendre d'interminables secondes qu'il ouvre en se récitant les phrases prévues :

« *Kia ora*, comment vas-tu ? Tu as vu, le temps est clément, une bonne chose pour ton jardin, non ? » Laisser un blanc, le temps de quelques bavardages futiles. Puis : « Vas-tu regarder le match ce soir ? Les filles sont sorties et je me disais... si tu veux venir le voir à la maison... » Mais rien ne s'est passé comme elle le pensait. Anaru était au téléphone avec Kai quand il a ouvert. Autumn a patienté le temps que la conversation se termine et en a perdu ses mots. Elle a bricolé quelques phrases alambiquées, qu'Anaru a comprises de travers : il a débarqué une heure plus tard avec une échelle sur l'épaule, pensant qu'il s'agissait de redresser son antenne de télévision avant le début du match. Elle s'est sentie bête, s'est juré que plus jamais on ne l'y reprendrait à vouloir se montrer courtoise et amicale. Finalement, il a redressé l'antenne et Autumn a réussi à se montrer plus claire au prix d'efforts surhumains : elle avait de l'eau chaude pour une tisane, souhaitait-il se joindre à elle pour regarder la finale ? Et à présent ils sont là tous les deux, à tromper leur solitude devant l'écran de télévision. Le plus dur reste sans doute à venir : faire comme si rien de tout cela n'était étrange. Regarder le match entre voisins. Entre homme et femme, Maori et Kiwi. Ils n'avaient jamais osé franchir ce pas. Pourtant Kai et Milly le faisaient sans cesse sans se troubler le moins du monde.

Le coup de sifflet retentit. Anaru porte la tasse brûlante à ses lèvres.

« Quelles sont les nouvelles de Kai ? demande Autumn. Il se plaît toujours à Edendale ? »

Voilà qui rétablit les choses, songe-t-elle. Parler de leurs petits qui sont devenus grands, ça les resitue l'un par rapport à l'autre. Les yeux en amande d'Anaru se mettent à briller.

« Il va venir passer un week-end dans la baie avant la fin du printemps.

— Avec sa femme ?

— Certainement.

— Tu dois être heureux. »

Il acquiesce. Bien sûr qu'il est heureux.

« Et Milly ? Comment va-t-elle ?

— Bien. Je crois même qu'elle va très bien.

— La Française ne te l'a pas trop changée alors ? »

Il y a de la malice dans ses prunelles noires.

« Si, concède Autum. Un peu.

— Ah…

— En mieux. Elle est… moins soucieuse. Je crois que c'est une bonne chose. On ne voudrait pas que ses enfants soient vieux avant l'âge, hein ? »

Anaru acquiesce au-dessus de sa tasse. Autumn ajoute :

« On ne voudrait pas qu'ils nous ressemblent trop, hein ?

— Non ! On est bien assez d'un exemplaire sur cette terre. »

L'écran de la télévision se rappelle à eux. Le match est lancé. Les commentateurs s'en donnent déjà à cœur joie. On décrit l'Angleterre comme un terrible adversaire, on présage un match serré. Anaru déplie ses jambes devant lui. Autumn se cale plus confortablement. *Ce n'est pas si terrible finalement*, se dit-elle. Peut-être que la prochaine fois, elle pourra lui faire son cidre chaud…

Au pub, Nils et Milly ne quittent pas l'écran des yeux, concentrés, tendus. De temps en temps ils échangent des commentaires sur l'action. Christie semble plus intéressée par le fait de discuter que par le match. Elle se penche vers Flore et chuchote au-dessus de sa pinte :

« Cet endroit est fantastique, tu as raison ! Je n'ai jamais pu me résoudre à le quitter après l'université. Mes parents vivent dans l'Otago près de Wanaka. C'est une belle ville construite au bord d'un lac et bordée de montagnes, mais on en fait vite le tour. Dunedin c'est autre chose. C'est plus cosmopolite. Elle a une âme…

— Elle me fait penser à l'Écosse.

— Et pour cause ! On l'appelle l'Édimbourg de Nouvelle-Zélande ! Tu sais qu'elle a été fondée par des colons écossais ?

— Ah oui ?

— Trois cent quarante-quatre Écossais arrivés en 1848. Mes ancêtres du côté paternel en faisaient partie – j'ai pu remonter mon arbre généalogique jusqu'à cette époque. Ils étaient envoyés par l'Église libre d'Écosse qui cherchait un nouvel endroit pour installer une colonie écossaise par l'intermédiaire de l'Otago Association. Les colons sélectionnés devaient répondre à des critères précis : être dans la fleur de l'âge, exercer des professions qui seraient utiles une fois sur place, être de jeunes couples mariés et fertiles. On acceptait également les jeunes femmes célibataires qui pourraient faire des enfants de manière à peupler les nouvelles terres. Mes aïeux sont partis en tant que jeunes mariés mais mon aïeule n'a pas survécu au voyage en mer, qui durait de longues semaines. Elle est tombée malade et personne n'a rien pu faire. Son mari, veuf, a trouvé une nouvelle épouse sur le bateau. Ils se sont unis quelques jours après leur arrivée et on leur a attribué une maison. Drôle d'époque, hein ? »

Christie est bavarde, Flore passionnée. Entre deux mêlées qui les distraient quelques secondes, Christie conte à Flore l'histoire de l'Otago, la ruée vers l'or de 1861 et les fortunes amassées qui ont permis de construire Dunedin.

« Désolée, je suis intarissable quand on me lance sur le sujet, lâche-t-elle. Déformation professionnelle.

— Tu travailles dans quoi ?

— Le service communication de l'office du tourisme de la ville. »

À la mi-temps, Nils commande de nouvelles bières. L'écran indique une légère avance de la Nouvelle-Zélande. Les conversations se mettent à enfler dans le pub et les trois anciens camarades d'université se penchent au-dessus de la table.

« Alors racontez ! s'exclame Nils. Vous devenez quoi ? »

Ils sont différents tous les trois : Christie et son enthousiasme débordant, son flot de paroles inépuisable, Nils et ses airs de baroudeur qui fait briller les yeux de Milly en lui montrant des vidéos sur son téléphone et Milly elle-même, plus silencieuse et discrète, qui ne raconte pas grand-chose de sa vie dans la baie.

« Je reviens des côtes australiennes, explique Nils. On y a passé deux mois. On a quatre cents heures d'images à monter. Le mois prochain, on embarque pour l'opération Myamba.

— Qu'est-ce que c'est ?

— On va s'occuper des tortues marines de Mayotte.

— Qu'est-ce qui leur arrive ?

— Sur le papier, elles sont dans une réserve marine protégée. Dans la réalité, quand elles reviennent sur la plage de leur naissance pour pondre leurs œufs, elles sont la proie des braconniers qui les attendent armés de machettes. Ils leur coupent la tête, les nageoires, ils ouvrent la carapace et récupèrent la viande qui se vend jusqu'à quarante euros le kilo au marché noir. Et les œufs qu'elles ont pondus pourrissent sur le sable. »

Milly, horrifiée, porte la main à sa bouche. Nils noie son amertume dans sa bière mais se reprend très vite, lui montre une nouvelle vidéo.

« On navigue là-dessus, tu vois. C'est un ancien baleinier norvégien. »

Et les yeux de Milly recommencent à briller de cette drôle de lueur que Flore ne lui a jamais vue.

« Il est reporter ? demande Flore à Christie.

— Il s'est engagé dans l'ONG Sea Shepherd. Tu connais ?

— Pas vraiment.

— C'est une ONG de défense des océans. Elle est particulièrement active dans la lutte contre la pêche illégale, la chasse aux baleines, aux dauphins, aux phoques et contre la surpêche industrielle. Ils mènent pas mal d'actions différentes sur terre et en mer. Nils fait partie d'une équipe en mer. Ils filment les bateaux en pleines pratiques illégales puis ils utilisent les images souvent chocs pour dénoncer leurs actions et faire pression sur les gouvernements. »

Nils intervient :

« “Nous sommes les pirates de la compassion face aux pirates du profit”, lance-t-il avec animation. C’est de Paul Watson, le créateur de l’ONG.

— Vos actions, est-ce qu’elles donnent des résultats ?

— Tu plaisantes ! Rien qu’en 2014 dans l’océan Austral, on estime avoir sauvé sept cent cinquante baleines des harpons japonais ! Et ce, seulement sur les côtes australiennes ! L’ONG agit dans le monde entier. Des bénévoles traquent les braconniers en Afrique de l’Ouest et de l’Est, dénoncent les massacres des baleines en Islande, des dauphins en France, aux îles Féroé et à Taiji, au Japon. On tente de protéger les tortues marines à Mayotte, au Costa Rica, au Nicaragua. »

Nils reprend son souffle. Milly attend, la bouche entrouverte.

« Et puis, sur terre, on organise aussi des actions partout : nettoyer les côtes, sensibiliser, informer, protéger les réserves naturelles… Si l’océan meurt, nous mourrons tous ! »

Christie pousse un long soupir, se tourne vers les filles.

« J’ai laissé tomber mon idée de faire carrière dans l’écologie… ça me minait le moral. À mon petit niveau je fais de la sensibilisation auprès des touristes. C’est mieux que rien… »

Le serveur revient avec les bières. Christie sort fumer avant la fin de la mi-temps. Nils raconte à Milly sa drôle de vie : ses missions en mer, ses retours sur la terre ferme où il regagne le domicile familial à Christchurch, l'esprit de camaraderie sur le baleinier, les missions de capture d'images en pleine nuit, parfois par mauvais temps, la peur, le danger, les attaques qu'ils subissent quelquefois, l'excitation, le sentiment de faire quelque chose de juste, de grand.

« Et toi, Milly ? »

Elle semble se tasser.

« Pas grand-chose. Je gère toujours le camping avec ma mère. »

Et Flore voudrait dire que c'est faux, que Milly fait beaucoup plus que cela, qu'elle nettoie la plage chaque jour, protège la baie de Curio mieux que personne, veille sur les phoques, les otaries, sensibilise les touristes à leur bien-être, qu'elle aussi fait quelque chose de juste et de grand. Mais Nils ne lui laisse pas le temps d'en placer une, il reprend son monologue enflammé et Flore retient un tic agacé. Elle n'aime pas qu'il fasse briller les yeux de Milly pour la faire se ratatiner ensuite.

On n'entend que le bruit des chips qui craquent sous les dents d'Anaru pendant la mi-temps et le sifflement de la bouilloire sur le feu.

« C'est un beau jeu, commente Autumn.

— Mais pas gagné d'avance, dit Anaru.

— Non. »

Puis chacun d'eux cherche quoi ajouter pendant que les publicités défilent. C'est Anaru qui se lance le premier :

« Mes fils pensent que je vais devenir gâteux en restant tout seul à la ferme. »

Autumn se trouve bien en peine de répondre, près de sa cuisinière.

« Ah ?

— Ils disent que la solitude finira par me griller les neurones, que le corps suivra mais qu'à force de ne plus parler je deviendrai sénile. Ils veulent que je déménage, que je m'installe près d'eux.

— Ah ? », répète Autumn, qui a l'impression qu'une pierre lui tombe au fond de l'estomac.

Si Anaru part, qui restera-t-il sur ce morceau de terre ? *Scrunch, scrunch*, font les chips dans la bouche d'Anaru tandis qu'Autumn retient son souffle.

« J'aimerais encore mieux prendre un chien que quitter ma ferme. »

Elle recommence à respirer à toutes petites bouffées. Des fois que ça lui porte malheur de se sentir soulagée trop vite.

« Un chien c'est bien, dit-elle.

— Un chien ça bouffe les oiseaux et ça effraie les phoques et les otaries.

— C'est vrai.

— C'est sans ma ferme que je deviendrais sénile. Sans ma ferme et ma baie.

— Pour sûr. »

Nouveau silence. Anaru froisse le paquet de chips, Autumn coupe le feu, récupère la bouilloire. Les publicités défilent à l'écran en sourdine.

« Milly a offert un jeu d'échecs à Kai comme cadeau de mariage, reprend Anaru.

— Ah ? Je ne savais pas.

— Kai l'a emporté à Endendale. Il a laissé l'ancien, celui avec lequel ils jouaient tous les deux en rentrant de l'école. Tu te souviens ?

— Oui. »

Elle revoit Milly et ses cheveux blonds emmêlés, ses pieds nus pleins de terre dans la cour d'Anaru. Kai et elle restaient rarement en place, ils étaient toujours en train d'explorer, de grimper, de creuser. Sauf quand ils se trouvaient devant un plateau d'échecs. C'était les seuls moments où ils ressemblaient à deux enfants sages.

« Les échecs, ça entretient les neurones. Ça empêche de devenir gâteux. »

Voilà Autumn qui attend, immobile, sa bouilloire à la main. Où veut-il en venir ? Il la fixe, comme s'il attendait une réponse.

« Milly prenait toujours les noirs et Kai les blancs. On peut garder ces couleurs, qu'en penses-tu ? »

Autumn ouvre la bouche, la referme, l'ouvre de nouveau, finit par lâcher :

« Maintenant ?

— Non. Un autre soir. À ta convenance.

— Je… D'accord.

— Les noirs donc ?

— Les noirs. D'accord. »

Anaru hoche la tête, étrangement sérieux.

« C'est une bonne chose. Pour nos neurones.

— Pour sûr. »

Il se tourne de nouveau vers la télévision. Autumn a les jambes étrangement flageolantes. *Bon sang, si les filles savaient ça…*

L'ambiance est peu à peu devenue brûlante dans le pub bondé. Les All Blacks ont marqué deux essais de suite au retour de la mi-temps, poussant l'avantage un peu plus loin. Les actions se sont enchaînées, une pénalité a fait reperdre trois points à la Nouvelle-Zélande. Le barman a juré tout haut. Puis le quart d'heure suivant un drop a fait rugir la salle. Nils a renversé sa bière en se levant d'un bond, acclamant le joueur, un Maori bien charpenté. Christie a épongé tout en se mordillant le pouce, gagnée par la fébrilité elle aussi.

« Prépare les pintes ! » a crié un garçon au barman.

Un groupe de filles s'est posté debout devant l'écran, s'agrippant les unes aux autres. Milly est restée calme, concentrée, mais Flore a bien senti qu'elle vibrait avec tous les autres.

Ils sont maintenant à la dernière minute de jeu. La tension est à son comble. La salle retient son souffle. Rien ne peut venir contrecarrer la victoire des All Blacks, pas même un essai transformé ou un drop des Anglais, l'avance des Néo-Zélandais est bien trop conséquente, mais on tremble quand même. Et si… ? On n'ose y croire. On sourit pourtant. On se prépare à se lever, à se serrer dans les bras. Puis l'arbitre siffle et alors la salle n'est plus qu'une marée humaine grouillante, rugissante, débordante. On se donne des accolades, on envoie valser les chaises, on crie à tue-tête. Flore rit sans trop savoir pourquoi. Juste parce que la joie partagée est toujours contagieuse. Elle se laisse étreindre par Nils, embrasser sur la joue par Christie, elle attrape la main de Milly, la serre dans la sienne.

« Une autre tournée de pintes ! » vocifère Nils.

Dans la baie, l'ambiance est plus calme. Anaru et Autumn terminent leur tisane d'hibiscus en commentant le match.

« C'est une belle victoire. Une belle Coupe du monde.

— Nous rapportons le trophée chez nous, enfin.

— Ce joueur, Adam Thomson, il n'est pas mauvais. Ce n'est pas Michael Jones évidemment, avec ses cinquante-six points en cinquante-cinq matchs, mais il se débrouille.

— Personne ne peut rivaliser avec Iceman. »

Ils acquiescent, sérieux comme des commentateurs sportifs, tandis que dehors résonnent quelques exclamations venues du groupe de camping-cars.

« Bon, ce n'est pas le tout… il est sans doute temps d'aller dormir…

— Je te raccompagne à la porte ? »

Ils se lèvent d'un même mouvement, se dirigent vers l'entrée. Ils ne sautent pas de joie, non, mais il n'y a pas à dire… ils ont la tête plus haute que tout à l'heure, quand Anaru est arrivé avec son échelle.

« Les vendredis c'est bien.

— Pardon ?

— Les vendredis, les filles partent souvent en balade en quad en fin de journée. Ça nous laisse le temps d'une partie ou deux.

— Va pour vendredi alors. »

Les cris de joie ont laissé place à la musique dans le pub. « The Final Countdown » rapidement suivie par « Desire » de U2. Tout le monde a rejoint la piste de danse improvisée, même les serveurs. Dehors des voitures klaxonnent, des passants se congratulent. Nils chante à tue-tête les bras en l'air. Christie filme la piste, radieuse. Flore respire à pleins poumons, renverse la tête en arrière, songe que ça fait une éternité qu'elle n'a pas dansé ainsi, juste pour danser, sans autre arrière-pensée. Tout près d'elle, Milly tourne sur elle-même. Son chignon s'est défait et ses mèches volent, fines, vaporeuses, transpercées par les rayons rouges de l'éclairage. Son front est couvert de gouttelettes de sueur. *Elle est belle quand elle danse*, songe Flore. Elle est comme la fumée, nébuleuse, éthérée. Est-ce la première fois qu'elle danse ainsi, sur une piste ? Il semblerait. Il y a cette innocence dans ses mouvements, comme si elle les esquissait pour la première fois. La foule crie :

And the fever, getting higher
Desire, desire
Burning, burning…

Dans les yeux de Milly les traînées de lumière rouge forment des vagues, les visages s'effacent, se fondent les uns dans les autres. Si elle continue de tourner, elle perdra l'équilibre. Elle sourit, elle a l'impression d'être dans l'océan, dans la baie, portée par le courant. C'est la même sensation : se laisser porter, chavirer tout doucement. Elle sent une main qui l'enserre. Quelqu'un la retient par le coude. Elle a trébuché. Nils.

« Tu es saoule, Milly Stevens ? »

Elle secoue la tête, le repousse. Oui, elle est saoule. Non. Peut-être. Et alors ?

« Viens, on va te commander un verre d'eau. »

Il l'entraîne vers le bar, hèle un serveur. Un verre d'eau glacée arrive entre ses mains. Elle le porte à son front. Nils parle, raconte quelque chose. Milly ne lâche pas la piste des yeux. Là-bas il y a Flore qui danse, les paupières closes. À quoi pense-t-elle ? À qui ? Va savoir. Peut-être est-elle simplement heureuse. Et Milly sourit. Sous son tee-shirt des All Blacks, elle porte le pendentif de Kai, la queue de baleine, et à côté l'anneau que lui a glissé Flore au bord de la falaise. Un anneau en or rose qu'elle se passe à l'annulaire dans l'obscurité, quand Flore dort, quand Autumn ne peut la voir. Et dans la pénombre elle observe sa main avec l'alliance et elle songe qu'un jour peut-être elle se mariera malgré les mises en garde amères de Flore, qu'un jour peut-être elle quittera la baie. Ça lui donne le vertige rien que de l'imaginer.

Quand elle rejoint la piste, elle n'a pas dessaoulé, au contraire. Elle se sent immense, invincible, eau et feu à la fois. Elle se plante devant Flore et elle attrape son visage entre ses paumes fraîches. Elle crie pour se faire entendre par-dessus la musique, elle crie des choses que Flore n'est pas certaine de comprendre tellement elles lui paraissent insensées ou belles, elle ne sait pas trop :

« Je pourrais t'aimer comme un homme.

— Quoi ?

— Je pourrais t'aimer comme un homme, de la même façon, je suis sûre que je peux y arriver.

— Qu'est-ce que tu racontes ? »

Derrière Milly, il y a Nils et son regard posé sur elle, un regard qui évoque à Flore celui de Quentin, de Paul et de tous les autres.

« Surtout pas ! crie-t-elle.

— Quoi ?

— Surtout pas. Je préfère que tu m'aimes comme une femme ! »

Milly cligne des paupières plusieurs fois.

« Comme une femme…

— Comme une fille de la mer. »

Elles échangent quelque chose qui ressemble à un sourire en plus fort. Elles sont tout près. Le nez de Milly frôle celui de Flore, tout doucement. Un hongi. Au milieu de la piste de danse. Sur un morceau des Kinks.

Yeah, you really got me now
You got me so I can't sleep at night…

Juste avant que la foule ne les sépare.

« Tu danses, Milly Stevens ? »

La main de Nils l'attrape, Milly tourne, tourne et tourne entre ses bras et chaque fois que Nils la récupère, elle cherche les boucles brunes au milieu de la piste.

Dans la voiture, Milly peine à garder les yeux ouverts. Le ronron du moteur la berce, l'obscurité l'apaise. Flore s'est assoupie contre la portière, derrière une cascade de boucles. Elle a replié une jambe contre elle, un bras sous sa tête, et Milly a du mal à se détourner de cette vision qui lui fait ressentir une tendresse incroyable. Elle a envie de passer un doigt sur son visage, de dessiner le contour de son menton, de ses sourcils, de ses lèvres. *Joli cœur endormi.* Qu'a-t-elle dit sur la piste de danse, déjà ? Qu'est-ce qu'il lui a pris ? Et qu'a répondu Flore ? « Je préfère que tu m'aimes comme une femme. » Elle rougit, reporte son attention sur la route. Où avait-elle la tête ce soir ? Le tableau de bord indique deux heures trente-cinq mais elle ne veut pas rentrer à Curio Bay. Pas tout de suite. La soirée a été chargée en émotions. Revoir Christie et Nils, se laisser envahir par les souvenirs de ces deux ans hors du temps à Dunedin, entre culpabilité et bonheur, écouter les récits de Nils, les baleines sauvées, les dauphins épargnés, les virées en mer et les risques courus… Elle a encore la musique du pub en tête et l'odeur de bière, la vision de Flore sur la piste. La victoire des All Blacks… bon sang, elle a presque failli l'oublier avec tout ça.

Elle étouffe un bâillement. Elle est épuisée et pourtant elle serait bien incapable de dormir. Quelque chose pulse dans ses veines, qui la rend fébrile. Alors l'idée se dessine de s'arrêter à Nugget Point avant de regagner la baie. La pouponnière des otaries. Au lever du soleil. C'est une excellente idée.

15

Flore se réveille avec les premières lueurs de l'aube, ne comprend pas ce qu'elle fait là, dans l'habitacle. Le véhicule est stationné sur un minuscule sentier et Milly s'est endormie sur le siège conducteur. Elle a mal partout, frissonne, elle est glacée. L'heure bleue est toujours la plus fraîche. Elle se redresse et quelque chose glisse de ses épaules. Un gilet fluorescent, probablement déposé par Milly. La seule chose qu'elle a dû trouver pour la couvrir. *Milly*… Qu'a-t-elle dit cette nuit sur la piste de danse ? Elle avait son regard fou et ses mains fraîches posées sur ses joues. *Milly, bon sang*… C'était juste avant que Nils ne l'entraîne, ne l'enlève, ne la fasse tourner. Flore chasse cette drôle d'impression, cette sensation d'avoir des fourmis dans les veines, pose le gilet sur le tableau de bord. Elle tente d'apercevoir quelque chose au-dehors car le mystère reste entier. Que font-elles ici ? Sont-elles tombées à court d'essence ? Pourquoi Milly ne l'a-t-elle pas réveillée ?

Elle pose la main sur son épaule, chuchote :

« Milly, qu'est-ce qu'on fiche ici ? »

Milly s'ébroue lentement, se frotte les yeux, se redresse en grimaçant, fait tourner sa tête pour assouplir sa nuque.

« Les otaries.
— Quoi ?
— On est là pour les otaries. »

Elle bâille. Alors que Flore s'apprête à l'interroger encore, elle ouvre sa portière.

« Viens. »

Elle s'éloigne déjà sur le sentier caillouteux dans sa robe de soirée et son tee-shirt des All Blacks. Flore la rattrape, encore un peu groggy.

« Quelles otaries ?
— La pouponnière.
— Qu'est-ce que tu racontes ?
— C'est ici qu'elles font leurs petits, qu'elles les élèvent. »

Pour Milly, cela semble être une explication suffisante à ce semblant de nuit passé sur un bas-côté.

Le sentier longe la côte escarpée. De temps en temps, un promontoire permet d'admirer la mer déchaînée se fracassant contre les rochers ou une plage de galets.

« On va loin ? »

Le sentier semble être un petit chemin de randonnée qui les mènera à un point précis.

« On en a pour une dizaine de minutes. »

Leur route suit le paysage vallonné, monte, redescend, serpente entre les collines, les contourne. Elles sont rapidement à bout de souffle. Flore se laisse distancer. Elle n'a pas la condition physique de Milly. Autour d'elles la nature s'éveille. Avec les premières lueurs, les oiseaux sortent des fourrés, poussent des cris.

« Qu'est-ce que c'est, ça ? »

Milly se retourne, amusée. Un oiseau tout droit sorti d'un bosquet court à vive allure derrière Flore, qui ne sait si elle doit s'en inquiéter ou non.

« C'est un wéka.

— Pourquoi il me poursuit ?

— Parce que tu es sur son territoire.

— Qu'est-ce que je dois faire ? »

Sa voix monte dans les aigus. Milly a de plus en plus de mal à refréner son rire.

« Arrête-toi. Tu vas voir, il va juste t'inspecter. »

Flore s'arrête, pas rassurée le moins du monde. L'oiseau, loin de s'affoler, se met à décrire des cercles autour d'elle, l'observe, pique du bec en direction de ses chaussures.

« Détends-toi, tu ne risques rien. »

Pour chasser sa nervosité, Flore déclare :

« Pendant un instant j'ai cru que ça pouvait être un kiwi.

— On les confond parfois à cause de leur drôle de posture penchée en avant, de leur long bec, de leur couleur. Mais les kiwis vivent la nuit, lui rappelle Milly, les wékas le jour. Autant les kiwis sont timides, autant les wékas sont curieux et effrontés. On ne les aime pas beaucoup ici.

— Pourquoi ?

— Ils sont territoriaux et ne craignent rien. Si un wéka décide d'élire domicile dans ta maison, il te sera quasiment impossible de le déloger. Non seulement il y restera mais il retournera tout sur son passage pour maîtriser son nouvel environnement.

— Tu m'étonnes qu'on ne les aime pas.

— Moi je les aime bien. Ce sont d'excellents nageurs. Les scientifiques rapportent des cas de wékas qui sont revenus à la nage sur leur île après avoir parcouru cent cinquante kilomètres ! »

Et pendant que Milly parle, l'oiseau se désintéresse de Flore, retourne vers ses fourrés où sont apparus trois de ses congénères.

« Allez viens, on y est presque. »

Flore reprend son chemin, mais de temps en temps elle se retourne pour s'assurer que le joyeux volatile n'est pas à sa poursuite.

C'est en gravissant les derniers mètres d'une côte que l'image se révèle tout à coup à elles : un cliché de carte postale. Sur un ciel orangé baigné par les premiers rayons du soleil se dessine un promontoire escarpé qui s'avance en saillie dans la mer, avec à sa pointe un phare. Un phare blanc, majestueux, coiffé de noir. Autour du cap, sortant des flots turquoise, jaillissent une multitude d'îlots rocheux : les Nuggets – « pépites » en anglais.

« Waouh… ça… je suppose que ça vaut les fjords. »

Milly se contente de sourire. Le soleil levant dessine des filaments dorés dans ses cheveux.

« Tu as devant toi l'une des vues les plus emblématiques des Catlins, une de celles qui figurent dans les guides touristiques.

— Mais là on a le cri des oiseaux et les nuages qui se déplacent dans le ciel, la lumière qui change, le vent frais dans les cheveux, le bruit des vagues. C'est plus beau qu'une photo de guide touristique. »

Flore a les yeux qui brillent. Milly déclare :

« Et si tu te concentres sur la mer, tu pourras peut-être apercevoir une baleine.

— Vraiment ? Une de celles qui fredonnent à voix basse ?

— Une de celles-là.

— Et des hoihos, il y en a ici ?

— Oui. Mais pour le moment, ce sont les otaries à fourrure et leurs petits qu'on va tenter de trouver. »

Flore tourne sur elle-même, inspire l'air brumeux à pleins poumons. Milly l'observe, songe que Kai avait cette même excitation enfantine, cette même spontanéité.

« La disparition des hoihos, tu disais qu'on ne pouvait rien y faire ! » lance soudain Flore en faisant volte-face.

Milly s'arrête, prise de court.

« Eh bien ?

— C'est faux. Ton ami Nils, il a trouvé un moyen d'agir contre les hommes en mer, non ?

— Pardon ?

— Avec son ONG… Ils parviennent à empêcher ça, à faire en sorte que les filets de pêche arrêtent de tout rafler, sans distinction aucune.

— Oui », dit simplement Milly.

Flore la scrute, tente de noter le moindre tressautement sur son visage, mais elle reste impassible. Elles reprennent leur chemin et d'un coup Flore lâche :

« Tu avais les yeux qui brillaient.

— Quoi ?

— Tu y as pensé. Avoue que tu y as pensé.

— Je ne sais pas de quoi tu parles. »

Flore secoue la tête. Elle n'insiste pas. Pourtant elle est certaine que c'est ce que Milly avait en tête quand Nils parlait et qu'elle buvait ses paroles : elle pouvait agir plus largement elle aussi, sauver d'autres espèces ailleurs que dans la baie, unir ses forces à celles d'autres bénévoles, faire les choses en plus grand. Sans doute a-t-elle refréné cette idée folle à peine née mais Flore a vu…

« Ils sont encore loin tes bébés otaries ?

— Non… On y est presque. »

C'est sur une plateforme en bois, à flanc de falaise, qu'elles découvrent en contrebas la colonie d'otaries à fourrure. Au milieu des rochers noirs, les femelles se prélassent, un œil toujours ouvert, fixant les flaques où leurs petits plongent, se roulent, barbotent, se frottent mutuellement le museau, bondissent, crient. Plus loin, deux jeunes se hissent en haut d'un rocher au prix d'immenses efforts puis ils se risquent dans les vagues, disparaissent emportés par les flots pour réapparaître quelques secondes plus tard. Là-bas, deux autres semblent s'affronter, ils se redressent sur les pattes arrière, se repoussent.

« Ils se battent ?

— Non, ils jouent. »

La pouponnière ne pourrait pas mieux porter son nom. C'est un véritable spectacle de cour de récréation qui se déroule sous leurs yeux. Ça s'agite, ça chahute, ça s'éclabousse, ça se prélasse avant de se taquiner. Quand un des petits s'éloigne trop loin en mer, une des otaries adultes se lève, plonge dans les flots, l'escorte pour regagner les rochers. Tout près, le phare veille.

Flore songe qu'elle a vu plus de choses extraordinaires en trois mois ici qu'en toute une vie. Milly consulte sa montre à regret.

« On va devoir rentrer… Maman… »

Elle ne termine pas sa phrase. À l'heure qu'il est, Autumn doit ouvrir le rideau métallique de la supérette, fixer la route des yeux, refréner la vague d'angoisse qui monte à l'idée que sa fille n'est pas rentrée. Elle vérifiera le réseau sur son téléphone portable et essaiera sans doute d'appeler.

« Laisse-moi prendre quelques photos, d'accord ? »

Flore emprisonne quelques images des bébés jouant, découvrant le monde. Ils sont neufs, innocents. C'est le début d'une vie qui apportera son lot de surprises. Bonnes ou mauvaises. Peut-être les enverra-t-elle à sa mère avec quelques mots pour la rassurer, du genre : *Je vais bien, regardez qui j'ai pour compagnie ce matin au réveil. Je vous embrasse.* Rien d'autre. Pas besoin de P-S, pas besoin d'évoquer les papiers du divorce, les accusations de Paul, la conversation qu'ils n'ont pas terminée, la terrible vérité qui doit commencer à s'imposer dans leur esprit. Des bébés otaries en guise d'aveu et de mots d'amour, c'est bien suffisant. Si elle avait eu un enfant, ça aurait suffi.

Elles ne parlent pas beaucoup au retour, terrassées par la fatigue, apaisées par la beauté de cette aube. Seulement quelques mots échangés comme des murmures :

« C'était beau ?

— Comme tout ce que tu me montres, Milly.
— Ce n'est pas moi, c'est la nature, les Catlins…
— On reviendra ?
— Si tu veux. »
Alors qu'elles approchent de la baie :
« J'y ai pensé, c'est vrai. »
Flore se redresse, l'interroge du regard.
« À l'ONG… à m'engager… »
Un silence s'installe, qui engloutit tout. Le regard de Milly est fuyant.
« Et ?
— Ce serait de la folie.
— Milly…
— Ce serait de la folie, ça, tout le reste…
— Tout le reste ? »
Milly déglutit, se cramponne au volant. *T'aimer comme un homme, comme une femme…*
« Tu me plantes de drôles d'idées dans la tête. »
Flore sourit, dépose un baiser sur son épaule, comme ça, sans y penser.
« De drôles d'idées, c'est bien. C'est mieux que des idées noires, non ? »
Elle sourit toujours, et Milly finit par l'imiter. Sur le volant, leurs doigts s'entremêlent, s'accrochent. Ni l'une ni l'autre ne songe à les retirer jusqu'à ce que le panneau du camping apparaisse. Alors Milly déclare :
« Maman doit être inquiète. Je n'ai plus de batterie depuis hier soir… »
Et elle retire sa main. Mais il n'y a aucune trace d'Autumn nulle part autour du baraquement. Les volets sont encore fermés. La supérette aussi.
« Tu veux que j'entre avec toi ? »

Flore accompagne Milly sur le palier de la maison car elle la sent excessivement préoccupée.

« Elle n'a jamais raté l'ouverture de la supérette. Même souffrante… »

Dans son esprit se dessinent des pensées, noires celles-là, qui l'ont longtemps habitée : *C'est entièrement de ma faute. Je l'ai abandonnée et elle a cru que je ne l'aimais plus, qu'elle ne comptait plus pour personne. Elle a commis l'irréparable.* Mais Flore est là, comme Kai était là quand elle rentrait de Dunedin la boule au ventre, priant pour qu'Autumn n'ait rien fait de regrettable, obnubilée par sa solitude et son chagrin. Et, comme Kai le faisait, c'est Flore qui pousse la porte et la précède à l'intérieur. Les vendredis soir, elle trouvait sa mère attablée, attendant les coudes sur la table, comme si elle avait passé la moitié de la journée assise là, à scruter la porte, et cette vision la rassurait autant qu'elle la déchirait.

Mais ce matin, Autumn n'est pas dans la pièce à vivre et le cœur de Milly se serre jusqu'à devenir douloureux.

« Maman ? »

Sa voix étranglée résonne.

« Maman ? »

Puis un bruit s'élève. Quelque chose qui tombe. Un juron.

« Maman ? »

Des ressorts grincent. Un frôlement de tissu. Puis des pas sur le carrelage froid, étouffés par des pantoufles. Une porte s'ouvre. Autumn apparaît sur le seuil de sa chambre dans un pyjama bleu marine, les cheveux ébouriffés.

« Milly ? Tu rentres à l'instant ? »

Les yeux d'Autumn, encore gonflés de sommeil, captent les rayons du soleil à travers les volets.

« Quelle heure il est ? »

Elle cherche l'horloge murale du regard, la trouve. Ses yeux s'écarquillent.

« Bon sang, sept heures quarante-cinq ! Tu as ouvert la supérette ? L'accueil ? »

Milly secoue la tête, aussi sonnée que sa mère qui s'agite maintenant dans tous les sens, prend une veste, l'enfile, ouvre un volet, s'interrompt.

« Je n'ai pas vu l'heure ! D'habitude, je suis réveillée avec les premiers rayons mais là rien ! Je vais ouvrir la supérette, sortir les combinaisons et les planches de surf ! Vous pouvez me faire un café ? »

Et Autumn disparaît dans ses pantoufles fourrées, claque la porte derrière elle. Flore se dirige vers le plan de travail, ouvre le placard, sort le sachet de café, les filtres. Derrière elle, Milly n'a pas bougé, égarée.

« Qu'est-ce qu'il se passe ? Tu crois qu'elle est malade ? »

Devant la machine à café, Flore sourit, de plus en plus amusée.

« Ta mère va bien.

— Quoi ? »

Flore lui désigne les deux tasses dans l'évier, la bouilloire, les feuilles d'hibiscus infusées qui reposent dans une coupelle, le paquet de chips froissé.

« Ta mère a eu de la visite hier soir, c'est tout. »

Milly fixe les vestiges de la petite fête les yeux ronds, secoue la tête.

« Pas possible… Ma mère… qui veux-tu qu'elle invite ?

— Anaru ?

— Anaru, impossible ! Ils ne font pas ce genre de trucs… Ils sont voisins, cordiaux, c'est tout. »

Flore actionne la machine à café qui se met à ronronner doucement. Les premiers effluves envahissent la cuisine.

« Pourtant l'échelle qui traîne devant le baraquement…

— Eh bien ?

— Il me semble bien l'avoir vue chez Anaru, sous le préau. »

Milly vérifie à la fenêtre : une échelle repose bien là, contre le mur. Elle laisse échapper un rire incrédule, un rire de petite fille.

« Ma mère et Anaru, amis…

— Amis ? Amants tu veux dire ! réplique Flore, taquine.

— Arrête ! »

Milly hoquette, effarée. Et Flore se délecte, en rajoute une couche juste pour la faire crier :

« Amants torrides, oui ! Que crois-tu qu'ils ont fait avec l'échelle ! »

Milly la bâillonne, rit à gorge déployée et, s'il n'y avait pas eu l'ombre d'Autumn qui passe et repasse devant la fenêtre, pressée, paniquée, peut-être se seraient-elles embrassées là, dans la cuisine, au milieu des effluves de café, pour faire taire enfin toutes ces drôles d'idées qui germent dans leur tête. Peut-être…

16

Autumn vérifie l'heure à sa montre. Vingt heures pile. Elle se redresse, épaules basses. La porte est d'un bois laqué dont le vernis s'est effrité au fil des années. La sonnette hors service. Elle n'a jamais été réparée. Une cloche a été installée pour la remplacer mais Autumn ne s'en est jamais servie. Elle préfère toquer, c'est moins intrusif. Des pas se font entendre puis la poignée tourne et enfin le battant bascule. Anaru est là, vif, rapide, comme s'il attendait, un œil sur la pendule depuis de longues minutes.

« *Kia ora.*

— *Kia ora.* »

Il a mis une chemise blanche rentrée dans son pantalon de toile gris. À ses pieds, des souliers vernis qu'il a lustrés. Autumn lui tend un thermos chaud.

« Je viens de le sortir du feu.

— Qu'est-ce que c'est ?

— Mon cidre chaud aux épices. Les filles en raffolent.

— Viens. Entre. »

Si surprenant que cela puisse paraître, Autumn n'a jamais mis les pieds à l'intérieur de la maison d'Anaru. Toutes ces années, elle est restée sur le palier, déposant fruits, légumes, outils sur le paillasson avant de repartir, ou alors elle le trouvait au jardin. Les rares fois où ils se sont assis pour discuter, ils s'installaient sous le préau, dans les fauteuils en osier. Alors elle scrute, les yeux partout. Un corridor sombre, un carrelage beige, des portes fermées, puis ils débouchent sur une large pièce à vivre. Une longue table en bois en occupe la majeure partie, entourée de six chaises. C'est sans doute ici qu'Anaru, sa femme et leurs trois fils prenaient leurs repas, des repas bruyants, pleins de vie, contrairement à ceux qu'Autumn, Dan et Milly partageaient. Au milieu de la table trône un gros bouquet de fleurs sauvages. Des lupins mauves, des fleurs de kanuka blanches et quelques brins de tussack jaunes.

« Ça vient des filles, indique Anaru en surprenant le regard d'Autumn.

— Ah ?

— Elles sont passées me voir avant de partir en quad. Comment s'appelle la Française déjà ?

— Flore.

— Flore. Elles avaient cueilli ce bouquet qu'elles m'ont déposé. Elles sont reparties en refusant la tisane que je leur proposais, bras dessus bras dessous. Elles avaient l'air pressées.

— Elles allaient voir les manchots. »

Anaru dépose le thermos sur la table. Autumn reprend son observation. Plus loin, deux larges fauteuils devant une cheminée. Quelques photos de famille aux murs. Anaru et sa femme, qu'Autumn n'a jamais réellement connue. Quand Dan et elle se sont installés dans la baie, elle était déjà très malade. Elle ne quittait que rarement le corps de ferme. Autumn se souvient d'une belle femme entraperçue une fois ou deux, portant un turban sombre pour masquer son crâne chauve. Elle berçait Kai dans un fauteuil en osier sous le préau. Elle est décédée alors que Kai faisait ses premiers pas. La femme de la photographie arbore une longue chevelure noire et épaisse. Pour le reste, Autumn reconnaît ses yeux vifs et son tatouage tribal autour de l'œil gauche. Sur un autre cliché on voit les trois fils alignés par ordre de taille, l'aîné a sept ans, Kai marche à peine. Plus loin, des portraits de mariage : celui du couple – Anaru y a les cheveux longs, attachés en catogan –, puis les noces de chacun des trois fils, illustrant le temps qui passe irrémédiablement. La plus récente, tout juste placardée, représente Kai et Amaia devant l'arche de bambou face à l'océan. Le dernier fils marié, voilà. *Que peut-il rester à espérer pour Anaru ?* songe Autumn avec une certaine mélancolie. *Des petits-enfants, sans doute. Oui, des petits-enfants c'est bien, c'est la vie, les cris de nouveau, les premiers pas, les goûters, les petits soldats et les ballons qu'on ressort de la vieille malle.*

« Mets-toi à l'aise », lui dit Anaru avant de disparaître dans la pièce voisine.

Autumn abandonne les portraits de famille, se tourne vers le dernier recoin de la pièce à vivre qu'elle n'a pas encore inspecté, celui qui laisse entrer la lumière déclinante de cette fin de journée. Devant une large fenêtre, un buffet semble avoir été déplacé, comme en témoignent les moutons de poussière au sol et les traces noires laissées par les patins. Un guéridon occupe l'espace libéré, drapé d'un napperon et entouré de deux tabourets. On y a installé une jolie boîte en bois de cèdre qu'Autumn a vue cent fois. Celle-là même que Milly et Kai ouvraient de temps en temps pour se reposer de leurs explorations. À côté de la boîte, sur le napperon de dentelle, Anaru a soigneusement déposé ses lunettes et un chiffon pour nettoyer les verres.

« Je l'ai sorti du grenier », lance-t-il dans son dos.

Il revient de la cuisine avec un plateau sur lequel se trouvent deux tasses en terre cuite, les moins ébréchées qu'il ait trouvées.

« Le guéridon, précise-t-il. J'ai pensé que… je me suis dit qu'on serait mieux que sur la table à manger… avec la lumière naturelle. C'est mieux pour la concentration. »

Autumn acquiesce et le regarde poser le plateau sur la table en bois puis verser le cidre brûlant dans les tasses avec son application habituelle.

« Voilà », dit-il en lui tendant la sienne.

Puis, jetant un coup d'œil par la fenêtre :

« Nous devrions commencer avant que le soleil ne décline totalement. »

Et ils s'assoient, avec un cérémonial empreint de sérieux et de concentration, Anaru lissant sa chemise blanche et chaussant ses lunettes, Autumn aplatissant la dentelle blanche du napperon avant d'ouvrir la boîte en cèdre.

« Toi les blancs, moi les noirs ? »

Anaru acquiesce, trempe ses lèvres dans le cidre.

« Eh bien à toi l'honneur », déclare Autumn en disposant le dernier pion blanc.

Dans le salon d'Anaru, une pendule égrène les secondes lentement, les doigts hésitent, frottent un menton, se dirigent vers un pion, hésitent encore, se ravisent, en saisissent un autre.

« À toi », disent-ils à tour de rôle en se redressant.

Autumn se souvient de Milly, du haut de ses dix ans, qui expliquait qu'elle avait vaincu Kai en prenant en otage une de ses pièces. Au lieu d'attaquer, elle manœuvrait pour neutraliser son pion pendant un certain temps. Elle prenait le risque de faire capturer sa propre pièce mais elle s'en moquait car elle était sûre de prendre celle de Kai le coup d'après. Autumn se masse les tempes. Tout cela lui semble éminemment compliqué. Anaru de son côté s'emmêle les pinceaux. Il se souvient d'un conseil que Kai donnait à Milly : « *Ne déplace pas ta reine trop tôt ! Tu vas la rendre vulnérable !* » *Mince*, se dit-il. *Je l'ai déjà déplacée trois fois*. Autumn va la manger toute crue, c'est sûr. Puis il surprend un soupir de son adversaire, son air dépité.

« Pas facile, hein ?

— Tu l'as dit…

— Il va falloir décrasser nos neurones.

— Je vais nous reverser du cidre.

— Bonne idée. »

Le soleil se couche et ils ne s'aperçoivent pas tout de suite qu'ils jouent dans la pénombre.

Le quad ralentit. Milly décroche déjà son casque d'une main tout en scrutant le baraquement.

« Je te l'avais dit ! s'exclame Flore, victorieuse.

— Tu n'en sais rien.

— J'en sais qu'elle n'est pas là. »

Milly n'a pas coupé le moteur que Flore saute déjà de l'engin. Elle court aux fenêtres du baraquement, colle son nez aux vitres. Pas la moindre lueur d'une bougie, pas d'éclat bleuté de l'écran de la télévision.

« J'ai gagné ! »

Milly la rejoint d'un pas plus lent.

« Je veux vérifier de mes propres yeux. »

Elle doit se rendre à l'évidence : Autumn n'est pas là et la théorie de Flore est de plus en plus crédible. Tout à l'heure, avant de se rendre à la plage de boue volcanique, elles sont allées saluer Anaru. Elles l'ont trouvé en plein réaménagement de son salon. Un plumeau dans une main, un chiffon dans l'autre, il tentait de redonner un coup de neuf à un vieux guéridon sorti d'on ne savait où. Il avait déplacé son lourd buffet qui trônait au beau milieu de la pièce. Un jeu d'échecs attendait sur le sol on ne savait quoi. Milly l'a longuement fixé et elle a demandé avec un drôle de tremblement dans la voix : « Kai revient ?

— Non. C'est pour moi. Je joue avec son ancien échiquier. »

Milly n'a rien dit, s'est contentée de déposer le bouquet de fleurs sauvages. Mais Flore voyait bien qu'elle était toute tourneboulée par la vision de l'échiquier de Kai et elle a pris les paris en sortant, plus pour la faire sourire qu'autre chose : « Un fondant au chocolat qu'Autumn et Anaru ont rendez-vous ce soir pour une partie d'échecs.

— Alors là, ça m'étonnerait !

— Un fondant au chocolat si je perds et toi ?

— Moi… ?

— Tu dois bien savoir cuisiner quelque chose, non ?

— Un pinot noir de Cromwell.

— Non ! Par pitié ! Plus jamais !

— Maman a reçu des nouvelles bouteilles.

— Pas bouchonnées ? Pas vinaigrées ?

— Promis. » Et elles ont ainsi conclu le marché.

« Tu fais quoi ? » lance à présent Milly.

Flore accroche son casque au guidon du quad, s'éloigne dans les hautes herbes.

« Je sors les verres à pied. Ne traîne pas ! »

Le camping est comble. La pleine saison a bel et bien démarré. Plus un emplacement disponible. L'autre jour, Autumn a même dû refuser un couple. La baie est bruyante désormais du matin au soir mais cela ne semble pas déranger les phoques et les otaries qui continuent de se prélasser au milieu des allées, insensibles à l'agitation. Sur la plage de boue volcanique, les touristes étaient au rendez-vous également ce soir. Appareils photo autour du cou, téléphones portables tendus droit devant. Les manchots n'ont pas pris le temps de se recoiffer les plumes ou de barboter avant de regagner les fourrés. Le monde les indisposait. Bientôt l'été sera là et ce sera pire mais les dauphins nageront dans la baie et Milly pense qu'il n'y a pas plus belle saison que celle où les dauphins reviennent. Alors peu importe…

Elle fait le tour de la maison par acquit de conscience, encore interloquée qu'Autumn ait déserté. Elle a laissé un mot sur la table, en évidence, un mot qui ne laisse aucun doute.

Les filles, si vous me cherchez, suis chez Anaru.

XXX

Et Milly sourit parce que d'ordinaire les mots ne s'adressent qu'à elle. Pas celui-là. *Les filles*. Désormais elles ne sont plus deux, elles sont toutes les trois : Autumn, Flore et elle. Trois femmes au bout du monde.

Alors elle récupère le mot, le plie soigneusement avant de le glisser dans sa poche. C'est un joli souvenir à garder pour les mauvais jours, car il y en a toujours. Un souvenir de cette soirée de printemps où Autumn jouait aux échecs chez Anaru, où Milly et Flore partaient en quad et faisaient des paris stupides.

Flore repousse la grande enveloppe qui encombre la table, les feuillets qui s'en sont échappés. Elle essaie de ne pas voir l'en-tête. « Juge aux affaires familiales ». Elle balaie ça comme elle veut balayer tout ce à quoi cela la ramène. Paul a écrit un SMS il y a deux jours, bref, impersonnel : « Tu as du courrier en poste restante. » Elle n'a su que répondre, n'a rien répondu. Elle s'est demandé ce qu'il avait bien pu imaginer maintenant qu'il avait pris le parti de la détester. Et elle se serait attendue à tout sauf à ça. Pas de missive de son avocat la priant de se présenter en audience à l'autre bout du monde, pas de nouveau cliché… mais un courrier du juge aux affaires familiales l'informant que Paul avait annulé sa demande de divorce pour faute. Elle en est restée hébétée. À quoi ça rimait tout ça ? Dans l'enveloppe, il y avait un autre feuillet, autrement plus déconcertant. Un résultat d'analyses médicales. Dépistage des infections sexuellement transmissibles : VIH, syphilis, lymphogranulomatose vénérienne, gonococcie, condylome, chlamydia… Des termes barbares qui hurlaient tous : *salope, traînée, pute !* Dans la colonne de droite, le mot « négatif » répété dix fois. Le dernier document était une lettre de Paul :

Flore,

Tu m'auras au moins épargné une IST… C'est mieux que ce que j'espérais. Mieux que ce que ma mère prédisait…

J'ai annulé la demande de divorce pour faute. Je te suggère un divorce par consentement mutuel. Nous n'aurons pas besoin de passer devant le JAF et de laver notre linge sale en public. Il suffira de faire établir une convention par nos avocats (tu trouveras une carte de visite au fond de l'enveloppe, c'est un confrère à moi, il te fera ça à distance avec des honoraires corrects). Je déposerai ladite convention chez le notaire. Nous en aurons terminé de ce mariage avant Noël.

Bien à toi,

Paul

P-S : Au cas où tu te le demanderais, je ne le fais pas pour toi. Tes parents m'ont brisé le cœur avec leur innocence bornée. Je n'avais pas envie de piétiner l'image si chaste qu'ils avaient de toi.

Elle fait disparaître les feuillets, l'enveloppe, tous ces souvenirs au-dessus du réfrigérateur, là où personne n'ira plus les chercher. Puis elle sort deux verres à vin, les pose à côté du bouquet de fleurs sauvages qu'elles ont cueilli cet après-midi et, le cœur tout chaviré, elle attend Milly.

Milly entre en courant d'air, pose le pinot noir sur la table.

« Deux bouteilles ? Pourquoi deux ?

— Au cas où la première serait bouchonnée. »

Flore déplie le tire-bouchon, se charge de remplir les verres.

« Je peux te faire un thé ou un café si tu préfères…

— Non, ça va. Je vais trinquer avec toi.

— À quoi ?

— À nous trois dans la baie. »

Flore songe que c'est une sacrée bonne raison de trinquer, en effet. Elles s'installent dehors, sur la petite marche devant le bungalow. L'air est encore tiède bien que la nuit soit tombée. C'est un des charmes des Catlins au printemps, la douceur du climat.

« À nous trois, déclare-t-elle en tendant son verre à Milly.

— À ma mère qui fait enfin mentir son prénom.

— Qu'est-ce que tu veux dire ?

— J'ai toujours pensé que ma mère portait à merveille son prénom parce qu'elle était aussi crépusculaire et mélancolique que l'automne. Mais maintenant je crois qu'elle se transforme en printemps. Non ?

— Un printemps un peu frais mais qui se réchauffe tout doucement. »

Elles sourient avant de tremper leurs lèvres dans le vin.

« Le printemps met du temps à arriver aux Catlins, déclare Milly. C'est parfaitement normal.

— Mais quand il est là, il est doux, non ?

— Doux et plein de promesses. »

Elles restent ainsi quelques instants, avec leurs verres de vin, leurs yeux qui accrochent le ciel et leur épaule l'une contre l'autre. Depuis la baie s'élèvent les échos d'une fête improvisée mais ni l'une ni l'autre n'y prêtent attention.

« Le vin n'est pas mauvais ? » demande finalement Milly.

Flore sursaute. Elle s'était mise à songer à Paul malgré elle, aux analyses sanguines, à ses mots…

« Non. Il est même très bon. »

Puis, se tournant vers Milly, elle cherche sa main, la prend dans la sienne.

« Raconte-moi une jolie histoire.

— Quelle histoire ?

— N'importe laquelle. »

Milly réfléchit. Flore déclare :

« La Mère Terre et le Père Ciel. Tu ne l'avais pas terminée. Ils venaient d'être séparés par leurs enfants, faisant naître l'ocre et les nuages. »

C'est une belle nuit. Le ciel est dégagé, clair, la traînée de la Voie lactée parfaitement visible. Milly s'exécute et sa voix vient compléter le tableau, ajouter un peu d'éclat aux étoiles :

« La lumière était donc entrée et le monde créé avec ses rivières, ses lacs, ses mers, ses nuages et ses terres ocre. Mais souviens-toi, Tawhirimatea, le dieu des Vents et des Tempêtes, était contre la séparation de ses parents. La guerre ne pouvait donc qu'éclater dans la fratrie. Dans un accès de colère, Tawhirimatea s'envola rejoindre son père et s'arracha les yeux… »

Flore frissonne. Milly sourit.

« Puis il les jeta au ciel, créant la constellation Matariki que tu connais sans doute sous le nom de Pléiades. »

Flore lève les yeux mais Milly l'arrête.

« Dans notre ciel, on ne la voit qu'une fois par an, à l'heure du solstice d'hiver de l'hémisphère Sud. Quand Matariki se lève, elle annonce l'hiver et le Nouvel An du calendrier maori. Alors, durant la nuit où elle est visible, les Maoris se réunissent et il est de tradition de nommer ses proches défunts afin de les aider à atteindre le plafond céleste. »

Milly laisse passer un temps de silence avant de reprendre :

« Tawhirimatea, dieu des Vents et des Tempêtes, créa donc la constellation Matariki et rejoignit son père, promettant à ses frères et sœurs de les punir pour avoir éloigné le Ciel de la Terre. Pour tous les vaincre, il réunit ses enfants.

— Il avait des enfants ?

— Bien sûr, les différents vents et nuages.

— Bien entendu…

— Il envoya tempêtes, tornades et ouragans, accompagnés de pluies longues et continues, de brouillards et de brumes terribles. Une véritable apocalypse qui provoqua l'inondation de vastes étendues sur terre. Et ce n'est pas tout... Après ça, il s'attaqua à son frère TaneMahuta, le dieu des Forêts et des Oiseaux. Il laissa les insectes manger les troncs et détruisit tous les arbres ainsi que leurs oiseaux.

— Ce n'était pas un type cool, ton Tawhirimatea.

— Non... Après, il s'attaqua à Tangaroa, un autre de ses frères, qu'il envoya plonger dans les océans. Tangaroa devint ainsi dieu de la Mer et père des créatures qui y vivent. Ses petits-fils, terrifiés par Tawhirimatea, craignant son courroux, décidèrent de fuir. Itakere rejoignit l'océan et devint le père des poissons. Tute-Wehiwehi se réfugia dans la forêt calcinée et devint père des reptiles. Puis Tawhirimatea s'attaqua à RongoMatame et à Haumiatiketike qui se cachèrent dans la terre, dans le sein de leur mère, jusqu'à ce que la tempête cesse. Le premier devint dieu des Aliments cultivés... »

Flore retient avec peine son hilarité :

« Vraiment ? Il existe un dieu des Aliments cultivés ?

— Parfaitement. Un dieu des Aliments cultivés et de la Paix. Et le second devint dieu de la Fougère et des Aliments non cultivés. »

Cette fois, Flore rit à gorge déployée et Milly l'imite.

« Inclinez-vous devant moi, ô fidèles, je suis le dieu de la Fougère ! » scande Flore en bombant le torse.

Elles tentent de reprendre leur sérieux, plongent dans leur pinot noir mais rient encore.

« Honorez-moi, dieu des Aliments en conserve et des Surgelés, dieu du Rayon frais et de la Paix dans le monde ! »

Milly s'esclaffe de plus en plus fort, renverse une partie de son vin sur ses chaussures et les hoquets de rire reprennent de plus belle. Paul est bien loin.

« Je vais nous remplir nos verres », déclare Flore.

Mais Milly se lève avant elle.

« J'y vais. »

Quand elle revient, elle a la bouteille de pinot noir dans une main et un brin de kanuka dans l'autre qu'elle a piqué dans le bouquet. Elle s'accroupit devant Flore et glisse la tige de fleurs blanches entre ses boucles. Puis elle reprend sa place sur la marche.

« Qu'est-ce que c'est ? demande Flore en frôlant le brin.

— Te voilà maintenant dieu des Aliments en conserve *et* du Kanuka », réplique Milly.

Elle remplit leurs verres aussitôt pour ne pas montrer son trouble : elle se sent toujours fébrile quand Flore a des pétales dans les cheveux.

« Dieu du Kanuka. C'est joli. Ça me plaît. »

Un silence doux les enveloppe. Flore pose sa tête sur l'épaule de Milly.

« Et la suite ?

— La suite, la suite… »

Milly tente de retrouver le fil, d'oublier les fleurs, les boucles sur son épaule, les drôles d'idées dans sa tête.

« Tawhirimatea s'en prit à son dernier frère, Ruaumoko, qui se réfugia dans un volcan et devint le dieu des Volcans et des Tremblements de terre. »

Pendant que sur le terrain de camping Milly raconte la mythologie maorie à Flore, dans la ferme d'Anaru la troisième partie d'échecs de la soirée prend fin. Autumn vient de remporter la belle mais de justesse. Anaru lui tend la main, solennel. Ils se saluent comme de vrais professionnels, font racler leurs chaises en se levant.

« Bon, y a pas à dire, ça fait travailler les neurones, soupire Autumn en se massant les tempes. J'ai l'impression qu'on vient de me passer le cerveau à la machine à laver.

— Je crois que je vais m'endormir plus vite que jamais », confirme Anaru.

Un léger silence. Il retire ses lunettes, se lance :

« Je me disais… on devrait alterner entre les noirs et les blancs à chaque partie.

— Tu crois ?

— Statistiquement les blancs gagnent toujours un peu plus que les noirs.

— Ça ne s'est pas vérifié ce soir. »

Anaru hésite. Est-ce une pointe de taquinerie ? Il ne saurait le dire. Autumn et lui n'ont jamais plaisanté ensemble. Ils n'en ont jamais eu l'occasion, et puis il y a toujours eu cette barrière… Sentant le trouble qu'elle a créé, Autumn se hâte d'ajouter :

« Pourquoi Milly et Kai n'alternaient pas ?

— Milly refusait d'avoir l'avantage.

— Vraiment ?

— Elle disait qu'une victoire des blancs valait moins qu'une victoire des noirs et que ses victoires devaient être totales.

— Et que répondait Kai ?

— Kai ne l'aurait jamais contredite. »

Il a un drôle de ton en disant cela.

« Milly était et restera une femme à part. Kai en avait pleinement conscience.

— Et pourquoi cela ? lance Autumn, sur le qui-vive.

— C'est simple : elle nageait aussi bien et aussi loin que lui, communiquait avec les dauphins mieux que lui, le suivait dans la moindre de ses explorations sans un soupçon de peur et le battait aux échecs. Elle avait tout d'une guerrière maorie et pourtant elle était fille de colons.

— Qu'est-ce que ça veut dire ? »

Autumn se tient raide, prête à répliquer. La tension est là, faisant ressurgir ce qui les a toujours séparés, eux les adultes, quand les enfants jouaient sans se soucier le moins du monde de leurs cultures différentes. Mais Anaru sourit avec un éclat dans le regard.

« Ça veut dire que Milly est une jeune femme tout à fait exceptionnelle, une jeune femme comme Kai n'en rencontrera plus. »

Autumn se détend un peu, esquisse un mouvement d'épaules faussement désinvolte.

« Pourtant il ne l'a pas épousée, lance-t-elle, légèrement acerbe.

— Oh, tu sais, les hommes épousent rarement les femmes qui les impressionnent. Ils préfèrent se marier aux autres, celles qui leur donnent l'impression d'être tout-puissants, celles qu'ils ont l'impression de devoir protéger. Amaia est douce et arrangeante mais elle ne nagera jamais à ses côtés. »

Sur ces mots ils méditent, chacun de son côté. Anaru pense à sa femme qui était comme Milly, exceptionnelle et forte, qui travaillait pieds nus dans le jardin du matin au soir et lui a fait trois garçons forts et beaux. Son seul défaut a été de se laisser emporter par une fichue leucémie. Autumn, elle, pense à Dan qui était si indépendant et solitaire qu'il n'a jamais été protecteur avec elle. *Quel drôle de couple nous formions*, songe-t-elle. *Il était rêveur et passionné. Il avait besoin d'un pilier sur lequel s'appuyer, d'une femme terre à terre, travailleuse, à l'esprit pratique qui gérait le quotidien pendant qu'il avait la tête dans les étoiles. Nous étions une équipe, ni plus ni moins. Un tandem bien huilé.*

Dans le salon d'Anaru, l'horloge sonne vingt-deux heures et ils se regardent tous les deux, légèrement surpris.

« Il va être temps de rentrer, lance Autumn.

— Je prendrai ma revanche vendredi prochain, donc.

— Même heure ?

— Si cela te convient.

— Parfait.

— N'oublie pas ton thermos. »

Ils se dirigent vers la porte avec lenteur, presque à regret. La prochaine fois, ils pourraient peut-être prendre un thé avant de se quitter, grignoter quelques biscuits, se dit Autumn. Anaru, lui, songe qu'il lui faudrait installer une lampe sur pied tout près du guéridon. Le lustre de la pièce à vivre les laisse dans une relative pénombre. *Ce n'est pas bon pour la concentration, ça endort.*

« Eh bien merci pour cette invitation, déclare solennellement Autumn.

— Merci de l'avoir acceptée.

— *Kia ora.*

— *Kia ora.* »

Autumn repart dans la nuit avec son thermos vide et ses pensées tourbillonnantes. Elle pense à Milly, sa guerrière maorie à la peau blanche, à Dan et son air rêveur, aux portraits de famille dans le salon d'Anaru et puis à sa deuxième victoire, obtenue grâce à un roque. *Libérer le chemin entre le roi et la tour en déplaçant le fou, le cavalier et éventuellement la reine. Essayer de garder en place autant de pions que possible.* Elle étouffe un bâillement épuisé.

Les filles ont rejoint le bungalow, fermé la porte-fenêtre, se sont lavé les dents. Flore rince les verres à vin dans l'évier. Milly se brosse les cheveux, assise au bout du lit. Elle porte un large tee-shirt qui fait office de pyjama.

« Je termine ? demande-t-elle.

— Attends que je te rejoigne ! »

Flore essuie rapidement les verres, les range dans le placard, vérifie que les rideaux sont bien tirés puis éteint la lumière. Dans la chambre plongée dans la pénombre, elle retrouve Milly sous la couverture, se tourne vers elle, une main passée sous sa joue.

« Je suis prête. »

Elle ferme les yeux, attend d'être bercée par la voix de Milly.

« On en vient au point le plus intéressant de l'histoire : Tumatauenga, le dernier-né de la fratrie, dieu des Guerres… Lui ne comptait pas se laisser terroriser par Tawhirimatea. Pire, il était furieux d'avoir été le seul à résister face à sa colère. Il entreprit alors de se venger de tous ses frères et sœurs qu'il considérait comme des lâches. Il créa des hameçons et des filets pour capturer les poissons, les enfants de Tangaroa, cultiva la terre pour manger les enfants de Haumiatiketike et RongoMatame, emprisonna les oiseaux, descendants de TaneMahuta. On dit que Tumatauenga, le dieu des Guerres, est l'ancêtre du genre humain. Ses actions ont eu des répercussions directes sur la vie actuelle des Maoris. C'est grâce à la guerre qu'il a menée contre ses frères que les Maoris peuvent aujourd'hui, après avoir honoré leurs rituels, cultiver la terre, pêcher les poissons, couper le bois et plus généralement exploiter les ressources naturelles du monde. Pendant les grandes batailles, les guerriers offraient le premier mort à Tumatauenga et l'invoquaient. Le peuple maori peut combattre ses ennemis parce que Tumatauenga a montré l'exemple. »

Milly se tait, tente de deviner l'expression de Flore dans la pénombre. De l'étonnement peut-être. Ses jolis sourcils froncés. Du plaisir sans doute. Un sourire qui en redemande. Des yeux qui brillent, attendent la suite. C'est la première fois que quelqu'un prend autant de plaisir à l'écouter. Milly en est encore incrédule.

« Tu dors ?

— Non.

— Tu ne dis rien…

— Je pense.

— À quoi ?

— Aux Maoris, à leurs croyances, à tout ce que ça dit de leur rapport avec la nature.

— C'était une belle histoire ?

— Une histoire pleine de sens. Tu en as d'autres sous le coude ?

— Quelques-unes, oui.

— Tant mieux. Garde-les au chaud. On a tous besoin de belles histoires de temps en temps. »

Milly approuve en silence.

Un peu plus tard, on n'entend plus que leurs souffles dans l'obscurité. Flore s'est tournée contre le mur. Milly ne sait pas si elle dort, si elle a gardé ses fleurs de kanuka dans les cheveux, si elle rêve déjà et à quoi… Aux légendes maories, aux fleurs sauvages qu'elles ont ramassées, au pari qu'elle a gagné ? À elle ?…

Milly déglutit, chasse la peur. Tumatauenga a triomphé car il était sans peur, Kai le répétait souvent. Elle se rapproche, imperceptiblement, jusqu'à sentir le corps de Flore contre elle. Elle se colle contre son dos mais ne la touche pas, pas encore. D'abord elle enfouit son nez dans ses cheveux comme pour trouver le courage. Elle navigue au milieu des boucles, retenant sa respiration, elle frôle son oreille puis trouve son cou. Alors, sans savoir ce qu'elle fait, elle y dépose un baiser, un seul, interdite, stupéfaite. Puis, le cœur battant, elle attend le courroux, la tempête. Quelque chose va forcément arriver. Quand on bouscule l'ordre des choses… Mais rien ne vient. Rien d'autre que le souffle de Flore, un souffle qu'on relâche, et la lourdeur de son corps qui s'abandonne au creux de celui de Milly. « Je préfère que tu m'aimes comme une femme. » Qu'est-ce que ça veut dire ? Milly n'a jamais fait ça. Milly n'a connu que Kai. Ils étaient les deux moitiés d'un tout. Le masculin, le féminin. Deux enfants ayant grandi ensemble. Mais Flore… Flore est un tout, un ailleurs. Flore est une femme, un monde à elle seule…

Milly dépose un autre baiser dans la moiteur de son cou puis un autre encore, car elle est comme emportée par une vague contre laquelle elle ne peut pas lutter. Il ne faut pas lutter contre la force de la mer, elle le sait. Quand on se retrouve pris dans un courant d'arrachement, un de ceux qui emportent vers le large, il est inutile de vouloir nager contre lui. Même le meilleur des nageurs finit par s'essouffler, faiblir, être pris de crampes. Et c'est la noyade assurée. Milly l'a expérimenté une fois. Le secret est de se laisser porter jusqu'à ce que le courant faiblisse puis de nager perpendiculairement à lui et enfin de revenir vers la côte en diagonale par rapport au rivage. *Mais qu'est-ce que tu racontes, Milly Stevens ?* Elle ne sait plus. À vrai dire elle perd le fil. Il y a ces baisers qu'elle dépose dans la nuque de Flore et Flore qui ne la repousse pas, qui renverse son cou, le lui offre. Si elle saisissait son menton là maintenant et qu'elle le faisait pivoter, alors leurs visages se feraient face et ce serait autrement plus grave car un baiser sur la bouche les entraînerait définitivement vers ce rivage inconnu qu'elles contournent depuis des semaines. Mais Tumatauenga est sans peur… Quand Kai et elle jouaient aux dieux maoris, Kai choisissait toujours Tawhirimatea car il avait provoqué l'apocalypse, inondé la Terre, fait gronder le Ciel, mais Milly choisissait Tumatauenga car il ne craignait rien ni personne. Alors elle saisit le menton de Flore le plus délicatement possible et elle n'a pas besoin de beaucoup d'efforts pour le faire pivoter. Flore lui offre son visage, ses lèvres, ses joues, son nez et son cou encore. Flore lui offre un rivage inconnu qui sent bon la vanille et le kanuka. Elle se laisse dévorer et, quand Milly hésite, est sur le point de reculer, elle murmure :

« Tout est possible, Milly… c'est la nuit… »

Et Milly songe qu'elle a raison, que la nuit les choses ne sont pas réelles, elles sont belles et fragiles, éphémères. La nuit, les baisers ne sont qu'un songe…

17

Autumn recule, le marqueur à la main, plisse les yeux, déchiffre : EN HAUTE SAISON, NOUS NE LOUONS LE MATÉRIEL DE SURF QU'À LA JOURNÉE. MERCI DE VOTRE COMPRÉHENSION.

« C'est bien ? C'est lisible ? »

Quelques pas derrière elle, occupée à trier les combinaisons de plongée, Flore acquiesce.

« Bon, fait Autumn, satisfaite. Alors tu peux m'en faire trois autres. On les mettra de l'autre côté du baraquement sur le bloc sanitaire, à la barrière d'entrée et dans le cabanon cuisine-buanderie.

— D'accord. »

Autumn laisse sur un tréteau le carton, les ciseaux, le marqueur indélébile, la ficelle et repart à l'intérieur de la supérette. En cette saison, elles ne sont pas trop de trois à temps plein. Milly est partie à Invercargill déposer des chèques et faire des courses au magasin de bricolage. Elle ne rentrera pas avant quelques heures. La cuisine-buanderie nécessitera un décrassage en règle – visiblement un groupe de touristes y a improvisé une fête la veille – et les surfeurs du jour se pressent déjà devant le baraquement, attendant non sans une certaine impatience leur matériel pour pouvoir s'élancer dans les vagues.

« Vous avez vu les dauphins ? lance l'un d'eux, surexcité. Mike assure qu'il en a vu un hier. »

Ils répliquent tous, les incrédules et ceux qui sont persuadés au contraire d'avoir vu un aileron. Flore se garde bien de leur dire que les dauphins ne sont pas encore arrivés, que Milly va nager chaque matin, bien avant que quiconque ouvre les yeux, et que s'ils avaient été de retour elle l'aurait su avant tout le monde. D'après elle, il est encore tôt – on n'est que le 5 décembre – mais ils seront là pour Noël assurément. Chaque matin, elle part s'en assurer. Elle quitte le lit à l'heure bleue, quand les premières lueurs argentées s'infiltrent dans la chambre. Flore tend la main, essaie toujours de la retenir quelques instants. « C'est encore la nuit… » Ce ne sont que quelques secondes de répit qu'elle capture. Une étreinte, un baiser, un sourire de Milly derrière ses mèches dorées. Elle se sauve toujours malgré les supplications, les promesses, les bras tendus. On ne retient jamais Milly trop longtemps loin de la mer, Flore l'a compris. Avant de se recoucher, elle se poste devant la porte-fenêtre et elle y reste jusqu'à voir le corps de Milly englouti par les vagues, dans la baie. Quand elle revient, le jour s'est levé. Elles ne se permettent plus de s'aimer comme elles le font dans l'obscurité.

« C'est la dernière combinaison, indique-t-elle à l'assemblée. Je suis désolée ! »

Elle essuie des soupirs, des grognements, des indignations. Elle note qu'il faudra reparler à Milly de l'alliance. En la vendant, elles pourraient racheter des combinaisons, des planches de surf, des paddles peut-être… Les paddles, elle en a eu l'idée un matin en regardant des campeurs charger leur propre planche sur le toit de leur van. L'alliance de Paul ne suffira pas à tout payer mais Flore pourrait compléter en transférant une partie de ses économies sur le compte d'Autumn. Elle gagnait relativement bien sa vie en France, elle pourrait investir quelques milliers de dollars sans problème. D'autant plus qu'elle n'a plus de divorce pour faute à payer maintenant… Même si le courrier de Paul l'a laissée sonnée quelques jours, elle a fini par appeler l'avocat dont il lui parlait dans la lettre. Un ami de promotion que, Dieu merci, elle n'avait jamais rencontré. Trois quarts d'heure de discussion ont suffi pour rédiger ladite convention. « Et ensuite ? a-t-elle demandé.

— C'est tout. Je transmettrai au notaire. » Tout est entre les mains du notaire désormais. Ça ne devrait plus traîner. Elle attend le SMS de Paul qui l'avertira du courrier en poste restante, celui-là même qui déclarera leur mariage définitivement mort. Sans doute avant la fin du mois. Elle ne sait pas si elle en est soulagée. Parfois oui, parfois elle se sent triste, avec un goût acide de gâchis dans la bouche. *C'est comme ça alors que finit un premier amour… aussi silencieusement… aussi amèrement ?* Milly dit que c'est bien, que quand elles auront le courrier elles iront le brûler à Slope Point, elles jetteront les cendres dans l'océan et Flore trouvera un vers de la chanson des bateaux à fredonner. Milly a dit ça en souriant et Flore a eu envie de l'embrasser sur-le-champ mais le soleil était haut dans le ciel, elle s'est contentée de déglutir…

La petite foule de surfeurs repart. Flore se dirige vers les tréteaux. Il est maintenant temps de s'attaquer aux panneaux demandés par Autumn. Après quoi, elle ira les accrocher et elle se chargera du nettoyage de la buanderie auquel elle n'a pas pu s'attaquer encore car il y avait les sanitaires à laver, les poubelles à vider, un coup de main à donner à Autumn en l'absence de Milly… Elle est épuisée mais pour rien au monde elle n'aimerait se trouver ailleurs. Noël en plein été, au bout du monde, aux côtés de Milly et Autumn : ça ressemble à un rêve doux, un peu fou.

Le troisième panneau cartonné terminé, elle souffle dessus pour faire sécher l'encre plus vite quand elle entend le crissement de pas sur le gravier. Elle s'attend à voir arriver des campeurs, prépare son discours : *Il n'y a plus de combinaison de plongée ni de planche disponibles*, mais elle découvre une silhouette qui lui donne l'impression d'avoir avalé une pierre et lui coupe le souffle. Vêtu d'un short en jean, d'un tee-shirt à capuche noir et de baskets blanches, il avance d'un bon pas. Il paraît pressé, heureux, surexcité à l'idée d'être là, de faire la surprise. Quand il croise son regard, il semble la reconnaître, lui lance un large sourire qui illumine son visage.

« Salut ! Comment tu vas ? »

Flore répond par un hochement de tête qui n'engage pas à grand-chose. Tout ce qu'elle parvient à prononcer d'une voix blanche est :

« Milly n'est pas là. »

Kai ne perd pas son sourire pour autant. Il s'arrête devant elle, enfonce ses mains dans ses poches.

« Elle est en ville ? »

Et elle est bien forcée d'acquiescer.

« Quoi de neuf ?
— Pas grand-chose.
— Autumn est là ?
— Oui.
— Je vais la saluer.
— D'accord.
— À plus tard ! »

Il repart avec un petit signe de la main. Flore regarde sa silhouette disparaître dans la supérette. Il a déjà changé en quelques mois. Pas son visage cuivré, pas son sourire franc, pas ses yeux en amande qui pétillent, mais sa carrure. Elle est plus massive. Il a pris du muscle. Il est plus beau et plus fort que jamais et il a fallu qu'il revienne.

Dans la réserve, quand elle voit apparaître Kai, Autumn en fait tomber sa cagette de légumes. Ils se répandent partout et elle ne se baisse même pas pour les ramasser. Elle reste là, les bras ballants.

« Qu'est-ce que tu fais ici ? Ton père m'avait bien dit que tu rentrerais mais il ne me semblait pas que c'était si tôt…
— Je lui ai fait la surprise.
— Ça alors ! Tu es rentré quand ?
— Ce matin.
— Seul ?
— Oui.
— Tu… comment tu vas ? »

Il est devant elle et, la stupéfaction passée, Autumn est partagée entre deux sentiments contradictoires : se réjouir de son retour, lui, l'enfant de la baie qu'elle faisait goûter dans sa maison, qu'elle débarbouillait avant de le laisser filer à toutes jambes, ou s'assombrir, s'inquiéter pour Milly. Car il n'est plus le gosse d'un mètre trente qui réclamait du chocolat, il est un homme, un beau jeune homme qui s'est marié à une autre, qui débarque au moment où Milly est heureuse, plus heureuse que jamais. Et son instinct de mère aimerait le maintenir à l'écart. Pourtant elle le serre dans ses bras, recule pour mieux le regarder. Il la retient car elle a posé le pied sur une courgette, perd l'équilibre, bascule en arrière. Elle se rattrape à lui, grimace, redemande :

« Comment ça va ? Comment ça se passe à Edendale ?

— Ça va. Le travail à l'usine est pénible et fatigant mais il paie bien. D'ici la fin de l'été, j'aurai amassé assez d'argent pour pouvoir prendre un appartement en location. Amaia et moi on pourra quitter la maison familiale, qui est devenue un peu petite pour nous tous. On s'installera tout près, sans doute dans la même rue pour pouvoir rester auprès de sa famille. »

Puis il ajoute :

« Je travaille au nettoyage des cuves à l'usine. C'est physique. Il faut descendre tout en bas avec le matériel et astiquer pendant des heures avec des produits chimiques qui te donnent le vertige. Il faut frotter de toutes ses forces et remonter tout aussi chargé. Je crois que j'ai déjà pris du muscle. »

Il contracte ses biceps, amusé. Autumn secoue la tête en produisant des *tsst-tsst*.

« Ce n'est pas un boulot pour un jeune homme comme toi.

— Ah non ? Pourtant ils disent que je m'en sors bien.

— Évidemment que tu t'en sors. Tu ne rechignes pas à la tâche. Mais tu es fait pour le grand air. Je t'ai bien assez connu enfant pour le savoir. Tu ne supportais pas de rester enfermé plus d'une heure, même les jours de pluie !

— Et maintenant je suis enfermé dans des cuves, tu imagines ? »

Il lui lance un clin d'œil taquin. Autumn se baisse, ramasse enfin ses légumes.

« Comment va Milly ? » lance Kai.

Elle marque un silence et il s'agenouille pour l'aider.

« Bien. Très bien. Elle reviendra de la ville dans l'après-midi.

— J'aimerais aller nager avec elle. Ça fait tellement longtemps ! Ça fait du bien d'être de retour ici… Edendale est plus animée mais n'a pas le charme de la baie. L'océan me manque, les animaux me manquent, là-bas il y a principalement des chiens et des pigeons. Les couchers de soleil sur la baie me manquent… »

Et Milly me manque. Elle l'entend dans ses pensées, se relève, la cagette sous le bras, réplique, plus durement qu'elle ne l'aurait voulu :

« Milly est très occupée avec Flore.

— Ah bon ?

— Oui. Je ne la vois plus beaucoup. Elles passent leur vie ensemble… même la nuit. »

Et, en le disant, elle ressent un étrange malaise dans tout son corps comme si elle prenait conscience de quelque chose qui ne devrait pas être.

« Ah… », fait Kai, un instant déconcerté.

Mais ça ne dure pas, il reprend déjà avec son enthousiasme habituel :

« Eh bien elle trouvera un peu de temps pour moi, j'espère ! »

Il la suit dans le fond de la réserve, la regarde ranger.

« Mon père m'a dit que vous vous étiez mis aux échecs. J'aimerais voir ça ! Il paraît que tu as un léger avantage pour le moment mais il travaille dur pour te rattraper, tu sais. Quand je suis arrivé, il était penché sur son échiquier avec un air constipé.

— Kai !

— Il m'a demandé de lui apprendre quelques techniques. Tu ferais bien de te préparer ! Il va être plus combatif que jamais ! »

Il lui donne une tape sur l'épaule, tout sourire. *Ce qu'il y a de pénible avec lui*, songe Autumn, *c'est qu'on ne peut pas lui en vouloir longtemps. Il rayonne, il crépite, un véritable rayon de soleil. Et Milly risque de s'y brûler…*

« J'ai une idée pour ce soir, reprend-il.

— Quelle idée ?

— Un pique-nique tous ensemble face à l'océan. Je veux voir le coucher de soleil ! Et les arbres de Noël ! Ils doivent déjà être en fleur, non ?

— Sans doute.

— Vous viendrez toutes les deux, Milly et toi ? Et son amie si elle veut. Flore, c'est ça ?

— C'est ça.

— Ce sera sympa. Ça sortira papa de son échiquier et de son coup du berger. Je lui ai répété que cette stratégie ne marchait qu'une fois face à un débutant éventuellement mais pas deux. Pourtant il s'obstine. »

Autumn ne peut s'empêcher de sourire.

« Le coup du berger donc ?

— Ne lui dis pas que j'ai vendu la mèche ! »

Ils échangent une promesse muette en clignant des yeux. Puis Kai fait volte-face, pressé de fouler l'herbe, le sable de la baie, de retrouver ses repères.

« Au fait, lance-t-il en quittant la supérette, pour ce soir tu nous ferais des fish and chips ?

— Si tu veux… »

Il lève le pouce dans sa direction. Autumn le regarde disparaître de son pas enjoué. *Tout de même*, songe-t-elle, *ils ont vingt-trois ans mais ce sont toujours les mêmes*. Kai et sa fougue légendaire, Milly et son calme trompeur. Il n'y en avait pas un pour freiner l'autre. Ils ont pris quelques centimètres, ça oui, mais ils n'ont pas vraiment changé…

Autumn a le visage tout chiffonné quand elle sort de la supérette et se dirige vers Flore, l'air tourmenté.

« Tout va bien ? demande Flore, qui a l'impression de mâcher des clous depuis qu'elle a vu Kai.

— Oui, ça va. »

Pourtant Autumn reste là, autour des tréteaux, à tourner comme si elle réfléchissait, cherchait ses mots.

« Ça va aller », dit Flore qui lit dans ses pensées.

Pourtant, elle est aussi désemparée qu'Autumn.

« Il faut que je cuisine des fish and chips pour ce soir.

— En quel honneur ?

— On part pique-niquer tous ensemble. Toi aussi. C'est Kai qui l'a proposé.

— Ah… »

Elle ne sait pas si elle en est heureuse. À vrai dire, elle a juste envie de disparaître dans la buanderie, d'astiquer le sol, de s'enivrer des vapeurs de vinaigre blanc, de se brûler les mains sous le jet et de frotter encore.

« Je vais avoir besoin d'aide en cuisine », ajoute Autumn.

Elle sonde Flore, s'agrippe à son regard.

« D'accord. Pas de problème. Je t'aiderai. »

Autumn lui donne une petite tape sur l'épaule puis s'adosse aux tréteaux, perdue dans ses pensées. Elle regarde la silhouette de Kai qui s'éloigne sur la pente douce menant à la plage.

« Tu crois que Milly l'aime toujours ? »

Flore est si surprise par sa question qu'elle demeure quelques instants interdite.

« Peut-être. »

Autumn soupire, secoue la tête. Puis elle se redresse. Finies les interrogations. Elle a retrouvé un visage dur, lisse.

« Bon, c'est pas le tout… on a du boulot. Pas question de rêvasser. »

Et Flore est bien d'accord avec elle. Du boulot, c'est tout ce qui leur faut. Ça use et ça vide la tête…

Milly s'extrait de la voiture d'Autumn, récupère les quatre énormes sacs dans le coffre. En approchant du baraquement, elle sent que quelque chose est différent. Un écriteau a été placardé sur le rideau métallique de la supérette, qui est baissé. C'est assez inhabituel, il est à peine dix-huit heures. Elle dépose les sacs sur le sol, s'approche, lit l'écriteau : SI VOUS VOULEZ VOUS ENREGISTRER OU ACCÉDER À LA SUPÉRETTE, MERCI DE TOQUER AU CARREAU. Une flèche désigne une fenêtre de la pièce à vivre. Elle reprend ses sacs, pousse la porte d'entrée et se retrouve immédiatement assaillie par une délicieuse odeur de friture. Une odeur qu'elle reconnaît entre toutes : les fameux fish and chips d'Autumn. Des voix lui parviennent depuis le coin cuisine :

« Dépose-les sur du papier absorbant, ça va boire l'huile. On les réchauffera dix minutes avant de partir, comme ça ils seront encore bien chauds.

— Et ensuite je lance les frites ? »

Milly dépose les sacs dans l'entrée, lance joyeusement :

« Je suis rentrée ! »

Elle se sent revigorée par la délicieuse odeur, se demande ce qui justifie ce repas de fête mais plus rien n'est surprenant désormais : sa mère joue aux échecs avec Anaru, fait du cidre aux épices pour un oui ou pour un non. L'autre soir, elle a même confectionné des scones qu'elle a déposés dans une boîte en fer avant d'indiquer à Milly : « N'y touche pas, c'est pour vendredi soir. » Elle aurait tout aussi bien pu dire *C'est pour Anaru et moi.* Un petit tas de biscuits avait été mis de côté dans une coupelle. « *Ceux-là sont pour Flore et toi.* » Milly ne s'est pas trompée : sa mère se transforme en un doux printemps qui bourgeonne. Elle se sent pousser des ailes en ce moment : sa mère joyeuse, les nuits qui se transforment en découvertes fabuleuses, ces explorations qui la laissent chancelante, frissonnante, incapable de trouver le sommeil alors que Flore s'endort encore moite, le corps abandonné, lourd… Alors Milly l'observe dans la pénombre, cherche des mots aussi beaux que ceux des chansons que Flore fredonne mais n'en trouve aucun. Il lui en faut du courage pour s'arracher à elle le matin mais elle le fait ; car si elle cessait de nager dans la baie à l'aube elle se perdrait un petit peu. Et c'est une chose qu'elle a comprise très jeune en observant sa mère dériver à la mort de Dan : il ne faut jamais se perdre par amour. Alors elle nage, même si ses pensées sont encore entre les draps, dans les creux délicieux du corps de Flore, elle nage et elle attend les dauphins.

« On fête quelque chose ? » demande-t-elle.

Autumn et Flore se retournent. Milly s'attend à les voir sourire, répondre spontanément, joyeusement, au lieu de quoi elles échangent un regard étrange et laissent un silence s'installer. Flore recommence à s'affairer aux fourneaux et Autumn annonce, d'une voix un peu trop solennelle :

« Kai est de retour pour deux jours. Il est passé tout à l'heure. »

Puis un silence, de nouveau, qui laisse Milly sans réaction car elle ne sait pas trop bien ce qu'elle ressent, si elle est heureuse, juste heureuse, ou s'il y a autre chose. Le regard de sa mère fixé sur elle l'empêche d'y voir clair.

« On part pique-niquer tous ensemble ce soir près des arbres de Noël, sur la côte. On emportera les fish and chips. »

Flore met les patates dans la friteuse et le crépitement de l'huile bouillante envahit toute la pièce.

« D'accord », dit Milly d'une voix neutre.

Puis, comme sa mère ne réagit pas, elle se tourne vers l'entrée où l'attendent les sacs pleins.

« Je vais ranger les courses dans la réserve. »

Quand elle réapparaît, elle a les cheveux lâchés, elle a passé un short en jean et une chemise à carreaux à la place de sa tenue de travail.

« Je vais faire un tour à la baie », indique-t-elle.

Autumn acquiesce. Flore retire les frites de l'huile en s'appliquant à ne pas affronter le regard de Milly. La porte claque. Autumn soupire :

« Elle va le rejoindre. »

Et Flore se demande si cette remarque était bien nécessaire. Bien sûr qu'elle va le rejoindre, qui en aurait douté une seule seconde ?

Elle saute d'un rocher à l'autre, pieds nus. Elle n'a jamais été très sensible à l'aspérité des pierres, aux coquilles qui coupent. Elle a toujours aimé marcher ainsi, dans les chardons, dans les cailloux. Elle revenait les pieds égratignés, piqués, malmenés, et déclarait à Autumn qui la houspillait : « La peau deviendra plus forte. »

Elle sait pertinemment où trouver Kai. À leur endroit. Cette partie de la baie cachée, accessible seulement en s'aventurant dans les rochers. C'est là qu'ils se donnaient rendez-vous quand ils voulaient de l'intimité. Les seuls témoins de leurs baisers étaient les mouettes et les huîtriers. Ils s'allongeaient sur les pierres plates et ils s'aimaient à ciel ouvert.

Elle ne s'est pas trompée. Kai est là. Dans son short de bain noir. Penché au-dessus d'une flaque, au milieu des rochers, il en extrait des coquillages qu'il inspecte.

« Te voilà ! » lance Milly.

Il lève la tête et son visage s'illumine.

« La fille de l'océan ! Je t'attendais ! »

Il enjambe la flaque, la rejoint, l'observe avec attention.

« Tu es déjà toute hâlée.

— Et toi tu es pâle pour un Maori.

— C'est le travail à l'usine… »

Il la prend dans ses bras, la serre, ne la relâche pas.

« C'est bon de revenir ici. C'est bon de te revoir. »

Elle ne fait rien pour mettre fin à cette étreinte. Elle est bien au creux de Kai. C'est un corps qu'elle connaît, robuste, familier. Quand il se détache finalement, elle remet de l'ordre dans ses mèches, demande :

« Tu fais quoi ? Tu pêches à pied ?

— J'ai trouvé un *paua*, regarde. »

Il ouvre sa paume, révèle le coquillage à la nacre bleu irisé.

« Bleu océan », disait-il toujours. Milly se souvient de ce qu'en disait Anaru : les pauas sont sacrés pour les Maoris, c'est un trésor de Tangaroa, dieu de l'Océan.

« Tiens, c'est pour toi. »

Il le lui offre. Elle déglutit, ne dit rien. Puis il s'assoit sur un rocher, l'invitant à s'installer près de lui. Elle fait tourner un instant le coquillage entre ses doigts pour ne pas voir à quel point Kai lui semble grandi. *Il est devenu un homme loin de moi. Il est plus fort. Son odeur est un peu différente.*

« Alors dis-moi, Milly, les dauphins sont revenus ?

— Pas encore.

— C'est ce qu'il me semblait. Je n'en ai pas vu un seul en me baignant. Mais je n'ai pas ton pouvoir pour les attirer. Et les baleines ?

— Je n'en ai pas aperçu cette année. Mais j'ai été voir les bébés otaries à fourrure.

— À Nugget Point ?

— Oui. Et les hoihos se portent bien. Flore insiste pour aller les voir régulièrement.

— Elle est toujours là, constate Kai.

— Oui. »

Ils n'ont jamais vu un backpacker rester si longtemps. Ils savent l'un et l'autre qu'on ne peut plus la considérer comme telle désormais.

Kai tend la main vers Milly et elle a un mouvement de recul avant de s'apercevoir qu'il frôle son pendentif de jade.

« Tu l'as toujours.

— Oui.

— Et ça, c'est quoi ?

— Une alliance.

— Tu es mariée ? lance-t-il, amusé.

— Peut-être bien. »

Il s'esclaffe, secoue la tête.

« Pourquoi pas ? réplique Milly.

— Je ne sais pas… »

Kai la scrute, incertain.

« Elle vient de Flore ?

— Oui. »

Alors il ne sait plus vraiment que dire. Il est mal à l'aise sur ce terrain.

« Tu veux aller nager ? élude-t-il. Je t'attendais. Ça fait des semaines que j'attends de nager avec toi.

— Je ne sais pas. Il faut peut-être que j'aide ma mère et Flore à préparer les fish and chips.

— Cinq minutes. Tu as bien cinq minutes à consacrer à ton vieil ami, non ? »

Elle le pousse. C'est plus fort qu'elle. Il a toujours fallu qu'ils se taquinent, qu'ils se touchent, qu'ils se bousculent.

« Allez viens ! »

Il est déjà debout. Il s'aventure sur les rochers, cherche l'endroit le plus approprié pour plonger.

« Je n'ai pas ma combinaison, tente Milly.

— Tu ne faisais pas tant de manières avant d'être mariée ! réplique Kai, badin.

— Avant que *tu* sois marié, je pouvais me baigner en sous-vêtements. »

Il encaisse en souriant.

« On a grandi ensemble, Milly. Je t'ai vue plus souvent en sous-vêtements qu'Amaia. »

Puis il semble réaliser sa bêtise, se tait, légèrement cramoisi.

« C'est pour ça ? fait Milly dans son dos.

— C'est pour ça quoi ?

— Que tu l'as épousée, elle ? »

Un silence.

« C'est parce qu'on se connaissait par cœur ? Qu'on avait fini par être trop semblables ?… »

Et la façon dont les épaules de Kai s'affaissent lui révèle qu'elle n'est pas très loin de la vérité.

« Je ne sais pas », lâche-t-il.

Milly décroche son collier, le dépose soigneusement sur une pierre, puis elle retire ses vêtements un à un.

« Tu ne vas plus pouvoir me suivre, j'en ai bien peur. »

Kai se retourne, heureux de la voir taquine.

« C'est possible.

— Ne compte pas sur moi pour t'épargner.

— De toute façon, tu ne m'as jamais épargné, Milly.

— Oh, toi non plus, Kai, toi non plus… »

Et ils savent l'un et l'autre qu'elle ne fait pas référence qu'à leurs jeux. Mais à une cérémonie face à l'océan. À une arche de bambou. À des promesses d'amour éternel faites à une autre.

Autumn et Flore ont déjà emballé les fish and chips dans du papier d'alu et les ont soigneusement placés au four. Elles ont rempli un sac avec un thermos de thé, de l'eau, des serviettes en papier, des gobelets, quelques bougies à la citronnelle. À présent, Autumn fouille la maison à la recherche d'une large couverture. Flore, elle, est silencieuse, adossée à une fenêtre.

Quand la porte s'ouvre, Milly apparaît, les cheveux mouillés, les vêtements collant à la peau. Elle semble gênée, un peu dépassée par la situation.

« C'est déjà l'heure ? »

Autumn lui lance un regard sévère en lui désignant la pendule. Flore, embarrassée, ne quitte pas le four des yeux. Dehors, Kai remonte le terrain en courant, dans son short de bain trempé. Il passe devant leurs fenêtres.

« Tsst, vous n'êtes pas possibles. Vous ne changerez jamais ! grommelle Autumn.

— Le temps passe différemment en mer…

— C'est ce que je disais… Rien n'a changé. »

Milly se mord la lèvre, file dans sa chambre. Flore ravale la bile brûlante dans sa gorge. Est-ce ainsi que Paul se sentait quand elle revenait en pleine nuit, le maquillage effacé, les yeux flous, le regard fuyant ? Sans doute. Et même plus mal encore.

Elle se demande quelle excuse elle pourrait inventer pour échapper à ce pique-nique, à cette réunion entre les deux familles, à ces retrouvailles entre Kai et Milly. Elle n'a pas sa place ici, ne saura pas faire face, composer. Et pourtant une voix monte du fond d'elle-même, une voix murmurant que ce n'est qu'un juste retour de bâton. Si elle n'est même pas capable d'affronter cette douleur infime, elle n'est pas digne de trouver sa rédemption, ni ici ni ailleurs.

« Ça y est, je suis là ! »

Milly refait irruption, les cheveux toujours mouillés. Elle porte une robe de Flore. Vert amande, assortie à son pendentif de jade.

« C'est une tenue pour un pique-nique en plein air ça ? » soupire Autumn.

Milly ne répond rien, termine d'attacher ses cheveux en chignon puis vient s'adosser à la fenêtre à côté de Flore. Le four ronronne doucement. Autumn est occupée à fermer le sac. Alors elle mêle ses doigts à ceux de Flore, les porte à sa bouche et les embrasse en silence, tout en surveillant le dos de sa mère.

« Tu vas voir, les arbres de Noël sont splendides », chuchote-t-elle.

Puis elle relâche la main de Flore car Autumn a hissé le sac sur son épaule et s'apprête à se tourner vers elles.

« Vous êtes prêtes ? On va sortir les fish and chips. »

Milly se penche vers le four. Et Flore, toujours figée contre la fenêtre, a l'impression de retrouver son souffle.

Ils partent à pied, à dix-neuf heures tapantes, par un petit sentier qui longe le littoral. Anaru ouvre la voie, dans une chemise blanche et un pantalon de toile. Kai le suit, portant le sac du pique-nique, une paire de jumelles et deux fauteuils en toile confiés par son père. Puis vient Autumn qui avance d'un pas vif en se retournant fréquemment pour voir si Flore et Milly suivent. Elles ferment la procession, étrangement silencieuses. De temps en temps elles échangent un regard, détournent les yeux, se cherchent encore. Flore lance :

« Le temps passe différemment en mer… »

Milly sourit.

« C'est vrai.

— Mmh…

— Tu le saurais si tu venais nager avec moi.

— Tu veux plutôt dire que le temps passe différemment avec Kai ? »

Milly s'esclaffe, Flore aussi malgré elle. Plus loin, Kai se retourne, leur adresse de grands signes puis désigne la mer. Autumn s'arrête brutalement, au point que Milly lui rentre dedans. Kai porte la paire de jumelles à ses yeux. Anaru s'accroupit, mains jointes, comme s'il se recueillait. Milly ouvre soudain la bouche, muette. Flore est la dernière à réaliser. Parce qu'elle n'a jamais vu une forme aussi sombre, aussi imposante à la surface de l'eau.

« C'en est une ? » murmure-t-elle.

C'est la baleine elle-même qui lui répond, en recrachant un large jet. Alors Anaru se redresse, Autumn agrippe Milly par le bras, Kai fait quelques pas, tend ses jumelles à Flore.

« Tu veux la voir de plus près ? »

Elle saisit les jumelles au moment où la queue de la baleine émerge et éclabousse tout autour d'elle. Elle est si ébahie qu'elle entend à peine Kai chuchoter dans son dos :

« Tu vois, Milly, elles sont revenues en même temps que moi. »

La magie ne les quitte pas de tout le chemin, même quand ils constatent par des coups d'œil appuyés que la baleine est partie pour de bon. Et pendant ce temps, le soleil descend et le ciel se peint des plus jolies lueurs que Flore ait jamais vues depuis son arrivée dans la baie. D'un violine intense, elles éclaboussent le ciel en larges traînées et illuminent la mer de paillettes de rubis. C'est sublime. Flore en vient à croire que c'est Kai qui provoque cela : il modifie la course des nuages, retient Milly dans la mer, fait revenir les baleines et briller plus fort le soleil. Et ce ne sont pas les autres qui pourraient la contredire… La présence de Kai a rajeuni Anaru de quelques années. Il avance moins courbé, parle plus que d'ordinaire. Autumn a cette façon de considérer Kai comme un petit garçon, de le réprimander et de rire à la fois de ses bêtises, elle redevient la jeune mère qu'elle devait être par le passé. Et Milly… Milly papillonne de Kai à Flore, passe du rire au plus grand sérieux en un quart de seconde, cherche le regard de l'un et la main de l'autre. Elle est homme et femme, enfant et adulte, plus intense que jamais.

Même Flore s'est laissé prendre au charme de Kai malgré elle, à ses sourires doux, à ses yeux brillants.

« Tu n'as jamais vu de *pohutukawa*, notre arbre de Noël ? lui demande-t-il.

— Non.

— Alors ferme les yeux.

— Quoi ?

— Il faut que tu aies la surprise de le découvrir.

— Hé, attends ! »

Car Kai s'est déjà planté derrière elle et a plaqué ses mains sur ses yeux.

« Milly, tiens-la comme ça jusqu'à ce qu'on arrive. »

Et Milly s'exécute parce que c'est Kai qui le demande, parce qu'elle a envie de poser ses doigts sur la peau de Flore, parce qu'elle veut voir ses yeux pétiller en découvrant les fleurs rouge vif.

« Milly, je vais trébucher… »

Kai regarde droit devant et Autumn et Anaru sont loin, alors Milly dépose un baiser dans son cou, un baiser furtif, puis un autre, plus appuyé, étouffant toute velléité de résistance.

Heureusement pour Flore, il ne reste plus beaucoup de chemin à parcourir. À quelques mètres de l'arrivée, elle les entend s'extasier sur les fameux arbres.

« Ça y est ?

— Presque. »

Ils pressent le pas sans s'en apercevoir. Flore peine à suivre, se prend les pieds dans une racine, jure. Puis on l'arrête, Milly libère ses yeux. Elle ne sait pas vraiment à quoi elle s'attendait – plus ou moins à un sapin ou un conifère quelconque – mais absolument pas à cela. Dans les dernières lueurs du jour, elle découvre, plantés au bord du sentier du littoral, deux larges arbres majestueux recouverts d'une robe pourpre : au milieu du feuillage vert ont éclos des centaines de fleurs d'un rouge brillant comme elle n'en a vu nulle part ailleurs.

« Voilà le pohutukawa », déclare solennellement Kai.

Flore s'approche, passe sa main dans le feuillage, détaille les fleurs. Elles ressemblent à des pompons composés d'étamines rouges réparties en boule autour d'une sorte de coupe remplie de nectar.

« C'est un arbre sacré pour nous. Il fait le lien entre la terre et le ciel.

— Et pour nous, renchérit Milly, c'est l'arbre qu'on installe dans les maisons à Noël. »

Elle scrute Flore.

« C'est beau ?

— C'est merveilleux.

— Je te l'avais dit. »

Milly se hisse sur la pointe des pieds, cueille une fleur, puis se tourne vers Flore.

« Ce soir tu es un peu un arbre de Noël. »

Elle lui glisse la fleur dans les cheveux. Kai hausse les sourcils. Milly songe que c'est cela qui est merveilleux :

les étamines pourpres dans les boucles brunes de Flore sur un ciel violine. Ça c'est de la poésie…

C'est là qu'on établit le campement : sous les arbres rougeoyants, face à la mer. Kai déplie les fauteuils de toile prévus pour Anaru et Autumn.

« Je vous en prie, les ancêtres, installez-vous. »

Autumn lève les yeux au ciel, Anaru grommelle. Flore sort du sac les fish and chips encore chauds, Milly remplit les gobelets de thé. Kai déclare qu'Edendale ne lui manque pas du tout ce soir. Chacun se demande s'il parle d'Amaia ou juste de la ville. On craint de connaître la réponse.

Puis on mange, on complimente Autumn et Flore pour les fish and chips, on s'extasie sur le coucher de soleil, la douceur de cette soirée, les arbres de Noël, on boit un peu de thé, et on évoque, les yeux brillants, la baleine.

Quand la nuit tombe, le ciel se pare de milliers d'étoiles tandis que subsistent quelques ultimes traînées violettes. Flore regarde l'heure bleue qui s'installe, plus belle que jamais, songe que d'ordinaire c'est l'heure où tout est de nouveau possible, où l'obscurité les enveloppe, Milly et elle, les cache du reste du monde.

« C'est reparti ! » soupire Kai.

Elle revient à elle. Milly s'est dressée sur ses genoux, attentive. Anaru a étendu ses jambes devant lui, sorti une pipe qu'il allume. Tout le groupe est tourné vers lui sauf Kai qui s'adresse à Flore :

« C'est pour toi, je suppose…

— Pardon ?

— Les radotages de papa sur la grande flotte.

— Flore aime les belles histoires », intervient Milly.

Flore ne sait pas vraiment de quoi il est question mais Autumn ne lui laisse pas le temps de demander. Elle les fait taire tous, en posant un doigt sur ses lèvres. Alors Anaru se tourne vers Flore. Sa voix est grave, profonde, son regard impénétrable.

« Je parie que tu n'as jamais entendu d'histoire comme celle-ci. »

Et tandis que la nuit s'abat sur la baie, tandis qu'Autumn allume les petites bougies à la citronnelle, Anaru les entraîne des centaines d'années en arrière, entre 750 et 950 – l'histoire n'est pas assez précise pour le déterminer –, à l'époque où Kupe et son épouse, originaires d'une île du Pacifique nommée Hawaiki, découvrirent les côtes de la Nouvelle-Zélande. Après un long séjour, Kupe et son épouse revinrent à Hawaiki et contèrent à leurs congénères qu'ils avaient découvert un « pays du long nuage blanc », une « terre à l'odeur douce, riche en humidité ». C'est vers 1350 que les descendants de Kupe décidèrent d'entreprendre le voyage et de coloniser cette terre pleine de promesses. L'équipage comptait sept pirogues, chacune menée par un chef dont la mission était de guider son clan jusqu'à la terre promise. Chaque pirogue accosta à un endroit précis, qui devint le territoire des passagers de l'embarcation. Ces groupes en grandissant se divisèrent en *iwi*, les tribus traditionnelles, elles-mêmes divisées en sous-tribus, les *hapu*, et en familles.

« Encore aujourd'hui, explique Anaru, les pirogues constituent les unités de base de l'organisation de la société maorie. Chaque famille transmet oralement l'histoire de ses origines à ses enfants et chaque

Maori, aujourd'hui encore, peut retracer ses origines jusqu'à la pirogue originelle. »

Flore ne quitte pas des yeux le visage d'Anaru baigné par les lueurs vacillantes des bougies. À ce moment Kai intervient, précisant presque à regret :

« L'histoire a un peu contredit cette version qui tiendrait plus du mythe…

— Je fais confiance à la parole de mes ancêtres », répond Anaru tranquillement.

Et Kai n'ose pas le contredire.

« Les sept pirogues se nommaient *Aotea*, *Kurahaupo*, *Mataatua*, *Tainui*, *Tokomaru*, *Te Arawa* et *Takitimu*. La plupart accostèrent et s'installèrent dans l'île du Nord où le climat était moins rude.

— De quelle pirogue vous venez ? interroge Flore.

— De la pirogue *Takitimu*, menée par le chef Tamatea. Il accosta d'abord sur l'île du Nord, dans la région de Tauranga, où une partie des colons s'établirent. Les autres poursuivirent leur voyage vers le sud de l'île, créant de nouveaux foyers de colonisation, notamment dans le Wairarapa. Les derniers poursuivirent vers l'île du Sud, parmi lesquels nos ancêtres. Kahungunu serait l'arrière-petit-fils du chef de pirogue Tamatea. Il grandit dans le Tauranga avant d'entreprendre un long voyage vers le sud, épousant successivement huit femmes lors de son périple et engendrant dix-neuf enfants. Nous descendrions de Kahungunu.

— Votre famille ?

— Notre famille mais aussi une bonne partie de celles qui vivent actuellement sur l'île du Sud, dont celle d'Amaia. »

Flore scrute Kai qui écoute son père, les yeux brillants, solennel. Et elle croit comprendre ce qui a guidé la décision du jeune homme d'épouser Amaia malgré son attachement à Milly. Quelque chose de plus grand que ses seuls sentiments, quelque chose qui touche à ses racines profondes, à l'histoire de ses ancêtres. Kai et Amaia viennent de la même pirogue originelle. Et même si tout cela est quelque peu contredit par les données historiques actuelles, il n'en reste pas moins que ce sont ces récits qui ont forgé la tradition maorie, consolidé les liens entre les familles et les différentes tribus au fil des siècles. Milly fixe la mer au loin, l'air ailleurs. Songe-t-elle à la même chose ? Anaru recrache une longue volute de fumée, ferme un instant les yeux. Autumn en profite pour remplir les gobelets de thé chaud.

« C'est une histoire qui te plaît, jeune fille ? demande Anaru à Flore lorsqu'il rouvre les yeux.

— Oui. »

Elle frôle la fleur dans ses cheveux. Elle a oublié, l'espace d'un instant, où elle se trouvait, avec qui, d'où elle venait. L'espace d'un instant suspendu, elle était avec eux dans les pirogues accostant le long des côtes du pays du long nuage blanc.

« Merci », dit-elle.

Anaru cligne des paupières comme pour dire *Je t'en prie*.

Quand ils replient leur campement, plus tard, alors qu'un vent frais venant de la mer se lève, Flore songe que c'était une soirée tout à fait exceptionnelle, un moment comme on n'en vit pas deux fois dans une existence. Elle fixe le ciel, les étoiles, elle se sent envahie d'un drôle de sentiment, comme de la gratitude. Elle ne sait pas si elle méritait cette soirée, elle qui a fait couler tant de larmes, mais pour l'heure, elle n'a plus envie de se poser cette question.

Ils reprennent le sentier le long du littoral, marchent en chuchotant, en se frôlant. Kai montre les étoiles, Anaru fume sa pipe, Autumn cherche Milly du regard, lui sourit. C'est une soirée sans ombre. Jusqu'à ce qu'ils arrivent à la baie. Là, Anaru les salue, repart sur la route avec ses fauteuils de camping. Autumn déverrouille la porte du baraquement, déclare qu'elle est épuisée. Flore interroge Milly du regard, espère, prie. Mais Kai est là qui reste, qui traîne comme s'il attendait quelque chose. Flore hésite, fait un pas en arrière. Kai attrape la main de Milly, demande tout bas, dans un souffle :

« Tu viens un moment avec moi sur la plage ? »

Et tout s'envole : la magie de la nuit, la paix, le sentiment de gratitude. Tout s'envole car Milly, évitant le regard de Flore, acquiesce. Alors Flore recule totalement. Elle songe que c'est normal, qu'elle ne le méritait pas, qu'on ne peut semer le mal et espérer obtenir le bien. Kai lui lance quelque chose qui ressemble à « Bonne soirée ! ». Flore ne sait pas ce qu'elle répond, elle s'éloigne dans les hautes herbes, vite, très vite. Près du bungalow, elle jette sa fleur, refoule ses larmes, se répète encore : *C'est bien fait. Qu'est-ce que tu espérais ?*

Longtemps cette nuit-là elle guette, le cœur en miettes. Elle guette leurs deux silhouettes sur la plage. Mais elle ne les discerne pas. Elles ont disparu dans l'obscurité, sans doute pour mieux se retrouver.

18

« Qu'est-ce que tu fais ? Tu ne m'embrasses pas ? »

Les souvenirs remontent. C'est inéluctable. Paul dans le salon derrière sa pile d'ouvrages de droit. Il est deux heures du matin. Il travaille encore. Elle espérait qu'il serait couché. De toutes ses forces.

« Tu ne dors pas ?

— Et mon baiser ? »

Elle a envie de l'envoyer se faire voir, de l'insulter, de foncer tout droit dans la salle de bains, de se brûler la peau. Pourtant elle avance vers le bureau, pose ses deux mains entre les ouvrages, se penche, lui dépose un baiser sur les lèvres.

« Tu étais avec Aude ?

— Oui. »

Il ouvre un tiroir, en extrait un tube jaune rempli de comprimés.

« Tiens. Ma mère dit que ça aide. »

Flore récupère le tube. Elle a envie de vomir maintenant. Se raccroche aux images de la soirée : Aude euphorique sur la piste de danse, les bières, les chorégraphies improvisées, les garçons qui les ont prises en photo, amusés, celui avec l'accent espagnol qui ne cessait de lui lancer des regards timides, curieux. « Je suis mariée, l'a-t-elle prévenu.

— Sincèrement désolé », a-t-il répondu. Et elle l'a trouvé drôle, a soupesé l'idée de se laisser inviter pour une danse, de se laisser embrasser. *Non. Jamais. Paul... Paul est mon âme sœur.* Une danse, le temps de redevenir celle d'avant, celle qui ne faisait pas semblant de sourire à Aude, qui rentrait chez elle joyeuse de retrouver Paul, sans cette affreuse boule au ventre. Ce n'est pas normal d'être si tendue face à son mari... D'avoir envie de le frapper parfois, si fort, si fort... *Ça va passer. Bientôt ce ne sera qu'un mauvais souvenir.*

« Où tu vas ? dit Paul en la retenant par la main.

— Me coucher.

— Je te rejoins. »

Non. Pourtant elle dit :

« D'accord. »

Elle s'est à peine glissée dans les draps qu'il est là, allume la petite lampe de chevet, se déshabille. Il désigne le tube.

« Tu les prendras ?

— Oui. »

Il est nu maintenant et elle détourne les yeux, elle qui aimait tant son corps avant. Elle regarde le tableau de leur chambre, qui représente une maison bleue au bord d'une plage. Paul redresse son oreiller contre la tête de lit, s'installe assis, bien droit.

« Tu m'aides ? »

Tout en pensant à la piste de danse, aux bras d'Aude levés vers le ciel, au sourire du garçon à l'accent espagnol, elle masturbe Paul. D'abord lentement.

Puis plus vivement. Elle sait comment il fonctionne, comment il faut le manier pour en finir plus vite.

« C'est bon, arrête, c'est bon, Flore ! »

Il le répète car elle poursuit plus vite, plus fort. Elle songe qu'à une poignée de secondes près, il pourrait jouir. Il pesterait, demanderait : *Tu l'as fait exprès ?* Elle nierait de toutes ses forces, prendrait un air désolé, lui échapperait pour la soirée. Mais Paul la stoppe fermement, lui dit :

« Allonge-toi, mon cœur. »

Alors elle s'allonge, il écarte ses cuisses avec son genou, pèse de tout son poids sur elle.

« C'est bon, je peux y aller ? »

Elle acquiesce sans desserrer les mâchoires. Elle invoque l'image du garçon du bar, imagine une discussion autour d'une bière, quelques pas dans la rue, leurs mains qui se frôleraient, leurs pieds qui s'arrêteraient. Ils se feraient face sous un porche, s'embrasseraient. Elle déroule toute cette séquence dans un clignement de paupières pour que, quand Paul la pénètre, elle soit dans les bras de l'autre. Un autre qui l'embrasserait, dévorerait son cou, caresserait ses seins.

Mais elle est sous le corps de Paul qui fixe le mur, donne des coups réguliers, calculés. Il s'attelle à la tâche comme il s'attelle à ses dossiers. Consciencieux, obstiné. De temps en temps il cherche ses yeux pour lui adresser un sourire, lui demander :

« Ça va ? »

Mais elle évite son regard de toutes ses forces. Si les yeux de Paul croisaient les siens, ils y liraient toute la haine qui l'anime. Alors elle garde les paupières fermées, s'invente d'autres histoires, accueille avec soulagement le liquide chaud qui se répand en elle, coule le long de ses cuisses. Il se redresse, se laisse tomber à côté d'elle, l'embrasse sur la bouche. Puis il lui tend un mouchoir et dit :

« Je peux éteindre ? »

Et il éteint sans attendre de réponse car « J'ai un boulot monstre demain… Bonne nuit, mon cœur ».

Dans le noir elle se fait des promesses, se jure que c'était la dernière fois, que plus jamais, non, plus jamais elle ne le laissera faire. Et d'autres, plus folles : la prochaine fois qu'elle croisera un type comme celui du bar, un type qui la regardera pour de vrai, elle le laissera l'embrasser, la caresser, la déshabiller. Paul n'aura que ce qu'il mérite.

Elle se sent fiévreuse. La faute aux souvenirs. Elle se relève, va à l'évier, se fait couler un verre d'eau. Les étoiles brillent dans le ciel, les mêmes que tout à l'heure, quand elle se sentait si heureuse, si comblée. Maintenant elle se sent vide, brûlante, piétinée. Milly est avec Kai dans la nuit. Quand Milly n'est pas là, les cauchemars reviennent. Elle ouvre la porte-fenêtre pour respirer un peu d'air frais, retrouver une respiration plus calme.

Quand elle se recouche, le souvenir revient, le même ou presque. Huit mois les séparent, ils démarrent pourtant pareil, exactement pareil.

La porte d'entrée qui s'ouvre sur le salon. Son espoir de trouver Paul endormi, anéanti en un clignement de paupières. Il est derrière ses ouvrages, à son bureau. Il est tard cette fois encore.

« Tu ne dors pas ? »

Paul se frotte la nuque, repousse son dossier.

« Non. Et mon baiser ? »

C'est la même envie de l'envoyer balader, la même colère à peine contrôlée. Elle se penche. Il marque un temps d'arrêt, notant le rouge à lèvres estompé, la boucle d'oreille qui manque.

« Qu'est-ce qu'il s'est passé ? »

L'inquiétude dans ses yeux.

« On t'a agressée ?

— Non.

— Où est ta boucle d'oreille ?

— Je ne sais pas… perdue… »

Elle ne fait aucun effort pour mentir, ne sait pas si elle est heureuse d'avoir suivi ce garçon chez lui. Elle a son parfum Hugo Boss qui lui colle à la peau et peut-être un peu de sa transpiration. Paul l'embrasse mais recule, soucieux, contrarié.

« Tu as bu.

— Non.

— Tu sens l'alcool. Qu'est-ce qu'il s'est passé ?

— Rien. »

Elle détourne les yeux, veut se diriger vers la salle de bains, il la retient par le bras.

« Tu étais avec qui ? Aude ?

— Entre autres. »

Elle ne fait rien pour arranger les choses. Elle veut qu'il devine, qu'il crie, qu'il s'étrangle, qu'il souffre, qu'il supplie : *Dis-moi que c'est faux, dis-moi que tu mens !*

« Tu étais avec des garçons ?

— Oh ça va l'interrogatoire !

— Flore, regarde-moi dans les yeux. Dis-moi qu'il ne s'est rien passé de grave !

— De grave ? C'est-à-dire ?

— Tu n'as rien fait de… »

Il cherche ses mots, lui l'avocat aux jolies phrases bien tournées, aux mots toujours mesurés.

« Rien fait de regrettable pour notre mariage. »

Elle rit. Parce qu'elle est perdue, dégoûtée d'elle-même, déçue : elle n'a pas été au bout, s'est défilée au moment de la pénétration. Il était trop doux, trop gentil, trop respectable. Il lui faisait penser à Paul. Elle ne pouvait pas faire ça comme ça avec ce genre de type. Il fallait que ce soit moche, sale, que ça n'ait rien de comparable avec Paul, avec leur mariage, avec leurs débuts. Il fallait…

« Tu as rencontré un homme ? »

Paul serre son bras à lui faire mal. L'incertitude commence à s'infiltrer dans ses yeux. La douleur aussi.

« Tu as… tu as couché avec un homme ?

— Presque.

— Ça veut dire quoi ça, Flore ? »

Sa voix se brise, monte dans les aigus.

« Flore, réponds-moi ! Qu'est-ce que tu as fait ? Qu'est-ce qu'il s'est passé ? »

Elle fixe le mur, évite ses yeux. Il s'énerve, panique, bégaie :

« Pourquoi t'as fait ça ? Il t'a embrassée ?

— Oui.

— Il t'a… t'a… caressée ?

— Oui.

— Où ?

— Arrête ça…

— Il t'a déshabillée ?

— Paul, arrête !

— Tu es allée chez lui ?

— Qu'est-ce que ça peut faire ?

— Tu es allée chez lui ?

— Oui. »

Paul retombe dans son fauteuil de bureau. Il lui en faut de l'énergie pour retenir ses larmes, refouler sa détresse.

« Tu n'es pas sérieuse…

— Si. »

Sa voix tremble, faiblit :

« Flore… enfin… pourquoi ?

— Je vais prendre mes vitamines », dit-elle, glaciale.

Dans son dos, il crie avec un tel désarroi qu'elle s'arrête net :

« Qu'est-ce que je t'ai fait, Flore ? Qu'est-ce qui justifie ça ? Est-ce que j'ai fait quelque chose de mal ? »

Elle pourrait, elle devrait lui faire face à ce moment-là, le regarder droit dans les yeux sans lâcheté, sans stratégie stérile et stupide pour le faire souffrir par des biais détournés. Elle devrait dire : *Oui tu m'as fait du mal, tu me fais mal chaque fois que tu me pénètres et que tu me traites comme de la chair morte. Chaque fois que tu laisses ta mère me déguiser en quelqu'un d'autre, me dicter mes choix. Je ne suis plus moi et tu ne le vois même pas.*

Au lieu de quoi elle répond :

« J'ai trop bu, c'est tout. »

Il vient se coller contre elle par-derrière, l'enserre comme s'il cherchait à la retenir et l'étouffer en même temps.

« Tu promets ?
— Oui.
— C'est juste ça ? C'est juste un accident ?
— …
— Flore ?
— Ça n'arrivera plus. »

Il l'embrasse avec une telle rage, une telle violence, un tel désespoir…

La fois suivante, il ne travaille plus à son bureau quand elle rentre. Il attend sur le canapé, le regard fixé au mur. Il se lève d'un bond.

« Tu n'arrives que maintenant ? »

Car il a des doutes désormais. Quelque chose s'est brisé. Il la scrute sous toutes les coutures, respire ses cheveux l'air de rien, en feignant de l'embrasser, la questionne :

« Tu étais où ? Avec qui ? Aude ? C'est tout ? Pourquoi elle ne te raccompagne pas ? »

Il se dirige vers la fenêtre, s'y penche.

« Tu es rentrée comment ? »

Puis il semble se dégonfler comme un ballon de baudruche en prenant conscience de son comportement.

« Désolé… désolé de devenir comme ça. C'est… c'est à cause de l'autre fois… ça me rend fou rien que d'y repenser… Mais tu m'as promis que tu ne recommencerais pas… »

Et, en le disant, il s'accroche à son regard, la supplie d'acquiescer, de le rassurer, de le prendre dans ses bras, de lui murmurer des mots doux. Mais Flore ne dit rien, reste distante, détourne les yeux. Elle sait que ça suffira, que ça signera des aveux.

« Tu te fous de moi ! »

Il ne l'a pas insultée tout de suite. C'est venu progressivement. Peut-être la troisième ou quatrième fois, elle a arrêté de se souvenir. Il tapait dans les coussins du canapé, dans les murs, dans les meubles, hurlait :

« Mais tu cherches quoi à la fin ? Tu veux quoi ? »

Les voisins donnaient des coups de balai au plafond, criaient :

« Vous allez la fermer ? »

Paul était si désemparé, si furieux qu'il répliquait :

« Va te faire voir, toi ! »

Lui l'avocat si poli, si respectueux, elle l'avait transformé en une bête incontrôlable. Elle se sauvait dans la douche, dans la chambre. Il l'agrippait, la retenait, se reprenait à temps, avant d'avoir un geste malheureux. Il se défoulait sur la porte de la salle de bains. À coups de pied, de poing, de genou. Jamais sur elle, il ne se le serait pas permis. Les policiers sont intervenus une fois après un appel des voisins. Paul a perdu la face, s'est effondré en larmes.

« Maître Decaux, il vaudrait mieux éviter ce genre de débordement à l'avenir… »

Les agents le regardaient avec peine, Paul sanglotait les épaules basses, tandis que Flore, dans son peignoir, se faisait couler un café, insolente, provocante.

« Tu es contente ? Tu voulais me détruire, c'est ça ? Eh bien c'est réussi… »

Cette fois-là elle a pleuré avec lui, sur le sol de la cuisine. Elle a songé à partir, ne savait plus, plus rien. Pleurait pour Paul, pour ses fichues vitamines qu'elle avalait chaque jour sans résultat, pour ses dix kilos en trop, ses bouffées de chaleur, ses cheveux qui tombaient, pour l'ancienne Flore qui avait disparu on ne savait où.

« Qui t'a ramenée ? Flore ! C'est qui ce vieux dans la voiture ? Tu ne vas pas me dire que lui aussi tu… tu le… ! »

Très vite il n'est plus resté grand-chose de leur mariage. Paul avalait des pilules chimiques, la traitait de « salope », refusait de se trouver dans la même pièce qu'elle, la faisait dormir dans le salon, ne la frôlait même plus. Et parfois, les nuits de grande tristesse, venait la rejoindre sur le canapé, pleurait en la serrant dans ses bras, la suppliait de lui expliquer, disait qu'il ne comprenait pas. Et puis un soir elle lui a porté le coup de grâce :

« Le vieux c'est Bertrand.

— Ne va pas me dire que tu lui trouves quoi que ce soit d'attirant ! Pas lui ! Tu le fais pour me faire souffrir ! Tu veux ma peau ! Tu veux que je me foute en l'air ! »

Il s'est mis à hurler comme elle ne répondait pas :

« Qu'est-ce que tu veux à la fin ? »

Il la fixait. Elle avait fondu, ses dix kilos en trop s'étaient envolés en quelques semaines. Elle flottait dans ses vêtements, ses yeux étaient cernés. Elle n'était plus que l'ombre d'elle-même.

« Qu'est-ce que tu nous fais ? Qu'est-ce que tu *te* fais ? »

Elle aurait pu fondre en larmes, rendre les armes, se rouler en boule sous une table, se mordre les poings jusqu'au sang, implorer Paul de la retenir ici, de ne plus jamais la laisser partir avec ce type qui la faisait se sentir si sale.

« Bertrand c'est différent.

— C'est différent ? Il te paie pour baiser, lui ? »

Elle a dû s'asseoir sur ses derniers vestiges de dignité pour inventer un tel mensonge :

« Bertrand je l'aime. J'en suis amoureuse. »

Peu de temps après, un vendredi soir, Paul l'a regardée monter dans la voiture de Bertrand. Il était à la fenêtre du salon. Elle portait une robe noire, des escarpins. « Bertrand je l'aime. J'en suis amoureuse. » Les derniers mots qu'elle avait prononcés en quittant l'appartement avaient été : « Va crever ! » parce que Paul avait jeté un billet de vingt euros à ses pieds sans rien dire et que cela avait été plus blessant que toutes les insultes du monde. « Va crever. » Elle le lui avait balancé les yeux dans les yeux. Se détournant de la fenêtre, Paul a fait un petit tas avec ses somnifères sur la table de la cuisine. Il a retiré son alliance puis il a avalé les comprimés un à un avec un peu de vin rouge. Il a envoyé un SMS à ses amis qui l'attendaient dans un bar à l'angle de la rue pour dire qu'il ne viendrait pas, qu'il était grippé. À ce moment-là, Flore pleurait tandis que Bertrand faisait courir une main sur sa cuisse. *C'est la dernière fois.* Elle avait l'impression de mourir un petit peu chaque fois que Bertrand s'agitait en elle. Et Paul, pendant ce temps, essayait de mourir pour de vrai.

Dans le bungalow, face à la baie et au ciel noir, Flore pleure. Elle est frigorifiée, s'est emmitouflée dans deux pulls en laine et pourtant son front est brûlant. Elle songe qu'elle ne peut rien espérer de la vie, plus rien. Pas même une infime part d'amour de Milly. De quiconque. Elle ne mérite plus rien de personne.

19

La nuit est bien entamée quand la porte-fenêtre du bungalow coulisse. Flore ne dort pas, elle grelotte encore, elle est glacée. Milly entre à pas de loup. Elle a peur de la réveiller et terriblement envie à la fois. Envie de la serrer contre elle, d'embrasser ses lèvres, de lui parler. Elle ne prend pas la peine de retirer ses vêtements, elle s'allonge tout habillée, tâtonne dans le noir à la recherche de Flore, la trouve, l'enserre, se réfugie dans son cou. Flore frissonne.

« Milly…

— Je suis là. »

Elle tente de se retourner mais Milly la serre si fermement qu'elle ne le peut pas. Ne le veut pas vraiment. Elle se sent moins détruite ainsi, pelotonnée au creux de Milly.

« Qu'est-ce qu'il t'arrive ? chuchote celle-ci.

— Rien.

— Si… Tu es brûlante. Ta peau est moite. Ton cou, tes épaules, ton front…

— J'ai froid.

— Tu as de la fièvre ?

— Je ne sais pas.

— Tu as attrapé quelque chose ?

— Non… C'est dans ma tête.

— Dans ta tête ? »

Flore déglutit. Milly passe ses mains fraîches sous ses vêtements, les pose sur son ventre. Des mains qui la glacent et l'apaisent à la fois.

« C'est à cause de moi que tu as de la fièvre ?

— Non. »

Ses dents claquent. Milly la serre plus fort.

« C'est parce que j'ai passé la soirée avec Kai ?

— Non.

— Kai est comme un frère avec qui j'ai grandi.

— Milly, tu n'as pas à te justifier.

— Et je l'aimerai toujours, d'une certaine façon. »

Un silence.

« Je lui ai dit qu'un jour je t'épouserais. »

Flore serre les yeux très fort. *Qu'elle arrête. Qu'elle se taise. On ne peut pas dire des choses comme ça…* Et ses larmes sont tout près.

« Tu ne m'épouseras jamais, je te l'interdis.

— Si. Sous une arche de bambou. En face de la mer. Avec des anémones entrelacées dans tes cheveux. Ce serait joli, non ?

— Ce serait joli mais ça ne doit pas arriver.

— Si c'est joli alors ça doit arriver. »

Flore secoue la tête. Les larmes sont là, au coin de ses yeux. Elle les ravale en silence.

« Arrête, Milly… Tais-toi. »

Milly la berce comme une enfant. Elle se moque de ses protestations qui ne trompent personne. Ce qu'elle a dit à Kai à propos de Flore, c'est vrai. Ils étaient sur la plage, avec ces jolies étoiles qui les regardaient marcher…

Ils sont restés silencieux un bon moment, foulant le sable côte à côte. Kai avait toutes ces choses à lui dire sans savoir par où commencer, Milly toutes ces interrogations sur la raison de cette promenade. Elle avait bien senti qu'il voulait lui parler. C'est pour cela qu'elle l'avait suivi, qu'elle avait laissé Flore toute seule là-haut, le cœur brisé de la voir filer si vite. Et maintenant qu'elle marchait avec Kai sur le sable frais, elle ne pensait plus qu'à ça : son joli cœur seule dans le bungalow qui devait l'attendre la gorge nouée. Si Flore était partie dans la nuit avec un garçon, elle aurait eu la gorge nouée, elle n'aurait pu fermer l'œil.

« La baie me manque quand je suis à Edendale. Beaucoup. Mais quand je reviens, je l'aime encore plus. Avant… avant il m'arrivait de la trouver ennuyeuse, fade, de la détester, de souhaiter n'être jamais né ici. Maintenant je la vois autrement. Ce soir, j'ai trouvé que la baie était un paradis. Ça ne m'était jamais arrivé. »

Milly a acquiescé en silence.

« Tu avais raison tout à l'heure en disant qu'on avait fini par se connaître par cœur, par devenir étrangement semblables. Mais ça ne m'aurait pas empêché de t'épouser.

— Non ?

— Non. C'est juste que… en épousant Amaia, j'ai épousé une autre existence, tu vois ? »

Milly ne voyait pas, non, elle a secoué la tête.

« En épousant Amaia j'ai épousé une famille, une grande famille et toute une communauté. Papa et maman ont toujours vécu à la marge, seuls dans la baie. Chez Amaia on vit en clan. C'est une vie qui me plaît. »

Milly était toujours silencieuse. Kai s'est demandé si elle était fâchée, triste, si elle refoulait ses larmes.

« Tu m'en veux, Milly ?

— Non.

— J'avais promis de t'épouser. Toutes ces années, je te l'avais affirmé. Et j'en ai épousé une autre.

— Je t'en ai voulu, mais c'est terminé.

— Vraiment ? »

Ils ont continué de marcher, de s'enfoncer dans l'obscurité.

« Un jour, a soudain déclaré Milly, je me marierai moi aussi.

— Bien sûr que tu te marieras et l'homme qui aura ta main sera un sacré veinard.

— Un jour j'épouserai Flore. »

Kai s'est esclaffé, s'est interrompu brutalement quand il a surpris le visage grave de Milly.

« Qu'est-ce que tu racontes ?

— Je l'épouserai quand elle aura chassé ses démons.

— Tu ne peux pas l'épouser.

— Pourquoi ?

— Parce que… parce que c'est une femme. Et que tu… tu es…

— Oui, c'est une femme, Kai, et quand je tiens un de ses seins dans ma main, j'ai l'impression de tenir le monde. »

Kai a cherché quelque chose à dire mais il n'est parvenu qu'à produire une quinte de toux sèche, consterné.

« Tu perds la tête, Milly…

— Oui… Peut-être que je perds la tête. »

Et ce constat ne semblait pas la perturber. Elle a continué d'avancer, déterminée, sereine, légèrement ailleurs. Kai, lui, ne pouvait s'empêcher de lui jeter des coups d'œil ahuris. Il se demandait si c'était vrai, si elle aimait vraiment Flore comme elle le prétendait, si elle se rendait bien compte de ce qu'elle disait.

« Et toi, Kai ? Tu as l'impression de tenir le monde entre tes mains ? »

Kai a ouvert la bouche, tenté de parler mais rien n'a pu sortir. Il a secoué la tête et haussé les épaules tout à la fois.

« Un jour j'emmènerai Flore nager dans la baie avec les dauphins et alors tous ses démons s'envoleront.

— Écoute, Milly… »

Kai a laissé sa phrase en suspens. Malgré l'obscurité, elle a bien vu comme son visage était changé. Sérieux. Grave.

« Il faut que je te dise quelque chose. »

Il s'est assis sur le sable, lui a fait signe de s'installer à côté de lui. Quand elle a pris place tout près, il s'est laissé quelques secondes, le regard fixé sur l'océan comme pour trouver du courage. Il avait les yeux brillants. Il a attrapé sa main, l'a serrée dans la sienne.

« Amaia est… Amaia n'a pas pu venir car elle est souffrante. Elle… elle porte notre enfant… Elle est enceinte. »

Il s'est tourné vers elle.

« Bientôt moi aussi je tiendrai le monde entre mes mains. »

Il souriait et pleurait en même temps. Et Milly ne sentait même pas ses propres larmes qui dévalaient ses joues.

« Flore… tu pleures ? » chuchote Milly dans son cou. Il lui a semblé sentir une larme rouler sur la tempe de Flore, dévaler le long de son oreille, une larme que Milly a recueillie du bout des lèvres. Une larme qui n'est autre qu'un souvenir salé surgi du fond de ses pensées, de Paul, des autres hommes, des démons qui l'habitent encore.

« Non. »

Milly dégage sa nuque, écarte ses cheveux, doucement, dans une caresse, puis s'enfouit encore plus profondément dans son cou.

« Flore ?

— Oui.

— Kai va devenir papa. L'hiver prochain, il aura un bébé. Il est certain qu'il aura un fils. »

Alors un torrent monte du fond des entrailles de Flore, un raz-de-marée tout-puissant qui la submerge, la secoue de sanglots, inonde ses joues, menace de l'étouffer. Milly recule, se redresse, cherche l'interrupteur de la lampe de chevet, ne le trouve pas.

« Flore ! Flore ! Qu'est-ce qu'il y a ? Qu'est-ce qu'il se passe ? »

Milly la secoue, stupéfaite, déroutée, impuissante. Elle ne comprend pas. Elle a tenu bon, elle, face à Kai. Même si c'est elle qui aurait dû porter son enfant. Même si c'est ensemble qu'ils auraient dû explorer la baie, barboter entre les rochers, apprendre la pêche à pied à leur fils, ramasser les *pauas* et découvrir les dauphins tous les trois à chaque été. Elle a tenu bon, oui. Elle a pleuré un peu, c'est vrai, mais Kai a essuyé ses larmes, a dit qu'il l'aimerait toujours, quoi qu'il arrive, qu'ils auraient eu de beaux enfants eux aussi, il en était sûr. Ils ont pleuré tous les deux et se sont mis du sable dans les yeux en voulant sécher leurs larmes. Mais après, ils ont souri, ils ont évoqué leur enfance commune, les couchers de soleil à flanc de falaise, les arbres de Noël qu'ils escaladaient, les opossums qu'ils traquaient à coups de lance-pierre, les radeaux qu'ils construisaient chaque été et qui coulaient systématiquement à peine mis à l'eau. Ils ont réalisé qu'ils avaient su s'aimer comme des enfants mais qu'ils étaient adultes maintenant, et que ça ne suffisait plus. Et ça les a réconfortés tous les deux.

« Flore, pourquoi tu pleures ? Qu'est-ce que j'ai dit ? »

Entre deux sanglots, Flore parvient à hoqueter :

« Ce n'est pas toi, Milly.

— Qu'est-ce que c'est alors ?

— Mes mauvais souvenirs… »

Milly se lève doucement, va chercher un verre d'eau dans la cuisine, revient. La lumière de la hotte éclaire faiblement la chambre. Flore s'est redressée. Elle a le visage barbouillé de larmes et d'ombres. Milly reconnaît les démons qui rôdent, qui l'emporteront si elle n'y prend pas garde. Elle s'assied à côté d'elle, lui tend le verre. Flore boit à petites gorgées. Elle a la respiration saccadée, semble vidée de son énergie. Quand elle repose le verre, ses dents claquent toujours – à cause de la fièvre, de tout ce passé qui ressurgit.

« Si tu m'expliques, dit Milly, je pourrai peut-être te dire que tu n'y es pour rien, que ça va passer, que tu as fait ce qu'il fallait. Mais si tu ne dis rien… si tu ne dis rien, tes mauvais souvenirs vont finir par t'avaler. »

Elle est si sérieuse à cet instant précis, Milly. Si belle et si grave. Flore hoche la tête, lentement. Il lui faut quelques secondes pour trouver ses mots, les ordonner, leur faire dire sa vérité :

« C'est Paul… Il voulait un enfant lui aussi.

— Un enfant de toi ? »

Elle a du mal à le croire, Milly, que son joli cœur puisse porter un bébé. Elle est si frêle, si chétive.

« Et il le voulait si fort… si fort qu'il m'a fait disparaître. »

Milly retient son souffle en attendant la suite. Flore ferme les yeux. Elle respire un peu mieux déjà.

« Je suis devenue un ventre. Un ventre à engrosser par tous les moyens. Il m'a occultée. Il a détruit tout ce qu'il y avait de bon en moi. »

Milly réplique, mortifiée :

« Non, c'est faux.

— Milly…

— Il n'a pas détruit tout ce qu'il y avait de bon en toi. »

Flore s'affaisse contre le mur, comme si elle était prise d'un vertige, ferme les yeux encore.

« Peut-être que si j'avais voulu cet enfant aussi fort que lui, tout aurait été différent. Peut-être que si je l'avais voulu aussi fort que lui, ça aurait fonctionné. »

Un silence. Milly ne bouge plus.

« Je ne savais plus, à force d'essayer, si je voulais encore ou si je préférais juste arrêter, retrouver ma vie d'avant, une vie sans mes cycles affichés sur le frigo, sans ce citrate de clomifène à avaler qui me faisait gonfler, qui me donnait la sensation d'être une femme ménopausée. Et toutes ces vitamines inutiles que Solange achetait chez les meilleurs spécialistes de Paris, ces vitamines que Paul me faisait prendre chaque soir. Et ces relations sexuelles à dates fixes qui ressemblaient de plus en plus à des séances de viol consenti. Oh, Milly, bouche-toi les oreilles ! Je n'ai rien de beau à te raconter, moi ! »

Mais Milly écoute tout, sans ciller, sans détourner les yeux.

« Il a tout détruit et il ne le voyait même pas. Il écartait mes cuisses et cochait des cases sur le calendrier, satisfait. "Tout ira mieux quand le bébé sera là", disait-il quand il m'entendait pleurer. Et je le croyais. Bien sûr que je le croyais. Solange m'achetait des robes de grossesse, des bodys, des bonnets de naissance. Chaque fois que Paul me baisait, c'était elle que je voyais derrière mes paupières closes. Elle que j'imaginais planquée derrière la porte, en train de féliciter son fils, de l'encourager : *Vas-y plus fort.* Elle dans mon dos en train de pester contre sa foutue belle-fille stérile : *Une bonne à rien jusqu'au bout.* Parce que c'était elle qui voulait cet enfant, qui voulait à tout prix un enfant de son fils. Pas moi… Oh, Milly, c'est atroce, je ne sais plus ce que je raconte… Tu ne dis rien ? Tu me regardes avec cet air…

— Je ne sais pas quoi dire, répond Milly, ses grands yeux écarquillés.

— C'est toi que mes mauvais souvenirs ont fini par avaler.

— Non. Ne t'en fais pas. »

Flore tend les bras, l'attire contre elle, la serre.

« Je ne quitterai jamais la baie. Ici je suis à l'abri. Je suis loin de tous mes mauvais souvenirs. Ici j'ai retrouvé des petits morceaux de celle que j'étais avant. »

Milly perd ses mots – ça ne lui arrive pas souvent.

« Tu as de la fièvre… »

C'est tout ce qu'elle trouve à dire. Car elle ne peut croire que Flore restera là, qu'elle ne partira pas, elle comme tous les autres. Sauf si elle l'épouse… Et même ainsi, elle n'en est pas certaine.

« Tu peux aller me chercher encore de l'eau ? »

Milly se détache à regret, se lève. Quand elle revient, Flore grelotte toujours mais elle s'est allongée. Milly se penche, dégage son visage. Flore s'est endormie. Au milieu de ses démons.

Ce n'est pas son genre, à Autumn, d'aller fureter dans les affaires de sa fille. Elle n'est jamais entrée dans sa chambre en son absence, a toujours toqué, demandé la permission avant d'y mettre un pied, n'a jamais tenté d'interférer dans sa vie. Mais ce matin, elle ne peut s'empêcher d'aller tourner autour du bungalow. Milly ne s'est pas levée. Le soleil a pourtant déjà inondé la baie. Plus inquiétant encore, Milly n'est pas allée nager : pas de combinaison qui sèche dehors. Et la brouette remplie de produits d'entretien n'a pas bougé. Les filles ont comme disparu. Autumn s'inquiète. Elle fait un détour, évite une otarie étendue de tout son long devant le bungalow, s'approche de la porte-fenêtre, jette un coup d'œil à l'intérieur de la cuisine. Pas un mouvement. Pas un bruit. La porte donnant sur la chambre est fermée. Quelque chose la chatouille, elle lutte contre la tentation de contourner le préfabriqué pour regarder par la fenêtre de la chambre. Juste pour être sûre que Milly est là auprès de Flore… Hier soir, alors qu'Autumn fermait ses volets avant de se coucher, ce qu'elle a vu ne lui a pas plu : Milly disparaissait dans la baie avec Kai. Dans la nuit noire. Son instinct de mère l'a tourmentée des heures, l'a privée de sommeil une bonne partie de la nuit. *Ne fais pas de bêtises, Milly*, lui intimait-elle en pensée. Elle résiste un instant encore contre la tentation mais la baie, désespérément vide de Milly, finit de la convaincre. Elle se glisse entre les fourrés, colle son visage à la fenêtre donnant sur la chambre. Le fin voilage ne masque pas l'intérieur de la pièce. D'abord elle est soulagée car Milly est là, aux côtés de Flore, endormie. Puis un poids tombe dans sa poitrine, un trouble diffus. Car si Milly dort aux côtés de Flore, elle a passé un bras autour de sa taille, emmêlé ses doigts aux siens, enfoui son visage dans son cou. Elles ne dorment pas comme deux copines devraient dormir, c'est indéniable. Autumn déglutit, se frotte les yeux, la nuque, ne veut pas admettre que… Et pourtant… toutes ces nuits, depuis des semaines… Est-elle crédule ? Stupide ? Totalement dépassée ? À son époque, quand elle dormait avec une amie – et cela n'arrivait pas souvent –, elles dormaient chacune d'un côté du lit, leurs bras bien plaqués le long de leur corps. Il n'était pas question d'entremêler leurs doigts ainsi, de se coller l'une contre l'autre.

Peut-être que les choses ont changé… *Ou peut-être que tu es obstinément aveugle, ma pauvre Autumn.*

Elle rebrousse chemin d'un pas vif. Ses pensées s'emmêlent. *C'est mal. C'est très mal.* Ou Milly a-t-elle été attraper une idée pareille ? Oui mais le sourire de Milly, la légèreté de Milly, le rire des filles, la tendresse dans leurs yeux… *C'est mal.* Oui mais Kai est revenu, il a entraîné Milly en pleine nuit sur la plage, il aurait pu tout briser, la faire fuguer, cela n'a pas eu lieu. Kai est là, à quelques centaines de mètres, et pourtant Milly n'est pas partie. Elle dort dans la baie. Dans les bras de Flore. *C'est mal.* Puis d'autres pensées prennent le pas : *Elles ne savent pas ce qu'elles font. Elles sont jeunes. Elles mélangent tout. Oui c'est cela.* Et Autumn se sent un peu moins tourmentée quand elle rejoint le baraquement. Un café. Pour se remettre les idées en place. Un café bien serré puis elle se mettra au travail. Elle prendra la brouette elle-même puisque les filles dorment comme deux fainéantes.

Elle est en train de se remplir un bol quand la porte d'entrée s'ouvre. Milly entre, les yeux encore gonflés de sommeil, dans sa robe verte de la veille.

« Tu te lèves tard », lance Autumn.

Sa fille vient se poster derrière elle, dépose un baiser sur son épaule. Autumn en reste interdite, légèrement chamboulée. *Ça alors…* Depuis quand ne se sont-elles pas embrassées ?

« Flore est malade. Elle a de la fièvre.

— Ah.

— Elle a eu de la fièvre toute la nuit et ce matin c'est pire.

— Ah », répète Autumn.

Elle digère l'information, songe que ça explique certaines choses. Ne dormait-elle pas elle-même collée à Milly quand celle-ci était souffrante, frissonnante ? Si. Dans le même lit. Dans son cou pour écouter son souffle, s'assurer qu'il n'était pas sifflant. Et sa main n'était jamais bien loin de son front, de ses épaules, de ses bras, pour palper, sentir la température de sa peau. *Bon, si c'est ça alors…*

« On a quelque chose à lui donner ? demande Milly qui semble inquiète.

— Quelque chose… quelque chose… Oui. Attends-moi ici. »

Revigorée, Autumn trottine jusqu'à la salle de bains. Milly l'entend fouiller dans l'armoire à pharmacie, faire tomber des boîtes.

« Voilà, donne-lui ça, c'est de l'ibuprofène. Et dis-lui de tremper ses chaussettes dans de l'eau froide et de les enfiler.

— Quoi ?

— C'est ce que faisait ma mère, elle disait que ça faisait baisser la fièvre. Et puis il faut qu'elle boive. Beaucoup.

— D'accord. »

Milly enregistre tout, se prépare déjà à repartir.

« Si elle est souffrante, il faut que tu t'occupes des sanitaires. Je ferai la buanderie et les poubelles.

— D'accord.

— Dis-lui aussi que je lui prépare un bouillon de légumes. »

En toute situation, on peut compter sur Autumn pour garder la tête froide.

Flore est brûlante mais ce qui préoccupe Milly, ce sont les ombres qui assombrissent son visage, qui menacent de l'engloutir quand elle sera seule.

« Je peux aller travailler. Je vais prendre une douche, après ça ira mieux.

— Non. Il faut que tu te reposes. »

Milly remplit un verre d'eau, humidifie les chaussettes, l'aide à les enfiler. Et Flore ne proteste pas vraiment. Elle tient à peine debout, s'allonge dès le médicament avalé.

« Je reviendrai dès que je pourrai, ok ? » dit Milly.

Elle n'est pas certaine que Flore l'ait entendue. Elle est déjà replongée dans un sommeil agité.

Un peu plus tard, Autumn toque à la porte doucement. Pas de réponse. Elle s'aventure, gênée, traverse la cuisine. Dans la chambre, Flore est endormie. Ses yeux tressautent sous ses paupières closes. De temps en temps, un sursaut vient soulever ses épaules, crisper son visage. Autumn tape contre le chambranle, se racle la gorge, toussote. Flore grogne, tente d'ouvrir les paupières avec difficulté, de sortir de ses cauchemars.

« Je t'ai apporté un bouillon de légumes. »

Un murmure sort du fond de sa bouche desséchée :

« Milly ? »

Autumn vient s'asseoir au bord du lit. Les yeux flous de Flore ne captent pas tout, voient deux visages se superposer. Elle saisit la main d'Autumn, la serre, la porte à ses lèvres. Autumn se dégage, raide.

« Un bouillon de légumes », répète-t-elle plus fort.

Elle regarde Flore qui émerge tout à fait, se relève sur un coude, bafouille quelque chose d'inintelligible.

« Tiens, bois ça. »

Elle attrape le bol, le porte à sa bouche, lape le breuvage chaud comme un petit chaton. C'est en tout cas l'image qu'Autumn en a et elle doit se retenir pour ne pas tendre la main, dégager son front moite parsemé de cheveux emmêlés.

« Qu'est-ce que tu as attrapé ? Une grippe ?

— Non, c'est rien.

— C'est pas rien. T'es clouée au lit.

— Ce sont mes mauvais souvenirs. »

Autumn hoche la tête avec gravité. Elles se taisent un long moment. Flore s'attend à voir Autumn disparaître mais elle reste là, le regard perdu au milieu des draps.

« J'ai connu ça moi aussi. Les mauvaises pensées qui te tourneboulent l'esprit. Il faut les chasser. Il ne faut pas les laisser s'installer.

— Oui. »

Un instant de faiblesse sur le visage dur d'Autumn vient adoucir ses traits.

« Je n'ai pas de recette miracle. Je crois que Milly peut t'aider. Non ? »

Flore acquiesce. Si elle n'y prend pas garde, elle pourrait se remettre à pleurer.

« Quand Milly était là, elle chassait la bête noire, elle la rendait moins agressive », ajoute Autumn.

Un aveu auquel Flore est incapable de répondre. Sa bête noire est bien différente de celle d'Autumn. Il ne s'agit pas du chagrin sain et chaste d'une veuve éplorée. Non, sa bête noire est faite de culpabilité, de honte, de dépravation, de saleté et de la presque mort de Paul.

« Je n'ai plus droit à ça, déclare-t-elle.

— Plus droit à quoi ? »

À Milly. À la bonté, au pardon. Mais elle ne dit rien.

« Moi non plus je n'ai plus droit à ça, réplique Autumn. J'ai laissé Dan partir sur la plage en pleine alerte tsunami et ensuite j'ai laissé Milly s'éduquer toute seule pendant que la bête noire me dévorait. Et pourtant… »

Elle ne termine pas sa phrase. Flore ferme les yeux. Les larmes menacent encore de déferler. Mais que se passe-t-il dans son corps ? Tout fout le camp… Autumn récupère son bol, se lève.

« Repose-toi. Je reviendrai plus tard avec ton repas.

— Merci. »

Elle est sur le pas de la porte quand elle se ravise, revient en arrière, se penche au-dessus du lit, remonte la couverture sous le menton de Flore, tapote son oreiller. Puis elle voit une larme s'échapper de ses yeux.

« Tsst, fait-elle. Si tu pleures, tu vas finir par te déshydrater tout à fait. »

D'autres larmes se mettent à couler. Autumn caresse son front, tout doucement, avant de partir.

Une fine pluie se met à tomber. Quand elle ne dort pas, assommée par la fièvre, Flore se lève, se poste à la porte-fenêtre, regarde les allées et venues d'Autumn et Milly en plein travail. Elle aimerait les aider, les décharger d'une partie de leurs tâches, mais le seul fait de se tenir debout lui cause des vertiges.

À midi, c'est Milly qui apparaît avec un plateau-repas préparé par Autumn. Un sandwich à la mayonnaise et aux cornichons, une tranche d'édam, une pomme verte et un autre bouillon de légumes. Un nouveau comprimé a été déposé à côté du verre d'eau.

« Ça va mieux ? »

Flore ment :

« Demain je serai sur pied. »

Et Milly fait semblant de la croire, s'installe au bout du lit, la regarde manger.

« Tu devrais écrire à Paul, déclare-t-elle alors que Flore peine à se nourrir.

— Pour lui dire quoi ?

— Pour jeter sur le papier tous tes mauvais souvenirs. »

Flore repousse le plateau, s'enfonce dans les oreillers.

« Pour lui expliquer, ajoute Milly.

— Lui expliquer quoi ? réplique-t-elle, sur la défensive.

— Le mal qu'il t'a fait.

— Il n'a pas besoin que j'enfonce le clou. Il a assez payé. Je ne crois pas que ça l'aiderait.

— Peut-être que si. Peut-être que ça pourrait lui faire du bien de comprendre même si c'est désagréable. »

Puis, désignant le plateau :

« Mange encore un peu. »

Flore obéit car elle n'a même plus la force de s'opposer.

« Si tu te décides à lui écrire, je laisserai un stylo et du papier sur la table.

— Milly, viens m'embrasser plutôt. »

C'est une vile stratégie mais elle ne veut plus parler de Paul, de ses aveux de la nuit, tout ce qu'elle a laissé échapper sans le vouloir.

Au milieu de l'après-midi c'est Autumn qui vient interrompre sa sieste. La pluie s'est accentuée. Les surfeurs n'ont pour autant pas fui la baie. Leurs cris résonnent jusqu'au terrain de camping. Elle dépose un nouveau bouillon de légumes entre les mains de Flore, puis se poste à la porte-fenêtre. Dehors Milly remonte une brouette pleine de branchages, un sécateur à la main.

« Elle abat plus de travail à elle toute seule que nous deux », constate Autumn.

Flore acquiesce car c'est la pure vérité.

« Je ne sais pas comment je m'en sortirai si un jour elle vient à partir… »

Un silence. Puis la voix de Flore, étonnamment claire :

« Sauf si on régularise ma situation. »

Autumn se retourne, plus vivement qu'elle ne l'aurait voulu.

« Qu'est-ce que tu veux dire ?

— Je n'ai pas la capacité de travail de Milly mais à nous deux on peut y arriver, non ? »

Autumn la sonde, pas certaine de comprendre où elle veut en venir.

« Mon visa touristique prendra fin après Noël. Si j'arrive à obtenir un visa de résidente, je pourrai rester ici cinq ans au moins, et devenir légalement salariée du camping. Tu auras la certitude de pouvoir compter sur moi. Même si Milly part. »

Les traits d'Autumn se figent. Elle réplique âprement :

« Tu ne veux pas rester ici.

— Pourquoi pas ?

— Personne n'est jamais resté ici.

— Moi si. Si tu plaides en ma faveur pour que j'obtienne un visa de résidente, je resterai ici aussi longtemps que tu voudras. Tu n'auras plus à t'inquiéter pour le camping. »

Autumn secoue la tête, sourcils froncés.

« Tu ne sais pas ce que tu dis. La fièvre te fait délirer.

— Si tu déposes un dossier à l'Immigration en précisant que tu as un poste d'agent d'entretien vacant, qu'aucun local ne peut ou ne veut l'occuper mais que tu as déjà une candidate qui fait l'affaire, ils valideront mon visa. Ce sera fait en quelques semaines. »

Autumn s'approche, récupère le bol avec des mouvements vifs.

« Repose-toi déjà. On verra le reste plus tard.

— Parfois les gens ont besoin de partir pour mieux revenir. Si je suis là, ce ne sera plus un problème que Milly décide d'aller voir le monde.

— Milly ne veut pas voir le monde. Repose-toi. »

Flore ne cherche pas à protester. Autumn referme la porte-fenêtre derrière elle, s'enfuit littéralement. Son visage est parcouru de petits tics nerveux. *Milly partie, Kai parti... Quelle idée ! Que deviendrait la baie ? Et Flore, que raconte-t-elle ?* « Je n'ai pas la capacité de travail de Milly mais à nous deux on peut y arriver, non ? » *Des stupidités, vraiment.* Pourtant, au fond d'elle, elle sait que ce n'est pas si stupide. Que ce serait rassurant même.

À force de dormir toute la journée, Flore ne trouve plus le sommeil la nuit venue. Elle scrute Milly qui dort profondément à côté d'elle, harassée par tout le travail effectué. Milly dans un de ses tee-shirts, les doigts serrés autour de son pendentif. Milly dont le souffle vient soulever une mèche couleur de blé. Elle partira. Plus Flore l'observe, plus cette certitude s'impose à elle. Ce n'est plus la même Milly qu'à son arrivée. Celle-ci a gagné en assurance, en confiance. Elle partira, oui.

Elle se lève, se dirige vers la cuisine, referme la porte derrière elle. Elle a terriblement soif. Elle se remplit un verre d'eau qu'elle vide d'une traite, puis un deuxième. C'est en voulant s'asseoir – elle a déjà les jambes coupées – qu'elle aperçoit la pile de feuilles posées sur la table en formica et le stylo. *Non. Lui foutre la paix. Lui offrir l'oubli.* La voix d'Aude au téléphone lui revient sans qu'elle sache très bien pourquoi : « Ça m'a minée d'essayer de comprendre. » Et celle de Paul, pleine de rancœur et de détresse : « Mais tu cherches quoi à la fin ? Tu veux quoi ? » Est-ce qu'il a voulu mourir parce qu'elle couchait avec n'importe qui ou parce qu'il était malade de ne pas comprendre ? Après tout, qu'est-ce que ça change ? Il est vivant, loin, il est entouré, il est épaulé par sa meilleure amie qui a choisi son camp. Il s'en remettra. Il inventera les excuses qui lui conviennent. Elle l'imagine déjà face à la prochaine femme qu'il aimera, le regard triste, perdu, expliquant : *Oui, j'ai été marié. Non, notre mariage n'a pas fonctionné. Tu veux vraiment savoir ? Elle était instable, nympho, complètement cinglée. Elle m'a supplié de l'épouser, m'a assuré qu'elle voulait un enfant de moi et puis elle s'est mise à coucher avec tout Paris. C'était une salope, une vraie traînée. Il n'y avait rien à en faire, rien à comprendre.* Et devant le regard effaré de sa nouvelle promise, il conclura : *Elle a fini par réaliser qu'elle détruisait tous ceux qu'elle approchait, elle est partie au bout du monde, toute seule, elle ne fait plus de mal à personne là-bas.*

Elle saisit le stylo entre ses mains tremblantes. Elle n'a plus envie de pleurer comme la nuit dernière, comme cet après-midi. Elle a les yeux secs et les pensées amères. Il lui semble, ce soir, qu'elle est en colère, simplement en colère. Et que c'est peut-être une bonne chose…

Au même moment, dans sa pièce à vivre, Autumn regarde Anaru partir, le pas léger, presque sautillant. Sur la table, un bouquet de fleurs sauvages provenant de son jardin. Il ne tenait pas en place en arrivant et Autumn a eu du mal à comprendre ce qu'il lui annonçait : « Un petit Pewhairangi pour l'hiver.

— Pardon ?

— Kai. Kai et Amaia… Ils vont m'offrir un petit-fils pour l'hiver. Un petit être de plus dans la famille Pewhairangi. » Autumn n'a su que dire, a répété des mots convenus, des félicitations hébétées. « Milly ne t'a rien dit ? s'est étonné Anaru.

— Non… Elle savait ?

— Kai le lui a annoncé hier soir. » Et c'est cela qui a perturbé Autumn en réalité : ne pas avoir trouvé sa Milly distante, froide, avec son chagrin silencieux au matin, mais l'avoir trouvée collée contre Flore.

Alors elle ne sait plus, Autumn, ce qu'elle doit en penser. Elle regarde le bouquet au centre de la table, le ruban bleu qui entoure les fleurs sauvages. Bleu pour un garçon ? Elle n'a pas pensé à demander…

Cher Paul,

Si tu reçois cette lettre, c'est du fait de Milly. Elle m'a encouragée à t'écrire, à te donner enfin les explications que tu mérites. Je crois que j'y vois clair depuis quelques jours seulement. Il a été difficile de démêler la pelote de haine, de colère, de dégoût qui pourrissait en moi. Ça ressemblait à une grosse boule noire, sale et repoussante, qui vivait au fond de moi, que je nourrissais depuis des années. J'ai commencé à tirer sur un fil et puis tout a commencé à venir, petit à petit.

Milly, au cas où tu te le demanderais, c'est ma seconde chance. Celle à laquelle je pensais ne plus avoir droit. Milly ici est le centre de mon univers comme tu l'étais, toi, en France… Mais je ne ferai pas la même erreur une deuxième fois. J'ai compris qu'il était meurtrier de vouloir s'enchaîner à la personne que l'on aime.

Je m'écarte… En fait, je ne sais pas vraiment par où commencer. Si je divague, c'est sans doute à cause de la fièvre, j'ai du mal à aligner les mots, à organiser mes pensées. Alors je suppose que je dois commencer par ce jour-là, ce jour où tu m'as annoncé que tu voulais un enfant de moi. C'est là, je crois, qu'on a mis le doigt dans l'engrenage. On aurait pu se contenter d'un mariage heureux. Tes études te prenaient un temps fou et ta mère était envahissante mais on aurait pu faire face. On aurait trouvé un équilibre. On n'aurait été ni le premier ni le dernier couple aux prises avec cette problématique.

Mais il a fallu que tu veuilles un enfant de moi… Hein ?

Tu sais – en fait non, tu ne le sais peut-être pas –, je ne me sentais pas tellement à ma place à l'agence marketing. J'avais l'impression de marcher à côté de mes pompes, dans des pas qui n'étaient pas les miens. Si j'avais pu choisir mon métier, j'aurais choisi quelque chose de doux, de poétique, de beau. Je crois que j'aurais aimé travailler avec les fleurs ou les tissus. Fleuriste. Couturière. Décoratrice. Oui, décoratrice d'intérieur, je crois que ça m'aurait plu. Ce travail me donnait la sensation d'endosser un costume, de vivre la vie d'une autre, mais ce n'était pas grave car j'étais mariée à Paul Decaux. Je dormais dans les draps en soie de Paul Decaux, je portais l'alliance qu'il m'avait passée au doigt, je l'accompagnais aux cocktails de la Sorbonne, souriais à ses côtés sur les photos de promotion en ayant l'illusion que j'entrerais dans l'histoire. Mais surtout, surtout, j'étais celle à qui Paul Decaux faisait l'amour, et ça, je croyais que c'était tout ce dont j'aurais besoin toute ma vie. En réalité, je crois qu'un premier amour est toujours merdique. On aime trop, n'importe comment, sans dosage ni juste mesure. Tu aurais pu me freiner mais tu aimais l'admiration que je te portais... Non ?

Donc on en était là. Toi dans tes cours, fraîchement intégré au barreau, entouré de ton élite parisienne : futurs juristes, fiscalistes, avocats pénalistes, d'affaires... Moi dans ton ombre, amoureuse à m'en oublier, essayant d'entrer dans le costume que ta mère me dessinait sur mesure. Ça m'allait, vraiment. Je m'ennuyais souvent, te regardais étudier chaque soir, chaque nuit, comptais les heures qu'il nous resterait ensemble. Et puis, quand tout cela devenait trop dur, je sortais avec Aude. Mais ça m'allait. Et ce jour-là, ce jour-là, voilà, Paul, qu'avec ton regard angélique, tes gestes délicats, tes mots soigneusement choisis, tu m'as dit que tu voulais un enfant de moi, Flore Sanchez. Et j'ai ri, balbutié, hoqueté, douté, t'ai fait répéter, tout cela en l'espace de trente secondes jusqu'à ce que tu me confirmes : oui, tu voulais un bébé de moi, tu validerais le barreau dans six mois si tout se passait bien et tu voulais concrétiser tous tes rêves, devenir avocat et papa en même temps. C'était possible, tu savais qu'on saurait faire face, ta mère nous aiderait. J'ai grimacé et tu m'as embrassée, tu as rectifié : on trouverait une nourrice, une fille au pair si besoin, et notre fils, notre fille, peu importe, apprendrait l'anglais dès son plus jeune âge. Je pourrais probablement demander un temps partiel si j'en avais envie. L'appartement suffirait pour les deux ou trois premières années avec la petite chambre supplémentaire. Après nous verrions. « Oh comme tu seras jolie avec ton ventre rond, mon amour, tu seras la plus merveilleuse des mamans... » C'était beau dans ta bouche ce soir-là, c'était un trésor à écouter. Tu ne m'as pas demandé si j'en avais envie, à aucun moment, mais évidemment que j'en avais envie, j'aurais dit oui à tout pour t'entendre t'émerveiller encore.

Je me souviens encore de nos premiers moments d'amour après cette soirée : euphoriques, fébriles, joyeux, empreints de cette folie, de cette sensation de faire quelque chose de grand, qui comptait, qui changerait nos vies, comme un saut dans le vide. Je n'ai jamais eu autant envie de toi qu'à cette période-là. L'idée que nous pourrions être, à ce moment précis, en train de créer notre futur enfant décuplait tout. Ça a duré ainsi quelques mois. Peu en réalité. Ça aurait pu durer davantage si tu n'avais pas mis ta mère dans la confidence, si tu ne l'avais pas intégrée malgré toi dans notre projet. Ça a été ta plus grande erreur. Et la mienne de n'avoir pas su deviner que tu le ferais, que tu étais incapable de couper le cordon avec elle.

Un souvenir me revient à cet instant précis : celui d'un seau d'eau glacée sur la tête... Moi enfermée dans les toilettes. J'y avais cru. Un retard de sept jours. Sept jours, ça commence à faire beaucoup. J'avais passé sept jours à repousser le moment où j'achèterais un test. Tant qu'il n'était pas fait, tout était possible, j'étais potentiellement mère. Ce jour-là, je m'étais levée avec une douleur en bas du ventre et, dans le cabinet de toilette, j'étais en train de réaliser tout doucement que c'était fichu. Mais qu'on recommencerait bien sûr, que ça prendrait peut-être un peu de temps, qu'on aurait d'autres déconvenues. Bien sûr que j'en étais consciente mais j'avais besoin d'un peu de temps. Un quart d'heure pour me laisser aller à la déception, ce n'était pas trop demander, si ? J'étais donc là, assise sur la cuvette, à ravaler ma bile, à prendre des petites inspirations, à me répéter des phrases encourageantes : Lève-toi, ce n'est rien, ça arrive à des milliers de femmes, ce sera pour la prochaine fois, *quand je t'ai entendu parler au téléphone. Avec elle. Elle appelait comme ça, elle ne pouvait s'en empêcher, pour un oui ou pour un non. Sauf que ce matin-là on avait besoin d'un peu d'intimité, de nous redresser tous les deux, côte à côte. Tu avais ta voix de petit enfant triste qui a besoin des bras maternels. Elle n'a pas eu besoin de beaucoup te cuisiner pour que tu lâches le morceau : on essayait d'avoir un bébé et cette fois on y avait vraiment cru, le retard de sept jours, les symptômes que je m'étais inventés, et puis tout ça venait de tomber à l'eau, mes règles étaient là.*

J'étais horrifiée, de l'autre côté de la cloison. Pourquoi ? Notre secret, notre plus grand et merveilleux secret déballé à ce moment précis où j'avais besoin de tes bras, de tes baisers, de tes encouragements… Et ce n'était pas le pire, non… J'ai perdu le souffle quand j'ai compris de quoi il était question ensuite : « Depuis combien de temps vous essayez ? — Peu de temps. Quatre ou cinq mois. — Ce n'est pas peu ça, Paul chéri ! — Ah ? » Ton doute, ton affreux doute dans ta voix. Elle s'y est engouffrée tel un vautour. On avait songé à prendre un traitement ? À voir un spécialiste ? « Non pourquoi ? » Elle déblatérait au bout du fil, ne te laissait pas parler et quand tu as raccroché, tu envisageais déjà que nous n'y arriverions pas. Tu doutais. De moi, de nous. Et à ce moment-là, moi-même j'ai commencé à le penser : et si j'avais un problème ?

Je n'ai jamais pensé que le problème pourrait venir de toi. Ma faible estime de moi sans doute… Enfin bon, je ne vais pas te blâmer pour ça…

Je crois que ce jour-là, on a commis l'irréparable. À partir du moment où ta mère s'est emparée de ce projet de bébé, elle a semé la graine du doute dans nos esprits mais surtout elle m'a dépossédée de mon envie de devenir mère. Petit à petit. À chaque conseil, à chacun de ses avis, à chaque spécialiste qu'elle m'envoyait consulter, à chaque layette offerte, ça devenait son futur enfant, sa grossesse par procuration. Plus la mienne.

Oh ce n'était pas si clair dans ma tête à l'époque… Ce n'était qu'une sensation de malaise, une boule dans ma gorge quand elle évoquait mes ovaires comme si c'étaient les siens. Je l'attribuais à ma mauvaise humeur – ça coupe un peu la spontanéité de scruter ses cycles, ça enlève de la légèreté à la vie. J'avais conscience que je ruminais plus que d'ordinaire, que mon moral s'assombrissait. Mais tout irait mieux quand un œuf s'installerait, j'en étais persuadée. Et puis tu me regardais si amoureusement à ce moment-là, sondant mes formes, essayant de deviner une étincelle sur mon visage, un renflement sous mon tee-shirt… Je passais outre au reste, je parvenais à me concentrer sur nous.

Ensuite… tout est allé par paliers je crois. Un petit pas franchi, puis un autre, insignifiant, minime, mais qui rendait chaque retour en arrière de plus en plus difficile.

Il y a eu cette consultation à laquelle ta mère m'a vivement encouragée à aller. Elle s'est chargée d'obtenir le rendez-vous elle-même, s'est proposée de m'y accompagner, m'a conduite chez ce spécialiste parisien de la procréation. À ce moment-là, j'ai presque cru qu'elle pourrait m'aimer comme sa fille. Elle me couvait, me choyait, m'appelait davantage que toi-même, s'enquérant de mes symptômes, de nos « tentatives ». Non ce n'était pas charmant de parler avec ta mère de la fréquence de nos rapports, c'était plutôt perturbant, mais elle m'appelait « Flore chérie ». J'étais devenue quelqu'un à ses yeux. Pauvre idiote que j'étais, j'en étais presque heureuse… Me voilà donc chez ce spécialiste. Tu ne sauras jamais ce que c'est que d'attendre, les jambes écartées, pendant qu'un type introduit des objets métalliques en toi tout en discutant allègrement avec ta belle-mère de ton cycle et de ton intimité. À cet instant précis, ton corps ne t'appartient plus vraiment. J'ai été étrangement absente pendant tout ce rendez-vous. Il me semble juste me rappeler que le spécialiste n'était pas si alarmiste que ta mère, que pour lui six à sept mois d'essais n'avaient rien d'inquiétant ni de rare. Frottis, prise de sang, il m'a prescrit une liste d'examens à faire longue comme le bras. Mais ta mère tenait à ce que nous repartions avec quelque chose de concret. À défaut d'une réponse, elle a réclamé avec une grande insistance une solution. Pour la satisfaire plus qu'autre chose, il nous a fait cette prescription pour des comprimés de citrate de clomifène censés accroître le nombre d'ovules libérés pour une possible fécondation. C'était laid tous ces termes mais j'ai pris les comprimés, tendu mon bras pour les prises de sang, écarté mes cuisses, procédé à tous les examens qu'on me prescrivait tandis que dans mon esprit la volonté commençait à vaciller. Pourquoi si tôt ? Ce projet ne pouvait-il pas attendre quelques années ? Peut-être n'était-ce pas le moment si mon corps le disait. Plus tard, la tête plus libre, cela fonctionnerait sûrement. J'aspirais à boire des cafés en terrasse, à me promener dans Montmartre avec toi, à faire l'amour quand cela me chantait et à m'amuser encore un peu. Mais comment revenir en arrière quand ta mère m'appelait chaque semaine, quand tu devenais plus obstiné que jamais, quand même Aude, mise dans la confidence, se faisait l'avocate de ce bébé qui n'existait même pas ? « Ça va être merveilleux, tu vas voir. Ta vie va prendre un autre tournant. Toi, Paul et votre enfant… » Et quand vraiment j'avais du mal à refouler mes larmes, elle me frottait le dos, compatissante. « Accroche-toi, ma Flore, c'est le plus difficile, après tu verras comme tu seras heureuse. » À qui j'aurais pu dire que je n'étais plus sûre de le vouloir si fort, ce bébé, que j'avais juste envie de souffler un peu, de penser à moi ? Toi, Aude, ta mère, vous preniez cela pour un découragement passager. Vous pensiez qu'il suffisait de m'encourager plus fort. Ma mère, peut-être, aurait pu voir en moi si je lui avais laissé la chance de le faire. Mais je n'ai rien voulu lui dire de ce projet. Elle avait tellement désapprouvé mon mariage si jeune, je savais qu'elle serait encore plus contrariée par cette idée de nous lier à jamais par un petit être.

Les comprimés m'ont vite rendue irascible. Il faut dire qu'ils comportaient un certain nombre d'effets indésirables : sensibilité des seins, chute de cheveux, bouffées de chaleur, troubles de l'humeur, nausées… Je n'étais plus moi-même. Je me trouvais laide, grosse, ennuyeuse. Il n'y avait que ce seul sujet de discussion que vous abordiez avec moi : mes cycles, encore et toujours. Je n'étais rien d'autre que cet utérus stérile qui vous désespérait tous. Je supportais de plus en plus difficilement que tu me touches. Plus rien n'était beau ni naturel. Nos rapports n'étaient plus qu'un passage obligé. Pour moi en tout cas. Toi tu tentais de maintenir notre vie sexuelle à flot. Tu n'étais pas celui qui habitait un corps étranger, un corps gonflé, transpirant, faible, qui ne réagissait plus à rien et semblait se désagréger jour après jour. Te rendais-tu compte, Paul, de mon absence pendant nos rapports ? De mes yeux que je fermais pour mieux me retrancher dans mes pensées ? Du dégoût que j'avais de moi-même ? De mon silence qui prenait de plus en plus de place ? De la vie qui me quittait ? Tu voulais tellement ce bébé que tu m'as fait disparaître petit à petit ; il n'est pas né et moi j'ai cessé de vivre.

Tu as dû noter que je changeais, que je m'assombrissais, puisque tes vaines tentatives pour me caresser se sont bientôt limitées à ces deux jours dans le mois. Puis tes caresses ont disparu elles aussi. Je le comprends, au fond. Tu t'obstinais, je n'avais plus de réaction. Ne sont restées que ces séances inhumaines, que je redoutais tant que je me suis mise à sortir, de plus en plus souvent, en espérant que si je rentrais tard, suffisamment tard, tu dormirais, nous louperions le coche, en espérant que si je buvais suffisamment dans ces bars où je retrouvais Aude, je supporterais plus facilement ces rapports forcés. Tu as dû le voir, je suppose. Tu n'as pas pu ignorer mes yeux qui fixaient le mur pendant que je te masturbais, sans douceur, avec précipitation. Parfois je te faisais mal, n'est-ce pas ? Il y avait tant de colère en moi dans ces moments-là. Un jour j'ai pleuré, Paul, pendant que je te masturbais, mais tu ne l'as pas vu car tu avais décidé de mettre en toile de fond un film « pour adultes », pour t'aider… Voilà où nous en étions. Voilà dans quel état était notre mariage. Quel bébé pouvait justifier cela ? Aucun. Et je me suis promis de te l'annoncer. Ce soir-là, pendant que tu me besognais, le regard fixé sur l'écran de ton ordinateur, je m'en suis fait la promesse. Mais le problème avec les promesses, c'est qu'à partir du moment où on se dérobe, où on se trahit une fois, même une seule fois, on ne se fait plus confiance ; alors on peut répéter des promesses à l'infini, elles n'engagent plus à rien, on n'y croit plus.

Ce soir-là donc, pendant que tu te retirais, j'étais bien décidée à prendre mon courage à deux mains, à te dire que j'avais besoin de faire une pause, d'arrêter les traitements, les essais, que je voulais rentrer quelque temps chez mes parents. Je voulais te confier que je me perdais, que j'avais besoin de me retrouver. Je me suis mise à pleurer au bout d'une seule phrase. Tout ce que je retenais depuis des mois était en train de me péter à la figure et je n'arrivais plus à aligner deux mots. Tu m'as tapoté l'épaule, tu m'as assuré que c'était normal, que c'était à cause du traitement hormonal, que mes ovules me rendaient folle, que j'avais les nerfs à vif, tu comprenais, tu m'aimais, et cette fois, tu le sentais, c'était la bonne. Puis tu as mis ton réveil, tu as dit que tu avais ton examen final du barreau le lendemain, celui qui te consacrerait en tant qu'avocat pénaliste, et que ce n'était pas le moment de m'effondrer. Ainsi, Paul, tu as mis le couvercle sur une cocotte-minute prête à exploser. J'ai fait semblant de dormir. Je me suis levée trois fois pour aller aux toilettes – un autre des effets secondaires du traitement –, j'ai étouffé mes pleurs dans l'oreiller et j'ai avalé mes vitamines le lendemain matin. J'avais raté l'occasion de te parler et je n'en aurais plus jamais le courage, je le savais.

Le stylo chute sur le sol plastifié du bungalow. Flore réalise qu'elle tombe d'épuisement. Elle a les yeux qui brûlent, les épaules douloureuses, lourdes, les poignets ankylosés. Plus que tout, elle ne sait plus où elle veut en venir. Elle se sent vidée. Elle se lève avec des gestes lents, traîne les pieds jusqu'à la hotte, éteint la lumière, elle se dirige à tâtons dans le noir, trouve le lit, Milly, se laisse tomber à côté d'elle, se colle dans son dos, l'entoure de ses bras, ferme les yeux. Avec la fièvre, elle sent son cœur battre à se rompre. Les pensées et les souvenirs s'emmêlent. Les mots qu'elle a couchés sur le papier. La colère. Le dégoût. L'impuissance. Le gouffre duquel elle ne parvient pas à émerger. Elle tente de se raccrocher à quelque chose. Quelque chose de doux, de stable, quelque chose qui lui permette d'arrimer son esprit, de calmer son cœur. Et ce sont les paroles de cette chanson qui reviennent, toujours la même, des paroles qui résonnent comme une promesse, un encouragement :

Je connais des bateaux qui reviennent au port
Labourés de partout mais plus graves et plus forts...

20

« La fièvre est un peu tombée », constate Milly en reprenant le thermomètre.

Flore se redresse trop vivement, des étoiles dansent devant ses yeux.

« Non, tu restes ici.

— Je vais mieux.

— Une autre journée de repos ne sera pas de trop.

— J'étouffe ici. »

Les températures ont grimpé ce matin. La baie ressemble à une carte postale. Ciel sans nuages, eau turquoise, sable doré. Mais ce n'est pas tant la chaleur qui lui donne la sensation d'étouffer que ce besoin de fouler les herbes, de se dépenser, fouettée par le vent.

« Alors je t'installerai une table et une chaise devant ton bungalow. Tu te reposeras à l'air marin. »

Milly retire le tee-shirt qui lui fait office de pyjama, le laisse tomber sur le sol. Flore l'observe. Elle a la peau hâlée, le ventre lisse et sculpté, des seins ronds, des épaules droites et vigoureuses. Le corps de Milly respire la vie et l'énergie. Le sien est pâle et frêle. Il reprend des forces progressivement, se nourrit du travail au grand air, des embruns, du vent austral et des caresses pleines de douceur de Milly. Il revient de loin.

« Tu n'as pas été nager ce matin, dit-elle comme Milly termine de boutonner sa chemise.

— Non. Je voulais rester avec toi.

— Tu dois retourner nager. Je vais mieux. »

Milly l'observe comme si elle en doutait, puis elle acquiesce :

« D'accord. »

Elle disparaît à la cuisine pour préparer le café quand ses pas s'arrêtent brutalement.

« Tu as écrit. »

Flore se lève, encore chancelante, va jusqu'au chambranle où elle s'adosse.

« Oui.

— Cette nuit ?

— Pendant que tu dormais. »

Milly la sonde. Mille questions passent sur son visage. Elle n'en pose aucune, se contente de déclarer :

« Je vais t'installer de quoi écrire dehors. »

Puis elle se retourne face au plan de travail et se met à préparer le café. Flore puise dans ses dernières forces pour la rejoindre, se coller contre son dos, l'enlacer.

« Milly, fille de l'océan, ne t'éloigne pas de l'eau trop longtemps, hein ?

— Jamais.

— Parfait. »

« Qu'est-ce que tu fais, bon sang ? Tu as mis la réserve sens dessus dessous. »

Autumn grommelle, déplace les cartons que Milly a posés en travers du passage, pousse du pied les moutons de poussière qu'elle a traînés partout.

« Qu'est-ce que tu cherches ?
— J'ai trouvé, c'est bon. »
Milly se débat avec une vieille chaise de jardin en fer forgé qui refuse de se replier. À côté, elle a empilé des tréteaux et une planche.
« Qu'est-ce que tu fabriques ?
— J'installe une terrasse à Flore.
— Une terrasse ?
— Elle doit se reposer mais j'ai l'impression que ça y est, elle a attrapé le virus, elle ne supporte plus de rester enfermée. Il lui faut du grand air, un peu de pluie et du gros vent. »
Autumn observe Milly qui sourit.
« Ah bon ? Tu crois ça ?
— Oui. On l'a contaminée. »
Tandis que Milly empoigne planche, tréteaux et chaise, Autumn est songeuse tout à coup et il ne lui vient pas à l'idée d'aider sa fille.

Peu après, voilà la terrasse dressée devant le bungalow de Flore, un espace d'où elle peut observer la baie, ses surfeurs, ses baigneurs ainsi que les allées et venues d'Autumn et de Milly. Elle s'emmitoufle dans un gilet chaud car elle est encore fébrile et elle laisse son esprit vagabonder. Elle ne sait pas encore comment continuer sa lettre à Paul, elle sait juste qu'elle se sent mieux qu'hier, qu'un peu de lumière est entrée en elle, que Milly avait raison de l'encourager à écrire. Quand cette lettre sera terminée, elle la postera. Puis elle voudra aller voir les manchots aux yeux jaunes avec Milly. Sur le quad, avec le vent dans les cheveux, elle saura que tout est derrière elle.
« Tu écris ? »

Autumn la prend de court au milieu de la matinée. Elle arrive avec un bol de bouillon chaud. Flore n'a pas couché un mot.

« J'essaie. »

Autumn reste là, scrutatrice. Elle cherche quelque chose à dire, ne trouve rien.

« Je solde définitivement mon mariage. Enfin j'essaie. »

Autumn hoche la tête, pose le bouillon sur la planche de bois pleine d'échardes.

« Il faudra que Milly te ponce ça et passe un coup de vernis.

— Ce n'est que temporaire… Demain je serai de retour au travail. »

Un tic sur le visage d'Autumn lui indique que ce n'est pas vraiment la question. Alors Flore aperçoit le feuillet glissé sous le bol.

« Si tu as encore un peu d'inspiration… »

Flore déplie le papier. L'en-tête indique : « Département de l'Immigration de Nouvelle-Zélande – Formulaire de demande de visa résident. » S'ensuit une série de renseignements à donner : état civil, situation sur le territoire, date d'entrée, motif de la présence, ainsi qu'un encart où exprimer ses motivations et une liste de pièces à fournir. Le dossier se poursuit au verso.

« Je n'ai jamais rempli ce genre de chose, grogne Autumn. Ou tu t'en charges ou…

— Je m'en charge.

— Bien. Tu me le rapporteras et je le signerai. »

Un silence.

« Ce n'est pas certain que ça marche, tu sais ?

— Je sais.

— Si ça ne marche pas... ?

— Je ne sais pas... »

Flore est incapable de l'envisager. Quitter la baie, Milly, Autumn, le pays du long nuage blanc. Elle a une boule dans la gorge qui enfle quand Autumn s'éloigne, le pas raide.

Paul, je reprends cette lettre après quelques heures. Je t'écris maintenant face à l'océan Austral, sur une table que Milly m'a installée, devant un bouillon qu'Autumn m'a fait. Je suis ici dans une bulle que je voudrais ne jamais quitter. Ça me coûte d'autant plus de me plonger à nouveau dans nos souvenirs mais il le faut, je veux laisser ça derrière moi, et te permettre de laisser ça derrière toi.

Paul, je ne voudrais pas que cette lettre ressemble à un règlement de comptes, à un déversoir de toute ma colère. Si c'est le cas, je te prie de m'excuser.

Dans ton bureau, te souviens-tu, il y avait cette photo de nous encadrée. Tu as dû remarquer qu'elle avait disparu. Un jour, j'en ai encore honte, je suis venue te chercher dans la salle d'attente de ton cabinet. J'ai patienté une heure trente. Tu passais la tête de temps en temps et, constatant que j'étais encore là, tu me disais : « On n'a pas encore terminé, chérie, rentre à la maison. »

Tu n'as pas dû comprendre ce que je faisais là, pourquoi je m'obstinais à t'attendre dans cette affreuse salle impersonnelle. La secrétaire est partie. Ne sont restés que toi, ton client et un associé qui bossait dans l'obscurité de son bureau – et moi...

C'était pour le cadre que j'étais là. Tout ce temps. À la fin de ton rendez-vous, tu as raccompagné ton client jusqu'à la rue. Tu étais comme ça, attentionné, plein de jolies manières. Alors je me suis glissée dans ton bureau et j'ai volé le cadre… Tu as soupçonné la femme de ménage de l'avoir brisé accidentellement et jeté à la poubelle pour cacher la preuve de sa maladresse. Mais c'était moi. C'était mon premier et dernier vol. Je me suis sentie tellement vivante pendant le trajet du retour, avec le cadre dans mon sac à main, m'imaginant une dizaine de scénarios dans lesquels tu découvrais mon acte. Je me suis sentie bête, ridicule, perdue à jamais mais vivante d'une certaine façon. Un petit quelque chose vibrait dans mes veines et faisait palpiter mon cœur.

Maintenant tu dois te demander pourquoi j'ai fait ça. Et me voilà obligée de faire un nouveau bond dans le temps, jusqu'à ce jour où le photographe du barreau nous a immortalisés devant une jolie toile bordeaux. Il n'y a pas d'échelle dans le malheur ou le mal-être, seulement des nuances. Pourtant ce jour-là, ce jour où tu concrétisais ton rêve, où tu prêtais serment, j'ai eu la sensation de toucher le fond, de ne jamais connaître plus profonde détresse. Et toi, ce jour-là, je suis sûre que tu te le rappelles autrement. Tu avais réussi : tes dix-huit mois de formation au barreau, tes examens finaux, tu allais devenir pénaliste, tu savais déjà avec qui tu t'associerais, ce camarade de promo dont tu me rebattais les oreilles et qui venait du même monde que toi. C'était ton jour : la prestation de serment en grande pompe, les familles présentes, les robes, les photographes, la fierté. Ta mère était passée te chercher ta robe d'avocat toute neuve dans la boutique spécialisée, t'avait aidé à te préparer dans notre appartement. Elle ne touchait plus terre tant elle était flattée et fière, te couvrait de compliments, de caresses. Tu m'as découverte dans ma robe au moment de partir, un peu comme un remake du mariage. Nous sommes montés dans le taxi tous les trois, ta main sur mon genou. Tu souriais. Tu m'as embrassée sur les marches de la première chambre de la cour d'appel de Paris, tu nous as dit : « À tout à l'heure ! » et tu as rejoint tes camarades de promotion. Vous étiez beaux, dans vos robes noires, élégamment coiffés. Vous étiez tous à l'aube de votre vie, les chemins s'ouvraient devant vous. Tu semblais rassuré, en regardant le public, de nous trouver au premier rang, ton père, ta mère et moi. Tu avais tout : la réussite, la jeunesse, un avenir brillant et ton socle solide, dans le public, ne te lâchant pas des yeux. C'est cela dont tu te souviens, hein ? Puis les photos officielles, le cocktail dans les jardins somptueux, les congratulations. Moi, j'étais silencieuse. Tu as mis cela sur le compte de l'émotion. Et tu m'as traînée de groupe en groupe pour me présenter. Je t'ai suivi comme une automate.

Maintenant revenons un peu en arrière. Ce matin-là donc, ta mère et toi êtes restés enfermés dans cette chambre. Elle te préparait, te coiffait et vous discutiez comme si je n'étais pas là. D'ailleurs ni l'un ni l'autre ne me voyiez plus. J'étais devenue si insignifiante que j'en étais transparente.

« Ça y est… Dans quelques heures je serai avocat… Pour de vrai ! J'ai du mal à le croire. Tu imagines ?

— Je n'en ai jamais douté, Paul chéri.

— Vingt-cinq ans, marié et avocat, que demander de plus ? »

Et, en le disant, tu as noté ta bêtise. Elle a toussoté.

« Elle finira par me le donner, as-tu déclaré, confiant.

— Tu crois ?

— Bien sûr.

— Est-ce qu'elle prend bien son traitement au moins ?

— Oui… Pourquoi tu demandes ça ?

— Parce qu'elle devrait déjà être enceinte. Si elle prenait correctement son traitement…

— Elle le prend.

— Et vous… tu… vous vous donnez les moyens au moins ?

— Qu'est-ce que tu veux dire ? »

Tu commençais à être mal à l'aise, je l'entendais à ta voix.

« Il ne faut pas se contenter d'une fois. Trois, quatre, cinq. Il faut maximiser les chances.

— Maman ! »

Un silence. Elle devait resserrer ton col.

« Elle ne le garde peut-être pas en elle. Elle fait peut-être en sorte de l'expulser très vite. Il faut qu'elle reste les jambes en l'air. Il faut la forcer à garder les jambes en l'air, vingt minutes au moins.

— Maman !

— Il faut hausser la voix, Paul chéri ! C'est ça ton problème ! Tu te laisses mener par le bout du

nez ! De nos jours, avec les traitements qui sont en place, on ne peut pas ne pas tomber enceinte ! »

J'entendais tout, devant ma tasse de café. Et je me fissurais de l'intérieur. Des acouphènes m'ont vrillé les tympans tandis que j'essayais de garder mon petit déjeuner dans mon ventre. Quand le son m'est revenu, c'était pire encore :

« Elle me donne du fil à retordre. Je n'ai quand même pas que ça à faire, moi, d'aller faire repriser sa robe. Elle gonfle à vue d'œil ! Ça ne passait plus au niveau de la taille, la couturière a dû rallonger l'élastique.

— C'est à cause du traitement.

— Eh bien moi je me demande si ce n'est pas ça le problème : son surpoids. C'est une cause directe d'infertilité, tu sais ? Elle devrait faire attention. »

Je n'ai pas entendu la suite. J'ai erré dans la cuisine comme un fantôme, j'ai songé à partir dans la rue au hasard, à disparaître quelques jours ou pour toujours. Mais je ne voulais pas te faire ça : te gâcher ton assermentation. Alors j'ai enfilé ma robe, celle que ta mère avait fait reprendre, ce sac à patates noir difforme qui cachait mon corps jusqu'aux pieds, qui masquait ces dix kilos d'hormones, cette enveloppe flasque et inutile. Je me suis maquillée, pas par plaisir, non, pour camoufler les boutons qui fleurissaient, mes cernes, mon teint grisâtre. J'ai lissé et attaché mes cheveux en une queue-de-cheval stricte. Moi qui aimais mes boucles libres, indisciplinées, j'ai tout plaqué parce que plus rien n'était moi dans ce corps. Aude m'a envoyé un SMS : « Profite bien de ce grand jour ! Tu vas être si fière ! »

Je n'ai pas trouvé le courage de lui répondre. Puis je vous ai suivis, morte de l'intérieur, dans le taxi, sur les marches. Vous parliez joyeusement. Vous ne m'adressiez pas la parole. C'était devenu une habitude. J'étais un ventre, juste bonne à recevoir du foutre, rien d'autre.

Là-bas j'ai découvert que ta mère connaissait une de tes camarades de promotion. Vous étiez ensemble au jardin d'enfants. Nathalie Beaulieu. Jeune avocate, mince, des cheveux blonds épais, brillants, un sourire étincelant, un joli nez bien dessiné. Ta mère l'a saluée, se l'est accaparée à coups de « Ça fait tellement plaisir de te voir, Nathalie chérie ». Elle m'a oubliée. J'ai compris qu'elle préparait d'ores et déjà la suite, le second choix pour le jour où tu m'aurais quittée. Et toi ? Y songeais-tu aussi ? J'ai voulu noyer mon chagrin dans le champagne pendant le cocktail mais ta mère et toi êtes intervenus à l'unisson : « Enfin, Flore ! »

Après, je ne sais plus, tu m'as présentée aux uns et aux autres, tu m'as fait poser pour cette affreuse photo qui finirait dans un cadre. Voilà, Paul, pourquoi j'ai volé ce cliché. Ton cliché du bonheur. L'instantané de mon malheur. Si je t'ai fait payer d'une façon si atroce, c'est à cause de ça : tu ne me voyais plus ; tu poursuivais la comédie de notre mariage sans t'apercevoir une seule seconde que je n'y étais plus et ce depuis longtemps.

Alors oui, je me suis jetée dans d'autres bras pour te faire mal, te déposséder de moi. Comme je m'étais perdue, je pensais que dans d'autres bras, sous d'autres corps, je pourrais peut-être me retrouver. La vérité c'est que je me suis perdue encore plus profondément. À la colère contre toi, s'est ajoutée la haine de moi. Je me faisais croire que ça me faisait du bien d'être regardée à nouveau, désirée, caressée. En réalité je choisissais ceux qui me répugnaient le plus, ceux qui me blessaient encore plus fort. C'est moi que je punissais. De m'être laissé anéantir toutes ces années. De n'avoir su dire non à aucun moment. De ne pas te quitter. De n'être pas capable de tomber enceinte. Je pensais apaiser mon besoin de vengeance dans l'adultère, adoucir mes tourments, et c'est tout l'inverse qui se produisait. Plus je te blessais, plus je te torturais, et plus ma haine de moi grandissait.

Je crois que si tu n'avais pas avalé ces médicaments, c'est moi qui l'aurais fait. Il fallait que l'un de nous rende les armes pour que tout cesse. Tu l'as fait. Et j'ai mis ma menace à exécution, je suis partie au bout du monde… là où je pensais me perdre à tout jamais et disparaître une bonne fois pour toutes. Là encore, c'est l'inverse qui s'est produit, pour le mieux cette fois. Je me suis retrouvée. Dans l'isolement de la baie. Dans la rudesse d'Autumn et sa tendresse camouflée. Dans les sourires de Milly et ses histoires merveilleuses. Dans les couchers de soleil, les traces des arbres pétrifiés, les pas des manchots, les cris des otaries, le violet des lupins sauvages, mais surtout dans le travail que nous abattons toutes les trois à l'unisson.

Paul, j'espère que tu vas mieux, que là où tu es tu parviens à reprendre pied. Je te sais entouré, je suppose que ça aide. Je n'effacerai jamais la culpabilité que je porte, le mal que je t'ai fait. Ce sera toujours là, en moi, mais j'apprendrai à vivre avec…

Si un jour tu te demandes où je suis, tu n'as qu'à fermer les yeux, imaginer un décor de bout du monde : l'océan Austral à perte de vue, un terrain vierge aux herbes hautes battues par les vents, une baie sauvage au sable fin et doré. Sur une colline face à la mer, trois femmes debout côte à côte. Autumn est la plus charpentée, Milly la plus grande, et moi je suis celle avec l'imperméable noir et les baskets blanches, la plus frêle. Si tu te demandes ce que nous faisons ainsi, loin des hommes, je vais te le dire : nous veillons sur notre petit univers, nous veillons les unes sur les autres. C'est ce que font les femmes du bout du monde…

21

La lettre écrite, Flore s'est effondrée dans son lit, assaillie par une fatigue immense. La fièvre a repris, plus forte, plus intense. Elle a dormi d'une traite jusqu'à la nuit tombée, sans entendre les allées et venues d'Autumn et de Milly, de plus en plus inquiètes.

Quand elle ouvre les yeux, en pleine nuit, Milly dort à côté d'elle. Elle sort du bungalow, fait quelques pas. L'instant d'avant elle mourait de chaud mais, balayée par le vent de la baie, elle se sent mieux. Elle respire mieux. Elle installe une petite lampe de poche sur le tréteau, récupère son stylo, puis elle commence à remplir le formulaire.

Nom de jeune fille : Sanchez
Prénom : Flore
Nationalité : Française
État marital : Divorcée
Date d'entrée sur le territoire : 15 août 2020
Motif de la demande de visa résident : Emploi permanent

Elle termine le dossier tard dans la nuit. Puis elle le range soigneusement au-dessus du réfrigérateur, dans une pochette plastique. Avant de tout éteindre et de retourner se coucher, elle laisse un papier en évidence sur le plan de travail : « N'oublie pas d'aller nager. Je t'aime. »

Au matin, ce sont les mains glacées de Milly qui la réveillent.

« Flore, il faut que tu viennes. Il faut que tu viennes voir. »

Elle a les paupières collées, du mal à émerger. Quand elle parvient à ouvrir les yeux, la chambre est auréolée de cette lueur argentée qui sublime tout. Dans la pureté de l'heure bleue, Milly est grimpée à califourchon sur elle, et agrippe son visage à deux mains. Sa combinaison de plongée trempée et ses cheveux gouttent sur les draps. Elle chuchote d'une voix précipitée :

« Il faut que tu viennes. Tout de suite. »

Elle a quelque chose d'exalté dans le regard.

« Suis-moi. »

Elle saute à bas du lit, tire la main de Flore.

« Attends, Milly, je... »

Mais Flore n'a pas l'énergie pour la freiner ou protester. Elle vacille, s'accroche à sa main, se retrouve pieds nus dans sa chemise de nuit dehors.

« Suis-moi, d'accord ? Tu n'as rien à craindre avec moi. »

Milly caresse sa joue et Flore se demande si elle rêve. Elle n'est pas encore sortie des limbes du sommeil, a une étrange sensation d'irréalité.

« Tu vas voir, ils sont revenus. »

Flore ouvre la bouche mais Milly dévale déjà la pente qui mène à la plage en l'entraînant.

« Ils sont revenus… Ils sont tous là ! »

Flore se laisse tomber sur le sable, à bout de souffle. Milly fonce dans les vagues, se retourne une fois dans l'eau jusqu'à la taille.

« Viens. Prends ma main. On ira doucement.

— Non.

— Flore…

— Je suis malade. Je n'ai plus de forces. Je ne peux pas… »

Alors Milly revient, s'agenouille devant elle.

« Tu avais raison de me dire d'aller nager ce matin. Ils étaient là. Tu le savais ?

— Non.

— Alors c'est comme avec les hoihos ?

— Comment ça ? »

Elle a l'esprit si lent, si embrumé.

« Tu as juste espéré très fort et ça s'est produit », répond Milly.

Elle la fixe avec ses yeux exaltés et son sourire plein de tendresse.

« Toi aussi tu es une enfant de la baie.

— Milly…

— Viens avec moi. Laisse-moi t'emmener. »

Flore secoue la tête.

« On ira pas à pas. Je ne te lâcherai pas, d'accord ? Tu es plus légère qu'une plume. Accroche-toi à mon cou. Et si tu as peur tu n'auras qu'à me le dire, je te ramènerai sur la rive, d'accord ?

— Milly, je n'ai pas de combinaison… »

Pourtant elle se lève, attrape la main tendue de Milly, fait quelques pas dans le sable puis dans l'écume glacée. Elle se raidit, étouffe un cri. Elle tremble. De fièvre, de froid, d'appréhension.

« Pas à pas », répète Milly tandis qu'elles avancent doucement.

La mer est calme ce matin. Au-dessus de l'eau, le ciel se barbouille, l'heure bleue s'éclipse, laissant place aux premières lueurs de l'heure dorée.

« Pas à pas », murmure Milly sans lâcher la main de Flore.

Désormais sa chemise de nuit flotte tout autour d'elle et l'eau vient caresser sa poitrine. Elle grelotte, songe qu'une vague plus forte pourrait l'engloutir.

« J'ai peur, Milly. Je n'aime pas ça. »

Milly se tourne vers elle, passe les bras de Flore autour de son cou.

« Tiens-toi à moi et laisse-toi aller. »

Flore se cramponne à elle, sent ses pieds quitter le sable, se raidit.

« Tout va bien, dit Milly. Regarde le ciel. Regarde ce spectacle. »

De beaux nuages orange vif sont en train de se former. Un avion les traverse, dessinant comme une ridule plus claire à la surface du ciel.

« C'est joli, hein ? »

Et Flore réalise qu'elle n'a plus pied, qu'elle est en pleine mer, agrippée au dos de Milly qui nage vers le large.

« Tu as peur ?

— Non… Oui… Je ne sais pas… Je ne crois pas… »

Milly se retourne, sourit.

« Bien. Reste accrochée à moi. Ils vont venir. Ils voudront faire ta connaissance. Je leur ai dit de patienter… que j'allais te chercher. »

À l'horizon, un minuscule point rougeoyant tente d'émerger des flots. Est-ce le spectacle du lever de soleil, les vagues qui bercent plus qu'elles ne chahutent, le calme de Milly ? Flore est fiévreuse, affaiblie, vacillante mais, à cet instant précis, elle n'a pas peur. Et quand le premier aileron approche, brisant les vagues, elle s'agrippe plus fort à Milly, elle enroule ses jambes autour de sa taille mais surtout elle rit. Elle rit comme une enfant.

« Il y en a un, deux… non, attends, trois ! Mais… »

Elle tourne la tête de tous les côtés, tente de les compter. Elles sont cernées, entourées par les dauphins qui forment des cercles, les frôlent, leur donnent des coups de museau, jaillissent joyeusement pour mieux replonger.

« Bon Dieu, Milly ! s'écrie-t-elle quand elle sent l'un d'eux dans son dos. Ils sont là ! Partout… Ils sont tous là ! »

Milly allonge son bras, tend sa main, ferme les yeux lorsqu'ils viennent se frotter à elle.

« Ils sont revenus… »

Et elle qui était si exaltée tout à l'heure est maintenant étrangement calme. Paupières closes, silencieuse, concentrée, ailleurs, tout entière à ce moment qu'elle attendait depuis six mois.

« Milly, murmure Flore, d'où est-ce qu'ils reviennent tous ?

— Des eaux profondes. »

Et Flore ne sait plus, alors, si Milly parle des dauphins ou d'elle. Car elle a la sensation de revenir ce matin, elle aussi, des eaux profondes.

« Milly ?

— Oui ? »

Elles sont installées sur la terrasse devant le bungalow. Flore frissonne, brûlante, enroulée dans une large serviette. Milly lui frictionne le dos. Elles regardent le jour se lever, la baie s'éveiller, les huîtriers partir à la pêche.

« Il y a cette chanson que j'aime beaucoup. Je crois qu'elle parle de nous. »

Milly s'interrompt.

« La chanson des bateaux ?

— Non. Pas celle-là. Une chanson en espagnol chantée par Cesaria Evora.

— Qu'est-ce qu'elle dit ?

— Elle parle du temps et du silence. Elle parle d'amour. »

Milly se tait, attend tout en la frictionnant.

« Je t'écrirai les paroles. Tu découvriras un couplet chaque jour avant de partir nager.

— Non.

— Non ?

— Parce que tu viendras nager avec moi.

— Pas tous les jours.

— Pourquoi ?

— Parce que tu dois continuer de nager seule. Sans personne sur ton dos. »

Milly reste silencieuse quelques instants comme si elle réfléchissait à ces mots.

« Tu peux au moins me donner le premier couplet.
— Si tu veux. »

Elles fixent la baie toutes les deux tandis que la voix de Flore entonne, douce et chaude :

Une maison dans le ciel
Un jardin dans la mer
Une alouette dans ton cœur
Et repartir de zéro…

« Continue. »

Un désir d'étoiles
Un palpitement de moineau
Une île dans ton lit
Un coucher de soleil…

« Continue, répète Milly en posant ses mains sur les épaules de Flore.
— Tu n'auras plus rien pour les autres jours…
— Continue… s'il te plaît. »

Du temps et du silence
Des cris et des chants
Des cieux et des baisers
Une voix et du chagrin…

Milly sent bien comme la voix de Flore se trouble. Elle presse ses épaules pour lui demander de continuer, encore. C'est si joli. Elle veut entendre cette chanson tout entière maintenant, face au lever du soleil, ce matin où Flore a nagé avec les dauphins.

Naître dans ton rire
Grandir dans tes pleurs
Vivre sur ton dos…

Flore s'interrompt, attrape les mains de Milly à tâtons, les emprisonne dans les siennes et fredonne le dernier vers :

Mourir dans tes bras.

Il semble à Milly que c'est la plus belle déclaration d'amour qu'elle ait jamais entendue, la plus belle qu'elle recevra jamais et qu'il fallait absolument l'entendre ici et maintenant.

« Je veux bien que tu me l'écrives quand même… Un petit bout chaque matin », dit-elle, la voix légèrement tremblante.

Flore sourit.

« Un petit bout chaque matin, d'accord. »

Elles restent figées, leurs mains agrippées, leurs regards perdus dans l'océan, jusqu'à ce qu'Autumn les trouve ainsi immobiles, belles et graves comme deux statues de marbre qui auraient traversé le temps.

« Les filles, je… je crois que les dauphins sont revenus ! »

Elles se tournent vers elle avec ce même air égaré, presque surprises de découvrir une autre présence humaine dans la baie. C'est Milly qui répond, la voix encore un peu rauque :

« Oui. On revient de la plage. Ils sont là. »

« Tourne le téléphone… Non, dans l'autre sens, je ne vois que le palier.

— Là, regarde, c'est un peu sombre mais c'est la pièce à vivre. Tu vois ?

— Attends… Oui… je vois la cuisinière.

— Parfait. Et là, de l'autre côté de la pièce, c'est le canapé. Tout près de la télévision, tu as l'arbre de Noël qu'ils utilisent ici. C'est un bel arbre avec des fleurs rouges, un pohu… pohutuka quelque chose. Regarde, on l'a décoré. »

Autumn se décale vite, comme si le fait d'apparaître à l'écran la terrifiait.

« À qui elle parle ? chuchote-t-elle à Milly qui, avachie sur le canapé, adresse un signe de la main au téléphone de Flore.

— À sa mère. »

Autumn fronce les sourcils.

« Elle nous filme ?

— Elle l'appelle en visio. »

À côté, Flore poursuit, joyeuse, enjouée :

« Sur le canapé c'est Milly. C'est elle qui nage avec les dauphins à l'aube. Et là, celle qui ronchonne, c'est Autumn. »

Autumn, entendant son prénom, se tourne vers sa fille :

« Qu'est-ce qu'elle dit ?

— Je ne sais pas, je ne parle pas français. »

Flore se plante devant Autumn, le téléphone brandi tout près de son visage.

« Souris ! » lui lance-t-elle en anglais.

Autumn grimace de mauvaise grâce. Du téléphone s'échappe une voix féminine à l'accent français qui prononce maladroitement :

« Bonjour, madame, enchantée de faire votre connaissance. »

Autumn scrute l'écran, cherche un visage, aperçoit une ombre à contre-jour dans un bureau, de l'autre côté de la planète.

« Bonjour ou plutôt bonsoir », répond-elle gauchement.

Mais Flore repart déjà vers la porte d'entrée, reprenant son babillage :

« Attends, je vais te montrer le terrain de camping et la baie. On terminera par mon bungalow. »

Autumn se poste à la fenêtre, l'observe qui enjambe les hautes herbes, fait tourner le téléphone tout autour d'elle, rit.

« Qu'est-ce qu'il lui arrive ?

— Elle est heureuse, c'est tout.

— Ça a un rapport avec le courrier que vous êtes allées chercher hier ?

— Le jugement du divorce ? Non. »

Autumn regarde sa fille, attend la suite.

« Je l'avais prédit. Je le lui avais dit et j'avais dit à Kai que le jour où je l'emmènerais nager avec les dauphins, tous ses démons s'envoleraient. »

Autumn produit un claquement de langue, lève les yeux au ciel.

« Quoi ? réplique Milly vivement.

— Ce ne sont pas les dauphins, Milly. C'est toi.

— C'est moi quoi ?

— Qui chasses les démons. »

Milly ouvre la bouche mais sa mère ne lui laisse pas le temps de réagir. Elle quitte la fenêtre, se dirige vers la porte.

« Allez, le terrain ne va pas se tondre tout seul ! »

« Tu vois la mer, maman ? Tu la vois ? Je suis au point le plus bas de la Nouvelle-Zélande. De l'autre côté, tu sais ce qu'il y a ? Le pôle Sud.

— C'est joli.

— C'est superbe ! Un jour, vous viendrez me voir.

— Flore…

— Je sais, je sais, le trajet est interminable, mais ça en vaut la peine. Vraiment. Et encore, je n'ai rien visité en dehors des Catlins !

— Flore… écoute… Ton père est persuadé que tu seras là pour Noël… »

Cela fait près de vingt minutes qu'elle anime la conversation, s'extasie, s'agite pour prouver définitivement à sa mère qu'elle va bien mais, au ton de sa voix, elle comprend qu'on en vient aux choses sérieuses.

« Je ne vais pas rentrer. »

Un silence dans le combiné. Flore coupe la caméra, ne veut pas voir le visage de sa mère qui se défait. Elle fixe la baie envahie de surfeurs.

« Il pensait qu'une fois Paul revenu sur ses mensonges et le divorce prononcé, tu rentrerais », balbutie sa mère.

Flore déglutit, ne sait que répondre. Elle n'a pas le cœur de lui annoncer qu'Autumn et elles ont déposé une demande de visa résident, qu'elles ont reçu l'accusé de réception de l'administration, qu'en cas de réponse favorable elle ne rentrera pas de sitôt.

« J'aurais aimé être avec vous pour Noël, mais j'ai besoin de rester ici encore un peu.

— Encore un peu ?

— Je… Tu veux voir ma terrasse ? Milly m'a installé une table avec des tréteaux. »

Nouveau silence.

« Tu n'as qu'à dire à papa que je suis heureuse ici, plus heureuse que ces sept dernières années. Ça devrait suffire, non ?

— Appelle-le.

— Tu crois ?

— Montre-lui la baie et ton sourire. Surtout ton sourire. Peut-être qu'il comprendra. »

Un soupir las.

« Ces gens qui t'accueillent, ils sont formidables. Je ne suis pas inquiète, pas du tout. C'est juste… c'est juste que tu me manques.

— Je sais.

— Je n'avais jamais imaginé que tu partirais au bout du monde. »

Flore fixe la baie, cherche les mots, les bons.

« Les mensonges de Paul, tu sais, ses accusations…

— N'en parle plus. C'est fini tout ça. Ton honneur est lavé. Il a abandonné.

— Non, tu ne comprends pas…

— Je sais ce que tu ressens, chérie. Il t'a salie mais c'est terminé. La vérité a triomphé. Comme toujours.

— Je l'ai fait.

— Quoi ? »

Flore prend du courage en s'accrochant aux surfeurs qui dévalent les vagues debout sur leur planche, volent parfois, s'écrasent dans les rouleaux et remontent inlassablement.

« Ce dont il m'accusait, je l'ai fait. Je me suis perdue. J'avais besoin de partir loin. Sinon, je ne sais pas ce que j'aurais fini par faire… »

Dans le combiné, on n'entend plus qu'un souffle court, douloureux.

« J'appellerai papa mais… tu devrais le préparer à l'idée que je ne rentrerai pas de sitôt. »

Un son étouffé, presque inaudible, tient lieu de réponse. Flore laisse passer quelques secondes, prend une inspiration.

« Tu… tu veux voir ma terrasse ? On va l'améliorer. Milly va vernir la table, souder les pieds, parce qu'il faut que ça résiste au vent. »

Un rire à moitié étranglé résonne au bout du fil.

« Oui. Vas-y, ma puce, montre-moi ta terrasse. »

Flore redessine un sourire un peu tremblotant sur ses lèvres avant de rebrancher la caméra. Le visage de sa mère est plongé dans la pénombre mais il ne lui semble pas changé. Il paraît exactement le même qu'avant ses révélations.

« Attention les yeux, hein ! C'est une terrasse panoramique ! »

« Pas de partie d'échecs ce soir ? »

Bien qu'occupée à ranger les provisions sur les étagères de la cuisine, Autumn ne manque pas l'échange de regards amusés entre les filles.

Elles sont là, dans leurs shorts en jean, avec ces tee-shirts trop larges qu'elles ont noués à la taille à la façon d'adolescentes. Milly est pieds nus. Flore porte ses éternelles baskets blanches. Elles ont leurs cheveux lâchés. Avec leur teint hâlé, elles ont l'air de deux touristes séjournant dans la baie pour profiter des vagues. D'ailleurs c'est un peu ce qu'elles sont devenues depuis que les dauphins sont de retour. Elles sont à l'eau le matin, quand Autumn ouvre ses volets, y retournent dans l'après-midi, entre deux tâches, puis à la tombée du jour. Parfois Milly va nager seule mais Flore jamais. Elle ne s'aventure dans les vagues qu'en présence de Milly.

L'été s'est installé et avec lui cette atmosphère de vacances. Le camping est rempli pourtant, le travail ne manque pas, mais c'est ainsi, elles sont aériennes, volubiles et Autumn elle-même se surprend à chantonner en lavant les planches de surf. *Peut-être la magie de Noël, va savoir.*

Ce sont les filles qui ont insisté pour installer un arbre de Noël dans le salon. Flore surtout, émerveillée par le pohutukawa et ses étamines pourpres. Milly s'est prise au jeu. Autumn a suivi en se demandant depuis combien d'années elles n'en avaient pas fait, Milly et elle. Beaucoup trop sans doute.

Autumn est allée saluer les dauphins une fois, une seule. Les filles étaient parties en quad sur le littoral, la baie s'était vidée des surfeurs à l'approche d'un orage de chaleur. Elle a enfilé une combinaison et s'est élancée. Les dauphins ont tourné autour d'elle un bon moment avant d'oser l'approcher. Un ou deux seulement se sont risqués à la frôler. Elle ne dégage pas l'aura de Milly et Dan. Pour eux, elle est une humaine identique à mille autres. Mais flotter dans la baie face au ciel menaçant lui a fait un bien fou. Elle s'est sentie en sécurité comme si rien ne pouvait lui arriver tant qu'elle serait là.

« Il est vingt heures, tu devrais être en route pour la ferme, reprend Milly en masquant son sourire. Les échecs n'attendent pas.

— Anaru est à Edendale », rétorque Autumn.

Elle surprend un tic sur le visage de sa fille, songe que ce sera toujours ainsi : l'évocation de Kai ou d'Edendale lui provoquera toujours un pincement au cœur mais elle ne cessera pas de sourire pour autant.

« Il passe les fêtes de Noël là-bas. Les frères de Kai y seront aussi.

— Pas de partie d'échecs donc, conclut Flore.

— Non.

— Tu pourrais venir voir les manchots avec nous alors… »

C'est encore Flore qui a parlé. Milly scrute sa mère, comme si elle craignait sa réaction.

« D'accord, dit Autumn. Mais tu n'as pas de cuisine à faire ?

— Je ferai ça demain.

— Ça suffira ?

— Ce n'est jamais qu'une bûche aux cerises… Pour le reste, on a décidé qu'on ferait des grillades sur la plage, non ?

— Bon. »

Autumn n'a jamais fait de pâtisserie en dehors de quelques gâteaux au yaourt ou au chocolat à l'époque où Kai et Milly prenaient le goûter ici. Alors une bûche de Noël… Flore a insisté pour s'en charger. Passer Noël sur une plage de sable fin par trente degrés semble l'émerveiller. Et l'idée de manger des grillades pour une telle occasion presque tout autant.

« On termine de ranger et on y va, déclare Milly. Sinon on les ratera. »

Comme Autumn est avec elles, elles renoncent au quad et font le chemin à pied ce soir. Flore et Milly évoquent les touristes qui seront présents en nombre sur la plage de boue volcanique, les manchots qui ne se montreront pas à cet endroit-là mais rejoindront les fourrés par un chemin plus escarpé, au milieu des rochers. Milly suggère leur point de vue habituel, en hauteur, Flore acquiesce. Autumn les suit, silencieuse. Elle songe qu'elle ira à la messe de Noël demain, à l'église presbytérienne de Wyndham. Les filles ne l'accompagneront probablement pas. Elles prépareront la nappe, les jolis couverts pour le pique-nique de Noël, le barbecue à charbon qui prend la poussière dans la réserve depuis une dizaine d'années – sans doute voudront-elles le nettoyer. Flore aura probablement des idées farfelues : sortir des flûtes à champagne, confectionner des origamis avec les serviettes rouges qu'elle lui a fait acheter, décorer les assiettes de feuilles de lierre et de petites baies. Autumn s'attend à tout avec elle. Depuis qu'elle a mis les pieds dans la baie, plus rien n'est pareil. Les repas partagés dans le baraquement, de plus en plus souvent ces derniers temps, revêtent toujours un caractère spécial, créent une atmosphère de fête. Flore y cuisine des crêpes, des croque-monsieur, des meringues ou des babas au rhum beaucoup trop arrosés qui font monter le rouge aux joues. Le quotidien, de manière générale, est plus doux, le travail moins pénible maintenant qu'elles s'y attellent à trois, au son des rires des filles. C'est pour cela qu'Autumn veut aller à la messe demain. Elle a de quoi rendre grâce à Dieu… Ces six derniers mois lui ont donné l'impression de remonter à la surface. Le bonheur de Milly, les invitations chez Anaru, la présence revigorante de Flore, ce bébé que Kai et sa femme vont mettre au monde, cette baie qui n'a jamais été aussi vivante et bruyante… *Je n'en attendais pas autant*. La dernière fois qu'elle a fait le trajet pour l'église, au lendemain du mariage de Kai, elle a demandé au Seigneur d'adoucir la colère qu'elle ressentait à l'égard du jeune homme, de veiller sur Milly, de soulager la solitude d'Anaru. *Je n'en attendais pas autant*, se répète-t-elle.

Elle ira à la messe, oui, elle dira merci pour tout cela et elle priera pour que la vie soit encore pleine de surprises. Comme ce petit bout de femme qu'elle a vue débarquer en stop un soir d'hiver, d'un mauvais œil. Elle était à peine capable de porter son sac à dos, ne savait rien faire, pas même manier un sécateur. Mais elle a appris et tout enchanté. Si Autumn s'était d'emblée écoutée, s'il n'y avait pas eu Milly, elle l'aurait probablement congédiée et regardée partir sans remords. Elle ne sait pas bien quelle est la leçon à en tirer, sans doute qu'il faut lâcher prise parfois, se montrer plus souple, laisser de côté ses principes de vieille peau isolée depuis trop longtemps. Faire confiance à Milly. Oui, c'est ce qu'elle veut retenir : faire confiance à Milly.

« Venez, grimpez par ici. »

Milly les guide à travers les fourrés. Flore et Autumn escaladent à sa suite les rochers menant à un point de vue dégagé sur l'océan. Milly pointe du doigt la plage de boue volcanique, prise d'assaut par les touristes.

« Ils ne les verront pas. »

Elle désigne un minuscule sentier escarpé, bien plus difficile d'accès mais dont l'intimité est préservée.

« Ils arriveront par là », déclare Milly.

Elle ne se trompe jamais quand il s'agit des animaux de la baie.

Autumn se souvient de l'époque où elle accompagnait Dan, elle se tenait figée à ses côtés pendant qu'il installait son trépied. Elle observait ses traits et s'apercevait qu'il l'avait oubliée, tout occupé qu'il était à se préparer à l'arrivée des manchots. Cela l'assombrissait souvent, malgré le spectacle du coucher de soleil, mais quand les manchots apparaissaient, elle comprenait. En une infime poignée de secondes, elle ressentait même ce qu'il devait ressentir : le reste du monde n'existait plus. Elle secoue la tête pour chasser ces vieux souvenirs, elle se sent lasse de les faire tourner en boucle dans son esprit. Alors elle écoute les filles qui bavardent en scrutant l'océan.

« J'ai fait les comptes. Avec l'alliance on pourrait acheter cinq combinaisons de surf ou un paddle, pas plus. Je pourrais mettre davantage sur la table : dix combinaisons ne seraient pas de trop, et pour les paddles, commencer par cinq, pourquoi pas. »

Milly secoue la tête avec obstination.

« Tu n'as pas à prendre sur tes propres économies.

— Ça me fait plaisir. Et puis, que veux-tu qu'on fasse avec cinq combinaisons supplémentaires ? Ça ne résoudra pas le problème. »

Milly secoue toujours la tête. Autumn fait claquer sa langue pour leur signifier qu'elle est là, qu'elle veut des explications.

« Flore veut investir dans le camping. J'essaie de lui faire comprendre que ce n'est pas son rôle.

— Ce n'est pas son rôle, en effet.

— J'aimerais juste… comment dire… apporter quelques agréments. J'ai cet argent qui dort en France…, intervient Flore.

— Elle voudrait proposer de la location de paddles, reprend Milly.

— Allons bon », réplique Autumn.

Pourtant, au fond d'elle, elle songe que ce n'est pas une idée stupide. Elle a vu plusieurs campeurs qui en chargeaient sur leur toit dernièrement.

« Vous ne voulez pas de paddles, peu importe, mais je peux participer à l'achat de nouvelles planches de surf, d'autres combinaisons… Il y a des choses à faire.

— Et cette histoire d'alliance, c'est quoi encore ? » grommelle Autumn pour cacher son trouble.

Milly se mord la lèvre.

« Tu veux la laisser vendre son alliance ? s'exclame sa mère.

— C'est elle qui l'a proposé. »

Flore veut répliquer, Autumn ne lui en laisse pas le temps.

« Tu n'es même pas employée ! Tu n'es ni plus ni moins qu'une bénévole pour l'instant. Nourrie et logée pour abattre neuf heures de travail par jour, ce n'est pas cher payé. Comment je pourrais te laisser investir dans le camping ?

— Mais après, quand j'aurai mon visa… *si* j'ai mon visa…

— Si tu as ton visa, on en reparlera.

— Et je pourrai…

— Pour l'alliance, c'est hors de question ! »

Ce n'est pas négociable, les filles le sentent. Elles se tournent vers l'océan, reprennent leurs chuchotements à voix plus basse. Autumn laisse passer quelques secondes puis elle abandonne son regard sévère, secoue la tête. *Quelle idée…* Elle ne sait pas si elle est vexée de cette proposition ou touchée. Il est vrai que le camping manque de moyens, que les combinaisons sont vieilles, insuffisantes, les planches abîmées par le sel, que la buanderie mériterait un coup de peinture ; vrai aussi que l'investissement en paddles serait vite rentabilisé et leur apporterait une autre source de revenus. En réalité, elle ne s'est jamais posé ce genre de questions. Elle s'est contentée de faire tourner le terrain comme au temps de Dan, ni plus ni moins. Milly est bosseuse, volontaire, mais elle n'est pas du genre à innover. Elle fait ce qu'on lui demande, rien de plus. Flore apportera autre chose. Si elle obtient son visa, elle pourra transformer le camping, le revigorer, un petit peu comme elle les a dépoussiérées, Milly et elle.

Ce soir-là, elles repartent étrangement silencieuses. Assister au retour des manchots sur la terre ferme produit toujours cet effet, surtout quand cela fait près de douze ans qu'on n'y a pas assisté.

Autumn a rejoint le baraquement. Elle était pensive, encore plus taiseuse que d'habitude. Les filles se sont assises sur la terrasse de Flore, qui s'est vue dotée d'une chaise supplémentaire et de trois bacs de bambous censés pousser avec le temps et lui offrir un peu d'intimité. C'est Autumn qui en a eu l'idée et Flore a compris, en la voyant installer les bambous, qu'elle priait aussi fort qu'elle pour que sa demande de visa aboutisse. Elles ont allumé quelques bougies à la citronnelle sur la table aux tréteaux. Flore a rempli deux tasses d'une infusion à la menthe qu'elle avait préparée plus tôt dans la journée.

Milly est absorbée par son téléphone portable.

« Tu fais quoi ?

— Rien. »

Elle repose brusquement l'appareil mais Flore a eu le temps de voir l'écran. À vrai dire, ce n'est pas la première fois qu'elle discerne ce visage sur le portable de Milly, ce visage ou celui de ses équipiers. Et Milly a toujours l'air coupable de visionner ses vidéos comme si elle n'en avait pas le droit.

« Il est arrivé le long des côtes de Mayotte ? » demande Flore.

Milly acquiesce, plonge le nez dans sa tasse de menthe glacée. Flore voit bien comme elle rougit malgré l'obscurité.

« Ils ont trouvé des tortues ?

— Ils en ont déjà sauvé vingt et une.

— C'est une bonne chose, une très bonne chose. Ils en sauveraient encore plus si tu étais avec eux.

— Arrête. »

Flore hausse les épaules.

« J'irai vendre l'alliance moi-même. Quoi qu'en dise Autumn. Avec cet argent tu pourras t'acheter un billet d'avion pour la destination que tu souhaites. »

Milly ne répond rien.

« Autumn et moi, on s'en sortira toutes seules. Je sais presque manier la tondeuse et tu as promis que tu m'apprendrais à conduire le quad. Je m'occuperai des courses et des repas, je te promets que je ne laisserai pas ta mère se nourrir de chips et de sandwichs beurre de cacahuète-mayonnaise. Moi vivante, personne n'avalera cette horreur ! »

Un léger sourire se dessine sur les lèvres de Milly mais il n'est pas suffisant pour illuminer son visage.

« Arrête, je sais ce que tu essaies de faire.

— Ah oui ?

— Tu veux prendre ma place. Tu t'imagines que tu dois porter ma croix à ma place… me libérer et te racheter de je ne sais quoi.

— Ta croix ? C'est ainsi que tu vois ta mère ? »

Flore sourit, taquine, mais ça ne prend pas. Milly reste sérieuse, soucieuse.

« Tu comprends ce que je veux dire… Je ne te laisserai pas faire ça. Je ne partirai pas maintenant qu'on est toutes les trois, maintenant que tout est si facile, qu'on fonctionne si bien ensemble.

— Milly, ce qu'on a ici toutes les trois, c'est formidable, mais si tu décides de partir, si tu décides de voir le monde, de vivre une autre expérience, tout sera à l'identique quand tu reviendras. Je serai là avec Autumn à côté de la barrière quand tu rentreras, dans nos chemises en flanelle identiques. Peut-être que j'aurai pris un peu d'épaules à force d'essayer de travailler aussi dur que toi, peut-être que j'aurai un peu de corne aux mains, qu'Autumn m'aura un peu déteint dessus, que je me serai mise à ronchonner comme elle et à manger du Vegemite… »

Cette fois Milly sourit pour de bon.

« Mais je te promets que je serai là. Tu n'auras qu'à toquer à la porte du bungalow le soir venu… non, même pas, tu n'auras qu'à la faire coulisser et te glisser dans mon lit. Ce sera formidable de te retrouver, de t'entendre me raconter tes aventures en mer et ce sera comme si tu étais là la veille. T'attendre ce sera comme attendre le retour des dauphins à l'été…

— Tu ne sais pas ce que tu dis.

— Je crois qu'Autumn et moi on passera du bon temps. Je pourrai me mettre aux échecs. Tu crois qu'ils m'inviteront à me joindre à eux ?

— Tu n'as même pas ton visa.

— Certes. »

Flore tente de ne pas s'assombrir. Depuis qu'elle a posté le dossier, elle fait tout pour ne pas envisager une réponse négative.

« Tu feras quoi s'ils te le refusent ?

— Je suppose que… je suppose que je serai forcée de rentrer. »

Et c'est Milly qui se rembrunit.

« Tu vois, c'est un scénario nul. Je préfère le précédent. Pas toi ? »

Un haussement d'épaules maussade lui répond. Flore attrape sa main, la porte à ses lèvres, y dépose un baiser brûlant.

« À moins que ce ne soit pas l'expédition de Sea Shepherd qui te branche. À moins que… Non ! C'est ça ? Tu en pinces pour Nils ? Tu aimerais passer tes mains dans ses cheveux roux, mettre ta langue dans sa bouche…

Milly gronde :

« Tais-toi ! Tais-toi donc ! »

Et sourit tout à la fois.

« Tu ne penses qu'à lui depuis ce rock'n'roll endiablé dans le pub de Dunedin ! J'en étais sûre ! »

Milly la bâillonne, Flore l'attire contre elle. Elle résiste encore un peu, le temps de demander, sans trop y croire :

« C'était sérieux ce que tu disais ? Tu m'attendrais ?

— Tu parles ! Qu'est-ce que tu veux que je fasse d'autre ? À part épouser Anaru et lui faire trois autres fils ?

— Flore ! »

Milly rit, se laisse embrasser. Et Flore, toute à son baiser, songe que Milly ne partira pas cet été. Cet été sera formidable. Elles nageront avec les dauphins, partiront pique-niquer à Nugget Point, marcheront dans les rochers, apprendront les étoiles, feront des veillées sur la plage et l'amour, beaucoup l'amour. Mais cet automne les dauphins rejoindront les eaux profondes, les jours rétréciront, les touristes fuiront, le travail deviendra plus dur, la pluie rendra l'air humide, morose. Les vidéos de Nils tourneront en boucle sur le téléphone de Milly. Si elle part, ce sera au début de l'automne. Et cette idée, née au cœur d'un baiser, s'impose comme une certitude.

22

C'est une drôle d'effervescence qui gagne le camping le lendemain, en ce jour de réveillon de Noël. Les groupes de backpackers semblent se préparer à une fête mémorable qui n'a plus rien de la tradition chrétienne. Les touristes néo-zélandais se ruent en masse à la supérette en quête de mets un peu particuliers. Certains ont accroché des guirlandes aux rétroviseurs de leur camping-car. Ceux qui voyagent en famille, avec de jeunes enfants, ont créé des semblants d'arbres de Noël sur leur emplacement à l'aide de structures en bâtons et de quelques fougères. Les surfeurs, eux, surfent sans se préoccuper du calendrier.

Si Autumn et Milly ont l'air de trouver tout cela très normal – les Néo-Zélandais sont souvent en vacances pour les fêtes de Noël –, Flore voit tout d'un œil émerveillé et décide de passer la journée entière en maillot de bain.

« Noël en maillot de bain, vous imaginez ? »

Autumn apparaît sur le coup de dix-sept heures dans sa tenue de messe, sobre et solennelle : un tailleur noir d'une autre époque et les affreux mocassins à boucles empruntés par Milly le jour du mariage de Kai.

« Je serai de retour pour vingt heures, d'accord ?
— D'accord, répond Flore qui est en train de finaliser la décoration de la bûche de Noël.
— D'accord ! » crie la voix étouffée de Milly qui cherche le barbecue dans la réserve.

La porte claque. Flore observe sa bûche : un gâteau roulé fourré à la crème pâtissière et à la confiture de cerises. Elle l'a recouvert d'une meringue qu'elle a fait caraméliser au chalumeau. Il ne lui reste qu'à disposer dessus, avec précision, les cerises qu'elle a fait confire le matin et qui attendent patiemment au réfrigérateur.

« Oh mon Dieu ! s'exclame Milly en entrant dans la cuisine. C'est toi qui as fait ça ? »

Elle a les mains noires de suie, des moutons de poussière sur les vêtements et des toiles d'araignée dans les cheveux. Flore la repousse vivement.

« Je te préviens : n'approche pas de cette bûche ! »

Alors Milly attend que Flore ait disposé les fruits confits, fasse un pas en arrière, puis elle l'attrape par la taille, étale la suie sur son ventre, sur ses épaules, dans son cou et étouffe ses cris en dévorant sa bouche.

Dehors Autumn s'immobilise face à la fenêtre. Au moment d'entrer dans la voiture lui est revenu un détail : elle a oublié de préciser aux filles que la marinade pour les brochettes se trouvait dans le réfrigérateur de secours placé dans la réserve. Elle comptait toquer à la vitre pour les prévenir, mais voilà qu'elle se retrouve figée, comme frappée par la foudre. Bien sûr elle se doutait. Bien sûr elle pensait qu'une certaine ambiguïté existait entre elles. Mais elle refoulait cette idée depuis des semaines. Et maintenant elle ne peut plus. Sa fille est là, embrassant à pleine bouche cette autre fille, tout en laissant ses mains se promener sur sa peau. *Mon Dieu, je vous prie de l'excuser, elle ne sait pas ce qu'elle fait*… Elle serre son sac à main contre elle, recule à l'aveugle, finit par buter contre sa voiture, sursaute. *La messe… Il faut y aller. Je vais être en retard.* Mais elle ne sait plus s'il convient d'y aller maintenant qu'elle a vu ce qu'elle a vu. Maintenant qu'elle sait que Milly, la chair de sa chair, trouble si vivement l'ordre du monde, piétine les règles établies, tous ces principes qui l'ont toujours guidée, elle, Autumn Stevens. Le dos plaqué contre la voiture, elle ne bouge pas, ne retrouve ni son souffle ni ses esprits. Alors dans la cuisine elle voit les filles qui se détachent, Flore qui recule, récupère quelque chose sur plan de travail, le passe sous l'eau. Et l'instant d'après le spectacle est encore plus étonnant. Un chiffon humide à la main, Flore nettoie le visage de Milly, sa petite Milly pleine de suie, avec une douceur infinie. Et Autumn, si terrassée qu'elle est par la foudre, songe que ce n'est pas si grave, que Dieu ne peut pas en vouloir à deux femmes de s'aimer avec une telle tendresse.

La plage a été prise d'assaut par différents groupes. On s'est installé sur des serviettes ou des nappes colorées. On a apporté des verres à pied plantés dans le sable, des glacières pleines de victuailles, des guitares ou des djembés. Flore s'est chargée de la mise en place. Elle a déniché une jolie nappe en broderie beige portant les initiales D.O.S. et A.M.S. – « Dan

Oliver Stevens et Autumn Mary Stevens », lui a expliqué Milly. Dans les placards de la pièce à vivre, elle a trouvé de la jolie vaisselle en porcelaine qui faisait sans doute partie des cadeaux de leur mariage. Les flûtes à champagne se trouvaient dans la réserve. Elles avaient pris la poussière mais Flore est passée par là et tout est comme neuf. Elle a ajouté dans le large cabas les couverts, les serviettes rouges achetées l'autre jour, quelques fleurs sauvages cueillies sur le terrain.

Avec une attention toute particulière, Flore dispose les éléments, recule dans le sable pour jauger la décoration : les fleurs dans les assiettes, les serviettes pliées en étoile dans les flûtes, les prénoms inscrits sur de jolies étiquettes trouvées à la supérette. Milly, Autumn, Flore : leurs trois prénoms sur la nappe brodée, côte à côte, comme une famille. Ça lui fait un drôle d'effet.

Au fond du cabas les brochettes qu'elles ont fait griller sont soigneusement emballées dans du papier d'aluminium. Elles resteront chaudes si Autumn ne traîne pas trop. Le pain est frais du jour, les tubes de ketchup, moutarde et mayonnaise bien là. *Une grillade mayo à Noël…* Elle sourit de nouveau. Le champagne, le vin et la bûche sont, eux, dans la glacière que Flore a recouverte d'un napperon pour pousser le soin du détail jusqu'au bout. Elle porte toujours son maillot de bain, pour la beauté du geste, mais elle a une robe par-dessus. Sa première robe depuis qu'elle est ici. Sa première robe depuis que Paul a voulu mourir, depuis le calvaire Bertrand, depuis qu'elle a cessé tout ça. Une robe fine, blanche, pas une de celles qu'elle mettait pour aller dans les bars, non, une simple robe d'été achetée et jamais portée, pure, vierge de tout souvenir. Milly a dit : « Elle est jolie » en passant sa main sur le tissu. Flore a noué ses cheveux en natte. Parce que c'est Noël. Parce qu'elle voulait marquer cette soirée. Si la réponse à sa demande de visa est négative ou n'arrive pas à temps, elle devra plier bagage dans trois semaines et ce soir de Noël sur la plage sera un de leurs derniers souvenirs toutes ensemble. Mais elle n'y pense pas. Pas vraiment. Elle défait un pli sur la nappe, replace une fourchette puis elle fixe l'océan, la baie, son petit univers et elle inspire une longue bouffée d'air.

Autumn trébuche dans les nids-de-poule avec ses mocassins à talons. Elle aurait dû se changer mais Milly l'a pressée. Elle était à peine rentrée de la messe que sa fille était là, lui annonçant : « Tout est prêt, on y va ? » Milly dans une énième robe qu'elle ne lui avait jamais vue, une robe couleur taupe, à moins que ce ne soit café. Elle n'a jamais été très douée pour les tissus et les coloris…

« Tout est déjà sur la plage ? a-t-elle demandé, prise de court.

— Tout. » Milly a passé son bras sous le sien et Autumn s'est exclamée : « Les cadeaux ! » Milly a filé dans la réserve, en est ressortie avec un large sac en papier. Puis elle a entraîné sa mère en direction de la baie.

Autumn se tord les pieds dans ces souliers qu'elle n'a portés que deux fois : le jour où Dan l'a présentée à ses parents et le jour de son enterrement. Et maintenant ce soir. Même si aucune logique ne relie ces trois événements, Autumn gardera en mémoire que ces souliers sont liés à des moments importants de sa vie… Elle se sent étrangement émotive en descendant dans la baie au soleil couchant. À cause des souliers ? À cause de la messe ? Elle en ressort toujours chamboulée, titubante, comme si elle avait un peu trop bu. Ou bien est-ce à cause du baiser qu'elle a surpris quelques heures plus tôt dans la cuisine ? Peut-être est-ce juste la sénilité qui approche à grands pas. Ou alors… ou alors c'est le bras de Milly passé sous le sien… Oui, Autumn se sent étrangement émotive ce soir et, comme souvent lorsque cela lui arrive, elle ronchonne :

« Tu ne m'as même pas laissé le temps de me peigner !

— Tu es très bien comme ça », rétorque Milly.

Autumn veut répliquer mais ne trouve rien à dire. Elle trébuche une nouvelle fois, jure, se retient au bras de Milly, puis, d'une voix étrangement rauque, déclare :

« Tu es très bien comme ça, toi aussi. Cette robe est… elle est jolie. »

Et c'est Milly qui se trouve sans voix en entendant ces mots de sa mère et en voyant Flore, à quelques mètres de là, dans sa robe blanche, avec sa tresse ramenée sur une épaule, qui leur adresse un signe de la main.

Que retenir de cette veillée de Noël face au coucher de soleil sur la baie ? Autumn dresse une liste consciencieusement, les doigts autour de sa flûte de champagne. Le pragmatique d'abord car c'est le plus facile : les brochettes étaient délicieuses, l'agneau bien cuit – Milly a su le saisir à point, comme Dan le faisait –, la température est clémente, elles ont échappé à un orage de chaleur ; en revanche, la nappe… quelle idée Flore a-t-elle eue de sortir cette vieillerie ? Mais après tout, à quoi bon laisser ses souvenirs de mariage se faire dévorer par les mites ? C'est peut-être Flore qui a raison. Vendre son alliance pour acheter des combinaisons de surf toutes neuves, sortir une nappe de mariage pour s'offrir un gueuleton sur la plage, ça se tient… La suite de la liste, c'est là que ça devient plus compliqué, que ça crée un poids qui comprime la gorge. Foutue émotivité ! Qu'est-ce qu'il lui prend d'être si sentimentale ? Les étiquettes avec leurs prénoms, c'était niais, surfait, et pourtant Autumn les a rassemblées près de son assiette, pour qu'elles échappent au sac-poubelle en fin de repas. Elle ne sait absolument pas ce qu'elle en fera. Peut-être les cachera-t-elle dans le buffet à côté des ronds de serviette pour les jours d'hiver plus sombres. Elle pourra les sortir, déchiffrer de nouveau les jolies lettres formées par Flore. Elle secoue la tête en songeant : *La vieillesse te va mal, ma pauvre*, avant de revenir à sa liste… Le champagne. Les bulles sur la langue et la légère ivresse. La bûche aux cerises, largement honorée par Autumn et Milly qui en ont repris toutes deux une part. Le rire des filles. Le regard amoureux de Milly posé sur Flore et leurs mains qui venaient se frôler sans cesse quand elles pensaient qu'Autumn ne les voyait pas. Les coquillages qu'elles ont lancés dans l'écume pour formuler des vœux. Ceux prononcés tout haut et les autres, qu'elles ont gardés pour elles. Elles ne le savent pas mais elles en ont toutes formulé un commun. Avec d'infimes variations mais l'idée était la même : préserver leur lien du temps qui passe.

La nuit est tombée sur la baie. Un groupe de touristes tente de faire démarrer un feu de camp, plus loin.

« Je vais leur demander d'arrêter », déclare Milly en se levant.

Mais Autumn la retient par la main.

« Laisse pour ce soir. J'irai nettoyer demain. »

Alors Flore et Milly échangent un regard surpris, sans un mot, et Autumn, à qui rien n'échappe, lance vivement :

« Qu'est-ce que vous attendez ? Vous ouvrez mes cadeaux ? »

Elle les regarde attraper le sac en papier puis déballer les présents dans leurs jolies robes avec un empressement enfantin. Ce soir plus que jamais, Autumn se sent redevenir mère. Une maman louve qui veille sur sa portée. Ça fait bien longtemps qu'elle n'a pas senti cette chaleur au creux de sa poitrine, ce sentiment de fierté jalouse légèrement possessive. *N'approchez pas, qui que vous soyez, laissez-les jouer toutes les deux dans la baie.* Cela la ramène en arrière, quand Milly et Kai couraient sur le terrain de camping, leurs lance-pierres à la main, et qu'elle les surveillait du coin de l'œil, le cœur tout gonflé.

« M'man ! soupire Milly en découvrant son cadeau – des gants, un bonnet et une écharpe d'un joli orange brique.

— Pour les jours d'hiver. Tu consentiras peut-être à te couvrir », marmonne Autumn.

Elle est aussitôt interrompue par l'exclamation de Flore :

« Des bottes ? Des bottes en plastique ? »

Elle tient entre ses mains de jolies bottes de pluie rouges à pois blancs.

« Tu ne peux décemment pas travailler dans la baie avec tes baskets blanches en toile. Il te faudra quelque chose de résistant pour l'hiver. »

Flore et Milly échangent un nouveau regard, sourient.

« Allons bon ! Personne ne vous a appris à dire merci ? »

Elles se hissent sur leurs genoux toutes les deux, se penchent en avant, déposent un baiser sur les joues d'Autumn, insensibles à ses ronchonnements.

« Joyeux Noël, Autumn !

— Joyeux Noël, m'man. »

Et Autumn de répliquer :

« Oui, oui, joyeux Noël à vous aussi. »

Il y a belle lurette que son ton maussade ne trompe plus personne.

« Tu n'ouvres pas ton cadeau ? » demande Milly.

Si Autumn reste abasourdie, c'est parce qu'elle s'attend à trouver un outil de bricolage. Cela fait des années que Milly lui achète du pratique. Mais pas cette fois… Cette fois, Milly a glissé sous son assiette un ouvrage à la couverture mate entouré d'un ruban rose. Un ouvrage intitulé : *Stratégies gagnantes aux échecs*, de Yasser Seirawan.

« Pour que tu conserves ton avance sur Anaru ! »

Alors Autumn sourit sans y prendre garde, attrape sa flûte de champagne, la vide.

« Le mien arrivera un peu en retard, s'excuse Flore.

— Ton cadeau sera d'obtenir ton visa, rétorque Autumn.

— Mon cadeau arrivera dès que mon visa aura été validé.

— Ne me dis pas que tu vas me faire livrer des paddles ! »

Les filles échangent un regard incertain, des sourires tremblotants. Flore se mordille la lèvre.

« Et où je suis censée stocker tout ça ?

— Milly a eu une idée, avance Flore.

— On a pensé construire un abri de jardin. Pour entreposer le matériel d'eau.

— Un abri de jardin ? Le construire de tes mains ?

— De *nos* mains. Avec l'aide d'Anaru.

— Que vient faire Anaru là-dedans ? »

Milly veut répliquer mais Flore l'interrompt d'un geste de la main.

« Resservons un peu de champagne à ta mère, non ? »

Oui, c'est tout cela qu'Autumn veut retenir de cette veillée de Noël sur la plage : leurs querelles, les regards amusés des filles, les projets fous et les baisers déposés sur ses joues.

23

Milly est amoureuse cet été-là pour la deuxième fois de sa vie. Amoureuse à en perdre le sommeil, à guetter chaque matin le petit papier laissé par Flore, à taire sa déception quand il n'y en a pas, à apprendre les vers par cœur quand elle en trouve.

Un palpitement de moineau
Une île dans ton lit…
Des cieux et des baisers…

Elle l'apprend en espagnol.

Una casa en el cielo
Un jardín en el mar…

Elle connaît l'air de la chanson maintenant, et la voix rocailleuse et douce à la fois de Cesaria Evora. Elle la chante dans sa tête quand elle nage, quand elle travaille, quand elle essaie de dormir.

Milly est amoureuse jusqu'à se blesser en maniant le marteau ou le sécateur, à se glisser dans le bloc sanitaire en cachette avec une paire de ciseaux pour déverrouiller la porte de la douche derrière laquelle s'élèvent les vapeurs brûlantes de vanille. La première fois, Flore a crié, reculé, cherché sa serviette. Depuis, elle se contente de sourire.

« Et si ce n'était pas moi ? » demande toujours Milly.

Elle n'attend jamais de réponse, elle se pose dans son cou, sur ses lèvres, sur ses épaules, son ventre, partout où la vie prend une saveur sucrée et douce. Dans l'obscurité, Flore dit que Milly la réveille de nouveau, que désormais, dans ses bras, les caresses ne sont plus une expiation mais quelque chose de délicat et de beau comme un battement d'ailes.

Milly est amoureuse et, même si elle n'a pas une très grande expérience de l'amour, elle sait plusieurs choses. Elle sait que l'amour est comme l'océan : il peut être parfois tempétueux et passionné, parfois calme et ronronnant. Elle sait que tout cela, même les lames grises et boueuses, peut fait partie de l'amour. Même les plus beaux étés passés dans la baie avec Kai finissaient parfois par se ternir à l'automne. Jamais cela ne l'a vraiment chagrinée. Elle se répétait que les vagues vont et viennent en permanence, que si elles se retiraient c'était pour mieux revenir. Ainsi, à l'époque, elle n'a pas eu peur de quitter la baie pour aller faire ses études à Dunedin, de laisser Kai derrière elle. Elle est partie sereine, pensant que rien ne changerait. Elle est partie et Autumn s'est éteinte, a failli y laisser sa peau. Kai quant à lui l'a attendue, l'a aimée plus fort à chacun de ses retours mais, au fil des mois, il s'est habitué à vivre sans elle. Quelque chose entre eux s'est dénoué sans qu'ils le veuillent. C'est cela que Milly rumine pendant ses insomnies cet été-là : le départ ne crée pas de scission nette, pas d'explosion brutale ; on se promet des attentes pleines d'espoir et d'excitation, des retrouvailles pleines de merveilles, mais c'est dans le temps que l'amour se dilue insidieusement, se délite progressivement, dans le silence le plus total.

Depuis quelques jours, Flore bavarde sur le terrain de camping avec un Français. Il s'appelle Clément, a une peau mate de métis, vient de Paris. Ils s'installent tous les deux sur les tables de pique-nique devant une canette de soda et ils évoquent des lieux qu'ils ont connus, prononcent des noms de gares, de rues, de stations de métro, de cafés, se racontent des souvenirs. Flore a l'air d'une autre jeune femme quand elle est avec lui parce qu'elle renoue avec sa langue maternelle, avec ses racines, son passé. Milly sait qu'il ne s'agit que de cela, d'une façon pour elle de reprendre contact avec la France, tout doucement, par tâtonnements, comme Kai l'a fait en revenant dans la baie l'autre jour, en posant des questions sur les baleines, les dauphins, les hoihos. Milly sait que c'est une bonne chose de faire la paix avec son passé, que c'est ainsi qu'on va de l'avant. Pourtant, la jalousie n'est jamais bien loin. Si Flore part, si son visa n'arrive pas à temps, dix-neuf mille cent soixante-sept kilomètres les sépareront. Flore replongera dans l'effervescence parisienne bon gré mal gré, se sentira très vite loin du calme de la baie, de cette parenthèse hors du temps. Elle retrouvera des plaisirs qu'elle avait oubliés : les musées, les ruelles pavées, les monuments magnifiques, les fêtes, ses amis et l'envie des hommes, tôt ou tard… Milly en est persuadée. Si c'est elle qui part – elle n'en est plus à s'effrayer d'envisager cette folie –, Flore restera ici. Elle a promis d'attendre, comme Kai à l'époque. Mais il y aura d'autres Clément. Même dans les chemises en flanelle d'Autumn, même avec ses bottes en plastique à pois, Flore les attirera comme des mouches. Milly en sait quelque chose. Elle n'a jamais rien vu d'aussi beau et délicat que son joli cœur et pourtant… et pourtant elle ne jurait que par Kai.

Il suffit que l'aube se lève pour dissiper tous ses tourments. Les boucles brunes sur l'oreiller, le petit papier sur le plan de travail, la combinaison de plongée suspendue avec soin par Flore sur un cintre… Quand Milly s'enfonce dans les flots, elle se sent de nouveau confiante et invincible mais elle n'attend qu'une chose : revenir sur la terre ferme, se glisser dans les draps chauds, réveiller sa douce de baisers et presser son corps contre le sien. Milly est ainsi quand elle est amoureuse : aussi tourmentée et versatile que l'océan Austral en hiver.

Le matin où la réponse de demande de visa arrive, personne ne s'attend à ce que le facteur passe. Un orage de chaleur a éclaté dans la soirée et un vent violent a soufflé toute la nuit. Autumn a branché la radio, constaté que le courant était coupé, téléphoné à la compagnie d'électricité, qui l'a mise en attente. Milly est partie en éclaireuse avec le quad malgré les protestations de sa mère : « Fais attention aux câbles tombés ! » Et Flore a effectué ses tâches, celles de Milly, a relayé Autumn à la supérette pendant qu'elle recomposait en vain le numéro de la compagnie d'électricité.

L'horloge affiche midi moins le quart quand Flore se dirige sans trop y croire vers la boîte aux lettres en ramassant au passage des branches mortes qui jonchent le chemin. Trois enveloppes se trouvent là, dont deux comportent le tampon du département de l'Immigration. Elle en lâche les bouts de bois, tombe plus qu'elle ne s'assied à même le sol, déchire la première enveloppe maladroitement, laisse les lambeaux s'éparpiller. Le courrier est destiné à Autumn mais elle le parcourt quand même :

Chère Madame Stevens,

Nous avons le plaisir de vous informer de la réponse positive donnée par le département de l'Immigration de Nouvelle-Zélande à la demande d'attribution de visa permanent pour Mme Flore Sanchez, présente sur le sol national en qualité de volontaire dans votre camping depuis le…

Elle décachette l'autre enveloppe plus vite encore, pour être sûre. S'il y a une erreur, il faut qu'elle le sache tout de suite : inutile de laisser la joie et le soulagement l'envahir pour rien. Mais dans le deuxième courrier, à son intention celui-là, les mots sont sensiblement les mêmes :

Chère Madame Sanchez,

Nous avons le plaisir de vous informer de la réponse positive donnée par le département de l'Immigration de Nouvelle-Zélande à votre demande de visa de résidente…

Assise par terre, les courriers froissés entre les mains, elle inspire de longues bouffées d'air, lit et relit les lettres, se redresse, trébuche dans un nid-de-poule. Autumn surgit devant le baraquement, la main en visière, le front plissé, aux aguets.

« Alors ? crie-t-elle. De bonnes nouvelles ? »

Flore cesse d'avancer parce que ses jambes ne la portent plus – elle avait cessé d'y croire, la date de son retour se rapprochait dangereusement et un nœud s'était formé dans sa poitrine ces derniers jours – et parce qu'elle ne sait comment réagir une fois face à Autumn, avec leur pudeur mal placée.

« Oui ! lance-t-elle.

— Oui quoi ?

— De bonnes nouvelles. »

Elles restent ainsi, Autumn avec son téléphone en attente dans une main, Flore avec ses lambeaux d'enveloppes. Elles restent ainsi, à une vingtaine de mètres l'une de l'autre, à se jauger.

« Ça signifie que les paddles vont arriver par convoi spécial ? crie de nouveau Autumn.

— Oui, s'étrangle à demi Flore.

— Et l'abri de jardin n'est pas prêt !

— Non. Il faut prévenir Anaru… lui dire qu'on aura besoin de son aide plus vite que prévu. »

Même à cette distance, Flore reconnaît son claquement de langue caractéristique.

« Ce n'est pas d'Anaru que nous aurons besoin, c'est de Kai. Peut-être même de ses deux frères aussi !

— Et pourquoi pas ?

— Mon Dieu, un chantier pareil dans ma baie !…

— Un chantier et puis une veillée sur la plage, des bières, des grillades, quelques récits d'Anaru sur les pirogues. Moi ça m'irait. »

Autumn veut répliquer mais quelqu'un répond enfin au bout du fil alors elle colle le téléphone à son oreille, s'emmêle les pinceaux, dit : « Bonsoir » puis « Bonjour, pardon » et Flore, en la voyant s'empourprer, prend enfin conscience de ce que signifie cette nouvelle : elle est chez elle désormais. Pour de bon.

« Alors tu n'entres pas ?

— Je ne sais pas.

— Enfin, Milly, on n'a pas fait toute cette route pour rien… »

Devant la devanture de la boutique, Milly hésite, agrippe Flore par le bras, l'entraîne sur le côté. La ville d'Invercargill est moins morose que dans le souvenir de Flore. Sous ce joli soleil d'été et avec un cœur plus apaisé, elle lui trouve même un certain charme. À moins que ce ne soient les longs mois d'isolement. Le moindre café, la moindre boutique lui donne l'impression d'être plongée en pleine effervescence joyeuse. Sur la vitrine devant laquelle elles se trouvent, un écriteau énorme annonce : « Rachat d'or ».

« On mettra l'argent dans une tirelire. Avec ça on pourra aller voir les fjords toutes les trois. »

Milly garde les doigts serrés autour de l'alliance passée à son cou comme pour empêcher Flore de s'en emparer. Elle a un air tourmenté.

« Tu ne veux pas voir les fjords ?

— Bien sûr que si.

— Alors ?

— Alors… »

Milly détourne les yeux, les fixe sur le trottoir pour avouer à demi-mot :

« J'aimais bien l'idée que tu sois dans mon cou, juste à côté de Kai, en permanence.

— C'est ça ? »

Flore déglutit.

« Tu avais l'impression que cette alliance était un peu de moi ?

— Oui.

— Bon sang, Milly, cette alliance était la part de moi que je déteste le plus ! Viens, on va s'en débarrasser tout de suite ! »

Elle tire la main de Milly qui résiste encore un peu.

« Je t'offrirai un autre pendentif. Ce sera un vrai cadeau, pas un rebut de ma vie passée. Viens. »

Cette fois Milly se laisse entraîner à l'intérieur de la boutique.

« C'est pour quoi ? »

Le vendeur mâche un chewing-gum, tapote nonchalamment le bord du comptoir, jette un coup d'œil distrait dehors. Flore se tourne vers Milly, attend de la voir acquiescer, puis détacher avec lenteur son collier, laisser tomber sur le comptoir l'anneau, qui fait quelques tours sur lui-même.

« J'aimerais vendre mon alliance. C'est de l'or rose dix-huit carats. Avec trente-trois diamants.

— Voyons ça… »

Flore retient son souffle, tente de faire disparaître l'image de Paul prononçant ces mêmes mots avec fierté. Son visage juvénile qui la scrutait, des étoiles plein les yeux. « *Oui, bien sûr que oui, idiot !* » C'était la réponse qu'elle avait donnée à l'époque avant qu'ils ne s'embrassent. Dans le magasin, le vendeur est plus flegmatique, moins exalté.

« Ouais, c'est bien du dix-huit carats. Je vais compter les diamants… »

Il part avec lenteur dans l'arrière-boutique, revient avec des ustensiles dont une loupe et une lampe. Il s'attelle à la tâche en mâchant bruyamment, et Milly va se coller à la vitre, laissant à Flore tout l'espace disponible pour se battre contre ses souvenirs, changer d'avis si elle le souhaite. Mais elle n'en fait rien. Quand le vendeur sort sa calculatrice et la fait glisser vers elle pour lui montrer le montant qu'il en propose, elle acquiesce sans discuter. C'est ce qu'il faut pour payer à Milly et à Autumn un voyage dans les fjords. Il en restera même un peu pour offrir un pendentif à Milly.

En revenant, ce soir-là, alors qu'elles traversent les vallons battus par la mer, elles sont étrangement silencieuses. Milly fait tourner entre ses doigts le petit oiseau en argent qu'elles ont déniché dans une bijouterie du centre-ville. Un passereau qui ne pèse pas bien lourd au creux de sa paume mais qui aura le poids d'un trésor à son cou. « C'est une alouette, a déclaré Flore, bien que la vendeuse, qui n'était pas experte en volatiles, ait été incapable de le confirmer.

— Tu crois ?

— Regarde. » Elle désignait la huppe fièrement dressée sur le crâne de l'oiseau. « C'est l'alouette de la chanson "Tiempo y silencio" : "Une alouette dans ton cœur…” » Et ces mots prononcés au beau milieu d’une bijouterie d’Invercargill ont eu tellement d’impact sur Milly qu’elle n’a rien voulu d’autre que cette alouette pour pendentif, pas même le cœur, la fleur de lotus, la boussole, le signe infini ou l’arbre de vie que la vendeuse lui présentait avec entrain. « Non, je veux l’alouette. »

Dans la voiture, tandis que la tête de Flore ballotte contre la vitre, Milly interroge :

« Quel est le mot déjà pour “alouette” en espagnol ? »

Flore semble émerger d’une rêverie, se redresse.

« *Alondra*. »

Milly se tait. Le regard droit devant, une main sur le volant, l’autre qui triture son pendentif, elle songe qu’elle a maintenant tout contre son cœur Kai et Flore. *Wera* et *alondra*. Elle trouve que cela sonne bien, comme les prénoms des enfants qu’elle aurait pu porter.

C’est quand elles se garent devant la barrière du camping que Milly se jette à l’eau. Elle a hésité à évoquer le sujet tout au long du trajet, n’en a pas trouvé le courage. Parce qu’elle avait ce pendentif à son cou comme une merveilleuse preuve d’amour, parce que Flore tenait entre ses jambes un sac plastique rempli d’objets de décoration pour son bungalow, parce qu’elle aurait eu l’impression de briser quelque chose en parlant. Mais là, devant la barrière, alors que le jour se couche, elle songe qu’elle ne pourra pas garder cela sur le cœur plus longtemps. Alors elle se lance, récite sans quitter des yeux la pancarte *Mutunga o te ao* :

« Sea Shepherd organise un grand meeting à Dunedin dans quatre semaines. Paul Watson sera là en personne. Cela durera deux jours, avec des expositions, des conférences de presse, des courts-métrages… Nils dit que plusieurs centaines de personnes sont attendues ainsi que des chaînes de télévision, des radios, des journaux. Il dit que c'est un événement comme il n'y en a pas souvent, que c'est l'occasion de discuter avec des bénévoles, de prendre le pouls, de me faire une idée précise. Il dit que je ne peux pas rater ça. Il sera là bien sûr et il peut m'avoir une entrée. »

Elle s'arrête à bout de souffle, se tourne vers Flore qui s'est immobilisée, une main sur la poignée de la portière. Milly tente de déchiffrer fébrilement sur son visage une émotion : de la déception, un peu de tristesse, de l'amertume. Mais Flore reste impassible, se contente de déclarer d'une voix égale :

« Je crois que Nils a raison. Tu dois y aller. »

Milly laisse passer un silence, reprend les clés sur le contact. Flore songe : *C'est ce qui devait arriver.* Elle continue de sourire parce que c'est la meilleure façon d'encourager Milly, de lui insuffler l'énergie nécessaire. Milly quant à elle pense : *Si je vais à ce meeting, je risque de partir en mer, de quitter la baie.* Et c'est la raison pour laquelle elle n'a pas voulu en parler avant, pour ne pas rendre la chose trop réelle.

« On dira à Autumn que je vais boire un verre avec un ami à Dunedin.

— Non, dit Flore. Tu dois lui dire la vérité.

— La vérité…

— Que tu partiras sans doute un jour ou l'autre parce que c'est ce que tu es, une fille de la mer. Qu'à bord d'un baleinier tu sauveras bien plus d'animaux que dans la baie. Que ça te rendra heureuse. Elle n'y sera pas insensible.

— Elle ne comprendra pas.

— Je trouverai les mots pour adoucir les choses. J'ai encore quelques paroles de chanson sous le coude. Celle des bateaux… »

Milly sourit malgré elle mais la gravité reprend le dessus sur son visage.

« La dernière fois que je suis partie, elle a failli mourir de chagrin.

— La situation a changé. Il y a Anaru et les parties d'échecs maintenant. Et moi. Je reste là, avec elle. »

Milly lui lance un regard acerbe qui semble dire : *Je sais ce que tu fais.*

« Je n'ai pas encore décidé que je partirais. C'est juste un meeting.

— Bien sûr. C'est juste un meeting. »

Flore ouvre la portière pour clore la conversation, offrir une issue à Milly.

« Deux jours sans toi, on s'en sortira largement, va ! Je suis sûre qu'on s'apercevra à peine de ton absence !

— Tu parles !

— J'aurai du pain sur la planche, tu sais. Il faudra décider de l'emplacement du cabanon de jardin, fixer une date avec Anaru pour couler la dalle, commander la bétonnière et le béton, faire comme si je savais de quoi je parle, promettre un festin gargantuesque à Kai et à ses frères pour qu'ils acceptent de nous aider, tout ça sans m'attirer les foudres de ta mère.

— Je ne voudrais pas être à ta place.

— Tu seras mieux là-bas, à t'empiffrer de petits-fours, crois-moi ! »

Elles foulent les hautes herbes, se dirigent vers le bungalow en faisant comme si tout cela n'était qu'un sujet de plaisanterie, un projet anodin et léger. Et cela fonctionne. Quand l'amour est doux et calme comme un océan d'été, pourquoi anticiper les tempêtes ?

Lorsque Milly va nager ce soir-là, à l'heure bleue, Flore s'installe sur une des tables de pique-nique au milieu des campeurs. Elle sait qu'elle retrouvera Clément, un parfum de la France, son pays qui lui semble moins lointain désormais. Il repartira en fin de semaine à bord de son van. Il voyage en solitaire, surfe ici, fera du canoë dans les fjords, du treck au Mount Cook, avant de s'envoler pour un autre pays. Il ne veut pas rentrer en France, il ne s'y sent plus chez lui. « Je suis un courant d'air infatigable », lui a-t-il déclaré l'autre soir un peu tristement. Puis, comme elle ne savait que répondre, il a ajouté : « Je ne me sens à ma place nulle part.

— Tu te sentiras à ta place le jour où tu auras trouvé le bon endroit », a-t-elle déclaré avec assurance.

Ce soir, il la rejoint avec, dans un petit sac, sa vaisselle lavée : un gobelet, une assiette en plastique, des couverts pliables, une casserole de poche. Tout ce qu'il possède ou presque, tout ce qu'il trimballe avec lui de pays en pays.

« Ça va ? lâche-t-il en prenant place à côté d'elle.

— Ça va. »

Elle ne quitte pas des yeux l'océan où dérive Milly pas plus grosse qu'un point noir.

« La gérante m'a dit que ton visa était arrivé. »

Flore se tourne vers lui, masquant avec peine son étonnement.

« Autumn ?

— Oui, Autumn. »

Autumn bavarde avec les campeurs maintenant ? Voilà ce qui traverse l'esprit de Flore.

« On dirait que tu as trouvé le bon endroit, toi, ajoute-t-il, rieur.

— Oui.

— C'est l'océan ? Le climat ? La lumière si particulière ? Le calme ? Dis-moi, que je sache quand j'aurai trouvé le mien.

— Rien de tout ça. Et un peu de tout ça à la fois.

— C'est bien mystérieux.

— Du temps et du silence.

— Pardon ?

— C'est de cela que j'avais besoin. Et puis elles se sont engouffrées là-dedans. »

Il ne comprend pas, fronce les sourcils.

« Autumn et le point noir, là-bas dans l'océan. »

Elle a toujours ce regard impénétrable et ces mots étranges qu'il ne sait décidément pas interpréter.

« Tu veux un café ? dit-il. J'allais me faire chauffer de l'eau pour un instantané.

— Si tu veux. »

Elle ne le regarde pas s'éloigner. Elle fixe toujours l'océan et Milly. Elle songe qu'il est des êtres avec qui on parle le même langage et que, quand on les rencontre, on ne se demande plus si on a trouvé le bon endroit : on sait.

24

Un vendredi de fin février, Milly part avec la voiture d'Autumn à quinze heures tapantes, le billet d'entrée envoyé par Nils dans la poche de son short en jean. Autumn ne sait plus où donner de la tête à la supérette. Une file s'est formée devant la caisse, pourtant, quand les pneus crissent sur le gravier, elle s'interrompt et lève la tête, adresse un signe de la main aux rétroviseurs sans être certaine que Milly la verra. Occupée à installer des luminaires solaires le long des allées, Flore lève la tête elle aussi. Puis elle essuie la sueur sur son front, jette un coup d'œil au ciel gris chargé d'épais nuages et songe qu'un orage éclatera avant la tombée de la nuit.

La dernière image que Milly aperçoit avant de disparaître au bout du chemin est celle-ci : Flore attelée à sa tâche comme si elle avait fait ça toute sa vie, comme si elle était née sur ce terrain, y avait grandi, s'y était constitué des racines solides et profondes.

Plus tard cet après-midi-là, une pluie fine se met à tomber, qui s'épaissit, contraignant Flore à se retrancher dans son bungalow. Malgré la chaleur, elle se fait chauffer un peu d'eau et y trempe un sachet de thé Earl Grey. Sa terrasse prend l'eau mais la combinaison de Milly est à l'abri, pliée dans le placard de sa chambre. Elle s'installe sur la banquette de la petite pièce principale. Aux murs se trouve désormais un cadre avec la seule photographie qu'elle ait conservée : ses parents et elle au restaurant. Ils fêtaient son baccalauréat. Elle avait expédié le dîner pour pouvoir retrouver Paul. Elle se sent coupable aujourd'hui. Milly n'aurait jamais fait ça. Si un jour elle rentre en France, elle s'emploiera à se rattraper là-bas aussi, elle essaiera aussi fort qu'avec Milly et Autumn.

À côté du cadre, plus loin sur le mur, elle a accroché une pendule décorative en fer forgée et une étagère accueillant un aloe vera en pot et une bougie à la vanille. Dans sa chambre aussi, elle a mis un peu de sa patte : un miroir soleil au-dessus du lit, une guirlande lumineuse et quelques photographies de la baie au lever du jour qu'elle a imprimées à Invercargill. Sur l'une d'elles, on aperçoit Milly dans l'eau, réduite à un point noir.

Sa tasse fumante entre les mains, Flore regarde la pluie tomber sur la baie. Une otarie s'est réfugiée dans un fourré à quelques pas. Elle souffle sur la fumée. Une légère mélancolie l'envahit, qu'elle sait passagère. Elle songe que la baie est vide et silencieuse sans Milly mais que cela deviendra son quotidien par la force des choses. Une traversée du temps douce et monotone loin du tumulte du monde. Chaque jour sera semblable aux autres, semaine et week-end se confondront, ne lui apportant que de rares surprises. Encore un peu de temps et de silence… En a-t-on jamais assez ?

L'automne ne sera pas facile et l'hiver encore moins mais Milly a bien vécu des années en attendant l'été et les dauphins. Elle y parviendra aussi. Elle le doit.

Elle songe qu'on a une vie entière pour accorder son pardon. Elle a laissé partir Paul et Solange, la rancœur, la colère. Elle sait qu'elle mettra plus longtemps à se pardonner à elle-même. Le salut prend parfois des chemins tortueux, le sien s'est inscrit sur la peau de Milly, dans ses iris qui se transforment en observant l'océan. Libérer Milly, laisser l'alouette s'envoler… C'est ainsi qu'on aime le mieux. Elle en est persuadée.

Dans le sac à dos de Milly, juste avant son départ, elle a glissé quelques mots. Des paroles de la chanson des bateaux soigneusement traduites en anglais. Milly les découvrira en arrivant à Dunedin.

Je connais des bateaux qui n'ont jamais fini
De s'épouser encore chaque jour de leur vie
Et qui ne craignent pas, parfois, de s'éloigner
L'un de l'autre un moment pour mieux se retrouver…

Quand elle rentrera, elles n'en reparleront pas. L'essentiel se passe de mots.

Ce soir-là, Autumn vient toquer à la porte du bungalow et lui demande de l'aide pour fermer le rideau métallique de la supérette. Le temps humide a réveillé ses douleurs articulaires. Elles se débattent sous la pluie. Le temps est à l'image de leur humeur : triste et gris.

« Tu pars jouer aux échecs chez Anaru ? demande Flore en la voyant enfiler son imperméable, attraper un sac à dos.

— Non. »

Elle lui trouve le visage sombre et résigné à la fois.

« Je dois aller au cimetière », précise Autumn.

Flore reste quelques secondes sans trouver le courage de dire quoi que ce soit. Elle a oublié que Dan avait une tombe, un emplacement physique quelque part.

« J'ai dû louper le courrier de l'administration, poursuit Autumn. La concession est arrivée à son terme et je ne l'ai pas renouvelée assez vite. Ils ont attribué l'emplacement à quelqu'un d'autre. Il faut que je débarrasse la pierre de ce qu'il y a dessus, sans quoi ce sera jeté aux ordures. »

Elles demeurent l'une face à l'autre sous la pluie qui détrempe leurs traits, aplatit leurs cheveux.

« Tu veux que je t'accompagne ? hasarde Flore.

— Il y a trois fois rien. Une plaque ou deux décolorées par le soleil et le sel, un cadre photo et quelques autres babioles. Je m'en sortirai toute seule.

— Je pourrais t'abriter sous un parapluie pendant que tu ramasses tout ça… »

Elle perçoit un léger affaissement dans la posture d'Autumn.

« Dépêche-toi alors. Les parapluies sont dans la réserve. »

Flore disparaît. Quand elle regagne le perron, Autumn verrouille la porte d'entrée sans un mot.

Quelques éclairs déchirent le ciel au loin tandis que le pick-up emprunté à Anaru tressaute sur une route de campagne, longe la mer.

« Milly est au courant ? demande Flore au bout de quelques kilomètres pour briser l'épais silence entrecoupé par le couinement des essuie-glaces.

— Milly n'a jamais voulu se rendre sur la tombe.

— Pourquoi ?

— Elle dit que ce n'est qu'un morceau de pierre où aucun corps n'a été enterré et que Dan repose dans l'océan. Nulle part ailleurs. Si ça n'avait tenu qu'à elle, cela fait bien longtemps qu'on aurait cessé de payer la concession. »

De nouveau un silence s'installe sur quelques kilomètres.

« J'ai fait semblant de croire qu'il reposait là-dessous pendant quelques années. J'ai apporté des fleurs, une couronne ou deux puis j'ai renoncé moi aussi.

— Pourtant tu as gardé la concession… »

Elles fixent les gouttes qui s'écrasent sur le pare-brise.

« Il n'y avait déjà pas de corps. Si on avait retiré sa pierre tombale, il ne serait plus rien resté de lui. J'aurais eu l'impression de le faire disparaître tout à fait. »

Autumn chasse quelque chose dans l'habitacle d'un geste de la main. Une mouche. Le chagrin. Le passé. Puis elle allume la radio. Un flash info météo annonce un déplacement de la perturbation vers le nord de l'île du Sud.

« Au moins je n'aurai plus à me préoccuper de cette pierre abandonnée. J'ai bien assez à faire au camping sans me préoccuper d'aller entretenir régulièrement une tombe. »

Elle monte le son, et il semble à Flore qu'une légère bourrasque s'est introduite dans l'habitacle. Un soupir d'Autumn. Comme un soulagement.

Le ciel se dégage enfin quand elles se garent le long de la route. Les nuages barrent encore l'horizon mais ils se teintent des lueurs chaudes du coucher du soleil. C'est un joli cimetière, minuscule, délimité par un muret de pierres, posé au milieu de nulle part, avec une vue extraordinaire sur l'océan. Les allées sont envahies de hautes herbes et de fleurs sauvages, les concessions modestes. Il n'y a pas de grille, pas de pancarte, pas d'horaires d'ouverture. C'est un endroit où l'on entre et d'où l'on sort comme un courant d'air, où les mouettes viennent se reposer, peigner leur plumage. Flore abandonne le parapluie inutile près de la voiture, suit Autumn à quelques pas pour lui laisser un peu d'intimité.

La tombe de Dan semble être parmi les plus anciennes mais c'est simplement parce qu'elle a été malmenée par le temps et les intempéries. La pierre a noirci, s'est tachée, altérée. Le nom et le prénom sont à peine lisibles, la date de naissance totalement effacée. Ne reste que celle du décès. Les mauvaises herbes ont poussé tout autour, grimpé sur la pierre. Le cadre photo dont parlait Autumn a rouillé. Flore découvre les traits d'un homme d'une quarantaine d'années dont rien, hormis la couleur des yeux, ne lui évoque Milly. Il a les cheveux plus foncés, châtains, des lunettes rondes à fine monture et une bouche fine. *Milly a pris les traits de sa mère*, songe-t-elle. *Mais elle parle avec les dauphins comme son père.*

Outre le cadre, la stèle ne compte qu'une plaque en verre mentionnant « À mon mari » et « À mon père », une autre en marbre noir portant en italique « À notre collègue bien-aimé. Tu as tant aimé l'océan que tu l'as laissé t'embrasser ». Autumn la jette dans son sac à dos sans douceur.

« A-t-on idée de faire inscrire des conneries pareilles ? »

Sa voix se perd dans une bourrasque. Puis elle empile pêle-mêle le reste : un vase vide, une couronne dont les fleurs se sont éparpillées au vent, une statuette représentant un angelot. Trois fois rien. Rien qui justifie réellement le trajet jusqu'ici.

Flore s'éloigne un peu, laisse Autumn s'affairer, épousseter la pierre du plat de la main, retirer les mauvaises herbes qui partiront de toute façon avec la stèle dans une benne à encombrants. Elle sait que l'essentiel se joue ailleurs, dans les adieux muets jetés par Autumn face à l'océan, dans les caresses qu'elle donne à la pierre à défaut d'avoir pu les prodiguer à Dan une dernière fois, dans ces au revoir qu'elle lui fait enfin.

Quand Autumn rappelle Flore, celle-ci réapparaît, un bouquet de fleurs sauvages à la main. Le jour se couche tout à fait. Elles ne ressemblent plus qu'à deux ombres dans cette pénombre.

« On rentre. »

Et elles reprennent place dans le véhicule, font claquer les portières dans le silence de la côte et reprennent la route. À chaque nid-de-poule, les souvenirs mortuaires s'entrechoquent dans le sac à dos d'Autumn, et cela crée comme une mélodie qui les accompagne jusqu'à la baie.

À peine sont-elles rentrées au baraquement qu'Autumn disparaît dans la réserve, entrepose l'angelot, les plaques, la couronne desséchée. Ils y resteront le temps qu'elle se décide à s'en débarrasser pour de bon. À moins que ce ne soit Milly qui, un beau jour, les fourre dans un sac-poubelle.

« Tu peux mettre le couvert », lance Autumn depuis l'arrière-boutique.

Flore dresse la table. Pour deux. Jamais elles n'ont dîné toutes les deux. Elles devront s'y habituer.

Quand elle revient dans la pièce à vivre, Autumn allume le four, sort du réfrigérateur deux tourtes à la viande qu'elle dépose sur une grille. Flore ne songe pas à grimacer. Les tourtes à la viande font désormais partie de son quotidien comme les coupures de courant, les cloques aux pieds et le vent incessant qui balaie la baie. Tout cela lui est devenu familier.

Elles dînent face à face en écoutant la radio. Entre deux raclements de fourchette, Autumn déclare :

« J'irai jeter les vêtements de Dan aussi, ils sont ternes et délavés. Milly est plus jolie dans tes robes que dans les vieux pulls en laine de son père. »

Et dans les yeux de Flore elle guette une approbation. Sur cette planète, il n'y a pas d'autres iris dans lesquels Milly est si belle, si unique. Autumn le sait.

« Elle aura besoin de tenues chaudes si elle part en mer. Un ou deux imperméables. De nouvelles bottes. Des coupe-vent. On ira dans une friperie. À l'Armée du salut. »

Flore acquiesce à tout. Elles se sont comprises l'une et l'autre : Milly partira, elles l'y encourageront.

Elles se saluent sur le palier une demi-heure plus tard. Malgré le contexte de la soirée, Autumn semble légèrement rajeunie. Comme délestée d'un poids. Celui d'une pierre tombale inutile qui pesait bien trop lourd sur ses épaules. Elles se souhaitent bonne nuit, rien d'autre, puis Flore disparaît à l'autre bout du terrain.

C'est en voulant se faire une infusion avant d'aller dormir que Flore tombe sur les enveloppes, remisées au-dessus du réfrigérateur. Les deux enveloppes déchirées à la hâte du département de l'Immigration, l'une adressée à Autumn, l'autre à elle. Les documents officiels, eux, ont été rangés dans un classeur sur lequel elle a tracé au feutre « Administratif – visa », des mots qui sonnaient comme le début d'une nouvelle existence. Flore attrape les enveloppes déchiquetées pour les jeter mais s'immobilise en découvrant une troisième enveloppe dessous, intacte celle-là. Et elle se souvient que le matin où elle a ouvert la boîte aux lettres, il y avait effectivement trois courriers. Sur le bandeau expéditeur, au verso, figure en lettres capitales la mention suivante : SERVICE ADMINISTRATIF DES CIMETIÈRES – RÉGION DU SOUTHLAND – 9884 NOUVELLE-ZÉLANDE. Elle a besoin de quelques secondes pour aller plus loin, décacheter l'enveloppe, en avoir le cœur net. D'abord elle éteint les plaques chauffantes, récupère la casserole, remplit une tasse d'eau brûlante, essuie ses mains moites sur ses cuisses. Puis elle s'assied à la table avant d'ouvrir l'enveloppe, avec soin cette fois, le cœur battant.

Chère Madame Stevens,

La concession souscrite au nom de votre défunt époux au cimetière de Tararua arrivera à expiration le 25 février 2021. Notre dernier courrier étant resté sans réponse de votre part, nous vous rappelons que le renouvellement doit nous être adressé par courrier recommandé au service administratif des cimetières de la région du Southland dans un délai de vingt et un jours. Vous trouverez les options, tarifs et conditions de paiement sur le feuillet ci-joint.

En l'absence de réponse de votre part dans le délai imparti, nous nous verrons contraints de procéder à l'enlèvement du monument funéraire.

Nos services vous contacteront par téléphone vingt-quatre heures avant l'enlèvement pour vous permettre de récupérer d'éventuels effets personnels.

Nous vous prions d'agréer, Madame Stevens, l'expression de nos salutations distinguées.

La direction du service administratif des cimetières de la région du Southland

Le courrier retombe sur la table en formica tandis que les mains de Flore, agitées de tremblements, ne savent plus où se poser.

Le dimanche en fin de journée, la voiture d'Autumn reparaît à la barrière du camping. Le ciel est bleu, sans nuages. Le soleil a appelé les surfeurs et les baigneurs. Le terrain est désert. Milly sort de l'habitacle. Son visage est impénétrable et son pas pressé. Ses yeux vifs cherchent, sondent, tandis qu'elle se dirige vers le baraquement, ouvre la porte, appelle. Milly dans toute sa dualité, comme à l'époque de ses études loin de la baie. Dans son esprit flottent encore les images de ces deux jours qui l'ont fait rêver mais elles sont doucement balayées par l'inquiétude, sournoise, mesquine. Cette même appréhension que lorsqu'elle revenait de Dunedin.

« Maman ? »

La maison est vide. Rien ne bouge, rien ne respire. Elle sort, se dirige vers le bungalow, foulant les hautes herbes.

« Flore ? M'man ? »

Les sensations de bonheur et de liberté qui l'ont assaillie là-bas, qui ont perduré bon gré mal gré pendant tout le trajet de retour, sont en train de s'estomper sous l'effet de la culpabilité. C'est plus fort qu'elle. Elle ne jette pas un coup d'œil à la plage en contrebas, pas même à l'océan. Toutes ses préoccupations se concentrent dans sa voix, légèrement angoissée :

« Flore ? »

Elle contourne le préfabriqué et s'arrête net, le cœur battant. Elles sont là toutes les deux, sur la terrasse, comme deux plantes incongrues qui n'auraient rien à faire ainsi, posées côte à côte au soleil. Flore verse une infusion de menthe glacée dans deux tasses avec sa grâce et sa délicatesse coutumières. Autumn, une jambe repliée sur l'autre, inspecte son pied nu tout en maniant une pince à épiler pour en retirer une écharde. Sans précaution ni ménagement, elle tire sèchement, puis fait claquer sa langue avec satisfaction. *Une rose et un chardon*, pense Milly. L'une délicate et chatoyante, cachant ses épines derrière des pétales soyeux. L'autre dure et rugueuse, presque menaçante, mais fleurissant malgré elle en une jolie étoile bleu intense. Belles et tenaces, chacune à leur façon. Toute à ses pensées poétiques, Milly se plante devant elles et en perd ses mots.

« Voilà notre pirate des temps modernes ! » déclare Flore.

Autumn lève la tête, ses prunelles se réchauffent, ses traits se détendent. Flore sourit, radieuse. Milly se sent tout chose, sans trop savoir pourquoi. Elle met une main sur l'épaule de sa mère, embrasse le sommet de son crâne. Puis elle se poste devant Flore, pose une main sur sa joue, presse son front contre le sien, dépose un baiser sur ses lèvres en oubliant la présence d'Autumn et leur discrétion habituelle. Les voir ainsi l'a chamboulée. Leur présence simple et calme, face à la mer, telles deux vieilles amies s'épanouissant dans le silence.

Milly se laisse tomber sur la chaise que lui tend Flore, la regarde lui remplir une tasse de menthe glacée.

« Alors, tu nous racontes ? »

Elle étend ses jambes devant elle, plonge son regard dans l'océan et ses lèvres dans le breuvage frais.

« Plus tard. Rien ne presse, non ? »

Autumn hausse les épaules, perplexe. Flore lève un sourcil. Milly soupire :

« C'est bon de rentrer. »

Assises toutes les trois face à l'océan, elles regardent les vagues qui vont et viennent, qui se retirent pour mieux revenir embrasser le rivage.

25

« Je croyais que tu avais peur de la vitesse !

— Quoi ? »

Milly répète plus fort pour se faire entendre par-dessus le vent et le bruit du moteur. Flore se contente de sourire dans le rétroviseur. Son poignet droit se tend encore, pousse plus loin l'accélération, fait grimper l'aiguille du compteur jusqu'à soixante kilomètres-heure. Sur une route chaotique comme celle-là, ce n'est pas rien. Au moindre nid-de-poule, elles pourraient faire un vol plané, récolter quelques bleus ou une jolie foulure, voire pire. Et le quad… Mais Milly ne veut pas y penser. Elle ferme les yeux quand l'aiguille dépasse les soixante. C'est la première fois qu'elle voit Flore lâcher prise ainsi, ne pas se crisper d'appréhension, ouvrir la bouche ainsi pour happer l'air dans un sourire. C'est d'être aux commandes qui la transforme. Elle sent qu'elle contrôle l'engin. Ça change tout. *J'aurais dû lui apprendre plus tôt.*

« Tu as peur ? Mon Dieu je ne le crois pas : Milly est effrayée ! C'est le monde à l'envers ! »

Flore se moque, Milly lève les yeux au ciel. Tout à coup les arbres tordus apparaissent. Flore fait redescendre l'aiguille sous les quarante, ses yeux accrochent les moutons amassés sous les branches les plus basses. Elles y sont. Slope Point. Le bout du monde. C'est là qu'elles ont décidé de se dire au revoir. Il n'y aura que l'océan pour porter leurs voix, les charrier loin, là où aucun homme ne pourra jamais les entendre.

Flore avait prédit un été merveilleux. Il l'a été. Milly emportera avec elle le souvenir de leurs peaux brûlantes, gorgées de soleil, de leurs escapades dans les rochers au soleil couchant, de leurs cheveux fouettés par un vent tiède tandis qu'elles s'aventuraient à la nage vers le large. Le souvenir de ces veillées sur la plage sous la voûte étoilée, de leurs corps entremêlés, de leurs baisers assoiffés. Le souvenir d'Autumn également, une Autumn rose et épanouie comme un printemps ardent.

Flore avait prédit le départ de Milly pour le début de l'automne mais elle s'est légèrement trompée : Milly quittera la baie dans quatre jours, au beau milieu du mois de juin, à quelques jours du début de l'hiver. De ce répit elles ont pu faire une seconde parenthèse enchantée : un été indien dans la baie, une arrière-saison plus calme, plus intime, à la lumière plus tamisée, à la chaleur plus douce, où elles se sont aimées plus fort encore que pendant l'été. En cela, c'est Milly qui s'est trompée : l'automne n'a rien terni.

Avant son départ, Milly a tenu à consolider les clôtures, à nettoyer les toitures, à remplacer les tuiles arrachées par les orages, à lasurer les boiseries, et surtout elle a adressé ses au revoir aux dauphins avant qu'ils ne rejoignent les eaux profondes.

Sur le promontoire qu'offre Slope Point, Flore gare le quad devant le minuscule phare à énergie solaire. Elle tente de coincer ses cheveux battus par le vent dans sa capuche, en vain. Quelques boucles s'échappent, forment des tourbillons autour de son visage. Elle porte sa veste imperméable noire, la même qu'au premier jour, ainsi qu'un de ces pantalons en stretch noir près du corps. Rien n'a changé depuis son arrivée dans la baie sauf les chaussures : Flore arbore les bottes en caoutchouc rouges à pois blancs. Et un sourire qui réchauffe le ciel.

Milly saute à bas du quad, ramène la robe sur ses genoux. Une robe jaune, totalement hors saison, qu'elle a achetée à l'Armée du salut pour deux dollars, sur laquelle elle a passé une chemise à carreaux rouges et blancs. Elle a les pieds nus. Elle n'a pas changé elle non plus, pourtant elle a l'air différente. Elle a le regard plus vif, plus affirmé, celui d'une femme, non plus d'une jeune fille. Surtout elle a deux pendentifs autour du cou qu'elle ne cesse de caresser.

Elles avancent pour se poster au plus près de la falaise, au plus près de l'océan. Elles ploient sous le vent glacial. L'horizon est opaque et gris. Les mouettes dérivent. Flore agrippe la main de Milly. Elles s'assoient sur une pierre plate dans le vacarme de l'océan déchaîné.

Il y a tant de choses qu'elles pourraient évoquer à cet instant-là : leurs inquiétudes respectives, les sentiments contradictoires qui les animent. Elles pourraient même formuler des promesses déjà maintes fois répétées. Elles ne le feront pas. Elles resteront légères.

« J'avais raison. Je t'avais dit que tu quitterais la baie avant moi.

— Oui…

— Tu as perdu ton pari.

— Mmh, fait Milly, songeuse, peu encline à plaisanter.

— Tu n'as pas oublié ce que tu me dois ?

— Non.

— Pas de tourte à la viande.

— Je m'en souviens. »

Dans le silence qui suit, Milly songe qu'elle ratera le démarrage de la construction de l'abri de jardin. Les paddles ont mis plus de temps que prévu à arriver. Ils ont été livrés trois semaines auparavant, au grand soulagement de Flore qui s'apprêtait à entamer un recours auprès du fabricant, mais au désespoir d'Autumn qui a dû vider une partie de sa réserve pour stocker les planches. Ses outils ont donc envahi le salon, la tondeuse trône à côté du canapé. « Plus jamais ! » a-t-elle grondé. Et les filles ont eu beaucoup de mal à retenir leurs rires.

Le baleinier qui emportera Milly quittera Auckland pour les côtes gabonaises le 16 juin. La dalle pour l'abri de jardin sera coulée le 18 s'il ne pleut pas. Oui, Milly manquera Kai de quelques jours, deux seulement, mais elle se dit que c'est mieux ainsi.

« Milly ? »

Elle se tourne vers Flore, revient au présent, au vent vif, au froid mordant.

« Je te laisse la jeter ? »

Flore lui tend l'enveloppe provenant du service administratif des cimetières de la région du Southland. Elle n'a pas pu garder ce secret, ne l'a pas voulu. Milly sort un briquet de sa poche, protège la flamme qui se bat difficilement contre le vent. Le papier noircit, se replie sur lui-même, se consume, avant que Milly ne le laisse s'envoler au-dessus des vagues.

« Voilà », dit-elle.

Et elles savent très bien que ce « voilà » fait écho à leur précédente venue à Slope Point, aux mots qu'elles avaient murmurés dans le vent : « Jeter Dan dans l'océan… »

« Petite, j'aimais imaginer que le tsunami l'avait emporté jusqu'au pôle Sud, qu'il avait dérivé des jours durant accroché à un morceau de bois et qu'il avait survécu. J'imaginais qu'il avait perdu la mémoire, nous avait totalement oubliées et s'était mis à étudier les manchots là-bas, tranquillement. C'était une histoire qui me rassurait. Je me sentais moins coupable de ne plus me le rappeler. Le pôle Sud… ça doit être quelque chose.

— Un jour, toi, tu iras peut-être.

— Tu crois ?

— Tu ne t'arrêteras pas aux côtes gabonaises, aux espèces menacées là-bas. Je ne crois pas.

— Tu ne veux donc pas de moi ? Tu me pousses à partir toujours ?… »

Flore s'apprête à répliquer : *Au contraire…*, mais Milly sourit, les yeux brillants.

« Qu'est-ce qu'on a d'autre à jeter dans l'océan ? demande Flore pour éluder le sujet.

— Un aveu.

— Ah ?

— Si je le prononce dans le vent, peut-être que tu en rateras une partie, que tu ne m'en voudras pas trop.

— De quoi tu parles ?

— J'ai dansé avec Nils. À ce séminaire de Sea Shepherd cet été. Il y avait un orchestre le soir, après le cocktail. Il m'a invitée sur la piste. Je n'ai pas refusé. On a dansé ensemble sur… quatre ou cinq morceaux peut-être. Tu… tu ne dis rien ?

— Je crois que je n'ai rien entendu. Le vent souffle si fort… »

Flore sourit. Milly en est si soulagée qu'elle attrape son visage entre ses mains. En ce moment il n'y a pas de fleurs à glisser entre ses boucles. Elles reviendront au printemps, avec les baleines, avec Milly elle-même.

« Tu veilleras sur les hoihos en mon absence ?

— Je veillerai sur les hoihos, sur les otaries whakahao, les phoques, les dauphins Hector… et Autumn bien sûr. Je veillerai sur ta combinaison de plongée aussi et sur la plage. Je la nettoierai chaque matin avec la même minutie que toi. Quoi d'autre ?

— N'oublie pas Anaru.

— Je lui ferai trois fils, je te l'ai déjà dit.

— Tu peux te contenter d'aller le saluer de temps en temps. Ça suffira.

— Serais-tu jalouse ? »

Tandis qu'elles se taquinent, les nuages gris et opaques se déplacent dans le ciel, le soleil fait une percée. Un rai de lumière se déverse soudain, formant un faisceau puissant qui plonge dans l'océan. Si Autumn était là, elle leur dirait qu'on appelle cela un « pied-de-vent », que c'est un signe fort, le symbole du bon Dieu descendant sur terre. Mais Milly sait qu'il n'en est rien, que la seule chose qu'annonce un pied-de-vent, c'est un vent violent. Ce jour-là pourtant, elle a envie d'y voir un signe elle aussi. Le clin d'œil d'une présence bienveillante qui veillera sur sa mère, sur Flore, sur Anaru et sur tous les animaux de la baie.

Anaru frotte ses mains sous le jet d'eau brûlant. La terre se détache, se dilue, tournoie au fond de l'évier avant de finir aspirée. Il attrape le savon, le fait mousser. Il faut toujours insister sous les ongles, c'est là que la terre aime se nicher. Il revient juste du jardin où il a soigné ses légumes d'hiver : choux, courges, navets. Par la fenêtre, il voit passer une ombre dans le jour qui décline. Une silhouette qui avance d'un pas rapide, se glisse dans la cour. Dans quelques secondes, il entendra tinter la cloche, il le sait. Milly est la seule à l'utiliser. Ses fils entrent sans s'annoncer, tandis qu'Autumn préfère toquer, de peur de se montrer trop intrusive. Milly ne s'est jamais souciée de cela. Elle a grandi dans le corps de ferme, y a joué, pris ses goûters, appris ses leçons. Petite, elle débarquait d'un pas guilleret, pressé, tirait la cloche ou appuyait sur la sonnette – du temps où elle était encore en service – puis entrait sans attendre de réponse en clamant : « *Kia ora !* » Sa voix fluette venait interrompre une bagarre entre les trois frères et le découpage des légumes par Anaru. Kai filait vers elle, laissant tout en plan, même son repas le cas échéant. À l'adolescence, Milly s'est faite plus discrète. Elle a commencé à approcher de la maison d'un pas de louve, vive et silencieuse. Elle s'y introduisait comme un courant d'air et Anaru a compris que leurs jeux avaient cessé d'être innocents. Puis Kai et elle ont encore grandi, les épaules de Kai se sont élargies, Milly est partie à Dunedin, ils sont devenus de jeunes adultes. Elle a recommencé à utiliser la cloche, à s'annoncer, mais elle n'a jamais cessé d'évoluer dans cette maison avec aisance et familiarité comme si elle y était chez elle. Jusqu'à un soir, environ un an auparavant. Et c'est précisément ce souvenir qui revient à l'esprit d'Anaru tandis qu'il s'essuie les mains. Ce souvenir qu'il s'efforce d'effacer car il lui étreint le cœur. En vain.

Ce soir-là, Milly lui est apparue dans le jour tombant ici même, à la fenêtre au-dessus de l'évier. Il terminait de faire la vaisselle. Elle avançait les épaules courbées, le pas incertain. Anaru ne l'avait jamais vue ainsi. Elle s'est arrêtée juste avant d'arriver dans la cour, a hésité puis rebroussé chemin sur quelques mètres. Anaru a deviné à sa démarche comme elle était bouleversée, fébrile. Elle s'est arrêtée de nouveau, est revenue vers la ferme, est entrée dans la cour et Anaru a pu compter deux fois jusqu'à cent avant que la cloche ne tinte. Il ne voulait pas la brusquer, ouvrir et lui avouer qu'il l'avait vue arriver si hagarde. Kai n'était pas là, Milly le savait. C'est Anaru qu'elle était venue trouver dans ce moment d'égarement. Quand la cloche a résonné, qu'il a ouvert la porte, il s'est trouvé face à une Milly qui bégayait, qui fuyait son regard, qui restait sur le palier comme si elle doutait désormais d'avoir le droit d'entrer dans cette maison. « Viens, viens t'asseoir, prendre une infusion », lui a-t-il dit. Elle a secoué la tête, reculé encore. Anaru a compris qu'elle pourrait fuir s'il insistait. Il lui a alors proposé de prendre place sous le préau dans les fauteuils en osier et elle a accepté. Il devinait ce qui l'amenait et c'était pour cela qu'il souffrait tant de la voir si pâle, les yeux exorbités, restant debout derrière le fauteuil. « Kai m'a dit qu'il allait se marier, a-t-elle fini par lâcher. Qu'il allait épouser Amaia. » Ses prunelles s'agrippaient à celles d'Anaru avec désespoir, attendant avec une énergie folle qu'il démente, mais Anaru, ne sachant que dire, s'est contenté de faire tourner les feuilles d'hibiscus dans la théière avec des gestes lents et appliqués. Elle a insisté : « C'est vrai ? Je veux dire… il va vraiment… ? » Un sanglot a brisé sa voix. Anaru a enfin levé les yeux sur elle, des yeux doux, désolés. « Tu seras toujours ici comme chez toi. » Alors elle a compris qu'elle ne pourrait rien y faire, que personne ne pourrait rien y faire. Elle a reculé. « Tu ne veux pas t'asseoir ? lui a demandé doucement Anaru.

— Il avait promis qu'il m'épouserait. » Et Anaru, voûté sur sa théière, s'est senti vieux et impuissant. Son fils, son benjamin, le dernier de la fratrie, était devenu un homme qui brisait des cœurs et rompait ses promesses. Que pouvait-il contre cela ? Bien sûr, s'il avait eu l'âge de Kai, s'il avait été à sa place, il aurait choisi Milly sans l'ombre d'un doute, car on n'épouse pas une femme pour intégrer une communauté, se rapprocher de ses racines ou respecter les traditions. On épouse une femme car elle nous surpasse et nous donne envie d'être meilleur chaque jour. Il aurait pu dire cela à Milly ce soir-là, mais il n'a pas su. Il lui a rempli une tasse d'infusion à l'hibiscus et l'a regardée la boire à petites gorgées, ravagée de tristesse. Après cela, Milly se montrait plus distante quand elle mettait les pieds dans le corps de ferme. Cordiale certes, mais d'une politesse formelle. Ce n'est pas qu'elle voulait marquer une barrière entre Anaru et elle, non, seulement elle ne se sentait plus là chez elle comme elle l'avait cru.

Le tintement de la cloche ramène Anaru au présent. Il abandonne la serviette sur l'évier, se dirige vers l'entrée. Milly se tient sur le palier, un sourire sincère aux lèvres. Ce n'est plus la Milly qui lui a brisé le cœur un an auparavant. Celle-ci est plus adulte encore, elle a gagné en féminité, en assurance. Elle est plus lumineuse, plus jolie aussi. Il lui ouvre la porte en grand, l'invite à entrer et elle ne refuse pas. Elle le suit dans la pièce à vivre. Elle a retrouvé un peu d'aisance dans ses gestes, comme si la maison reprenait des allures familières. Elle va même s'adosser contre le guéridon qui accueille le napperon et le jeu d'échecs.

« Je viens te demander un service.

— Je t'écoute.

— J'ai promis un repas à Flore avant mon départ. Elle est douée en cuisine… vraiment douée. J'aimerais préparer quelque chose qui soit à la hauteur.

J'aimerais cuire quelque chose au *hangi* mais je n'ai jamais fait ça. »

Les yeux d'Anaru se mettent à briller. Cela fait longtemps qu'il n'a plus cuisiné au hangi, un mode de cuisson typiquement maori. Cela prend du temps. Beaucoup de temps. Il faut d'abord creuser un grand trou dans la terre, y déposer des pierres volcaniques chauffées puis, dans un panier fermé, des légumes et de la viande avant de recouvrir le tout d'un linge et d'une couche de terre, puis laisser cuire doucement pendant trois à quatre heures. Pour qui cuisinerait-il ainsi maintenant qu'il est seul ?

« Tu me donnerais un coup de main ? Ensuite on pourrait manger sur la plage tous ensemble à la nuit tombée. Tu pourrais raconter à Flore un de tes récits maoris. Elle les aime beaucoup. »

Anaru laisse passer un silence, non parce qu'il hésite à accepter mais pour assimiler la sensation délicieuse qui l'envahit à cette idée, se niche au creux de sa poitrine. Il a cru que Milly partirait de la baie tel un courant d'air pressé, comme son fils. Il est touché, beaucoup plus qu'il ne veut bien l'admettre, par cette invitation.

« Bien sûr. »

Milly lui sourit, laisse ses mains parcourir le bois du guéridon quelques instants.

« Tu as les légumes, la viande ?

— J'ai tous les ingrédients. Il ne me manque que tes compétences. »

Dans le silence qui revient dans la pièce à vivre, Anaru devient étrangement grave et solennel.

« Milly, je voulais te le dire : ce que tu vas accomplir sur les océans, c'est quelque chose de grand, d'important. »

Milly baisse les yeux, ne sait que répondre.

« J'aurais aimé que Kai s'engage dans cette voie plutôt que de s'acharner à l'usine. Il y laissera sa santé et un peu de sa joie de vivre.

— Il sera bientôt père, répond Milly. Il ne peut pas parcourir les mers et vivre sur ses économies. Il a décidé de prendre ses responsabilités et c'est honorable. »

Anaru sourit. Ses yeux semblent dire qu'il ne s'attendait pas à une autre réponse de sa part. Elle ne pourra jamais s'empêcher de défendre Kai.

« Ta mère peut être fière de toi. Et ton père aussi, là où il est. Tu es une véritable fille de la mer. Tu aurais eu ta place sur la pirogue *Takitimu.* »

C'est Milly maintenant qui est plus touchée qu'elle ne l'aurait voulu.

« Je…

— Tu veux boire quelque chose ?

— Non, je vais y aller… Flore m'attend. »

Et ses joues rosissent en prononçant ce prénom.

« Bien, dit Anaru. Alors tu n'auras qu'à venir me trouver le jour venu et je mettrai mes pierres à chauffer.

— Merci. »

Milly replace quelques mèches derrière ses oreilles. Anaru la regarde filer en songeant que son fils est un idiot.

« Flore ? Milly ? Par pitié, dites-moi que l'une d'entre vous au moins travaille !

— Non ! » crie Milly avec un large sourire.

Autumn s'arrête, les mains sur les hanches, en les apercevant. Anaru a installé un fauteuil pliant devant le hangi, il a étendu ses jambes devant lui. Il est là depuis une heure déjà, tapotant de temps en temps la fine butte de terre pour vérifier la chaleur. Il n'a rien de mieux à faire. Le potager dort, la maison est vide. Mais les filles ont du boulot : un couple attend pour s'enregistrer, les cagettes de légumes livrées le midi ont été laissées en plan devant la grille fermée. Pourtant elles sont là, près d'Anaru, accroupies devant le hangi.

« Dites, insiste Autumn, vous ne vous imaginez quand même pas qu'il faut veiller le poulet et les légumes ! »

Elles ne lui répondent pas, restent là, côte à côte, près d'Anaru.

« Flore voulait voir les dessous de la cuisine maorie, explique-t-il, les yeux mi-clos.

— Et moi alors ? Je me paie des vacances à Cuba ? »

Un léger tressautement agite les lèvres d'Anaru.

« Viens t'asseoir avec nous un moment. La terre est tiède autour du hangi. C'est confortable. »

Autumn lève les yeux au ciel, soupire, repart. Mais, quelques minutes plus tard, une fois le couple de clients installé à un emplacement, elle revient et s'assied en tailleur près du four naturel en ronchonnant des mots auxquels personne ne prête attention.

Personne ne travaille vraiment cet après-midi-là. Anaru, Autumn, Flore et Milly restent assis près du four naturel, bavardent de tout et de rien. Que dire à quelques heures du départ ? À l'approche de l'hiver, les campeurs se font rares. Il n'y a pas grand-chose de plus à faire que se tenir chaud tous ensemble.

Lorsque le jour se couche, Anaru quitte son fauteuil, remonte ses manches, s'accroupit devant le petit tas de terre et creuse à mains nues.

« Ça y est ? » demande Flore avec une certaine fébrilité.

Milly et Autumn regagnent le baraquement pour préparer le panier de pique-nique. Il faut prévoir des lampes torches et des vestes chaudes pour tout le monde. La température a chuté. Dans la pièce à vivre, tandis qu'elles s'activent, elles feignent d'ignorer le sac à dos énorme qui trône sous la fenêtre en attendant le départ qui aura lieu le lendemain matin. Elles font comme si cette veillée n'était qu'une soirée ordinaire sur leur coin de terre sauvage.

Ils sont seuls sur la plage ce soir-là. Quatre taches sombres assises en cercle à même le sable, que seul le halo des lampes torches éclaire. Un vent froid balaie la baie, annonciateur d'un hiver rigoureux. Flore débouche une bouteille de pinot noir, remplit les verres à pied. Anaru garnit les assiettes. Autumn resserre le col de sa polaire en frissonnant. Milly fixe l'océan, songeuse. Quand tout le monde est servi, Flore lève son verre bien haut, lance à la ronde :

« À cette nouvelle aventure ! »

Tout le monde l'imite. Anaru ajoute :

« À l'inconnu ! »

Bien sûr, le repas cuit au hangi est un succès. Flore déclare que le goût des légumes est inimitable, qu'elle n'a jamais goûté un poulet si tendre et savoureux. Elle se ressert plus que de raison et finit par s'allonger sur le sable, les mains posées sur son estomac tendu. De temps en temps, elle se redresse sur un coude pour attraper son verre de vin et boire une gorgée. Elle a les yeux un peu vitreux à force mais on fait mine de ne pas le remarquer. Milly ne parle pas beaucoup ce soir-là car elle a la gorge nouée mais elle couve Flore du regard chaque seconde qui passe et sa mère aussi, plus discrètement. Autumn, elle, est ailleurs. Tellement ailleurs qu'elle en oublie de ronchonner et ne demande même pas à sa fille de se couvrir pour ne pas attraper froid. Elle boit plus de vin que d'ordinaire elle aussi.

Anaru, légèrement en retrait, les observe tour à tour. Ces trois femmes avec leurs cheveux fouettés par le vent, leurs traits qui racontent tant d'histoires, leurs bras fins qui ne rechignent pas à charrier à longueur de journée des brouettes, des branches mortes ou des cagettes pleines. Il songe à sa femme, bien sûr. Elle avait ce même regard fait de douceur et de force. Elle n'aurait pas détonné dans ce cercle, emmitouflée dans un vieux pull à grosses mailles. Ensemble, elles auraient pu évoquer les marées, les saisons, les otaries et les manchots, les travaux d'entretien qui n'en finissent plus et les enfants qui grandissent. Elles n'auraient eu besoin de personne d'autre, toutes les quatre, surtout pas de lui… Pourquoi ces trois femmes l'ont-elles invité ce soir ? Il n'en sait trop rien mais, sans se l'avouer vraiment, il est heureux qu'elles l'aient fait. Il se sent reconnaissant, plein de gratitude. C'est pourquoi, quand les bâillements commencent à remplacer les pépiements, il se gratte la gorge et sort sa pipe. Les yeux de Milly s'éclairent, Flore se redresse vivement.

« Une histoire ? »

Autumn s'immobilise, son verre de vin dans une main. Oui, Anaru va leur offrir une histoire, mais pas n'importe laquelle. Il veut leur conter la création de la femme dans les mythes maoris, parce que c'est un beau récit qu'il leur doit. Il bourre sa pipe, fait jaillir une flamme de son briquet et se lance. Elles écoutent de toute leur attention, les yeux agrandis d'intérêt, les lèvres légèrement entrouvertes. De sa voix grave, Anaru leur parle d'Urutengangana, le dieu de la Lumière, tourmenté par un sentiment de frustration terrible. À son existence sur terre, il manquait quelque chose d'essentiel : l'élément féminin. Il le cherchait sans répit, désespérément. Las, il se résigna à interroger la Mère Terre car ses connaissances étaient largement supérieures à celles des autres dieux. La Mère Terre, prise de pitié pour son fils, lui souffla le nom d'un endroit nommé Kurawaka.

Les filles le répètent dans le vent :

« Kurawaka. »

Anaru acquiesce avant de poursuivre :

« À cet endroit se trouvait la terre rouge dans laquelle pourrait être créé le corps de la première femme. La fratrie s'unit alors dans cette œuvre. Les plus grands modelèrent les formes, les plus jeunes apportèrent les os, la chair, la graisse, le sang et les muscles. TaneMahuta, le dieu des Forêts et des Oiseaux, insuffla la vie à cette première femme grâce à un hongi. Ainsi naquit HineAhuOne, qui signifie “fille formée par la terre”. »

Bien sûr, les filles en veulent encore. Et puis on veut prolonger la veillée, la magie dégagée par les récits maoris. Alors Anaru continue. HineAhuOne, première femme sur terre, donna naissance à de nombreux fils et filles, dont la magnifique HineTitama, « jeune fille de l'aube », au destin tragique. En effet, ignorant que le dieu TaneMahuta était son créateur, donc son père, HineTitama l'épousa et lui fit des enfants. Puis, après avoir mené une quête acharnée sur ses origines – qu'Anaru conte à grand renfort de détails et de suspense –, HineTitama découvrit la vérité. Prise d'une honte insurmontable, elle quitta le monde de la lumière pour se réfugier dans les ténèbres.

Sur la plage, éclairé par la faible lueur de sa pipe, Anaru parle tant et plus, si bien qu'Autumn finit par piquer du nez. Alors il déclare :

« Nous devrions rentrer nous coucher. »

À ces mots, Autumn se réveille en sursaut. Les filles bougonnent, protestent. Anaru réplique :

« Je me fais vieux et mes os sont fragiles. Le vent glacial n'est plus bon pour moi. J'ai besoin d'une bonne nuit de sommeil et de chaleur. Mais je vous promets de vous raconter la suite quand Milly rentrera. »

Alors elles se lèvent à contrecœur, en étouffant des bâillements, entassent les assiettes et les couverts sans entrain, rebouchent le vin, replient la nappe.

À leur retour le camping est silencieux, les quelques campeurs présents sont tous endormis. Seuls tremblotent les scintillements des lampes à énergie solaire installées par Flore. Ils remontent l'allée tous les quatre en file indienne. Les filles portent le panier de pique-nique. Anaru et Autum ferment la marche. Arrivé devant le baraquement, après un temps de flottement, Anaru s'avance tout près de Milly. Elle lâche le sac de pique-nique. Ils sont solennels tous les deux quand il se penche vers elle, pose son front contre le sien l'espace de trois respirations. Il murmure :

« *Whatungarongaro te tangata toitu te whenua.* »

Milly ferme les yeux.

Plus tard, quand Anaru a disparu, les filles vident le sac de pique-nique, font la vaisselle, rangent, puis elles embrassent Autumn à la porte de sa chambre. Alors qu'elles traversent le terrain de camping plongé dans l'obscurité pour rejoindre le bungalow, Flore interroge Milly sur la signification de la phrase en maori prononcée par Anaru.

« C'est un proverbe. Le même qu'il a prononcé pour Kai avant son départ.

— Qu'est-ce qu'il signifie ?

— “Alors que les hommes vont et viennent, la Terre reste.” »

Elles foulent les herbes, avancent face au vent côte à côte. Leurs doigts s'entremêlent.

« Les hommes vont et viennent. La Terre reste… », répète Flore dans un murmure.

Personne ne dort très bien cette nuit-là. Quand elles se retrouvent toutes les trois devant le baraquement au matin, elles ont une petite mine, les traits tirés et des cernes sous les yeux.

« Je devrais faire du café, suggère Autumn sans entrain.

— Je vais t'aider », déclare Flore.

Nils viendra chercher Milly avec une voiture de location. C'est convenu ainsi. Ensemble ils se rendront jusqu'à Invercargill, où ils prendront un vol intérieur jusqu'à Auckland. Ce sera le premier déplacement de Milly dans l'île du Nord, où elle ne restera que quelques heures en attendant d'embarquer à bord du baleinier.

Autumn est trop nerveuse pour préparer le café. Ses mains tremblent, lâchent le sachet, qui répand une poudre brune sur le sol.

« Laisse », dit Flore.

Elle remplit le filtre de café, la main un peu lourde, remet de l'eau dans le bac de la cafetière tandis qu'Autumn reste plantée devant la fenêtre, guettant l'arrivée de Nils. Milly, elle, vérifie le contenu de son sac à dos, oscillant entre impatience heureuse et chagrin.

Il apparaît à neuf heures tapantes, ponctuel et joyeux. Il gare la voiture de location devant la barrière du camping et remonte l'allée d'un pas allègre. Il porte sa casquette à l'envers, la même que dans le bar de Dunedin pour la Coupe du monde de rugby, et un simple tee-shirt sur un jean malgré les douze degrés qu'il fait ce jour-là. Flore songe avec un pincement au cœur qu'ils se sont bien trouvés…

« Alors ? Prête, Milly Stevens ? » lance-t-il bruyamment.

Flore abandonne la cafetière pour les observer à travers la fenêtre, à côté d'Autumn. Ils s'étreignent comme deux amis heureux de se retrouver.

« Tu veux faire un tour du camping ? propose Milly.

— Carrément ! »

Ils partent côte à côte en bavardant, leurs voix charriées par le vent vers l'océan.

« On prendra un café avec lui avant qu'ils s'en aillent, non ? » demande Autumn comme si elle émergeait d'un long somme.

Et Flore acquiesce, quand bien même elle préférerait chasser Nils, retenir Milly, fermer les yeux et effacer toutes les paroles stupides qu'elle a pu prononcer pour l'encourager à partir. Au lieu de quoi elle prépare un plateau avec quatre tasses, des cuillères, un sucrier. Elle dépose tout cela devant le baraquement, sur le rebord d'une fenêtre, et elle guette leur retour la gorge nouée.

Quand ils réapparaissent enfin, Nils s'avance vers elle, un large sourire aux lèvres.

« Salut ! Comment tu vas ? »

Il l'étreint avec son aisance habituelle puis, redevenant plus sérieux en apercevant Autumn sur le pas de la porte, lui tend la main.

« Bonjour, madame Stevens, enchanté. »

Autumn semble prise de tournis, réagit à peine quand Nils la complimente sur le terrain de camping, sur le cadre exceptionnel dans lequel elle vit. Il est volubile. Ni Autumn ni Flore ne parviennent à répondre à son enthousiasme mais il s'en aperçoit à peine. Il est tout à son voyage, à l'aventure qu'il s'apprête à vivre aux côtés de Milly. D'ailleurs, à peine les cafés servis, les voilà qui reviennent au baleinier, à leur mission, aux considérations techniques et météorologiques.

« Tu as combien de K-Way, toi ? »

Ils ont les yeux qui brillent et rien que pour cela, pour les éclats dans les iris de Milly, Flore parvient à sourire, à donner le change.

C'est Nils qui sonne le départ. Consultant sa montre, il déclare qu'ils ne doivent pas traîner s'ils veulent s'enregistrer à temps. Milly hisse son sac sur son dos, prend Autumn dans les bras, ouvre la bouche mais ne trouve rien à murmurer. Elle se contente de la serrer contre elle. Les mains d'Autumn tremblent. Puis Milly se plante devant Flore. Ses doigts caressent le pendentif de l'alouette. Comme pour dire : *Tu seras là, contre mon cœur*. Elles s'étreignent comme deux amies, presque comme deux sœurs. Pourtant c'est autre chose qui se joue. Milly respire les boucles de Flore, essaie d'emprisonner leur odeur. Elle n'embrasse pas son cou ou ses lèvres, non, elle n'oserait pas, mais dans le fouillis de cette étreinte elle dépose un baiser sur le lobe de son oreille parce que c'est là que Flore frissonne le plus. Elles l'ont appris de leurs longues nuits d'ivresse. Et cela, nulle autre que Milly ne le sait sur cette terre.

Quand elle recule, personne ne dit grand-chose, que des banalités : « Bonne route ! » « Soyez prudents ! », tous ces mots qui éloignent pour un temps l'émotion, remplacent l'essentiel. Autumn et Flore les raccompagnent à la barrière. Le gravier crisse sous leurs pas. La portière de Nils claque. Celle de Milly reste ouverte. Hésitante, elle fixe sa mère et Flore, debout côte à côte face à la pancarte d'entrée. Et elle lance, la voix rauque :

« À mon retour, on ira voir les fjords ! »

Autumn déglutit, raide. Flore frémit. La portière se referme sur Milly et la voiture s'éloigne doucement en marche arrière. Autumn se tasse sur elle-même. Les mots résonnent encore dans le vent : « À mon retour, on ira voir les fjords ! » Et Flore sait qu'elles le feront car Milly tient ses promesses. Toujours.

Ce matin-là, après que la voiture a disparu à l'horizon, Autumn se remet au travail sans un mot et ne prononce plus une phrase de toute la journée.

C'est une nuit froide. La première d'une longue série. Un froid vif, mordant. Autumn traverse le terrain d'un pas rapide. Derrière les fourrés, le bungalow est éclairé mais Flore n'est pas à l'intérieur comme elle le pensait. Elle la trouve dehors, assise sur sa terrasse, dans l'obscurité glaciale. Elle fixe la nuit et l'océan, ne porte rien d'autre qu'un pull qui laisse son cou à découvert dans le vent.

« Tu devrais te couvrir, tu vas attraper froid », lance Autumn durement.

Flore lève la tête, ne semble pas particulièrement surprise de la trouver là. Autumn se laisse tomber sur une chaise à côté d'elle. Elle frissonne. L'hiver n'est plus sa saison préférée. L'hiver vient de lui prendre Milly. Elle pressent que désormais, c'est le printemps qu'elle attendra avec impatience.

« Et si elle ne revient pas ? » lâche-t-elle brusquement, le regard fixé sur l'horizon.

Flore bouge à peine, juste un frôlement pour caresser l'avant-bras d'Autumn.

« Elle reviendra.

— Comment tu le sais ?

— Je le sais. »

Puis, tandis que le silence s'étire, Flore demande :

« Est-ce que tu veux boire un thé ?

— Non. Je vais y aller. Il est tard. »

Cependant, ni l'une ni l'autre ne semblent disposées à faire un geste. Comme si elles pesaient des tonnes. Une nouvelle minute passe.

« Bon », fait Autumn.

Flore la retient par le bras.

« Avant de partir… j'ai quelque chose pour toi. »

Elle disparaît dans le bungalow, en revient avec un morceau de papier plié en quatre qu'elle lui tend.

« Bonne nuit, Autumn », dit-elle simplement.

Autumn est trop intriguée par le papier pour lui répondre. Elle file ainsi, disparaît dans le silence de la nuit.

Une fois dans le baraquement, elle fonce dans sa chambre, allume sa lampe de chevet, s'assied sur son lit et déplie le feuillet sans même retirer ses chaussures. Des mots manuscrits sur le papier. Les paroles d'une chanson qu'elle n'a jamais entendue, une chanson française que Flore a traduite avec soin en anglais. Cette chanson parle de bateaux, de ceux qui restent au port et rouillent à ne jamais risquer une voile dehors, de ceux qui oublient de partir, qui ont peur de la mer à force de vieillir, de ceux qui sont étrangement pareils après avoir passé des années au soleil et de ceux-là qui ne craignent pas parfois de s'éloigner pour mieux se retrouver. Le dernier couplet a été entouré d'un fin liseré. Un couplet qu'elle relit plusieurs fois car les larmes brouillent sa vue.

Je connais des bateaux qui reviennent d'amour
Quand ils ont navigué jusqu'à leur dernier jour
Sans jamais replier leurs ailes de géants
Parce qu'ils ont le cœur à taille d'océan.

Sous le halo jaunâtre de la lampe de chevet, les mains d'Autumn tremblotent. *Il parle de Milly, ce couplet. Elle a le cœur pur et infini, comme l'océan.*

Elle ne fixe plus les mots ou le papier désormais, elle fixe le mur au-dessus de son lit où sont accrochés un petit crucifix et une photo les montrant, Dan, Milly et elle. Sur le papier glacé, la fillette à la chevelure blonde emmêlée sourit. Il lui manque une incisive. Elle a déjà son grain de beauté à l'arête du nez. Ses bras entourent ses parents fermement, le gauche autour de Dan, le droit autour d'Autumn.

Alors, à cause de la chanson ou de la photographie, elle ne sait plus très bien, Autumn prononce d'une voix grave et rocailleuse qui vient briser le silence :

« Milly reviendra. »

Elle fixe la photographie encore. Dan et ses yeux brun miel.

« Milly reviendra d'amour. »

Et Dan semble lui répondre avec un sourire.

Et les larmes dévalent les joues d'Autumn. Ce ne sont plus des larmes de tristesse ou de solitude. Ce sont des larmes d'amour. Salées et pures comme l'océan.

DE LA MÊME AUTRICE :

Aux Éditions Carnets Nord

Tout le bleu du ciel, 2019

Aux Éditions Albin Michel

Les Lendemains, 2020
Je revenais des autres, 2021
Tout le bleu du ciel, réédition collector, 2021
Les Douleurs fantômes, 2022
La Doublure, 2022

Composition réalisée par PCA

Achevé d'imprimer en France par
CPI BRODARD & TAUPIN (72200 La Flèche)
en mars 2024
N° d'impression : 3056119
Dépôt légal 1re publication : avril 2024
LIBRAIRIE GÉNÉRALE FRANÇAISE
21, rue du Montparnasse – 75298 Paris Cedex 06

16/6780/3